Cecelia Ahern

Ich schreib dir morgen wieder

Zu diesem Buch

»Ich muss immer wieder daran denken, wie ich mich in Marcus' Bücherbus zu diesem Buch hingezogen fühlte – fast so, als hätte es an jenem Tag eigens auf mich gewartet. Ich glaube, die meisten Menschen gehen in einen Buchladen und haben keine Ahnung, was sie eigentlich kaufen wollen. Aber die Bücher stehen in den Regalen und bringen die Menschen fast wie durch Zauberkraft dazu, sie in die Hand zu nehmen. Die richtige Person für das richtige Buch. Es ist, als wüssten die Bücher schon, in welches Leben sie eingreifen müssen, wo sie etwas bewirken, wie sie eine Lektion erteilen und genau im richtigen Moment ein Lächeln auf ein Gesicht zaubern können. Heute sehe ich Bücher vollkommen anders als früher.«

Cecelia Ahern ist eine der erfolgreichsten Autorinnen der Welt. Sie schreibt zeitgenössische Romane, Novellen, Storys, Jugendbücher, TV-Konzepte und Theaterstücke. Ihre Romane wurden fürs Kino oder fürs Fernsehen verfilmt. Cecelia Ahern hat Journalistik und Medienkommunikation studiert und lebt mit ihrer Familie in Dublin.
Mehr über die Autorin:
Website: www.cecelia-ahern.de
Facebook: @ceceliaahernofficial

Cecelia Ahern

Ich schreib dir morgen wieder

Roman

Aus dem Englischen von
Christine Strüh

PIPER

Von Cecelia Ahern liegen im Piper Verlag vor:
Alle Farben meines Lebens
Zeit deines Lebens
Ich hab dich im Gefühl
Ein Moment fürs Leben
Ich schreib dir morgen wieder

Unser Versprechen für mehr Nachhaltigkeit
• Klimaneutrales Produkt
• FSC®-zertifiziertes Papier
• Hergestellt in Europa

FSC www.fsc.org
MIX
Papier | Fördert gute Waldnutzung
FSC® C021394

Ungekürzte Taschenbuchausgabe
ISBN 978-3-492-31295-0
Juni 2023

Titel der englischen Originalausgabe:
»The Book of Tomorrow«, Harper Collins, London 2009

Die Übersetzung erschien erstmals 2011 im Krüger Verlag, einem Verlag der S. Fischer Verlag GmbH
Umschlaggestaltung: FAVORITBUERO, München
Umschlagabbildung: © Claire Desjardins
Satz: psb, Berlin
Gesetzt aus der Adobe Devanagari
Gedruckt von ScandBook in Litauen
Printed in the EU

1

Knospenfeld

Von einer Geschichte geht bei jedem Erzählen etwas verloren, sagt man. Wenn das stimmt, ist meine Geschichte noch vollständig, denn ich erzähle sie zum ersten Mal.

Bestimmt werden manche Leute skeptisch reagieren, und wenn ich nicht alles selbst erlebt hätte, würde es mir vermutlich genauso gehen.

Viele jedoch werden kein Problem damit haben, meine Geschichte zu glauben, und zwar aus dem einfachen Grund, weil sich ihr Bewusstsein irgendwann geöffnet hat, weil sie im wahrsten Sinn des Wortes aufgeschlossen sind, so, als hätte ein Schlüssel etwas in ihnen aufgesperrt – wobei der Schlüssel alles sein kann, was den Betreffenden dazu bringt, an etwas zu glauben. Entweder sind diese Menschen schon so geboren, oder sie wurden als Babys, solange das Bewusstsein noch einer Knospe ähnelt, so umsorgt, dass die Blüte sich langsam öffnen und Schritt für Schritt darauf vorbereiten konnte, sich irgendwann an der Essenz des Lebens selbst zu nähren. Solche Menschen wachsen, ganz gleich, ob das Schicksal ihnen Sonnenschein oder Regen beschert, sie wachsen und gedeihen, sie entwickeln sich, und ihr Bewusstsein ist so weit und frei, dass sie achtsam und aufnahmebereit durchs Leben gehen, das Licht im Dunkeln sehen, die verborgenen Chancen in jeder Sackgasse erkennen, den Erfolg schmecken in dem, was andere für Versagen halten, und hinterfragen, was andere als unabänderlich hinnehmen. Sie sind weniger abgestumpft, weniger zynisch als die Mehrheit. Nicht so leicht bereit, die Flinte ins Korn zu werfen. Bei manchen Menschen öffnet sich das Bewusstsein auch erst später im Leben, durch eine Tragödie oder ein großes Glück, denn beides kann als Schlüssel wirken, der die bis dahin fest verschlossene Alleswisserkiste aufschließt. Dann springt der Deckel auf, das Unbekannte wird akzeptiert, sture Logik und Scheuklappendenken werden über Bord geworfen.

Doch dann gibt es auch diejenigen, deren Bewusstsein wie ein Büschel von Halmen ist, die zwar Knospen treiben, wenn der Mensch etwas Neues lernt – eine Knospe für jede neue Information –, aber diese Knospen öffnen sich nicht, sie blühen niemals auf. Solche Menschen kennen Großbuchstaben und Punkte, aber keine Fragezeichen und keine Leerstellen …

Zu diesen Menschen gehörten auch meine Eltern. Zu denen, die immer alles wissen. Zu der Art, die gern Sprüche von sich geben wie: »Das hab ich ja noch nie gehört, wie kommst du denn darauf? Dafür gibt's keinerlei Beweise, also mach dich nicht lächerlich.« Auch mal um die Ecke zu denken, kam für sie nicht infrage, und sie hatten den Kopf zwar voller bunter, hübsch gepflegter und auch wohlriechender Knospen, aber sie gingen nicht auf, sodass sie leicht und anmutig im Wind tanzen konnten, sondern verharrten aufrecht, stocksteif und nüchtern – und blieben Knospen bis zum Tag ihres Todes.

Na ja, meine Mutter ist ja eigentlich gar nicht tot.

Noch nicht. Nicht im medizinischen Sinn zumindest, aber obwohl sie nicht tot ist – lebendig ist sie ganz sicher auch nicht. Sie ähnelt eher einer wandelnden Leiche, die hin und wieder einen Laut von sich gibt, als wollte sie überprüfen, ob sie noch lebt. Aus der Ferne denkt man, alles ist in Ordnung mit ihr. Aber von Nahem sieht man, dass ihr grellrosa Lippenstift verwischt ist und ihre Augen müde und seelenlos in die Gegend starren – ein bisschen wie diese TV-Kulissenhäuser auf dem Studiogelände, nur Fassade, nichts dahinter. So wandert sie im Haus herum, von einem Zimmer zum anderen, in einem Bademantel mit flappenden Glockenärmeln, wie eine nachdenkliche Südstaatenschönheit in einer Kolonialvilla aus *Vom Winde verweht*. Ihr Geschlender wirkt von außen graziös und schwanengleich, doch unter der Oberfläche sieht es ganz anders aus, denn dort brodelt es, dort ringt sie verzweifelt um Fassung und strengt sich an, den Kopf nicht sinken zu lassen. Aber das panische Lächeln, mit dem sie uns gelegentlich anblitzt, damit wir wissen, dass sie noch da ist, überzeugt keinen von uns.

Oh, ich mache ihr keine Vorwürfe. Sie nimmt sich ja nicht aus Bosheit den Luxus heraus, sich einfach so in sich selbst zurückzuziehen und es den anderen zu überlassen, die Sauerei auszubaden und zu retten, was aus dem Scherbenhaufen unseres Lebens noch zu retten ist.

Aber jetzt seid ihr wahrscheinlich alle etwas verwirrt, weil ich noch gar nicht richtig angefangen habe zu erzählen.

Also: Mein Name ist Tamara Goodwin. Goodwin. Eine dieser grässlichen Wortkombinationen, die ich zutiefst verachte. Entweder man gewinnt oder man verliert. Aber ein »good win« – ein guter Gewinn? Das ist wie »schmerzlicher Verlust«, »warme Sonne« oder »endgültig tot«. Zwei Wörter, die völlig unnütz zusammengepackt werden, um etwas auszudrücken, was man genauso gut mit einem einzigen Wort hätte sagen können. Manchmal lasse ich einfach eine Silbe weg, wenn mich jemand nach meinem Namen fragt, und nenne mich Tamara Good. Was ein bisschen ironisch ist, weil ich nie ein sonderlich guter Mensch gewesen bin. Oder ich behaupte, ich heiße Tamara Win, eine ironische Anspielung darauf, dass das Glück mir zurzeit gar nicht hold ist.

Ich bin angeblich sechzehn, aber ich fühle mich mindestens doppelt so alt. Mit vierzehn habe ich mich gefühlt wie vierzehn, habe mich benommen wie elf und mich danach gesehnt, endlich achtzehn zu sein. Aber in den letzten Monaten bin ich um Jahre gealtert. Ist das möglich? Menschen mit den geschlossenen Bewusstseinsknospen schütteln jetzt den Kopf und antworten mit einem klaren *Nein*, während die aufgeblühten ein *Kann sein* signalisieren. Alles ist möglich, meinen sie. Aber das stimmt nicht. Es ist nicht alles möglich.

Zum Beispiel ist es nicht möglich, meinen Dad wieder lebendig zu machen. Ich hab es versucht, als ich ihn tot auf dem Boden in seinem Büro gefunden habe – »endgültig tot«, könnte man sagen, blau im Gesicht, neben sich eine leere Tablettenpackung, auf dem Schreibtisch eine ebenfalls leere Flasche Whiskey. Ich wusste nicht, was ich tun sollte, aber ich habe trotzdem meine Lippen auf seine gepresst, um ihn zu beatmen, und dann mit den Händen rhythmisch auf seine Brust gedrückt, um es mit einer Herzmassage zu versuchen. Aber nichts davon hat funktioniert.

Es hat auch nichts gebracht, dass meine Mutter sich bei der Beerdigung auf den Sarg geworfen und den Lack zerkratzt hat, als sie meinen Vater ins Grab hinunterlassen wollten – das, nebenbei bemerkt, mit grünem Kunstrasen ausgelegt war, was ich ziemlich albern fand. Wollte man uns weismachen, dass es etwas anderes war als die madendurchsetzte Erde, in die man Dad für den Rest der Ewigkeit einbuddelte? Obwohl ich Mum dafür bewundere, dass sie es wenigstens versucht hat, war auch ihr Zusammenbruch auf dem Friedhof erfolglos.

Und auch die endlosen Geschichten, die man sich bei der Feier nach der Beerdigung im Zuge einer Art Wettbewerb zum Thema »Wer kannte George am besten?« über meinen Vater erzählte, haben es nicht geschafft, ihn wieder zum Leben zu erwecken. Ständig wurden neue Anekdoten aufgetischt, eingeleitet mit Phrasen wie »Echt lustig, deine Geschichte, aber wartet, bis ihr meine gehört habt …« oder »Als George und ich mal …« oder »Ich weiß noch genau, wie George gesagt hat …«. Und so weiter. Alle waren so eifrig bei der Sache, dass sie sich ständig gegenseitig ins Wort fielen und nicht nur Tränen, sondern auch Rotwein auf Mums neuem Perserteppich vergossen. Jeder gab sein Bestes, und man hätte *fast* denken können, Dad wäre bei uns im Zimmer, aber im Endeffekt haben ihn auch die ganzen Erinnerungen nicht zurückgeholt.

Es half auch nichts, dass Mum kurz darauf die Wahrheit über Dads Finanzen herausfand, die ungefähr so zerrüttet waren wie er selbst. Dad war bankrott, die Bank hatte bereits die Pfändung unseres Hauses und des ganzen übrigen Besitzes angeordnet, sodass Mum alles – wirklich *alles*! – verkaufen musste, um die Schulden zu bezahlen. Nicht mal da ist Dad zurückgekommen, um uns zu helfen, und irgendwann habe ich dann begriffen, dass er weg war. Endgültig. Ich dachte mir, wenn er uns das alles alleine durchziehen lässt, wenn er mich Luft in seinen Körper pumpen und Mum vor all diesen Leuten seinen Sarg zerkratzen lässt und dann auch noch dabei zuschaut, wie wir alles verlieren, was wir jemals besessen haben, dann kann ich ziemlich sicher sein, dass er ein für alle Mal aus unserem Leben verschwunden ist.

Ganz schön schlau von ihm, sich rechtzeitig zu verabschieden und den ganzen Zirkus nicht mitmachen zu müssen. Der war nämlich garantiert genauso grässlich und demütigend, wie er es befürchtet hat.

Wären meine Eltern mit blühenden Bewusstseinsblumen und nicht nur mit Knospen ausgestattet gewesen, hätten sie den ganzen Schlamassel vielleicht – ganz vielleicht! – vermeiden können. Aber so war es eben nicht. Es gab für sie kein Licht am Ende dieses Tunnels, und wenn doch mal eines auftauchte, war es ein heranbrausender Zug. Sie sahen keine andere Möglichkeit, keine andere Art, mit der Lage umzugehen. Meine Eltern waren vernünftige, praktische Menschen, und eine vernünftige, praktische Lösung war nicht im Angebot. Wenn mein Vater Vertrauen gehabt hätte, Zuversicht, irgendeine Art von Glauben, dann hätte er möglicherweise die Kraft gefunden, durch die Talsohle zu kommen. Aber davon besaß er nichts, und als er getan hat, was er getan hat, hat er uns letzten Endes mit sich in dieses Grab hinuntergezogen.

Es fasziniert mich, dass der Tod, so dunkel und endgültig er ist, dennoch häufig so ein helles Licht auf den Charakter eines Menschen wirft. In den Wochen nach Dads Tod hörte ich endlose, rührende Geschichten über ihn. Doch so tröstlich sie waren, so gern ich mich in ihnen verlor, in mir gab es immer Zweifel, ob sie wahr waren. Dad war kein netter Mensch. Natürlich habe ich ihn geliebt, aber ich weiß, dass er kein wirklich guter Mensch war. Wenn wir miteinander geredet haben – was nicht sehr oft vorkam –, geschah das meist in der Form einer Auseinandersetzung. Oder er gab mir Geld, um mich abzuwimmeln. Dad war reizbar und aufbrausend, hat seine Mitmenschen eingeschüchtert und ihnen nur allzu gerne seine Meinung aufgedrückt. Er war ziemlich arrogant, und wenn er einen anderen Menschen dazu brachte, sich unbehaglich und minderwertig zu fühlen, genoss er das in vollen Zügen. Manchmal ließ er sein Steak im Restaurant drei- oder viermal zurückgehen, nur um zuzusehen, wie der Kellner ins Schwitzen geriet. Oder er bestellte eine Flasche vom teuersten Wein und ließ ihn dann unter dem Vorwand zurückgehen, er hätte Kork. Wenn es in unserer Straße eine Party gab, beschwerte er sich bei der Polizei wegen des Lärms und sorgte dafür, dass sie dem Treiben ein Ende machte – nur weil er nicht eingeladen worden war.

Selbstverständlich erwähnte ich nichts davon auf seiner Beerdigung und auch nicht bei der kleinen Feier, die danach in unserem Haus stattfand. Genau genommen sagte ich überhaupt nichts. Ich trank ganz allein eine Flasche Rotwein und kotzte dann auf den Boden neben Dads Schreibtisch, genau auf die Stelle, wo er gestorben war. Dort fand Mum mich irgendwann und gab mir eine schallende Ohrfeige, weil sie meinte, ich hätte alles kaputtgemacht. Keine Ahnung, ob sie damit den Teppich oder die Erinnerung an Dad meinte, aber egal – ich war sicher, dass er beides ganz allein vermasselt hatte.

Aber ich will nicht meinen ganzen Hass auf Dad abladen, ich war selber ein schrecklicher Mensch. Die schlimmste Tochter, die man sich vorstellen kann. Meine Eltern haben mir alles gegeben, und ich habe mich nie bedankt. Oder wenn ich es doch getan habe, dann kam es nicht von Herzen, denn ich wusste nicht wirklich, was Dankbarkeit bedeutet. »Danke« ist ein Zeichen der Wertschätzung. Mum und Dad haben mir ständig von den hungernden Babys in Afrika erzählt, weil sie glaubten, so könnten sie mich dazu bringen, für das, was ich besaß, Dankbarkeit zu empfinden. Rückblickend ist mir aber klar geworden, dass ich es wahrscheinlich am ehesten gelernt hätte, wenn sie mir nicht ständig alles gegeben hätten.

Wir wohnten in einer modernen Villa mit sechshundertfünfzig Quadratmetern, sechs Schlafzimmern, einem Swimmingpool, einem Tennisplatz und einem Privatstrand in Killiney, in der Nähe von Dublin. Mein Zimmer lag auf der rückwärtigen Seite des Hauses und hatte einen Balkon mit Blick zum Strand, den ich mir, soweit ich mich erinnere, aber nie anschaute. Zum Zimmer gehörten eine eigene Dusche und ein Jacuzzi mit einem Plasmafernseher – TileVision, um genau zu sein – über der Wanne. Ich hatte einen Schrank voller Designerhandtaschen, einen Computer, eine PlayStation und ein Himmelbett. Kurz gesagt, ich war ein Glückspilz.

Aber als Tochter war ich der absolute Albtraum. Unhöflich, frech, verwöhnt ohne Ende. Und um alles noch schlimmer zu machen, nahm ich den ganzen Luxus für selbstverständlich. Ich ging blind davon aus, dass ich ihn verdiente, denn alle, die ich kannte, waren genauso reich. Keine Sekunde wäre mir in den Sinn gekommen, dass meine Bekannten das ganze Zeug vielleicht auch nicht wirklich verdient hatten.

Um mich auch abends und nachts jederzeit mit meinen Freunden treffen zu können, hatte ich eine Methode entwickelt, mich unbemerkt aus meinem Zimmer zu schleichen. Ich kletterte von meinem Balkon an der Regenrinne aufs Dach des Swimmingpools hinunter, und von dort war es nur ein kurzer Sprung auf den Boden. Dann versammelten wir uns an einer bestimmten Stelle unseres Privatstrands und konsumierten ziemlich große Mengen Alkohol. Die Mädchen tranken meistens sogenannte Dolly Mixtures, das heißt, wir mischten in einer Plastikflasche alles zusammen, was wir in den Alkoholvitrinen unserer Eltern vorfanden. Auf diese Art sank der Pegel der einzelnen Flaschen immer nur um ein paar Zentimeter, und niemand schöpfte Verdacht. Die Jungs tranken jede Sorte Cider, die sie in die Finger bekamen, und sie knutschten mit jedem Mädchen, das dazu bereit war. Dieses Mädchen war meistens ich. Meiner besten Freundin Zoey spannte ich einen Jungen namens Fiachrá aus, dessen Vater ein berühmter Schauspieler war, und um ehrlich zu sein, ließ ich mir von ihm nur aus diesem Grund jeden Abend ungefähr eine halbe Stunde unter den Rock fassen. Ich dachte, wenn ich nett zu ihm war, würde ich bestimmt eines Tages seinen Vater kennenlernen. Aber dazu kam es nie.

Meine Eltern fanden es wichtig, dass ich die Welt kennenlernte und erfuhr, wie andere Menschen lebten. Immer wieder erklärten sie mir, was für ein Glück ich hatte, dass ich in diesem schönen großen Haus am Meer wohnte, und zur Erweiterung meines Horizonts verbrachten wir den Sommer in unserer Villa in Marbella, die Weihnachtsferien in unserem Chalet in Verbier und Ostern im New Yorker Ritz, natürlich nicht ohne ausführliche Einkaufstouren. Für meinen siebzehnten Geburtstag stand ein rosa Mini Cooper Cabrio auf meinen Namen bereit und ein Termin im Aufnahmestudio eines Freundes meines Vaters, der mich singen hören und mir eventuell einen Plattenvertrag geben wollte. Allerdings hätte ich keinen Moment mehr mit ihm irgendwo allein verbracht, nachdem er mir einmal den Hintern betatscht hatte. Dieser Preis war mir für das Berühmtwerden zu hoch.

Das ganze Jahr über nahmen Mum und Dad immer wieder an irgendwelchen Charity-Veranstaltungen teil, bei denen Mum meistens noch mehr Geld für ihr Kleid als für den Eintritt ausgab. Zweimal im Jahr packte sie all ihre Impulskäufe zusammen, Sachen, die sie nie anzog, stopfte sie in einen Plastiksack und schickte sie ihrer Schwägerin Rosaleen, die auf dem Land wohnte – für den Fall, dass Rosaleen Lust hatte, die Kühe in einem Sommerkleidchen von Pucci zu melken.

Jetzt, wo wir nicht mehr in der gleichen Welt wie früher leben, ist mir klar, dass wir keine sonderlich netten Menschen waren. Ich glaube, dass meine Mutter das irgendwo unter ihrer erstarrten Oberfläche auch weiß. Nicht dass wir böse gewesen wären, das nicht – wir waren einfach nur nicht *nett*. Wir gaben weit weniger, als wir nahmen.

Aber was dann passierte, haben wir trotzdem nicht verdient.

Früher habe ich nie an morgen gedacht. Ich habe ganz im Hier und Jetzt gelebt. Wenn mir der Sinn nach etwas stand, wollte ich es haben, und zwar sofort. Als ich meinen Vater zum letzten Mal im Leben sah, habe ich ihn angeschrien, habe ihm gesagt, ich würde ihn hassen, habe die Tür zugeknallt und bin einfach gegangen. Nie wäre ich früher auf die Idee gekommen, meine kleine Welt mal aus der Distanz zu betrachten und darüber nachzudenken, was ich tat oder sagte. Ob ich damit vielleicht einen anderen Menschen verletzte. Meinem Dad warf ich bei dieser letzten Gelegenheit an den Kopf, dass ich ihn nie wiedersehen wollte – und genau das passierte dann ja auch. Ich dachte nie an den nächsten Tag, und so kam mir natürlich auch nicht in den Sinn, dass das die letzten Worte sein könnten, die ich mit ihm wechseln würde, die letzten Momente, die ich mit ihm erlebte. Jetzt muss ich irgendwie damit zurechtkommen, und das fällt mir nicht leicht. Es gibt eine ganze Menge Dinge, die ich bereue und die ich mir irgendwann verzeihen muss. Aber das dauert.

Jetzt, wo mein Dad tot ist, und auch wegen der ganzen Geschichte, die ich euch ja noch erzählen muss, habe ich gar keine andere Wahl, als an morgen zu denken und an all die Menschen, die von diesem Morgen beeinflusst werden können. Jetzt bin ich, wenn ich morgens aufwache, froh, dass es diesen Morgen gibt.

Ich habe meinen Vater verloren. Er hat sein Morgen verloren und ich all die gemeinsamen Morgen mit ihm. Man könnte sagen, dass ich sie jetzt zu schätzen weiß. Jetzt möchte ich das Beste aus ihnen machen.

2

Zwei Fliegen

Bei den Ameisen gibt es immer eine Vorhut, die alleine loszieht, um den besten Weg zu einer Nahrungsquelle auszukundschaften. Sobald diese einzelne Ameise die richtige Route gefunden hat, hinterlässt sie für die anderen eine Duftspur, der dann alle folgen können. Wenn man aber auf so eine Ameisenkarawane tritt oder wenn man – eine etwas weniger gemeine Methode – die Duftspur auf irgendeine Weise manipuliert, geraten die Tiere in helle Panik. Diejenigen, die zurückbleiben, krabbeln hektisch hin und her und bemühen sich, den Pfad wieder aufzuspüren. Ich sehe gern zu, wie sie zuerst völlig orientierungslos herumwimmeln, vollkommen verwirrt, sich gegenseitig umrennen, aber schließlich zu einer neuen Formation finden und irgendwann wieder in gerader Linie hintereinander hermarschieren, als wäre nichts geschehen.

Die panischen Ameisen erinnern mich an meine Mum und mich. Jemand hat unsere Karawane zerstört, unseren Anführer und unsere Orientierung geraubt und uns ins Chaos gestürzt. Ich glaube – ich *hoffe* –, dass wir irgendwann auf unseren Weg zurückfinden und weitergehen können. Aber wir brauchen einen Anführer, und da Mum die Sache passiv auszusitzen scheint, denke ich, dass ich diejenige sein werde, die sich erst mal alleine auf die Socken machen muss.

Gestern habe ich eine Schmeißfliege beobachtet. In ihrem Eifer, aus dem Wohnzimmer zu entkommen, flog sie ständig gegen die Fensterscheibe, wobei sie sich jedes Mal gnadenlos den Kopf am Glas stieß. Irgendwann jedoch gab sie die Geschossnummer auf und beschränkte sich von nun an bei ihren Bemühungen auf ein kleines Stück Scheibe, auf dem sie in sinnloser Panik herumbrummte. Ein frustrierender Anblick, vor allem angesichts der Tatsache, dass die Freiheit so leicht zu erreichen gewesen wäre – sie hätte nur ein kleines bisschen höher hinauffliegen müssen, statt es immer wieder auf die gleiche, erwiesenermaßen aussichtslose Weise zu versuchen. Ich konnte mir gut vorstellen, was für ein schreckliches Gefühl es sein musste, die Bäume, die Blumen, den Himmel zu sehen, aber einfach nicht hinkommen zu können. Ein paarmal versuchte ich, dem dummen Tier zu helfen, indem ich es in Richtung des offenen Fensterflügels scheuchte, aber das machte ihm nur noch mehr Angst, es ergriff die Flucht vor mir und raste quer durchs Zimmer, nur um irgendwann zur gleichen Stelle am gleichen Fenster zurückzukehren. Ich konnte mir fast einbilden, sein verzweifeltes Stimmchen zu hören, wie es brummte: »Also, hier bin ich aber doch reingekommen …!«

Während ich so in meinem Sessel saß und den Brummer beobachtete, überlegte ich mir, ob Gott sich wohl so fühlte wie ich in diesem Moment – falls es einen Gott gab. Ob er sich zurücklehnte und das große Ganze sah, so, wie ich jetzt mühelos durchschaute, dass die Freiheit für die Fliege zum Greifen nah war und sie nur ihre Taktik ein bisschen ändern musste. Das Tierchen saß gar nicht wirklich in der Falle, überhaupt nicht – es rackerte sich nur an der falschen Stelle ab. Ich fragte mich, ob Gott wohl auch einen Ausweg für mich und Mum wusste. Wenn ich das offene Fenster für den Brummer sehen konnte, dann war es für Gott bestimmt kein Problem, das Morgen für mich und Mum zu sehen. Irgendwie fand ich diese Idee tröstlich. Na ja, jedenfalls bis ich ein paar Stunden später von einer Erledigung wiederkam und auf dem Fenstersims eine tote Schmeißfliege vorfand. Vielleicht war es nicht die gleiche Fliege, aber trotzdem ... Ich fing prompt an zu weinen – woran ihr sehen könnt, in welcher Verfassung ich mich zurzeit befinde ... Dann wurde ich sauer auf Gott, weil in meinem Kopf der Tod des Brummers bedeutete, dass Mum und ich nie einen Ausweg aus diesem Fiasko finden würden. Was nutzt es denn, wenn man den Überblick hat und sieht, wie einfach die Lösung eines Problems ist, aber nichts tun kann?

Dann wurde mir klar, dass ich in diesem Fall tatsächlich Gott war. Ich hatte versucht, dem Brummer zu helfen, aber er hatte meine Hilfe nicht angenommen. Da bekam ich Mitleid mit Gott, weil ich plötzlich seinen Frust verstehen konnte. Manchmal wird man weggestoßen, wenn man die Hand ausstreckt, um jemandem zu helfen, denn jeder Mensch möchte sich lieber selbst helfen.

Früher habe ich über solche Dinge nie nachgedacht. Über Gott, über Fliegen, über Ameisen. Ich hätte mich nicht mal tot in einem Sessel mit einem Buch in der Hand erwischen lassen, wie ich an einem Samstagnachmittag eine dreckige Fliege beobachte, die gegen die Fensterscheibe rumst. Vielleicht hatte Dad in seinen letzten Momenten etwas Ähnliches gedacht: Ich möchte lieber tot in meinem Arbeitszimmer gefunden werden, als die Demütigung zu erleben, dass ich alles verloren habe.

Samstage verbrachte ich früher für gewöhnlich mit meinen Freundinnen bei Topshop, wo wir endlos Klamotten anprobierten und irgendwann, wenn Zoey genügend Accessoires in ihre Hose geschmuggelt hatte, den Laden unter nervösem Gekicher und doch möglichst unauffällig wieder verließen. Wenn wir nicht bei Topshop waren, hingen wir den Tag gemütlich bei einem Gingersnap Latte – grande natürlich – und einem Honig-Bananen-Muffin bei *Starbucks* ab. Vermutlich machen die anderen das immer noch genauso.

Seit der ersten Woche hier habe ich von keiner meiner Freundinnen mehr etwas gehört, abgesehen von einer SMS, die Laura mir geschickt hat, kurz bevor mein Telefon abgeschaltet wurde. Eine Menge Klatsch und Tratsch; unter anderem erfuhr ich, dass Zoey und Fiachrá wieder zusammen waren und in Zoeys Haus Sex gehabt hatten, als ihre Eltern übers Wochenende in Monte Carlo waren. Zoeys Dad ist spielsüchtig, was Zoey und wir anderen toll fanden, weil ihre Eltern immer erst spät nach Hause kamen und wir bei ihr sturmfreie Bude hatten. Anscheinend hatte Zoey Laura erzählt, dass Sex mit Fiachrá sie an damals erinnerte, als die Lesbe vom Hockeyteam aus Sutton ihr den Schläger zwischen die Beine geknallt hatte – nur noch schlimmer. Und die Sache mit dem Schläger war schon echt fies gewesen, das könnt ihr mir glauben – ich war *dabei*. Daher war sie wohl auch nicht gerade versessen darauf, den Versuch in absehbarer Zeit zu wiederholen. Inzwischen hatte sich allerdings Laura mit Fiachrá fürs nächste Wochenende verabredet, wo *sie* es mit ihm tun wollte – sie hoffte, dass es mir nichts ausmachte, aber ich durfte es bitte keinem verraten, vor allem nicht Zoey. Als könnte ich es dort, wo ich jetzt bin, irgendjemandem erzählen, selbst wenn ich wollte.

Dort, wo ich jetzt bin. Das hab ich noch gar nicht erklärt, richtig? Aber ich habe Rosaleen schon erwähnt, die Schwägerin meiner Mutter, die Mum früher mit ihren missglückten Spontankäufen beglückt hat, wenn der Platz im Kleiderschrank nicht mehr reichte. Teilweise hingen noch die Preisschilder an den Sachen, die bei Rosaleen landeten.

Rosaleen ist mit meinem Onkel Arthur, dem Bruder meiner Mutter, verheiratet. Sie wohnen in einem Torhaus auf dem Land, in einem Dorf namens Meath, mitten in der Pampa, praktisch am Ende der Welt. Wir haben sie ein paarmal besucht, und ich habe mich immer zu Tode gelangweilt. Die Fahrt dorthin dauerte eine Stunde und fünfzehn Minuten, und es war echte Zeitverschwendung. Für mich waren die beiden einfach nur zwei Bauerntrampel in einem Provinzkaff, und ich bezeichnete sie gern als »unsere beiden Dorfpunks«. Soweit ich mich erinnern kann, war das der einzige Witz von mir, über den Dad jemals gelacht hat. Übrigens kam er nie mit, wenn wir Rosaleen und Arthur besuchten, obwohl ich mich nicht erinnern kann, dass sie jemals Streit hatten oder so. Wahrscheinlich war es wie bei den Pinguinen und den Eisbären: Sie lebten so weit voneinander entfernt, dass sie schlicht nichts miteinander anfangen konnten. Ja, und in diesem Kaff wohnen wir jetzt. Im Torhaus, bei den Dorfpunks.

Eigentlich ist das Haus echt süß – zwar nur etwa ein Viertel der Größe unserer Villa, aber das ist ja an sich nichts Schlimmes – und erinnert mich an das Hexenhäuschen in *Hänsel und Gretel*. Es ist aus Kalkstein gebaut, und die Fensterrahmen und Holzverkleidungen am Dach sind oliv angestrichen. Oben gibt es drei Schlafzimmer, unten sind Küche und Wohnzimmer. Mum hat ein Zimmer mit eigenem Bad, das andere Bad teilen sich Rosaleen, Arthur und ich. Da ich es gewohnt bin, mein eigenes Bad zu haben, finde ich das furchtbar, vor allem, wenn ich nach meinem Onkel Arthur reinmuss, der gerne lange Sitzungen abhält und dabei Zeitung liest. Rosaleen ist ein echter Putzteufel und so zwanghaft ordentlich, dass sie keine Sekunde still sitzen kann. Ständig räumt sie irgendwas auf, macht irgendwas sauber, sprüht Duftsprays in die Luft und hält nebenbei auch noch Vorträge über Gott und seinen Willen. Einmal hab ich zu ihr gesagt, ich hoffte, dass Gottes Wille besser sei als Dads letzter Wille. Da hat sie mich entsetzt angestarrt und ist schnell weggewuselt, um an einer anderen Stelle Staub zu wischen.

Rosaleen hat ungefähr so viel Tiefgang wie ein Schnapsglas. Was sie sagt, ist alles hohles Zeug. Über das Wetter. Über das traurige Schicksal irgendeines armen Menschen auf der anderen Seite der Welt. Über ihre Freundin, die ein Stück die Straße runter wohnt und sich den Arm gebrochen hat. Über eine andere Freundin, deren Vater nur noch zwei Monate zu leben hat. Über die Tochter eines Bekannten, die irgendeinen Blödsack geheiratet hat, der sie jetzt mit dem zweiten Kind im Bauch sitzen lässt. Rosaleen liebt Untergangsszenarien, die sie unweigerlich mit einem Spruch über Gott vervollständigt, mit abgedroschenen Phrasen wie »mit Gottes Hilfe« oder »so Gott will« oder »Gott steh ihnen bei«. Nicht dass ich selbst so viel Wichtiges zu sagen hätte, aber jedes Mal, wenn ich bei ihren Geschichten nachhake und etwas Genaueres über einen dieser armen Menschen erfahren oder einem Problem auf den Grund gehen möchte, ist bei Rosaleen sofort der Ofen aus. Sie will nur darüber sprechen, wie traurig und schwierig alles ist, aber die Gründe, die zu der misslichen Lage geführt haben, interessieren sie nicht die Bohne. Genauso wenig wie die Frage, ob es eine Lösung für das geschilderte Problem gibt. So schnell sie kann, stopft sie mir mit ihren Gottphrasen den Mund und vermittelt mir das Gefühl, dass mein Kommentar unpassend ist und ich sowieso viel zu jung bin, um die Tragweite dessen, was sie erzählt, auch nur ansatzweise zu begreifen. Aber meiner Meinung nach ist es genau umgekehrt. Meiner Meinung nach redet sie nur über diese Dinge, damit sie nicht das Gefühl haben muss, dass sie vor solchen Themen kneift, aber sobald sie diesen Anspruch erfüllt hat, erwähnt sie kein Wort mehr davon.

Von meinem Onkel Arthur habe ich in meinem ganzen Leben schätzungsweise fünf Worte gehört. Irgendwie kommt es mir vor, als hätte meine Mum ihr Leben lang für sie beide gesprochen – obwohl er ihre Ansichten ganz sicher nicht immer teilt. Zurzeit redet Arthur allerdings deutlich mehr als Mum. Er hat eine ganz eigene Sprache, die ich allmählich zu entziffern lerne. Arthur kommuniziert mit Grunzen, Nicken und Schleimschnauben – eine Art von verrotztem Einatmen, das er einsetzt, wenn er etwas missbilligt. Ein kurzes »Ah« mit zurückgeworfenem Kopf bedeutet, dass ihm etwas egal ist. So ungefähr spielt sich zum Beispiel ein typisches Frühstück ab:

Arthur und ich sitzen am Küchentisch, und Rosaleen wuselt wie üblich mit toastbeladenen Tellern und kleinen Behältnissen für hausgemachte Marmelade, Orangenkonfitüre und Honig durch die Gegend. Das Radio dröhnt so laut, dass ich auch noch in meinem Zimmer jedes Wort verstehen könnte – irgendein Mann erzählt in nervigem Jammerton, was in der Welt wieder alles Furchtbares passiert ist. Nun tritt Rosaleen mit der Teekanne an den Tisch.

»Tee, Arthur?«

Arthur wirft den Kopf zurück wie ein Pferd, das eine Fliege aus seiner Mähne schüttelt. Ja, er möchte Tee.

Währenddessen klagt der Mann im Radio darüber, dass schon wieder eine Fabrik in Irland geschlossen wird und hundert Menschen ihren Arbeitsplatz verlieren.

Arthur atmet ein, zieht eine Ladung Schleim durch die

Nase hoch und von dort hinunter in den Rachen. Das heißt, ihm gefällt diese Nachricht nicht.

Dann erscheint Rosaleen mit dem nächsten Toaststapel. »Oh, ist das nicht schrecklich? Gott steh diesen armen Menschen bei! Vor allem den Kindern – jetzt, wo ihr Daddy keine Arbeit mehr hat.«

»Und den Müttern«, füge ich hinzu und nehme mir eine Scheibe Toast.

Aufmerksam sieht Rosaleen zu, wie ich in meinen Toast beiße, und ihre grünen Augen werden ganz groß, während ich langsam kaue. Immer beobachtet sie mich beim Essen, es macht mich ganz kirre. Als wäre sie die Hexe aus *Hänsel und Gretel*, die überprüft, ob ich schon fett genug bin, dass es sich lohnt, mich auf dem großen Holzherd zu braten, die Hände auf den Rücken gefesselt, einen Apfel im Mund. Ein Apfel wäre mir übrigens sehr recht. Das wäre das Kalorienärmste, was mir hier jemals vorgesetzt worden ist.

Ich schlucke den Bissen hinunter und lege den Rest des Toasts auf meinen Teller.

Enttäuscht über meine schwache Leistung wendet Rosaleen sich ab.

Jetzt reden sie in den Nachrichten über eine von der Regierung angeordnete Steuererhöhung, und Arthur zieht wieder kräftig Schleim hoch. Wenn ihm noch mehr schlimme Nachrichten zu Ohren kommen, ist er so verschleimt, dass er bald keinen Platz mehr für sein Frühstück hat. Er ist Mitte vierzig, sieht aber viel älter aus und benimmt sich auch so. Von den Schultern nach oben erinnert er mich an eine Riesengarnele, immer gebeugt, sei es über sein Essen oder über seine Arbeit.

Rosaleen erscheint wieder, mit einem irischen Frühstück, von dem sämtliche Kinder der hundert entlassenen Fabrikarbeiter locker satt werden würden.

Arthur wirft den Kopf zurück. Er freut sich.

Dann steht Rosaleen neben mir und schenkt mir Tee ein. Ein Gingersnap Latte wäre mir natürlich wesentlich lieber, aber ich kippe ein bisschen Milch in das Gebräu und fange an zu schlürfen. Rosaleen lässt mich nicht aus den Augen, bis ich schlucke.

Wie alt Rosaleen genau ist, weiß ich nicht, wahrscheinlich auch Anfang, Mitte vierzig, aber auch sie sieht locker zehn Jahre älter aus. In ihrem vorn durchgeknöpften Blümchenkleid und dem Unterrock könnte sie aus den Vierzigerjahren stammen. Meine Mum hat noch nie Unterröcke getragen, sie ist überhaupt sehr sparsam mit ihrer Unterwäsche. Ihre straßenköterbraunen Haare trägt Rosaleen kinnlang, streng in der Mitte gescheitelt und hinter ihre kleinen rosa Mauseöhrchen geklemmt, sodass man deutlich die grauen Ansätze sieht. Noch nie habe ich Ohrringe oder Make-up an ihr gesehen, dafür hat sie immer ein goldenes Kruzifix an einer goldenen Halskette umhängen. Sie gehört zu den Frauen, von denen meine Freundin Zoey immer sagt, sie sehen aus, als hätten sie in ihrem ganzen Leben noch nie einen Orgasmus gehabt. Während ich den Fettrand vom Schinkenspeck abschneide und Rosaleen deswegen schon wieder die Augen aufreißt, frage ich mich, ob Zoey wohl einen Orgasmus hatte, als sie mit Fiachrá geschlafen hat. Dann denke ich an den Hockeyschläger, und sofort kommen mir Zweifel.

Auf der anderen Straßenseite, direkt gegenüber vom Torhaus, steht ein kleines, einstöckiges Haus, ein Bungalow. Keine Ahnung, wer dort wohnt, aber Rosaleen bringt jeden Tag Essenspakete hin. Zwei Meilen die Straße runter ist die Post, die jemand in seinem Privathaus betreibt, und gegenüber davon die kleinste Schule, die ich je gesehen habe und die – ganz anders als meine Schule zu Hause, in der das ganze

Jahr über stündlich irgendwelche Aktivitäten stattfinden – im Sommer komplett leer steht. Ich habe Rosaleen gefragt, ob da vielleicht Yogakurse oder etwas Ähnliches angeboten würden, aber sie hat mir erklärt, dass sie mir gerne zeigen kann, wie man selbst Joghurt macht. Dabei machte sie so einen glücklichen Eindruck, dass ich es nicht übers Herz brachte, sie über das Missverständnis aufzuklären. In der ersten Woche habe ich ihr tatsächlich beim Zubereiten von Erdbeerjoghurt zugeschaut. Sie hat so viel davon gemacht, dass nach zwei Wochen immer noch was davon übrig war.

Das Torhaus, in dem Arthur und Rosaleen wohnen, hat im achtzehnten Jahrhundert den Seiteneingang des Kilsaney Castle bewacht. Den Haupteingang zum Schloss bildet ein heruntergekommenes, irgendwie sehr unheimliches gotisches Tor. Jedes Mal, wenn ich daran vorbeikomme, stelle ich mir vor, dass abgeschlagene Köpfe daran hängen. Das Schloss wurde als Befestigungsanlage des *Norman Pale* erbaut – das war die Gegend im Osten Irlands, die nach der Invasion von Strongbow von den Normannen und Engländern kontrolliert wurde –, also irgendwann zwischen 1170 und 1270, was, wenn man es sich überlegt, eine ziemlich vage Zeitangabe ist. Ob etwas von mir oder von meinen Halbroboter-Ur-Ur-Ur-Ur-Ur-Enkeln stammt, macht doch einen ziemlichen Unterschied, finde ich. Jedenfalls gehörte das Schloss einem normannischen Kriegsherrn, und deshalb denke ich immer an die abgehackten Köpfe. Denn das haben die damals doch gemacht, oder nicht?

Die Gegend hier nennt sich County Meath. Früher hieß sie East Meath, und zusammen mit West Meath – wer hätte das gedacht! – bildete sie eine eigenständige fünfte Provinz Irlands, das Territorium des Hochkönigs. Der ehemalige Sitz der Hochkönige, der Hill of Tara, liegt nur ein paar Kilometer entfernt. Derzeit ist er ständig in den Nachrichten, weil ganz in der Nähe eine Autobahn gebaut werden soll. Vor ein paar Monaten mussten wir in der Schule darüber diskutieren. Ich habe für den Bau der Autobahn plädiert, unter anderem mit der Begründung, dass es dem König bestimmt gefallen hätte, wenn er auf dem Weg in sein Büro nicht durch irgendwelche matschigen Mistfelder waten und sich die Sandalen hätte dreckig machen müssen. Außerdem brachte ich noch das Argument vor, dass die Gegend durch die Autobahn für die Touristen zugänglicher werden würde – sie könnten einfach direkt ranfahren oder den Hügel von den zweistöckigen offenen Bussen ablichten, die mit hundertzwanzig Stundenkilometern über die Autobahn brettern. Eigentlich war das ironisch gemeint, aber unsere Aushilfslehrerin tickte völlig aus, weil sie dachte, es wäre mein Ernst, und sie gehörte zu einer Bürgerinitiative, die den Bau der Straße verhindern will. Es ist so leicht, Aushilfslehrer an den Rand des Nervenzusammenbruchs zu bringen. Vor allem diejenigen, die glauben, sie könnten den Schülern etwas Gutes tun. Ich hab euch ja gesagt – ich war ziemlich eklig.

Nach dem normannischen Psycho lebten verschiedene Lords und Ladys in dem Schloss, die alle irgendwelche Ställe und Nebengebäude anbauen ließen. Ein Lord konvertierte sogar zum Katholizismus, nachdem er eine katholische Frau geheiratet hatte, was sehr kontroverse Reaktionen hervorrief. Als besonderes Geschenk für die Familie ließ er eine Kapelle bauen. Ich und Mum haben als besonderes Geschenk einen Swimmingpool bekommen – aber jedem das Seine. Das Grundstück ist von einer sogenannten Hungermauer umgeben, einem Projekt, das den Menschen während der Großen Hungersnot Arbeit verschaffen sollte. Die Mauer verläuft direkt neben Arthur und Rosaleens Garten und Haus, und ich bekomme jedes Mal eine Gänsehaut, wenn ich sie ansehe. Wäre Rosaleen jemals bei uns zum Essen zu Gast gewesen, hätte sie wahrscheinlich auch gleich so eine Mauer um uns herum bauen lassen, denn wir essen nichts Kohlehydratreiches. Jedenfalls haben wir das früher nicht getan, aber jetzt stopfe ich so viel in mich hinein, dass ich locker alle Fabriken, die geschlossen werden, mit Energie versorgen könnte.

Bis etwa 1920 lebten weiterhin Abkömmlinge der Kilsaneys im Schloss, aber dann bekamen ein paar Brandstifter aus irgendwelchen Gründen nicht mit, dass die Bewohner Katholiken waren, und zündeten ihnen das Dach über dem Kopf an. Danach war nur noch ein kleiner Teil des Schlosses bewohnbar, denn es war nicht genug Geld vorhanden, um alles zu reparieren und zu beheizen, und so wurde das Gebäude in den Neunzigerjahren des letzten Jahrhunderts schließlich verlassen. Keine Ahnung, wem es inzwischen gehört, aber es ist ziemlich verfallen: kein Dach, eingestürzte Mauern, keine Treppen, ihr könnt es euch in etwa vorstellen. In der Ruine wächst alles Mögliche, und jede Menge Lebewesen huschen darin herum. Das habe ich während eines Schulprojekts selbst recherchiert. Mum hatte nämlich angeregt, ich könnte doch ein Wochenende bei Rosaleen und Arthur verbringen und ein bisschen Forschung betreiben. An diesem Tag hatten sie und Dad den größten Krach, den ich jemals gesehen oder gehört habe. Als Mum vorschlug, ich könnte wegfahren, ging Dad total an die Decke, und da ich es ohnehin für meine Tochterpflicht hielt, ihm das Leben zur Hölle zu machen, war ich nur allzu gern bereit, zu Diensten zu sein. Ehrlich gesagt, war die Atmosphäre so schrecklich, dass ich froh war, abhauen zu können. Aber kaum war ich fort, hatte ich eigentlich überhaupt keine Lust mehr, mich umzuschauen und die Geschichte des Anwesens zu erforschen. Ich überstand mit

Müh und Not den Lunch bei Rosaleen und Arthur, dann zog ich mich aufs Klo zurück und rief meine philippinische Kinderfrau Mae an – die wir inzwischen übrigens entlassen und heimschicken mussten –, damit sie mich abholte. Rosaleen erzählte ich, ich hätte Magenkrämpfe, und versuchte, nicht zu lachen, als sie mich fragte, ob ich glaubte, dass es von ihrem Apfelkuchen kam.

Am Schluss schrieb ich dann aus dem Internet einen Artikel über das Schloss ab. Prompt wurde ich zur Direktorin gerufen, und sie gab mir wegen Plagiats null Punkte für die Arbeit, was vollkommen lächerlich war, denn Zoey hatte komplett alles über Malahide Castle aus dem Internet kopiert und lediglich ein paar Wörter und Daten verändert – teilweise sogar falsch –, damit es authentischer wirkte, und bekam trotzdem eine bessere Note als ich. Wo bleibt da die Gerechtigkeit?

Das Schloss ist umgeben von gut vierzig Hektar Land, um die Arthur sich kümmert. Bei so einem riesigen Grundstück ist er natürlich schon frühmorgens auf den Beinen, kommt aber Schlag halb sechs zurück, so verdreckt wie aus dem Kohlebergwerk. Aber er beklagt sich nie, jammert auch nicht übers Wetter, nein, er steht einfach nur auf, isst sein Frühstück, bei dem er sich mit dem Radio die Ohren betäubt, und geht dann an die Arbeit. Rosaleen packt ihm eine Thermoskanne Tee und ein paar Sandwiches ein, die ihn bei Kräften halten, und er kommt zwischendurch nur selten zum Haus zurück – höchstens mal, um etwas aus der Garage zu holen, was er vergessen hat, oder weil er aufs Klo muss. Dem äußeren Anschein nach ist Arthur ein einfacher Mensch – nur nehme ich ihm das nicht recht ab. Jemand, der so wenig spricht, ist garantiert nicht so einfach, wie man auf den ersten Blick denken könnte. Es ist schwierig, nicht viel zu sagen, denn wenn man nicht redet, dann denkt man, und ich glaube, Arthur denkt eine ganze Menge, wenn der Tag lang ist. Meine Mum und mein Dad haben ständig gequasselt. Aber Schwätzer denken nicht viel, ihre Worte übertönen die Stimme des Unterbewusstseins, die fragt: *Warum hast du das gesagt? Was denkst du denn wirklich?*

Früher bin ich an Schultagen und Wochenenden so lange wie möglich im Bett geblieben, genau genommen, bis Mae mich irgendwann gegen meinen erbitterten Widerstand aus dem Bett zerrte. Aber hier wache ich früh auf. In den großen Bäumen tummeln sich die Vögel, und die sind so laut, dass ich von ihrem Gezwitscher aufwache. Ohne mich im Geringsten müde zu fühlen. Gegen sieben bin ich auf den Beinen, was für mich ein richtiges Wunder ist. Mae wäre stolz auf mich. Die Abende hier sind zu lang, deshalb muss man sich bei Tag beschäftigen. Es gibt schrecklich viel unausgefüllte Zeit.

Im Mai hat Dad seinen Entschluss gefasst, dass er genug vom Leben hatte – direkt vor meiner Prüfung fürs Junior Certificate, was ein bisschen unfair war, denn bis dahin lebte ich in dem Glauben, ich wäre diejenige, die irgendwann den Drang verspüren würde, Selbstmord zu begehen. Ich habe meine Prüfungen trotzdem gemacht. Die Ergebnisse erfahre ich erst im September. Wahrscheinlich bin ich durchgefallen, aber das kümmert mich nicht besonders, und ich glaube auch nicht, dass es sonst jemandem schlaflose Nächte bereitet. Meine ganze Klasse war auf Dads Beerdigung, es gab nämlich einen Tag schulfrei. Trotz des ganzen Chaos war es mir peinlich, dass ich vor versammelter Mannschaft heulen musste – ist das zu glauben? Aber so war es, und als ich anfing, dauerte es nicht lange, bis erst Zoey und dann Laura einstimmten. Ein Mädchen aus meiner Klasse, Fiona, mit der nie jemand redete, umarmte mich ganz fest und überreichte mir eine Karte von ihrer Familie, auf der stand, dass sie in Gedanken bei mir seien. Dann gab mir Fiona auch noch ihre Handynummer und ihr Lieblingsbuch und sagte, falls ich mit jemandem reden wollte, wäre sie immer für mich da. Damals fand ich es ein bisschen arm, dass sie sich mir beim Begräbnis meines Vaters so an den Hals schmiss, aber als ich später noch mal darüber nachdachte – und ich denke jetzt eine Menge –, fand ich, dass niemand an diesem Tag so nett zu mir war wie Fiona.

In der ersten Woche in Meath fing ich an, das Buch zu lesen. Es ist eine Art Gespenstergeschichte von einem Mädchen, das für alle anderen Menschen auf der Welt unsichtbar ist, auch für ihre Familie und ihre Freunde, obwohl alle wissen, dass sie existiert. Sie kam einfach unsichtbar zur Welt. Den Rest verrate ich nicht, aber am Ende freundet sie sich mit jemandem an, der sie sieht. Mir gefiel die Idee, und ich dachte, dass Fiona mir damit etwas sagen wollte, aber als ich bei Zoey übernachtete und ihr und Laura davon erzählte, meinten sie, das sei ja wohl der größte Quatsch, den sie je gehört hätten, und Fiona sei anscheinend noch komischer, als sie bisher gedacht hätten. Wisst ihr, was? Mir fällt es zunehmend schwer, ihre Argumente nachzuvollziehen.

In der ersten Woche hier fuhr Arthur mich nach Dublin, damit ich bei Zoey übernachten konnte. In der ganzen eineinviertel Stunde Fahrt sprachen wir kein Wort. Das Einzige, was er sagte, war: »Radio?«, und als ich nickte, stellte er einen von den Sendern ein, in dem nur über die Probleme des Landes geredet und kein Ton Musik gespielt wird, und dazu schleimschnaubte er die ganze Zeit. Trotzdem war es besser als totale Stille. Nachdem ich die Nacht bei Zoey und Laura verbracht und ununterbrochen über Arthur gemeckert hatte, fühlte ich mich ganz zuversichtlich. Das war endlich wieder mein altes Selbst. Wir waren alle der Meinung, dass Arthur und Rosaleen ihrem Ruf als Dorfpunks alle Ehre machten und dass ich mich nicht in ihre Spinnerexistenz hineinziehen lassen durfte. Das bedeutete, dass ich auf der Heimfahrt im Auto gefälligst hören konnte, was ich wollte. Aber als Arthur mich am nächsten Tag mit seinem verdreckten Land Rover abholte, über den Zoey und Laura gar nicht genug kichern konnten, tat mir mein Onkel leid. Ja, er tat mir richtig leid.

Aber dass ich in ein Haus zurückmusste, das nicht meines war, in einem Auto, das nicht meines war, dass ich in einem Zimmer schlafen musste, das nicht meines war, und mit einer Mutter reden musste, die sich überhaupt nicht wie meine Mutter benahm – das alles weckte in mir den Wunsch, mich wenigstens an dem einen festzuhalten, was mir vertraut war. An der Person, die ich einmal war. Natürlich war es nicht unbedingt das Richtige zum Festhalten, aber besser als nichts. Deshalb veranstaltete ich im Auto ein Mordstheater und sagte Arthur, ich wollte einen anderen Sender hören. Einen Song lang ließ er meinen Lieblingssender laufen, aber dann war er entsetzt von den Pussycat Dolls, die davon sangen, dass sie sich richtige Titten wünschten, grummelte eine Weile und schaltete schließlich doch wieder auf den Quasselsender um. Ich starrte wütend aus dem Fenster, hasste ihn und hasste mich. Eine halbe Stunde lauschten wir einer Frau, die dem Moderator am Telefon vorheulte, dass ihr Mann seinen Job in einer Computerfirma verloren hatte und keine neue Stelle finden konnte, obwohl sie doch vier Kinder zu versorgen hatten. Meine Haare hingen mir ins Gesicht, und ich konnte nur hoffen, dass Arthur nicht sah, wie ich heulte. Traurige Dinge gehen mir zurzeit total an die Nieren. Natürlich hatte ich solche Geschichten schon öfter gehört, aber irgendwie nie richtig wahrgenommen. Weil mir so was einfach nie passiert war.

Ich hatte keine Ahnung, wie lange wir bei Rosaleen und Arthur wohnen würden, und niemand war bereit, mir diese Frage zu beantworten. Arthur redete nicht, mit meiner Mum konnte man auch nicht mehr kommunizieren, und Rosaleen war von einer Frage dieser Größenordnung sowieso überfordert.

Mein Leben verlief ganz und gar nicht nach Plan. Ich war sechzehn und hätte Sex mit Fiachrá haben sollen. Den Sommer hätte ich in unserer Villa in Marbella verbringen sollen, jeden Tag schwimmen gehen, auf Grillpartys und abends im *Angels & Demons* rumhängen, um den nächsten Typen kennenzulernen, mich in ihn zu verknallen und mit ihm zu schlafen. Ich war überzeugt, dass es mein Tod wäre, wenn der erste Mann, mit dem ich schlief, am Ende mein Ehemann würde. Aber nun lebte ich in diesem Kaff. In einem Torhaus mit drei Verrückten, und in der Nähe gab es weiter nichts als einen Bungalow, dessen Bewohner ich noch nie zu Gesicht bekommen hatte, ein Postamt, das sich praktisch im Wohnzimmer eines Privathauses befand, eine leer stehende Schule und eine Schlossruine. Nichts, mit dem ich auch nur das Geringste anfangen konnte.

Jedenfalls dachte ich das.

Aber vielleicht sollte ich meine Geschichte lieber mit unserer Ankunft beginnen.

3

Der Neuanfang fängt an

Barbara, die beste Freundin meiner Mum, fuhr uns zu unserer neuen Bleibe nach Meath. Den ganzen Weg sagte Mum kein Wort. Kein einziges Wort. Auch nicht, wenn man sie direkt ansprach oder etwas fragte. Das war ziemlich schwer zu ertragen, und irgendwann war ich so genervt, dass ich sie anschrie – zu diesem Zeitpunkt habe ich noch versucht, eine Reaktion aus ihr herauszulocken.

Es passierte, weil Barbara sich verfahren hatte. Das Navi in ihrem BMW X5 erkannte die Adresse nicht und schickte uns einfach in den nächsten Ort, den es ermitteln konnte. Als wir diesen Ort, ein Städtchen namens Ratoath, erreichten, musste sich Barbara dann wohl oder übel auf ihr eigenes Gehirn verlassen und konnte nicht mehr auf die Hilfe der Gerätschaften in ihrem SUV zurückgreifen. Leider ist Barbara, wie sich herausstellte, keine große Denkerin. Nachdem wir zehn Minuten auf irgendwelchen Landstraßen mit wenig Besiedlung und keinerlei Beschilderung herumgekurvt waren, wurde sie allmählich nervös. Diese Straßen existierten ihrem Navi zufolge überhaupt nicht. Vielleicht hätte das ein Zeichen für mich sein sollen. Da Barbara es gewohnt war, sich auf ein Ziel zuzubewegen, und nicht, auf unsichtbaren

Sträßchen herumzuirren, begann sie Fehler zu machen, fuhr blind über Kreuzungen, geriet gefährlich oft auf die andere Fahrbahn. Leider war ich im Lauf der Jahre auch nicht sehr oft in der Gegend gewesen und konnte ihr nicht viel helfen, aber wir hatten vereinbart, dass ich auf der linken Seite nach dem Torhäuschen Ausschau halten sollte und sie auf der rechten. Plötzlich fauchte sie mich an, ich sollte mich gefälligst konzentrieren und nicht vor mich hin träumen, dabei hatte ich mich nur ein bisschen ausgeruht, weil ich genau sehen konnte, dass es mindestens eine Meile überhaupt kein Tor gab und es deshalb auch sinnlos war, nach einem Torhaus Ausschau zu halten. Das teilte ich Barbara auch mit. Doch sie hatte inzwischen die Grenze ihrer Belastbarkeit erreicht und schimpfte munter weiter, das würde ja wohl nichts anderes als »scheiß drauf« bedeuten, und wenn wir doch schon auf »beschissenen Straßen, die es nicht gibt« herumgondelten, könnte das »beschissene Torhaus«, das wir suchten, doch genauso gut auch »ein beschissenes Haus ohne ein beschissenes Tor« sein. Das Wort »beschissen« so oft aus Barbaras Mund zu hören, war ziemlich krass, denn normalerweise benutzt sie bestenfalls Ausdrücke wie »Pustekuchen« oder »Papperlapapp«, wenn sie sich ärgert.

Natürlich hätte Mum uns helfen können, aber sie saß auf dem Beifahrersitz und betrachtete stumm lächelnd die Landschaft. In meiner Verzweiflung legte ich den Mund ganz dicht an ihr Ohr – okay, ich sehe ein, dass das nicht richtig und auch nicht sehr schlau war, aber es fiel mir echt nichts Besseres mehr ein – und brüllte sie an, so laut ich konnte. Mum zuckte erschrocken zusammen, hielt sich die Ohren zu, und als sie den Schock überwunden hatte, begann sie mit beiden Händen auf mich einzudreschen, als wäre mein Kopf ein Bienenschwarm, den sie verscheuchen wollte. Es tat auch richtig weh. Sie zog mich an den Haaren, kratzte und ohrfeigte mich rechts und links, und ich schaffte es nicht, mich loszureißen. Jetzt hatte Barbara endgültig die Nase voll, fuhr an den Straßenrand und trennte Mum mit Gewalt von mir. Dann stieg sie aus und fing an, schluchzend am Straßenrand auf und ab zu wandern. Ich heulte ebenfalls, und mein Kopf dröhnte, weil Mum ihn so in die Mangel genommen hatte. Dort, wo ich herkomme, ist es Mode, die Haare wie einen Heuhaufen zu stylen, aber Mum hatte meinen sorgfältigen Aufbau total ruiniert, und ich sah aus wie aus der Klapsmühle ausgebrochen. Schließlich kletterte ich auch aus dem Auto, und nun saß Mum allein da, kerzengerade, und starrte wütend geradeaus.

»Komm her, Herzchen«, rief Barbara unter Tränen, als sie mich sah, und streckte mir die Arme entgegen.

Sie brauchte mich nicht zweimal zu bitten, ich sehnte mich nach einer Umarmung. Selbst wenn Mum gut drauf war, hatte sie kein großes Bedürfnis nach Körperkontakt. Sie war extrem schlank, immer auf Diät und hatte zum Essen die gleiche Beziehung wie zu Dad. Sie liebte es, wollte aber meistens nichts davon wissen, weil sie dachte, es wäre nicht gut für sie. Das weiß ich, weil ich mal ein Gespräch zwischen ihr und einer Freundin belauscht habe, als sie um zwei Uhr morgens von einem Ladys-Lunch zurückkam. Was das Umarmen anging, so war es ihr einfach unbehaglich, jemandem körperlich so nahe zu sein. Sie war selbst kein Mensch, der in sich ruhte, deshalb konnte sie auch keine Geborgenheit vermitteln. Genauso, wie man anderen auch keine Ratschläge geben kann, wenn man selbst ratlos ist. Ich glaube nicht, dass andere Menschen unwichtig für sie waren. Ich hatte nie das Gefühl, dass Gleichgültigkeit ihr Problem war. Na ja, manchmal vielleicht schon, aber bestimmt nicht immer und nicht grundsätzlich.

So standen Barbara und ich am Straßenrand, hielten einander im Arm und weinten, und Barbara entschuldigte sich immer wieder, weil das für mich alles so unfair sei. Als sie ausgestiegen war, hatte sie den Wagen ziemlich schräg stehen lassen, und er ragte ein ganzes Stück in die Straße, sodass sich jedes vorbeifahrende Auto verpflichtet fühlte, uns anzuhupen. Aber wir achteten einfach nicht darauf.

Danach hatte die Spannung etwas nachgelassen. Ihr wisst schon – wie sich die Wolken vor dem Regen zusammenballen, so ähnlich war es uns auf dem Weg von Killiney auch ergangen. Das Unwetter hatte sich zusammengebraut und schließlich entladen. Aber weil wir nun die Chance gehabt hatten, wenigstens einem Teil unseres Kummers Luft zu machen, konnten wir uns besser auf das einstellen, was vor uns lag. Wie sich herausstellte, hatten wir dazu allerdings nicht mehr wirklich Gelegenheit, denn als wir um die nächste Kurve bogen, waren wir am Ziel. Trautes Heim, Glück allein. Rechts war ein Tor und kurz dahinter, auf der linken Seite, ein Haus – das Hexenhäuschen. Und hinter dem kleinen grünen Gartentor standen Rosaleen und Arthur, die sicher schon Gott weiß wie lange auf uns warteten, denn inzwischen hatten wir fast eine Stunde Verspätung. Wahrscheinlich hatten sie sich vorgenommen, uns ganz locker und ungezwungen zu empfangen, aber als sie unsere Gesichter sahen, ließ sich die Scharade nicht mehr aufrechterhalten. Da wir nicht gewusst hatten, dass wir schon direkt vor dem Torhaus waren, befanden wir uns in einem reichlich desolaten Zustand. Barbara und ich hatten rote Augen vom Weinen, Mum saß mit grimmigem Gesicht auf dem Beifahrersitz, meine Haare waren völlig zerzaust – na ja, sagen wir mal, noch zerzauster als gewöhnlich.

Wahrscheinlich war dieser Moment für Arthur und Rosaleen ziemlich schwierig, aber ich war so mit mir selbst und meinem Widerwillen gegen diesen Umzug beschäftigt, dass ich keinen Gedanken daran verschwendete, was sie auf sich nahmen – sie stellten ihr Heim zwei Menschen zur Verfügung, zu denen sie eigentlich gar keine Beziehung hatten. Das muss unglaublich aufreibend für sie gewesen sein, aber ich kam kein einziges Mal auf die Idee, mich zu bedanken.

Barbara und ich stiegen aus. Sie ging zum Kofferraum, um das Gepäck zu holen, und vermutlich auch, um uns die Gelegenheit zu geben, uns in Ruhe zu begrüßen. Aber so lief es nicht: Ich blieb wie versteinert stehen, starrte Arthur und Rosaleen an, die sich ihrerseits keinen Schritt hinter ihrem grünen Gartentörchen hervorwagten, und wünschte mir, ich hätte Brotkrümel auf dem Weg von Killiney bis hierher ausgestreut, damit ich den Weg zurück nach Hause finden konnte.

Hektisch wie ein Erdmännchen blickte Rosaleen von einem zum andern und versuchte offenbar, gleichzeitig das Auto, Mum, mich und Barbara ins Visier zu bekommen. Dabei verschränkte sie abwechselnd die Hände vor der Brust und löste sie wieder, um sich das Kleid glatt zu streichen – absurde, fahrige Gesten, die mich an ein Mädchen erinnerten, das sich zur Kirmeskönigin wählen lassen will. Schließlich raffte Mum sich auf, öffnete die Autotür und stieg aus. Zögernd setzte sie einen Fuß nach dem anderen auf den Kies, aber als sie zum Torhaus hochblickte, verschwand auf einmal der Zorn aus ihrem Gesicht, und sie lächelte, sodass ihre mit Lippenstift verschmierten Zähne blitzten.

»Arthur!«, rief sie und breitete die Arme aus, als wäre sie selbst die Gastgeberin und würde ihren Bruder an ihrer Haustür zu einer Dinnerparty empfangen.

Arthur schleimschnaubte, atmete den Rotz tief ein – das erste Mal, dass ich diese Art der Kommunikation miterlebte –, und ich rümpfte unwillkürlich die Nase. Dann trat er auf Mum zu. Sie ergriff seine Hände und sah ihn mit zur Seite geneigtem Kopf an, während das seltsame Lächeln noch immer an ihren Lippen zog wie ein schlechtes Lifting. Mit einer linkischen Bewegung beugte sie sich vor und legte ihre Stirn an seine. Arthur ertrug die Berührung eine Millisekunde länger, als ich es von ihm erwartet hätte, dann tätschelte er Mums Nacken und wandte sich ab, um mir einen Klaps auf den Kopf zu geben wie einem treuen Collie, was meine Haare noch mehr durcheinanderbrachte. Schließlich ging er zum Kofferraum, um Barbara mit dem Gepäck zu helfen. So blieben Mum und ich mit Rosaleen allein und konnten uns ungestört anstarren, nur starrte Mum nicht mit, sondern atmete mit geschlossenen Augen die frische Luft ein und lächelte weiter. Trotz der deprimierenden Situation hatte ich in diesem Moment das Gefühl, dass der Umzug Mum guttun könnte.

Damals habe ich mir nicht so viele Sorgen um sie gemacht wie heute. Seit Dads Begräbnis war erst ein Monat vergangen, und wir fühlten uns beide noch wie betäubt und unfähig, viel miteinander – oder auch mit anderen – zu sprechen. Die meisten unserer Bekannten waren so damit beschäftigt, uns nette Dinge, taktlose Dinge oder was ihnen sonst so in den Kopf kam, zu sagen – manchmal kam es mir fast so vor, als müssten wir *sie* trösten, statt umgekehrt –, dass Mums Verhalten gar nicht weiter auffiel. Genau wie alle anderen seufzte sie gelegentlich und ließ hier und da ein paar passende Worte fallen. Eigentlich ist eine Beerdigung wie ein Spiel. Man muss einfach mitmachen, das Richtige sagen, das Richtige tun und ansonsten abwarten, bis es vorbei ist. Freundlich sein, aber auch nicht zu viel lächeln, traurig aussehen, aber nicht zu traurig – man möchte ja nicht, dass die Familie sich noch schlechter fühlt –, Hoffnung verbreiten, aber nicht so, dass der Optimismus als Mangel an Mitgefühl oder als Unfähigkeit zur Realitätsbewältigung ausgelegt werden kann. Denn wenn alle absolut ehrlich wären, würde es jede Menge Krach und Streit geben – Schuldzuweisungen, Tränen und Geschrei.

Ich finde, es müsste einen Realitäts-Oscar geben. Und der Oscar für die beste Hauptdarstellerin geht an Alison Flanagan! Dafür, dass sie letzten Montag ordentlich geschminkt und geföhnt durch den Hauptgang im Supermarkt marschiert ist, obwohl sie eigentlich sterben wollte, und dabei sogar noch Sarah und Deirdre von der Elternvertretung freundlich angelächelt und sich überhaupt nicht so benommen hat, als wäre sie gerade von ihrem Ehemann mit drei Kindern sitzen gelassen worden. Bitte, Alison, kommen Sie auf die Bühne, und nehmen Sie Ihre wohlverdiente Auszeichnung entgegen! Der Preis für die beste Darstellerin in einer Nebenrolle geht an die Frau, wegen der Alisons Mann sie verlassen hat. Sie hat nur zwei Gänge weiter am Regal gestanden und so hastig den Supermarkt verlassen, dass sie zwei Zutaten für die Lieblingslasagne ihres neuen Freunds vergessen hat. Als bester Hauptdarsteller wird Gregory Thomas ausgezeichnet, und zwar für seine Leistung beim Begräbnis seines Vaters, mit dem er die letzten zwei Jahre kein Wort gewechselt hat. Bester Nebendarsteller ist Leo Mulcahy für seine Rolle als Trauzeuge bei der Hochzeit seines besten Freunds Simon mit der einzigen Frau, die Leo jemals wirklich geliebt hat und lieben wird. Kommen Sie, und holen Sie Ihre Trophäe ab, Leo!

Damals dachte ich, Mum würde einfach die Rolle der guten Witwe spielen, aber als sich ihr Verhalten nicht änderte und ich immer mehr den Eindruck gewann, dass sie wirklich nicht wusste, was um sie herum abging, als sie die gleichen kleinen Worte und Seufzer einfach weiter bei jedem Gespräch benutzte, fragte ich mich, ob sie vielleicht bluffte. Ich frage mich immer noch, wie viel sie tatsächlich begreift und wann sie uns nur was vorspielt, um sich nicht mit der Wirklichkeit auseinandersetzen zu müssen. Dass sie sich unmittelbar nach Dads Tod sonderbar verhalten hat, ist ja verständlich. Aber als die anderen sich dann wieder ihrem eigenen Leben zuwandten, wurde sie nicht etwa langsam wieder normal, sondern driftete immer weiter ab, und offenbar war ich der einzige Mensch, der das bemerkte.

Es war keine überzogene Maßnahme der Bank, uns hochkant aus unserem Haus zu werfen. Man hatte meinem Dad das Datum der Zwangsräumung längst mitgeteilt, er hatte nur vergessen, die Information an uns weiterzugeben – genau wie er auch vergaß, uns Lebewohl zu sagen. Irgendwann hätten wir sowieso gehen müssen, und man ließ uns schon wesentlich länger bleiben als angedroht. Als es so weit war, konnten Mum und ich für eine Woche in Barbaras Haus unterschlüpfen, im hinteren Teil, wo sonst ihre philippinische Kinderfrau wohnt. Aber schließlich mussten wir da auch weg, weil Barbara den Sommer in ihrem Haus in St. Tropez verbringen wollte und offenbar befürchtete, wir würden ihr das Tafelsilber klauen, während sie uns nicht auf die Finger schauen konnte.

Obwohl ich vorhin gesagt habe, dass ich mir damals noch nicht solche Sorgen wegen Mum machte, heißt das nicht, dass ich ihren Zustand ganz locker hinnahm. Ich wollte ihr schon vor dem Umzug vorschlagen, einen Arzt aufzusuchen, aber jetzt denke ich, sie sollte sich in eine dieser Institutionen einliefern lassen, in denen die Leute den ganzen Tag planlos in hinten offenen Kittelhemdchen hin und her laufen oder dasitzen und vor und zurück schaukeln. Aber als ich Barbara gegenüber erwähnte, dass ich fand, Mum sollte zum

Arzt gehen, forderte sie mich ziemlich von oben herab auf, am Küchentisch Platz zu nehmen, und erklärte mir, das wäre nicht nötig, denn meine Mum würde lediglich einen »Trauerprozess« durchmachen. Ihr könnt euch wahrscheinlich vorstellen, wie sehr ich mich mit meinen sechzehn Jahren freute, diesen Begriff endlich kennenzulernen. Deshalb versuchte ich, sie möglichst schnell abzulenken, und schnitt das Thema Rumfummeln an. Aber sie ließ sich nicht darauf ein, sondern fragte mich, ob es mir was ausmachen würde, mich kurz auf ihren Koffer zu setzen, damit sie den Reißverschluss zuziehen konnte. Ansonsten ist Lulu für solche Dinge zuständig, aber die brachte grade die Kids zum Reiten und war daher nicht verfügbar. Als ich dann auf Barbaras vollgestopftem Louis-Vuitton-Koffer saß und sie ihre Bikinis mit Zebradruck, ihre goldenen Zehensandalen und albernen Sonnenhüte hineinzuquetschen versuchte, wünschte ich mir, das Ding würde auf dem Gepäckband in St. Tropez aufplatzen, und zwar so, dass ihr Vibrator laut brummend und für alle Mitreisenden gut sichtbar herauskullerte.

Nun standen wir also am ersten Tag meines neuen Lebens vor dem Torhaus, Mum hatte die Augen geschlossen, Rosaleen fixierte mich und fuhr sich dabei mit ihrer kleinen rosa Zunge unablässig über die Lippen, Arthur schleimschnaubte, was bedeutete, dass er Barbara das Gepäck nicht tragen lassen wollte, und Barbara – in ihrem legeren Jogginganzug, ihren Flipflops und dem gerade frisch mit Bräunungsspray bearbeiteten orangebraunen Gesicht – sah ihn verwirrt an und versuchte wahrscheinlich, den Brechreiz zu unterdrücken, der sie wegen der Schleimschnauberei zu überwältigen drohte.

»Jennifer«, brach Rosaleen endlich das Schweigen.

Mum öffnete die Augen und lächelte strahlend, als würde sie Rosaleen erkennen und hätte die Situation im Griff. Wenn man nicht wie ich im letzten Monat jede Sekunde mit ihr verbracht hatte, hätte man denken können, sie wäre ganz in Ordnung. Sie konnte ziemlich gut bluffen.

»Willkommen«, lächelte Rosaleen.

»Ja. Danke.« Mum wählte die richtige Reaktion aus ihrer kleinen Wortdatei.

»Kommt rein, kommt rein, wir wollen zusammen Tee trinken«, rief Rosaleen mit dringlicher Stimme, als schwebten wir in Lebensgefahr, wenn wir nicht umgehend einen Tee bekamen.

Aber ich hatte keine Lust, ihr zu folgen. Ich wollte dieses Haus nicht betreten, weil ich mich sonst der Tatsache hätte stellen müssen, dass das Neue begann. Weil ich die Realität anerkannt hätte. Dass wir uns nicht mehr in dem Schwebezustand befanden wie bei den Begräbnisvorbereitungen oder in Barbaras Hinterhaus. Das hier war unsere neue Lebensform, und sie musste irgendwann beginnen.

Arthur, die Riesengarnele, eilte mit Taschen beladen an mir vorbei und den Gartenweg hinauf. Er war stärker, als er auf den ersten Blick wirkte.

Dann knallte plötzlich der Kofferraum zu, und ich wirbelte erschrocken herum. Barbara fummelte mit den Autoschlüsseln herum und trat nervös von einem Louis-Vuitton-Flipflop auf den anderen. Erst jetzt fiel mir auf, dass sie Watte zwischen den Zehen stecken hatte. Sie sah mich ein wenig verlegen an, als überlege sie fieberhaft, wie sie mir am besten beibringen konnte, dass sie mich gleich im Stich lassen würde.

»Ich hab gar nicht gemerkt, dass du auch noch eine Pediküre hast machen lassen«, sagte ich, um das peinliche Schweigen zu durchbrechen.

»Ja«, erwiderte sie, sah auf ihre Füße hinunter und wackelte mit den Zehen, als wollte sie meine Bemerkung damit bestätigen. Auf den großen Zehen funkelten kleine Juwelen. Schließlich fügte sie hinzu: »Danielle hat uns für morgen Abend zu einer Party auf ihrer Jacht eingeladen.«

Die meisten Leute würden sich wahrscheinlich fragen, was diese beiden Sätze miteinander zu tun hatten, aber ich verstand den Zusammenhang sofort. Auf Danielles Jacht kann man keine Schuhe tragen, und dadurch würde der Wettbewerb mit Zehenschmuck und weißen Nagelrändern besonders heftig ausfallen. Diese Frauen würden auch eine Möglichkeit finden, ihre Kniescheiben zu schmücken, wenn sie das einzig sichtbare Körperteil wären.

Schweigend sahen wir einander an. Barbara brannte offensichtlich darauf, wegzufahren. Und ich brannte darauf, mitzukommen. Ich wollte auch barfuß am Mittelmeerstrand herumlaufen, ich wollte auch dabei sein, wenn Danielle zwischen ihren Gästen umherschwebte, ein Martiniglas anmutig zwischen den eckig gefeilten, französisch manikürten Nägeln balancierend, in einem tief ausgeschnittenen Cavalli-Kleid, das ihre Brüste entblößte – fest wie die mit Pimiento gefüllte Olive in ihrem Glas –, auf dem Kopf keck und schief eine Kapitänsmütze, mit der sie aussah wie Captain Birdseye in Frauenkleidern. Das alles wollte ich nicht verpassen.

»Es wird dir bestimmt gut gehen hier, Schätzchen«, sagte Barbara, und ich spürte, dass sie es ehrlich meinte. »Es sind schließlich deine Verwandten.«

Unsicher sah ich mich zu dem Hexenhäuschen um und hätte am liebsten wieder angefangen zu heulen.

»Ach Schätzchen«, sagte Barbara, als sie es merkte, und kam wieder mit ausgestreckten Armen auf mich zu. Sie war eine richtig gute Umarmerin, eine Expertin für Körperkontakt. So war es denn auch ausgesprochen angenehm, meinen Kopf an ihre Brust zu betten – vielleicht waren auch die

Implantate nicht ganz unschuldig. Jedenfalls drückte ich sie noch einmal ganz fest und schloss die Augen, aber sie ließ mich ein bisschen früher los, als ich mir gewünscht hätte, und so taumelte ich etwas unsanft zurück in die Realität.

»Okay«, sagte sie, während sie Zentimeter um Zentimeter zurück zu ihrem Auto schlich, bis sie die Hand auf den Türgriff legen konnte. »Ich möchte da drin nicht stören, sag ihnen bitte …«

»Kommt rein, kommt rein«, unterbrach uns Rosaleens Stimme aus dem Dunkel der Hexenhausdiele und vereitelte Barbaras Vorhaben. »Hallo, ihr beiden«, fuhr sie fort, und Rosaleen erschien an der Tür. »Wie wär's mit einem Tässchen Tee? Tut mir leid, aber ich weiß gar nicht, wie Sie heißen. Jennifer hat uns nicht miteinander bekannt gemacht.«

Daran würde sie sich gewöhnen müssen. Es gab eine ganze Menge Dinge, um die Jennifer sich zurzeit nicht kümmerte.

»Ich bin Barbara«, antwortete Barbara, und ich sah, wie sie den Türgriff noch ein bisschen fester umklammerte.

»Barbara«, wiederholte Rosaleen, und ihre grünen Augen schimmerten wie bei einer Katze. »Ein Tässchen Tee, ehe Sie heimfahren, Barbara? Es gibt auch frische Scones und hausgemachte Erdbeermarmelade.«

Barbaras Gesicht war zu einem Lächeln erstarrt, während sie sich den Kopf nach einer Ausrede zermarterte.

»Sie kann keinen Tee mit uns trinken«, antwortete ich für sie. Erst dankbar und dann schuldbewusst sah Barbara mich an.

»Oh …« Rosaleen machte ein langes Gesicht, als hätte ich ihr gerade ihre Teeparty verdorben.

»Sie muss möglichst schnell heim und ihren Gesichtsbräuner abwaschen«, erklärte ich. Wie gesagt, ich bin ein schrecklicher, schrecklicher Mensch, und obwohl Barbara ja eigentlich nicht für mein Unglück verantwortlich war, rächte ich mich an ihr, weil ich mich im Stich gelassen fühlte. »Und ihre Zehen sind auch noch feucht«, setzte ich mit einem Achselzucken hinzu.

»Oh«, sagte Rosaleen noch einmal und sah uns so verständnislos an, als hätte ich chinesisch gesprochen. »Dann vielleicht einen Kaffee?«

Ich fing an zu lachen, Rosaleen machte ein beleidigtes Gesicht, und Barbara flipfloppte hinter meinem Rücken vorbei, ohne mich anzusehen. Dabei hatte ich ihr doch nur den Abgang leichter gemacht. Neben Rosaleen sah Barbara sogar in ihrem Velours-Jogginganzug, ihren Flipflops und dem fleckigen selbstgebräunten Hals wie eine exotische Göttin aus. Und dann wurde sie vom Hexenhaus verschlungen wie ein Schmetterling von der Venusfalle.

Obwohl Rosaleen mich hoffnungsvoll anstarrte, schaffte ich es immer noch nicht, mich der Gesellschaft anzuschließen.

»Ich seh mich mal ein bisschen um«, verkündete ich stattdessen.

Rosaleen wirkte enttäuscht, als hätte ich ihr etwas abgeschlagen, was ihr sehr am Herzen lag. Ich wartete darauf, dass sie wieder ins Haus zurückging und in die Finsternis der Diele verschwand, die mir wie eine andere Dimension vorkam. Aber sie rührte sich nicht vom Fleck, sondern blieb auf der Veranda stehen und beobachtete mich, bis mir endlich klar wurde, dass ich mich als Erste in Bewegung setzen musste. Unter ihren durchdringenden Blicken sah ich mich um. Wo sollte ich hingehen? Links von mir war das Haus, hinter mir das offene Tor zur Straße, vor mir eine Baumreihe und rechts ein schmaler Weg, der in die Dunkelheit zwischen den Bäumen führte. Schließlich entschied ich mich dafür, zurück auf die Straße zu gehen, und ich zog los, ohne mich ein einziges Mal umzudrehen, denn ich wollte gar nicht wissen, ob Rosaleen noch da war. Aber je weiter ich ging, desto stärker wurde das Gefühl, dass nicht nur Rosaleen mich im Auge behielt, sondern dass mich von jenseits der majestätischen Bäume noch jemand beobachtete. Es war das gleiche Gefühl, wie wenn man ungefragt in die unberührte Natur eindringt, ein Gefühl, dass man eigentlich gar nicht da sein sollte – oder jedenfalls nicht ohne ausdrückliche Einladung. Die Bäume an der Straße wandten die Köpfe nach mir und starrten mir nach.

Wenn mir Männer in mittelalterlicher Rüstung schwertschwingend auf ihren Pferden entgegengekommen wären, hätte ich mich nicht gewundert, denn sie hätten keineswegs fehl am Platz gewirkt. Das Gelände schien von Geschichte durchdrungen, erfüllt von den Geistern der Vergangenheit, und ich war nur eine von vielen, für die ihre eigene Geschichte begann. Die Bäume hatten schon so viel gesehen, interessierten sich aber dennoch für mich, und in der leichten Sommerbrise raschelten die Blätter wie Lippen, die den neuesten Tratsch austauschten und nie müde wurden, die Reise einer neuen Generation zu verfolgen.

Ich ging die Straße entlang, und schließlich hörten die Bäume auf, die klug so gepflanzt worden waren, dass sie das Schloss vor neugierigen Blicken schützten. Obwohl ich ja diejenige war, die sich auf das Schloss zubewegte, hatte ich plötzlich den Eindruck, von ihm überrumpelt zu werden, als hätte sich ein Haufen zu Streichen aufgelegter Steine und Mörtel auf Zehenspitzen an mich herangeschlichen, weil er schon seit ein paar Jahrhunderten keinen richtigen Spaß mehr gehabt hatte. Ich blieb stehen, ein kleiner Mensch vor einem großen Schloss. Die Ruine kam mir dominanter und gebieterischer vor als ein intaktes Schloss, denn es erhob sich vor mir, ohne seine Narben zu verstecken, verwundet und blutig vom Kampf. Ich stand ihm gegenüber wie ein Schatten meines früheren Selbst, und auch meine Narben waren deutlich sichtbar. So entstand auf Anhieb eine Verbindung zwischen uns.

Wir betrachteten einander, dann ging ich weiter auf das Gemäuer zu, und es zuckte nicht mit der Wimper.

Obwohl ich es durch das große Loch in der Seitenmauer hätte betreten können, hatte ich das Gefühl, dass es respektvoller war, dort hineinzugehen, wo die Zeit zwar ebenfalls eine Lücke geschlagen hatte, aber früher einmal der Vordereingang gewesen war. Wem ich diesen Respekt erweisen wollte, weiß ich nicht genau, aber ich glaube, ich versuchte, an die sanfte, menschenfreundliche Seite des Schlosses zu appellieren. Vor der Tür hielt ich inne, dann ging ich langsam hinein. Es gab viel Grün und eine Menge Schutt. Zwischen den Mauern herrschte eine gespenstische Stille, und ich fühlte mich, als würde ich in ein Wohnhaus eindringen. Das Unkraut, der Löwenzahn, die Nesseln, alles hielt den Atem an und blickte auf. Keine Ahnung, warum, aber ich begann zu weinen.

Genau wie damals die Fliege machte mich jetzt das Schloss traurig, aber bei realistischer Betrachtung denke ich, dass ich beide Male hauptsächlich um meiner selbst willen traurig war. Ich hatte das Gefühl, das Schloss klagen und stöhnen zu hören, wie es da stand, vernachlässigt, dem Verfall ausgesetzt, während die Bäume um es herum unbeirrt weiterwuchsen. Langsam ging ich zu einer der Mauern, deren Steine grob behauen und so groß waren, dass ich mir die starken Hände vorstellen konnte, die sie – freiwillig oder gezwungenermaßen – hierhergetragen hatten. In der Ecke kauerte ich mich nieder, drückte mein Ohr an den Stein und schloss die

Augen. Ich weiß nicht, worauf ich lauschte, ich habe nicht den leisesten Schimmer, was ich da machte und warum ich versuchte, eine Steinmauer zu trösten, aber genau das tat ich.

Wenn ich Zoey oder Laura davon erzählt hätte, wäre ich umgehend in dem Etablissement mit den hinten offenen Kitteln gelandet. Das Gefühl, dass irgendetwas in mir eine Verbindung zu diesem Gebäude hergestellt hatte, war überwältigend. Keine Ahnung, vielleicht wollte ich mir dieses Gemäuer, um das sich so offensichtlich niemand kümmerte, zu eigen machen, weil ich mein Zuhause verloren hatte und mir nichts mehr wirklich gehörte. Vielleicht war es aber auch nur der Effekt, dass einsame Menschen sich an alles und jeden klammern, damit sie sich nicht mehr ganz so alleine fühlen. Und diesen Zweck erfüllte für mich eben dieses alte Schloss.

Ich weiß nicht, wie lange ich so sitzen blieb, aber irgendwann versank die Sonne hinter den Bäumen und bestäubte die Ruine jedes Mal, wenn die Zweige sich raschelnd von einer Seite zur anderen neigten, mit funkelndem Licht. Eine Weile sah ich zu, dann merkte ich, dass sich die Abenddämmerung herabsenkte. Bestimmt war es schon bald zehn Uhr.

Meine Beine waren ganz steif, weil ich so lange in der gleichen Position verharrt hatte, und als ich mich langsam aufrichtete, glaubte ich, aus dem Augenwinkel eine Bewegung wahrzunehmen. Einen Schatten. Eine Gestalt. Kein Tier, aber es bewegte sich blitzschnell. Was konnte das sein? Weil ich nicht wollte, dass mir das Wesen, wer oder was es sein mochte, von hinten in den Nacken sprang, zog ich mich rückwärts zum Schlosseingang zurück. Doch dann hörte ich ein anderes Geräusch – ein Krächzen, vielleicht von einer Eule oder etwas Ähnlichem. Ich erschrak halb zu Tode und wollte wegrennen, aber da ich vor lauter Gestrüpp den Boden nicht sehen konnte, stolperte ich über einen Stein und stürzte nach hinten in das eklige Gestrüpp, in dem wahrscheinlich jede Menge unappetitliche Kreaturen hausten. Unsanft schlug ich mit dem Kopf auf etwas Hartes und stieß einen Schrei aus, der selbst für meine eigenen Ohren reichlich panisch klang. Einen Moment lang sah ich nur verschwommen, und in dem kaputten Dach und dem dunkelblauen Himmel über mir erschienen schwarze Flecken. Dann rappelte ich mich mühsam auf, zerkratzte mir beim Hochstemmen die Hände an den Steinen, schaute aber nicht zurück, sondern lief weg, so schnell mich meine Ugg-Boots trugen. Es kam mir vor wie eine Ewigkeit, bis endlich das Haus in Sicht kam – als hätten sich die Straße und die Bäume verschworen und mich auf ein Laufband gepackt, auf dem ich rannte, ohne wirklich vorwärtszukommen.

Barbaras BMW stand nicht mehr vor dem Hexenhäuschen, und mir wurde schlagartig klar, dass ich jetzt endgültig von meinem bisherigen Leben abgeschnitten war. Die letzte Brücke war abgebrochen. Ich war noch nicht am Gartentor, da öffnete sich auch schon die Haustür, Rosaleen erschien und starrte mich an – vermutlich hatte sie seit dem Augenblick, als ich weggegangen war, dort gestanden.

»Komm rein, komm rein«, rief sie mit eindringlicher Stimme.

So trat ich schließlich über die Schwelle, hinein in das neue Leben, das nun unwiderruflich begann. Mit meinen ehemals sauberen rosa Uggs, die von meinem Ausflug total verdreckt waren, durchquerte ich die mit großen Steinplatten ausgelegte Diele. Es herrschte Totenstille im Haus.

»Lass dich mal anschauen«, sagte Rosaleen, packte mich am Handgelenk und inspizierte mich von oben bis unten. Einmal, zweimal, dreimal … Als ich mich losmachen wollte, verstärkte sich ihr Griff, aber dann ließ sie mich abrupt los, als hätte sie an der Art, wie mein Gesicht sich veränderte, plötzlich gemerkt, was sie da machte.

Auf einmal klang auch ihre Stimme ein ganzes Stück freundlicher. »Ich kann sie für dich stopfen. Leg sie einfach in den Korb neben dem Sessel im Wohnzimmer.«

»Was willst du stopfen?«

»Deine Hose.«

»Das ist eine Jeans, und die soll so aussehen.« Ich schaute an mir herunter auf meine Fetzenjeans, an der kaum noch Stoff übrig war, sodass die Strumpfhose mit Leopardenmuster darunter zu sehen war – Sinn und Zweck der Sache. »Aber schmutzig müsste sie nicht unbedingt sein.«

»Oh. Na gut, dann kannst du sie in den Korb in der Küche legen.«

»Ihr habt ja eine Menge Körbe hier.«

»Eigentlich nur zwei.«

Ich war selbst nicht ganz sicher, ob ich einen Witz machen oder sie ärgern wollte, aber sie reagierte sowieso nicht darauf.

»Okay. Dann geh ich mal in mein Zimmer …« Ich wartete darauf, dass sie es mir zeigen würde, aber sie starrte mich nur an. »Wo ist das denn?«, fragte ich schließlich.

»Wie wär's mit einer Tasse Tee? Ich hab Apfelkuchen gebacken.« Ihr Ton klang beinahe flehentlich.

»Äh, nein danke, ich hab keinen Hunger.« Wie um mich Lügen zu strafen, knurrte mein Magen, aber ich hoffte, dass Rosaleen es nicht hörte.

»Na klar. Natürlich hast du keinen Hunger«, sagte sie, als würde sie sich selbst dafür ausschimpfen, dass sie die Frage gestellt hatte.

»Die Treppe rauf, zweite Tür links. Deine Mum hat das Zimmer rechts ganz hinten.«

»Okay, dann schau ich mal nach ihr.« Ich machte mich auf den Weg zur Treppe.

»Nein, nein, Kind«, rief Rosaleen schnell. »Lass sie. Sie ruht sich aus.«

»Ich möchte ihr nur gerne Gute Nacht sagen«, entgegnete ich mit einem verkniffenen Lächeln.

»Nein, du darfst sie jetzt nicht stören«, widersprach sie fest.

Ich schluckte. »Na gut.«

Langsam ging ich die Stufen hinauf, die bei jedem Schritt unter meinen Füßen knarrten. Vom Treppenabsatz aus konnte ich in die Diele sehen, wo Rosaleen immer noch stand und mir nachschaute. Weiterhin verkniffen lächelnd ging ich in mein Zimmer, schloss die Tür hinter mir und lehnte mich mit klopfendem Herzen dagegen.

Fünf Minuten blieb ich in dem Zimmer, ohne es wirklich wahrzunehmen, aber ich wusste ja, dass ich genug Zeit haben würde, meine neue Umgebung kennenzulernen. Zuerst musste ich nach meiner Mutter sehen. Langsam und vorsichtig öffnete ich die Tür wieder, streckte den Kopf hinaus und spähte vom Treppenabsatz in die Diele hinunter. Keine Spur von Rosaleen. Also machte ich meine Tür ein Stück weiter auf, trat hinaus – und fuhr heftig zusammen. Da stand sie, vor Mums Zimmertür, wie ein Wachhund.

»Ich war gerade bei ihr«, flüsterte sie, und ihre grünen Augen glänzten. »Sie schläft. Am besten ruhst du dich jetzt auch ein bisschen aus.«

Ich hasse es, wenn man mir sagt, was ich tun soll. Früher habe ich schon aus Prinzip nie das getan, was man mir gesagt hat, aber etwas in Rosaleens Stimme, in ihrem Blick, in der Atmosphäre des Hexenhäuschens und der Art, wie Rosaleen dastand, sagte mir, dass ich die Lage hier nicht unter

Kontrolle hatte. Also ging ich zurück in mein Zimmer und schloss wortlos die Tür hinter mir.

Später in der Nacht, als es im Haus und draußen so dunkel war wie unter einer blickdichten Wollstrumpfhose – die Dunkelheit war so vollkommen, dass man nicht mal Schatten ausmachen konnte –, wachte ich auf, weil ich dachte, jemand wäre bei mir im Zimmer. Ich hörte jemanden atmen und roch Lavendelseife. Schnell machte ich die Augen wieder zu und stellte mich schlafend. Keine Ahnung, wie lange Rosaleen sich über mich beugte und mich beobachtete, aber es fühlte sich an wie eine Ewigkeit. Selbst nachdem ich gehört hatte, wie sie das Zimmer verließ und das Schloss leise einrastete, hielt ich die Augen vorsichtshalber noch geschlossen, und mein Herz klopfte so laut, dass ich Angst hatte, sie könnte es hören. Aber irgendwann schlief ich tatsächlich wieder ein.

4

Der Elefant im Zimmer

Am nächsten Morgen erwachte ich gegen sechs Uhr, weil die Vögel vor meinem Fenster ein Heidenspektakel veranstalteten. Sie pfiffen und trillerten so, dass man fast das Gefühl kriegen konnte, das Haus wäre mitten in der Nacht in die Luft gehoben und in die Vogelwelt transportiert worden. Bei dem ganzen Krawall musste ich an die Handwerker denken, die vor einiger Zeit an unserem Swimmingpool gearbeitet hatten und ihrer Arbeit so geräuschvoll und rücksichtslos nachgingen, als hätten wir schon nicht mehr im Haus gewohnt. Einer von ihnen, ein Typ namens Steve, versuchte immer wieder, einen Blick in mein Schlafzimmer zu erhaschen, während ich mich anzog, also veranstaltete ich eines Morgens für ihn eine kleine Show. Nicht dass ihr jetzt auf falsche Ideen kommt: Ich befestigte nur drei Haarteile an meinem Bikini – wahrscheinlich könnt ihr erraten, wo –, schlüpfte aus dem Bademantel, stolzierte im Zimmer herum wie Chewbacca und tat so, als wüsste ich nichts von seiner Glotzerei. Danach versuchte er es zwar nie wieder, aber ein paar seiner Kollegen starrten mich jedes Mal fasziniert an, wenn ich vorbeikam, sodass ich vermute, der kleine Scheißkerl hat ihnen von seinem Erlebnis berichtet. Na ja, hier würde es solche Spielchen garantiert nicht geben, ich könnte bestenfalls versuchen, ein Eichhörnchen so zu schockieren, dass es vom Ast fiel.

Die blau-weiß karierten Vorhänge konnten gegen die hereinströmende Sonne wenig ausrichten, und in meinem Zimmer war es hell wie in einer Bar, kurz bevor sie zumacht – sämtliche Schönheitsfehler, alle Besoffenen und Schwindler werden deutlich sichtbar. Eine Weile lag ich hellwach im Bett und starrte in das Zimmer, das jetzt *mein* Zimmer war. Allerdings kam es mir kein bisschen so vor, und ich fragte mich, ob es sich jemals so anfühlen würde. Es war ein einfaches Zimmer, aber erstaunlich gemütlich. Nicht nur durch die hereinströmende Morgensonne, sondern auf eine authentische Laura-Ashley-Art, und obwohl ich das ganze niedliche Zeug eigentlich hasse, fand ich, dass es hier aus irgendwelchen Gründen funktionierte. Beim Zimmer meiner Freundin Zoey, das ihre Mum wie für eine Zehnjährige eingerichtet hat – offensichtlich in dem Versuch, sich selbst davon zu überzeugen, dass ihre Tochter süß und unschuldig ist –, haut das beispielsweise überhaupt nicht hin. Ungefähr so, als hätte man Zoey in ein Glas mit Mixed Pickles gesperrt. Es kann nicht funktionieren. Nicht so sehr, weil der Deckel nicht hält, wenn die Mutter nicht hinsieht, sondern weil Zoey die Pickles ein bisschen zu gerne mag.

Die Schlafzimmer lagen im Dachgeschoss, sodass die Decke sich zum Fenster hin neigte. In einer Ecke stand ein angeknackster, weiß gestrichener Holzstuhl mit einem blau-weiß karierten Kissen. Die Wände waren hellblau, wirkten aber nicht kalt. Der weiß gestrichene Kleiderschrank würde wahrscheinlich gerade für meine Unterwäsche reichen. Das Bett hatte einen Metallrahmen, weiße Laken, eine Daunendecke mit einem blauen Blümchenbezug, und am Fußende lag eine taubenblaue Kaschmirdecke. Über der Tür hing ein einfaches St.-Brigid-Kreuz. Auf dem Fensterbrett stand eine Vase mit frischen Wiesenblumen – Lavendel, Glockenblumen und sonst noch alles Mögliche, was ich nicht kannte. Offensichtlich hatte Rosaleen sich viel Mühe gemacht.

Von unten hörte ich Geräusche: Teller klapperten, das Wasser lief, ein Kessel pfiff, etwas brutzelte in einer Pfanne, und nach einer Weile zog der Duft des Gebrutzelten die Treppe herauf und in mein Zimmer. Plötzlich wurde mir klar, dass ich seit dem Lunch gestern bei Barbara – ein von Lulu zubereitetes, wirklich himmlisches Sashimi – nichts mehr gegessen hatte. Außerdem war ich auch nicht auf dem Klo gewesen, und so arbeiteten meine Blase und mein Magen gemeinsam daran, mich zum Aufstehen zu zwingen. Gerade als ich den Entschluss fasste aufzustehen, hörte ich durch die dünnen Pappwände, wie sich die Tür im Nebenzimmer schloss und verriegelt wurde. Kurz darauf wurde lautstark der Klositz hochgeklappt, dann plätscherte Urin ins Klobecken. Von ziemlich weit oben, und falls Rosaleen nicht auf Stelzen pinkelte, musste es wohl Arthur sein.

Nach den Geräuschen aus Küche und Bad zu schließen, befand sich meine Mutter nicht in diesen beiden Räumen. Also hatte ich jetzt die Chance, sie in ihrem Zimmer zu besuchen. Schnell schlüpfte ich in meine rosa Uggs, schlang mir die taubenblaue Decke um die Schultern und schlich auf Zehenspitzen den Korridor entlang.

Obwohl ich ziemlich leichtfüßig bin, knarrten die Dielen bei jedem Schritt. Als ich die Klospülung im Badezimmer hörte, rannte ich den Rest des Wegs und stürzte ohne anzuklopfen in Mums Zimmer. Ich weiß selbst nicht, was ich dort erwartete, aber vermutlich etwas, das mehr dem Anblick ähnelte, der mich jeden Morgen in den letzten zwei Wochen empfangen hatte: eine dunkle Höhle, in der meine Mutter sich unter ihrem Federbett vergraben hatte. Aber an diesem Morgen erwartete mich eine angenehme Überraschung. Mums Zimmer war sogar noch heller als meines – in einer Art buttrigem Gelb gestrichen, frisch und sauber. Die Vase auf dem Fensterbrett war mit Butterblumen, Löwenzahn und verschiedenen langen Gräsern gefüllt, alles mit einem gelben Band zusammengebunden. Anscheinend lag das Zimmer direkt über dem Wohnzimmer, denn an der Wand war ein offener Kamin, und darüber hing ein Papstfoto. Ich bekam eine Gänsehaut. Nicht weil mir so vor dem Papst graute – obwohl mir Zac Efron an der Wand schon lieber gewesen wäre –, sondern wegen des Kamins. Ich kann offene Feuerstellen nicht leiden. Diese hier war weiß verputzt, aber ziemlich verrußt, und sah aus, als würde sie häufig benutzt, was ich für ein Gästezimmer seltsam fand. Offenbar hatten Rosaleen und Arthur viele Gäste. Dabei kamen sie mir gar nicht vor wie besonders gesellige Menschen. Dann fiel mir auf, dass das Zimmer auch ein eigenes Bad hatte, und ich begriff, dass Rosaleen und Arthur meiner Mum ihr eigenes Schlafzimmer überlassen hatten.

Mum saß in einem weißen Schaukelstuhl, ohne zu schaukeln, das Gesicht zum Fenster gewandt, und blickte hinaus in den Garten. Ihre Haare waren ordentlich zurückgesteckt, sie trug einen apricotfarbenen Morgenmantel aus fließender Seide und den gleichen rosa Lippenstift, den sie seit Dads Begräbnis immer benutzte. Auf ihrem Gesicht lag ein Lächeln, ein winziges Lächeln zwar nur, aber immerhin, und sie sah aus, als würde sie intensiv nachdenken, vielleicht über den gestrigen Tag. Als ich näher kam, blickte sie auf, und das Lächeln wurde etwas ausgeprägter.

»Guten Morgen, Mum.« Ich gab ihr einen Kuss auf die

Stirn und setzte mich neben sie auf die Kante des bereits gemachten Betts. »Hast du gut geschlafen?«

»Ja, danke«, antwortete sie fröhlich, und mir wurde ganz leicht ums Herz.

»Ich auch«, sagte ich und merkte jetzt erst, dass es stimmte. »Es ist so ruhig hier, nicht wahr?« Ich beschloss, nichts davon zu erwähnen, dass Rosaleen mitten in der Nacht in meinem Zimmer gewesen war, denn es konnte ja sein, dass ich es nur geträumt hatte. Es wäre mir peinlich gewesen, sie zu Unrecht zu beschuldigen, ich brauchte weitere Beweise.

»Ja, das stimmt«, bestätigte Mum.

Eine Weile saßen wir nebeneinander und blickten stumm in den riesigen Garten hinaus. Mittendrin stand eine Eiche, die ihre Äste nach allen Richtungen streckte, als wollte sie zum Klettern einladen. Ein schöner Baum, der sich mit seinem üppigen Grün stattlich dem Himmel entgegenreckte. Er war stämmig und solide, und ich konnte gut verstehen, warum Mum ihn so fasziniert anschaute. Bestimmt stand er schon ein paar Jahrhunderte dort, spendete Sicherheit und Geborgenheit, und man konnte darauf vertrauen, dass er noch eine Weile da stehen würde. Ein Inbild der Stabilität in unserem momentan so chaotischen Leben. Ein Rotkehlchen hüpfte von Ast zu Ast, anscheinend ganz aufgeregt, dass es den ganzen Baum für sich hatte, wie ein Kind, das für sich alleine Reise nach Jerusalem spielt. Noch nie in meinem Leben hatte ich mir die Zeit genommen, einen Baum mit einem Vogel genauer zu betrachten, und selbst wenn, wäre mir nie der Vergleich mit dem Kind und der Reise nach Jerusalem in den Sinn gekommen. Zoey und Laura hätten inzwischen bestimmt ernsthaft Probleme mit mir, ich hatte ja selbst schon welche. Beim Gedanken an meine Freundinnen bekam ich schrecklich Heimweh.

»Ich fühle mich hier überhaupt nicht wohl, Mum«, sagte ich schließlich und merkte auf einmal, dass meine Stimme zitterte und ich den Tränen nahe war. »Können wir uns nicht lieber eine Wohnung in Dublin suchen? Bei unseren Freunden?«

Mum sah mich an und lächelte freundlich. »Ach, hier wird es uns gut gehen. Alles wird gut.«

Es freute mich, dass sie das sagte, denn genau das wünschte ich mir von ihr: Kraft, Zuversicht, Initiative.

»Aber wie lange bleiben wir denn? Wie lautet der Plan? Wo gehe ich im September in die Schule? Kann ich in St. Mary's bleiben?«

Jetzt wandte Mum den Blick ab, lächelte zwar weiter, schaute dabei aber aus dem Fenster. »Hier wird es uns gut gehen. Alles wird gut.«

»Ich weiß, Mum, das hast du grade schon gesagt«, erwiderte ich, frustriert, aber bemüht, freundlich und verständnisvoll zu klingen. »Aber wie lange wollen wir bleiben?«

Sie schwieg.

»Mum?« Nun klang mein Ton schon deutlich härter.

Leider bin ich nur dann ein netter Mensch, wenn ich mir Mühe gebe, und jetzt lag mir etwas richtig Gemeines auf der Zunge – etwas, was ich nicht mal aufschreiben möchte –, aber gerade, als ich mich zu Mum beugte und den Mund aufmachte, klopfte es leise an der Tür, und Rosaleen erschien.

»Ach, hier seid ihr beiden!«, rief sie, als hätte sie schon überall nach uns gefahndet.

Hastig zog ich mich zurück und setzte mich wieder aufs Bett. Rosaleen starrte mich missbilligend an, als könnte sie Gedanken lesen. Doch dann wurde ihr Gesicht freundlicher, und sie trat mit einem silbernen Frühstückstablett ins Zimmer, in einem neuen Hauskleid, unter dem ihr fleischfarbener Unterrock hervorschaute.

»Ich hoffe, du hast dich letzte Nacht schön ausgeruht, Jennifer.«

»Ja, sehr schön«, antwortete Mum, lächelte Rosaleen an, und ich ärgerte mich, weil sie es mal wieder schaffte, anderen etwas vorzumachen. Nur nicht mir.

»Großartig. Ich hab dir Frühstück gemacht, nur ein paar Häppchen, damit du bei Kräften bleibst …« In diesem Stil plapperte Rosaleen weiter, während sie im Zimmer herumwuselte, Möbel zurechtrückte, Stühle verschob, Kissen aufschüttelte. Faszinierend.

Ein paar Häppchen, hatte sie gesagt. Von diesen paar Häppchen wären locker hundert Leute satt geworden. Das Tablett war schwer beladen: klein geschnittenes Obst, Müsli, ein großer Stapel Toast, zwei gekochte Eier, ein kleines Schälchen mit etwas, was aussah wie Honig, und noch zwei weitere Schälchen mit Marmelade, eine davon eindeutig Erdbeer. Dazu eine Kanne Tee, ein Krug Milch, eine Zuckerschale, alle möglichen Sorten Besteck und Servietten. Für einen Menschen wie meine Mum, deren Frühstück für gewöhnlich aus einem Müsliriegel und einer Tasse Espresso bestand – und das auch nur, weil sie sich dazu verpflichtet fühlte –, war das eine Menge Arbeit.

»Wunderbar«, sagte Mum zu dem Tablett, das auf einem kleinen Holztisch vor ihr stand, ohne Rosaleen anzusehen. »Danke.«

Ich fragte mich, ob Mum begriff, dass sie all das, was da vor ihr stand, wirklich essen sollte und dass es sich keineswegs um eine Kunstinstallation handelte.

»Sehr gern geschehen. Gibt es denn noch irgendwas, was du gerne hättest?«

»Sie hätte sicher gern unser Haus und die Liebe ihres Lebens zurück …«, antwortete ich sarkastisch an Mums Stelle. Eigentlich zielte der Sarkasmus gar nicht auf Rosaleen, ich wollte sie nicht kränken. Ich ließ einfach nur Dampf ab. Aber ich glaube, Rosaleen nahm meinen Kommentar persönlich, denn sie wirkte richtig geknickt und – ach, keine Ahnung, ob sie beleidigt, verlegen oder wütend war. Jedenfalls musterte sie Mum aufmerksam, um zu sehen, ob meine Antwort sie womöglich aus der Fassung brachte.

»Keine Sorge, sie kann mich nicht hören«, meinte ich beruhigend, während ich gelangweilt den Spliss an meinen dunkelbraunen Haaren untersuchte. Ich gab mir große Mühe, so zu tun, als würde mir das alles nichts ausmachen, aber in Wirklichkeit klopfte mein Herz wie verrückt.

»Natürlich kann sie dich hören, Kind«, erwiderte Rosaleen in halb tadelndem Ton, während sie erneut anfing, im Zimmer herumzuwerkeln, Dinge zu verrücken, abzuwischen und neu zu arrangieren.

»Meinst du?« Ich zog eine Augenbraue hoch. »Was sagst du dazu, Mum? Meinst du, es wird uns hier gut gehen?«

Mum sah mich an und lächelte. »Selbstverständlich wird es uns gut gehen.«

Als sie zum zweiten Satz ansetzte, sprach ich mit und imitierte auch Mums penetrante Zwitscherstimme, sodass es perfekt synchron herauskam, was Rosaleen, glaube ich, nun doch eine Gänsehaut verursachte. Ich jedenfalls hatte eine, als wir unisono trällerten: »Alles wird gut.«

Rosaleen hielt im Staubwischen inne, um mich anzustarren.

»Genau, Mum. Alles wird gut.« Meine Stimme zitterte, aber ich beschloss, noch einen Schritt weiter zu gehen. »Und schau dir mal den Elefanten an, der da im Zimmer steht. Ist der nicht hübsch?«

Mum starrte zu dem Baum im Garten, das immer gleiche Lächeln auf den rosa Lippen. »Ja, der ist wirklich hübsch.«

»Ich dachte mir schon, dass du das findest«, sagte ich und schluckte schwer, weil ich vor Rosaleen auf keinen Fall weinen wollte. Eigentlich hätte ich zufrieden sein müssen, weil mein Experiment so einwandfrei geklappt hatte, aber stattdessen fühlte ich mich nur noch ein Stück verlorener. Bis zu diesem Zeitpunkt war es lediglich eine Vermutung in meinem Kopf gewesen, dass mit Mum etwas nicht stimmte. Aber jetzt hatte ich es bewiesen, und es gefiel mir überhaupt nicht.

Vielleicht würde man Mum nun doch endlich zu einem Therapeuten oder in irgendeine Beratung schicken, damit sie ihre Probleme löste und wir unseren gemeinsamen Weg fortsetzen konnten.

Doch Rosaleen sagte nur: »Dein Frühstück steht unten auf dem Küchentisch«, drehte mir den Rücken zu und verließ das Zimmer.

Nach diesem Rezept wurden bei den Goodwins schon immer Probleme erledigt: Die Oberfläche notdürftig kitten, aber bloß nicht an die Wurzel gehen, nein, den Elefanten im Zimmer immer schön ignorieren. Ich glaube, an diesem Morgen habe ich begriffen, dass es bei uns zu Hause praktisch in jedem Zimmer einen Elefanten gegeben hatte. Damit war ich aufgewachsen, sie waren sozusagen unsere Haustiere.

5

Grève

Ich ließ mir Zeit mit dem Anziehen, denn ich wusste, dass es ansonsten den Tag über nicht viel für mich zu tun geben würde. Fröstelnd stand ich im avocadogrünen Badezimmer, während das heiße Wasser mit der ganzen Kraft eines sabbernden Babys auf mich niedertröpfelte, und sehnte mich nach meinem Nassraum mit den Mosaikfliesen, den sechs Powerduschdüsen und dem Plasmafernseher in der Wand.

Als ich es geschafft hatte, mir das Shampoo wieder aus den Haaren zu waschen – den Kampf mit einer Spülung nahm ich lieber erst gar nicht auf – und mir die Haare zu trocknen, ging ich zum Frühstück nach unten, wo Arthur bereits den letzten Bissen von seinem Teller kratzte. Ich fragte mich, ob Rosaleen ihm erzählt hatte, was in Mums Zimmer passiert war. Wahrscheinlich nicht, denn wenn er ein auch nur halbwegs anständiger Bruder war, hätte er dann etwas unternehmen müssen. Dass er die Teetasse mit seiner gigantischen Nase in Schräglage brachte, würde jedenfalls nicht viel helfen.

»Morgen, Arthur«, sagte ich.

»Morgen«, antwortete er in die Teetasse.

Rosaleen, das emsige Hausfrauenbienchen, wurde sofort

aktiv und eilte mit ihren überdimensionalen Ofenhandschuhen auf mich zu.

Ich boxte leicht gegen die Handschuhe, aber sie kapierte den Scherz mal wieder nicht. Bemerkenswerterweise hatte ich das sichere Gefühl, dass Arthur ihn verstand, obwohl er kein Wort sagte und sich auch in seinem Gesicht nicht die geringste Regung zeigte.

»Ich esse morgens nur ein bisschen Müsli, Rosaleen«, erklärte ich und schaute mich um. »Ich kann es mir gerne selbst zusammenmischen, du musst mir nur sagen, wo ich alles finde.« Ich begann, Schranktüren zu öffnen, und trat unwillkürlich einen Schritt zurück, als ich an einen doppeltürigen Schrank kam, der von oben bis unten mit Honig gefüllt war. Bestimmt mehr als hundert Gläser.

»Wow, bist du so eine Art Honig-Messie?«

Zwar machte Rosaleen ein verwirrtes Gesicht, aber sie lächelte und gab mir eine Tasse Tee. »Setz dich da drüben hin, ich bringe dir dein Frühstück. Den Honig bekommen wir immer von Schwester Ignatius geschenkt«, erklärte sie.

Unglücklicherweise trank ich gerade einen Schluck Tee, als sie das sagte, und musste so lachen, dass ich fast erstickte. Tee spritzte mir aus der Nase. Arthur reichte mir eine Serviette und sah mich amüsiert an.

»Du hast eine Schwester namens Ignatius?«, lachte ich. »Das ist doch ein Männername. Ist sie etwa eine Transe?« Kichernd schüttelte ich den Kopf über diese absurde Vorstellung.

»Eine Transe?«, wiederholte Rosaleen mit verständnislos gerunzelter Stirn.

Wieder prustete ich los, aber als ich sah, wie ihr Lächeln verschwand, biss ich mir rasch auf die Lippen. Unterdessen hatte Rosaleen die Schranktüren wieder zugemacht und war zum Herd gegangen, um mein Frühstück zu holen. Sie stapelte Schinkenspeck, Würstchen, Eier, Bohnen, Blutwurst und Pilze auf einen Teller und stellte ihn vor mich auf den Tisch. Vielleicht hatte sie ihre Schwester Ignatius zum Frühstück eingeladen, sodass ich Hilfe hatte mit dem ganzen Zeug, denn allein würde ich diese Mengen unter gar keinen Umständen aufessen können. Dann verschwand Rosaleen aus meinem Blickfeld, rumorte eine Weile hinter meinem Rücken herum und kam schließlich mit einem riesigen Toaststapel auf einem weiteren Teller zurück.

»O nein, das reicht, ich esse keine leeren Kohlehydrate«, sagte ich, so höflich ich konnte.

»Leere Kohlehydrate?«, fragte Rosaleen.

»Weißmehl«, erklärte ich. »Davon kriege ich einen Blähbauch.«

Arthur stellte seine Tasse auf der Untertasse ab und sah mich unter seinen buschigen Augenbrauen an.

»Arthur, du siehst meiner Mum überhaupt nicht ähnlich«, wechselte ich geschickt das Thema.

In diesem Moment ließ Rosaleen ein Glas Honig auf den Boden fallen, und Arthur und ich drehten uns erschrocken um. Erstaunlicherweise blieb das Glas unversehrt, und so konnte Rosaleen in Höchstgeschwindigkeit weiterwuseln und auch noch Marmelade, Honig und eine Platte mit Scones auf den Tisch stellen.

»Du wächst noch, da muss man anständig essen.«

»Die einzige Stelle, an der ich zurzeit wachsen möchte, ist hier«, entgegnete ich mit einer Geste auf meinen 75A-Busen. »Und wenn ich meinen BH nicht mit Blutwurst ausstopfen kann, dann wird dieses Frühstück mich in dieser Hinsicht nicht weiterbringen.«

Jetzt erstickte Arthur fast an seinem Tee. Um nicht unhöflich zu sein, nahm ich mir ein Stück Schinkenspeck, ein Würstchen und eine Tomate.

»Greif zu, nimm doch ruhig noch etwas«, sagte Rosaleen, während sie meinen Teller musterte.

Entsetzt sah ich Arthur an.

»Lass ihr doch erst mal Zeit, das aufzuessen«, meinte er ruhig und stand mit seinem Teller auf.

»Warte, ich mach das.« Rosaleen riss ihm den Teller aus der Hand, und ich wäre am liebsten mit der Fliegenklatsche auf sie losgegangen. »Du musst doch zur Arbeit.«

»Arthur, arbeitet im Schloss eigentlich jemand?«

»In der Ruine?«, fragte Rosaleen.

»Im Schloss«, beharrte ich, denn ich hatte sofort das Gefühl, das alte Gemäuer verteidigen zu müssen. Wenn hier schon solche Negativbegriffe gebraucht wurden, konnten wir auch bei Mum anfangen. Aber niemand bezeichnete Mum als Ruine, obwohl sie ziemlich am Ende war. Sie war immer noch eine Frau. Das Schloss hatte natürlich schon bessere Tage gesehen, aber trotzdem war es immer noch ein Schloss. Keine Ahnung, woher diese Überzeugung plötzlich kam, aber ich wusste von diesem Moment an, dass ich das Schloss nie mehr Ruine nennen würde.

»Warum fragst du?«, wollte Arthur wissen, während er in ein Holzfällerhemd und eine Daunenweste schlüpfte.

»Ich hab mich gestern da mal umgeschaut und dachte, ich hätte was gesehen. Nicht so wichtig«, antwortete ich ausweichend, widmete mich wieder meinem Frühstück und hoffte, sie würden mir jetzt nicht verbieten, im Schloss herumzustöbern.

»Könnte eine Ratte gewesen sein«, sagte Rosaleen und sah Arthur an.

»Wow, jetzt fühle ich mich schon viel besser.« Eigentlich

erwartete ich von Arthur eine ausführlichere Antwort, aber er schwieg beharrlich.

»Du solltest da nicht alleine rumstromern«, sagte Rosaleen und schob den Teller mit dem Essen näher zu mir.

»Warum nicht?«

Schweigen.

»Na gut«, meinte ich, ohne mich um das Essen zu kümmern. »Dann ist das ja schon mal klar. Es war eine riesige Ratte. So groß wie ein Mensch. Wenn ich nicht mehr zum Schloss kann, was gibt es hier sonst noch zu tun?«, fragte ich.

Schweigen. »Wie meinst du das?«, fragte Rosaleen schließlich, und es kam mir vor, als hätte sie Angst.

»Na ja, irgendwas, womit ich mir den Tag über die Zeit vertreiben kann. Gibt es vielleicht Geschäfte in der Nähe? Klamottenläden? Cafés? Sonst irgendwas?«

»Zur nächsten Stadt sind es fünfzehn Minuten«, erklärte Rosaleen.

»Cool! Dann mach ich nach dem Frühstück einen kleinen Ausflug dahin. Und arbeite das hier ab«, grinste ich und biss in ein Würstchen.

Rosaleen lächelte, stützte das Kinn auf die Hand und sah mich an.

»In welcher Richtung?«, fragte ich, schluckte das Würstchen und öffnete dann den Mund ein Stück, um Rosaleen zu zeigen, dass es weg war.

»In welcher Richtung ist wer?« fragte sie zurück, aber anscheinend hatte sie wenigstens meinen Wink verstanden, denn sie starrte mich nicht mehr an.

»Die Stadt. Rechts oder links, wenn ich aus dem Gartentor komme?«

»O nein, da kannst du nicht zu Fuß hingehen. Es ist eine

Viertelstunde mit dem Auto. Aber Arthur kann dich fahren. Wo willst du denn hin?«

»Na ja, nirgends Bestimmtes. Ich würde mich nur gern mal umschauen.«

»Dann fährt Arthur dich hin und holt dich wieder ab, wenn du fertig bist.«

»Wie lange brauchst du ungefähr?«, fragte Arthur und zog den Reißverschluss an seiner Weste zu.

»Weiß ich nicht«, antwortete ich. Frustriert schaute ich von einem zum andern.

»Zwanzig Minuten? Eine Stunde? Wenn es nur kurz ist, kann Arthur auch dort auf dich warten«, mischte Rosaleen sich wieder ein.

»Keine Ahnung, wie lange ich brauche. Woher soll ich das denn wissen? Ich kenne die Stadt nicht, ich hab keine Ahnung, was es da Interessantes für mich gibt.«

Arthur und Rosaleen schauten mich verständnislos an.

»Ich fahre lieber mit dem Bus oder so, dann kann ich einfach zurückkommen, wenn ich genug habe.«

Nervös sah Rosaleen Arthur an. »Hier fährt kein Bus.«

»Wie bitte?« Mir fiel die Kinnlade herunter. »Was macht man denn dann, wenn man irgendwo hinwill?«

»Man nimmt das Auto«, antwortete Arthur.

»Aber ich kann nicht fahren.«

»Arthur fährt dich«, wiederholte Rosaleen. »Oder er kann dir einfach holen, was du brauchst. Fällt dir irgendwas ein? Arthur kann es für dich besorgen, nicht wahr, Arthur?«

Arthur schleimschnaubte.

»Was brauchst du denn?«, fragte Rosaleen eifrig.

»Tampons«, stieß ich hervor – nur um sie in Verlegenheit zu bringen.

Ich weiß wirklich nicht, warum ich so was mache.

Oder vielleicht doch. Die beiden gingen mir tierisch auf die Nerven. Von zu Hause war ich Freiheit gewohnt, nicht die spanische Inquisition. Ich war es gewohnt, zu kommen und zu gehen, wie es mir beliebte, in meinem eigenen Tempo, wann und wie ich wollte. Meine Eltern hatten mir nie so viele Fragen gestellt.

Arthur und Rosaleen schwiegen.

Ich stopfte mir noch ein Stück Würstchen in den Mund.

Rosaleen fingerte an dem Spitzendeckchen unter den Scones herum. Arthur wartete bei der Tür auf weitere Anweisungen, angespannt, ob er tatsächlich zum Tamponkaufen geschickt würde. Irgendwie hatte ich das Gefühl, dass es meine Pflicht war, die Luft zu klären.

»Lass nur, ist nicht so wichtig«, sagte ich etwas ruhiger. »Dann schau ich mich heute eben hier ein bisschen um. Vielleicht geh ich morgen in die Stadt.« Dann konnte ich mich wenigstens auf etwas freuen.

»Na gut, dann mach ich mich mal auf die Socken«, sagte Arthur und nickte Rosaleen zu.

Rosaleen sprang von ihrem Stuhl auf wie von der Tarantel gestochen. »Vergiss nicht deine Kanne.« Schon wuselte sie durch die Küche, so hektisch, als gäbe es irgendwo eine Zeitbombe. »Hier, bitte«, sagte sie und gab ihm eine Thermoskanne und eine Lunchbox.

Unwillkürlich musste ich lächeln. Eigentlich hätte es seltsam sein sollen, dass Rosaleen ihren Mann behandelte wie ein Kind, das zur Schule ging, aber es wirkte einfach nur nett.

»Möchtest du auch was von dem hier für deine Lunchbox?«, fragte ich und deutete auf den Teller vor mir. »Ich kann das echt nicht alles essen.«

Die Bemerkung sollte freundlich klingen. Ganz ehrlich. Es

ging mir nur um die Menge, nicht um die Qualität des Essens. Aber irgendwie kam es falsch heraus. Oder es kam richtig heraus, wurde aber falsch aufgefasst. Keine Ahnung. Jedenfalls wollte ich das Essen nicht verderben lassen, sondern lieber mit Arthur teilen, damit er etwas für seine niedliche Lunchbox hatte. Aber wieder reagierte Rosaleen, als hätte ich ihr einen Schlag in den Magen verpasst.

»Schon gut, ich nehm mir was davon«, sagte Arthur, und ich hatte das Gefühl, dass auch er hauptsächlich Rosaleen eine Freude machen wollte.

Mit geröteten Wangen fahndete sie in der Schublade nach einer zweiten Tupperdose.

»Es schmeckt wirklich lecker, Rosaleen, ganz ehrlich, ich kann nur morgens nicht so viel essen.« Wie konnte man bloß so ein Theater um das Frühstück machen?

»Natürlich, klar.« Sie nickte nachdrücklich, als hätte sie es eigentlich gleich kapieren sollen. Dann beförderte sie mit ein paar geübten Handgriffen die Reste meines Frühstücks in die kleine Plastikschachtel. Arthur nahm sie entgegen und verschwand.

Während ich am Tisch sitzen blieb und mich durch die dreitausend Scheiben Toast arbeitete, mit denen man leicht das Schloss hätte neu aufbauen können, holte Rosaleen das Tablett aus dem Zimmer meiner Mum. Das Essen war unberührt. Mit gesenktem Kopf trug Rosaleen alles zum Mülleimer und begann, die Teller abzukratzen. Nach der Szene vorhin war mir klar, dass ihr das nicht leichtfiel.

»Wir sind einfach keine Frühstücksmenschen«, erklärte ich, so freundlich ich konnte. »Normalerweise pfeift Mum sich morgens bloß schnell einen Müsliriegel und eine Tasse Espresso rein.«

Rosaleen spitzte die Ohren und drehte sich interessiert

zu mir um. Gespräche übers Essen interessierten sie immer. »Einen Müsliriegel?«

»Du weißt schon, so ein Riegel mit Körnern und Rosinen und Joghurt und allem.«

»Wie das hier?«, fragte sie und deutete auf eine Schale mit Müsli und Rosinen und ein Schüsselchen Joghurt.

»Ja, genau … nur eben als Riegel.«

»Aber wo ist dann der Unterschied?«

»Na ja, in einen Riegel beißt man einfach rein.«

Rosaleen runzelte die Stirn.

»Das geht schneller. Man kann ihn nebenbei knabbern«, erläuterte ich weiter. »Während man im Auto zur Arbeit fährt oder losrennt, um nicht zu spät zu kommen, weißt du?«

»Aber das ist doch gar kein richtiges Frühstück, oder? Ein Riegel im Auto.«

Ich gab mir alle Mühe, mir das Lachen zu verkneifen. »Es ist ja auch bloß, na ja, weißt du … so kann man Zeit sparen, wenn man morgens knapp dran ist.«

Jetzt glotzte Rosaleen mich an, als hätte ich zehn Köpfe. Aber sie sagte nichts, sondern wandte sich nach einer Weile wortlos ab und fing an, die Küche aufzuräumen.

»Was hältst du eigentlich von Mums Zustand?«, fragte ich nach langem Schweigen.

Rosaleen wischte die Arbeitsfläche ab, ohne sich zu mir umzudrehen.

»Rosaleen? Was denkst du, wie es meiner Mum geht?«

»Sie trauert, Kind«, antwortete sie.

»Aber ich kann mir nicht vorstellen, dass das die richtige Art zu trauern ist. Du etwa? Zu denken, dass ein Elefant im Zimmer ist?«

»Ah, da hat sie dich bestimmt nur missverstanden«, entgegnete sie leichthin. »Wahrscheinlich war sie einfach mit dem Kopf woanders.«

»Ja, in Wolkenkuckucksheim«, murmelte ich.

Ständig werfen die Leute mit irgendwelchen schlauen Bemerkungen über das Trauern um sich, als wäre ich von gestern und wüsste nicht, dass es schwer ist, einen Menschen zu verlieren, mit dem man in den letzten zwanzig Jahren jeden Tag seines Lebens verbracht hat. Ich habe seit Dads Tod viel über Trauer gehört, und es heißt immer, dass es keine richtige Methode zu trauern gibt und deshalb auch keine falsche. Aber ich weiß nicht, ob ich das glauben soll. Ich denke nämlich, dass Mums Art zu trauern nicht richtig ist. Das englische Wort für Trauer – *grief* – stammt von dem altfranzösischen Wort *grève* ab, was »schwere Last« bedeutet. Die Vorstellung dahinter ist, dass man an der Trauer mit all den dazugehörigen Gefühlen schwer zu tragen hat. Genau so fühle ich mich auch: wie Blei, als könnte ich mich nur mühsam fortbewegen, alles ist anstrengend, dunkel und beschissen. Es ist, als wäre mein Kopf ständig angefüllt mit Gedanken, die ich vorher niemals hatte, und davon bekomme ich Kopfweh. Aber Mum …?

Mum scheint irgendwie leichter geworden zu sein. Die Trauer drückt sie nicht zu Boden, im Gegenteil: Mum wirkt, als könnte sie jeden Moment abheben und wegfliegen, als wäre sie schon halb in der Luft. Aber keiner merkt was davon, oder es ist ihnen egal. Aber ich stehe direkt unter ihr, ich sehe ihre Knöchel über mir schweben. Und ich bin die Einzige, die versucht, sie wieder runterzuholen.

6

Der Bücherbus

Die Küche war aufgeräumt und alles blitzte, es fehlte nur noch, dass auch ich noch irgendwo verstaut wurde. Noch nie hatte ich jemanden mit so viel Inbrunst putzen sehen, so zielstrebig und gewissenhaft, als würde das Leben davon abhängen. Rosaleen krempelte die Ärmel auf, sodass ihr erstaunlich gut geformter Bizeps und Trizeps zum Vorschein kamen, und legte sich ins Zeug, bis ihr der Schweiß auf der Stirn stand und sie jede Spur davon, dass hier jemals Leben gewesen war, rigoros beseitigt hatte. Ich saß da und beobachtete sie fasziniert und zugegebenermaßen auch mit einer Spur überheblichem Mitleid, weil ich die ganze Prozedur nur unnötig und übertrieben fand.

Nach getaner Arbeit verließ Rosaleen das Haus, unter dem Arm ein Päckchen mit frisch gebackenem Brot, das so gut roch, dass es meine Geschmacksnerven und sogar meinen bereits gut gefüllten Magen in Wallung versetzte. Ich sah ihr durchs Wohnzimmerfenster nach, wie sie ohne die geringste weibliche Grazie über die Straße zum Bungalow hinüberjoggte. Weil ich sehen wollte, wer ihr die Tür aufmachte, blieb ich am Fenster stehen, aber sie ging ums Haus herum nach hinten und verdarb mir den Spaß.

Doch ich konnte wenigstens die Gelegenheit ergreifen, in ihrer Abwesenheit das Haus ungestört zu erkunden, nachdem sie mir schon den ganzen Morgen im Nacken gesessen und mir zu jeder Kleinigkeit eine ebenso lange wie langweilige Geschichte erzählt hatte.

»Oh, siehst du das Schränkchen dort? Eiche. Vor Jahren gab es mitten im Winter mal ein richtiges Unwetter mit Blitz und Donner, da ist ein Baum umgestürzt, und wir hatten tagelang keinen Strom. Arthur konnte ihn nicht retten – den Baum, nicht den Strom, den haben wir natürlich später wiedergekriegt.« Nervöses Kichern. »Deshalb hat er ein Schränkchen aus dem Holz gebaut. Darin kann man alles Mögliche verstauen.«

»Vielleicht sollte er ein Geschäft damit aufmachen.«

»O nein«, protestierte Rosaleen und schaute mich an, als hätte ich eine Blasphemie von mir gegeben. »Das ist bloß ein Hobby, er will kein Geld damit machen.«

»Nein, nein, so meine ich das ja auch gar nicht – einfach nur ein kleines Geschäft. Dagegen ist doch nichts einzuwenden.«

Rosaleen klackte missbilligend mit der Zunge.

Auf einmal merkte ich, dass ich mich wahrscheinlich anhörte wie mein Dad, und obwohl ich genau das – sein Bestreben, alles zu Geld zu machen – immer an ihm gehasst hatte, überkam mich bei der Erinnerung ein angenehm warmes Gefühl. Wenn ich als Kind Bilder mit nach Hause brachte, die ich im Kunstunterricht gemalt hatte, meinte er gleich, ich könnte doch Malerin werden – und natürlich eine, die mit ihren Gemälden Millionen verdient. Wenn ich besonders nachdrücklich meine Meinung vertrat, sollte ich Anwältin werden – natürlich eine, die von ihren Klienten pro Stunde ein paar Hundert Euro verlangt. Weil ich eine ganz gute Singstimme habe, sollte ich umgehend zu Probeaufnahmen ins Studio seines Freundes geschickt werden, um eine Karriere als der nächste Superstar zu beginnen. Und das machte Dad nicht nur mit mir, sondern mit allem um ihn herum. Für ihn war das Leben voller Gelegenheiten, die man nur beim Schopf zu packen brauchte – eine Einstellung, die ja nicht unbedingt schlecht ist. Ich glaube nur, dass er es aus genau den falschen Gründen tat. Eigentlich hatte er nämlich gar keine Beziehung zur Malerei, es interessierte ihn auch nicht, dass Anwälte anderen Menschen helfen, und sogar meine Stimme war ihm im Grunde egal. Bei ihm ging es immer nur ums Geld. Vermutlich ist es deshalb auch irgendwie passend, dass es der Verlust seines gesamten Reichtums war, der ihn letztlich umbrachte. Die Tabletten und der Whiskey waren nur die Nägel an seinem Sarg.

»Schaust du dir dieses Foto hier an?«, fuhr Rosaleen fort, wenn ich meine Augen durchs Zimmer schweifen ließ. »Das hat Arthur gemacht, als wir am Giant's Causeway waren. Es hat den ganzen Tag geregnet, und auf dem Weg nach oben hatten wir einen Platten.«

Und so weiter.

»Du siehst dir die Vorhänge an, stimmt's? Die müssten dringend mal gewaschen werden. Ich nehm sie gleich morgen ab und stopf sie in die Maschine. Den Stoff hab ich bei einer Hausiererin gekauft. Eigentlich tu ich das nicht, aber sie konnte kaum ein Wort Englisch, hatte kein Geld und einen Riesenstoffvorrat. Ich mag das Blumenmuster. Und es passt so gut zu dem Kissen dort, findest du nicht auch? Hinten in der Garage hab ich noch jede Menge davon.«

Dann schaute ich nach draußen Richtung Garage, und Rosaleen erklärte: »Die hat Arthur auch selbst gebaut. Als ich eingezogen bin, gab es sie noch nicht.«

Was war das denn für eine seltsame Formulierung? *Als* ich *eingezogen bin.* »Wer hat denn vorher hier gewohnt?«

Nun musterte Rosaleen mich mit dem gleichen argwöhnischen Blick, den sie bisher für die Beobachtung meiner Essgewohnheiten reserviert hatte. Aber sie antwortete nicht. Das passierte oft und scheinbar völlig willkürlich – mit Blicken und Pausen verabschiedete Rosaleen sich aus einem Gespräch, als wäre plötzlich die Verbindung zu ihrem Gehirn ausgefallen.

Ich fand ihr Verhalten so bizarr, dass ich einfach wegschaute. Dadurch geriet aber ein Teppich in mein Visier, den Rosaleen irgendwann mal als Dank für irgendetwas geschenkt bekommen hatte, keine Ahnung, und es ging wieder von vorne los ... Aber jetzt, wo ich allein war und sie mir nicht mit ihrem nervösen Geplapper dazwischenfunkte, konnte ich mir das Haus endlich in Ruhe ansehen.

Das Wohnzimmer sollte wohl gemütlich sein, aber für meinen Geschmack war es ein bisschen altmodisch. Na ja, sehr altmodisch sogar, ganz anders als in meinem Zuhause, das modern und sauber ist – war –, mit klaren Linien, alles symmetrisch. Hier standen überall irgendwelche Sachen herum, die Gemälde passten nicht zu den Sofas, es gab seltsame Dekostücke, Tische und Stühle mit Spindelbeinen und Tierklauen, zwei Sofas mit völlig unterschiedlichen Bezügen – das eine hatte ein Blumenmuster in Blau und Elfenbein, das andere sah aus, als hätte eine Katze draufgekotzt – und einen Couchtisch, den man auch als Schachbrett verwenden konnte. Der Fußboden fühlte sich uneben an und senkte sich vom Kamin zu den Bücherregalen hin merklich ab, wodurch man sich leicht ein bisschen seekrank fühlte. Am meisten wurde allem Anschein nach der Bereich um den offenen Kamin frequentiert. Ich bekam eine Gänsehaut, als ich die Gerätschaften sah, die aus einer mittelalterlichen Folterkammer hätten stammen können: schmiedeeiserne Schürhaken mit Tierköpfen, Kohlenschaufeln in verschiedensten Größen, ein uralter Blasebalg, ein schwarzer gusseiserner Kaminschirm, verziert mit einer unidentifizierbaren Tiergestalt. Ich wandte dem Kamin den Rücken zu und konzentrierte mich lieber auf das Bücherregal, das bis zur Decke reichte – es gab sogar eine Leiter – und sich über die ganze Wand erstreckte. Es war vollgestopft mit Büchern, Fotos, Blechdosen, Souvenirs und anderen nutzlosen Kleinigkeiten. In den meisten Büchern ging es um Gartenarbeit und Kochen, sehr spezifisch, überhaupt nicht nach meinem Geschmack, alt und zerfleddert, teils zerrissen, teils ohne Einband, die Seiten vergilbt, einige mit Wasserschäden. Aber nirgends ein Staubkörnchen. Ein riesiges, rot eingebundenes Buch sah besonders alt aus, und das Rot des Einbands hatte sogar schon auf die Seiten abgefärbt. Es war *Lloyd's Register of Shipping 1919–1920 Volume 2*, mit Hunderten von Seiten, auf denen in alphabetischer Reihenfolge Schiffsnamen samt Angaben zu Totlast, Ladefähigkeit und Bunkervorrat aufgelistet waren. Vorsichtig stellte ich das Buch an seinen Platz zurück und wischte mir die Hände an den Klamotten ab, weil ich mich nicht mit irgendwelchen Bakterien von 1919 anstecken wollte. Ein anderes Buch, auf dessen Cover ein goldenes Kreuz mit einer Schlange abgebildet war, behandelte die Weltreligionen. Daneben stand ein Buch über griechische Küche, aber ich bezweifelte sehr, dass neben Rosaleens riesigem Herd noch Platz für einen Souvlaki-Spieß gewesen wäre. Als Nächstes kam *The Complete Book of the Horse*, obwohl der Titel – »Alles über Pferde« – anscheinend nicht ganz der Wahrheit entsprach, denn es gab noch zwölf weitere Bücher zum gleichen Thema.

Bisher hatte ich nur das erste Kapitel des Buchs gelesen,

das Fiona mir bei der Beerdigung meines Vaters gegeben hatte, und das war für meine Verhältnisse schon ziemlich viel. Bücher interessierten mich nicht besonders, auch diese hier nicht. Weit neugieriger machte mich ein Fotoalbum, das zwischen den großformatigen Büchern stand, zwischen Wörterbüchern, Lexika, einem Weltatlas und Ähnlichem. Ein altmodisches Album, das aussah wie ein richtiges Buch, zumindest von hinten. Es hatte einen roten Samteinband und Seiten mit Goldrand. Behutsam holte ich es heraus und fuhr mit dem Finger über die Vorderseite, was im Samt eine etwas dunklere Spur hinterließ. Dann kuschelte ich mich in den Ledersessel und freute mich darauf, in die Erinnerungen eines anderen Menschen einzutauchen. Doch gerade als ich das Album aufschlug, klingelte es lang und schrill an der Tür, was die Stille so unerwartet durchbrach, dass ich heftig zusammenzuckte.

Ich lauschte. Vielleicht kam Rosaleen ja gleich über die Straße zurückgesprintet, das Kleid bis zu den Oberschenkeln gerafft, die Kniesehnen so angespannt, dass Jimi Hendrix darauf hätte Gitarre spielen können. Aber nichts dergleichen geschah, nichts rührte sich. Auch von Mum hörte ich keinen Mucks. Dann klingelte es wieder. Widerwillig legte ich das Fotoalbum auf den Tisch, aber als ich zur Tür ging, fühlte ich mich schon ein bisschen mehr, als wäre ich hier zu Hause.

Durch das Buntglasfenster an der Tür konnte ich nur erkennen, dass ein Mann davorstand. Als ich aufmachte, sah ich, dass es ein junger und ausgesprochen attraktiver Mann war. Schätzungsweise Anfang zwanzig, dunkelbraune Haare, vorn hochgegelt. Auch der Kragen seines Polohemds war hochgeklappt. Vielleicht ein Rugby-Typ? Er musterte mich von oben bis unten und grinste.

»Hi«, sagte er dann und entblößte makellos weiße, gerade Zähne. Er war unrasiert und hatte strahlend blaue Augen. In der Hand hielt er ein Klemmbrett mit einem Zettel.

»Hi«, antwortete ich und lehnte mich lässig an die Tür.

»Sir Ignatius?«, fragte er.

»Nein, keineswegs«, antwortete ich mit einem Lächeln.

»Gibt es denn einen Sir Ignatius Power im Haus?«

»Nein, momentan nicht. Er ist mit Lord Casper auf der Fuchsjagd.«

Seine Augen wurden schmal und musterten mich argwöhnisch. »Wann kommt er denn zurück?«

»Wahrscheinlich erst, wenn er den Fuchs gefangen hat.«

»Hmm …« Er nickte langsam und sah sich um. »Sind die Füchse in der Gegend sehr flink?«

»Du bist offensichtlich nicht von hier. Denn hier weiß jeder Bescheid über die Füchse.«

»Hmm. Stimmt, ich bin nicht von hier.«

Ich biss mir auf die Lippen und unterdrückte das Lächeln.

»Dann kann es also etwas länger dauern?«, erkundigte er sich. Vermutlich hatte er inzwischen längst durchschaut, dass ich ihn auf den Arm nehmen wollte.

»Sehr viel länger.«

»Verstehe.«

Er stützte sich am Pfosten der Veranda ab und sah mich an.

»Was denn?«, fragte ich abwehrend und hatte das Gefühl, unter seinem Blick dahinzuschmelzen.

»Im Ernst.«

»Im Ernst was?«

»Wohnt er irgendwo in der Nähe?«

»Definitiv nicht hinter diesem Tor.«

»Wer bist du dann?«

»Man nennt mich Goodwin.«

»Ohne Zweifel ein passender Name, aber wie heißt du mit Nachnamen?«

Ich versuchte, nicht zu lachen, aber es klappte nicht.

»Das war blöd, ich weiß, tut mir leid«, entschuldigte er sich großherzig, blickte etwas verwirrt auf sein Klemmbrett und kratzte sich am Kopf, sodass seine Haare noch etwas zerzauster wurden.

Ich spähte über seine Schulter und erspähte einen weißen Bus mit der Aufschrift »The Travelling Library« an der Seite. Die mobile Bibliothek.

Schließlich blickte er wieder auf. »Na gut, anscheinend hab ich mich verfahren. Auf meiner Liste gibt es keinen Goodwin.«

»Oh, klar, es wäre sowieso ein anderer Name.« Der Mädchenname meiner Mutter war Byrne, also musste das auch Arthurs Nachname sein und somit der Name, unter dem dieses Haus aufgeführt sein würde. Arthur und Rosaleen Byrne. Jennifer Byrne – das klang irgendwie nicht richtig. Meinem Gefühl nach hätte meine Mutter schon immer eine Goodwin sein sollen.

»Dann muss das wohl die Kilsaney-Residenz sein?«, fragte der junge Mann hoffnungsvoll und sah von seiner Liste auf.

»Ah, die Kilsaneys«, sagte ich, und er warf mir einen erleichterten Blick zu. »Die haben das nächste Haus links, einfach zwischen den Bäumen durch«, grinste ich.

»Super, danke. Ich war noch nie in der Gegend hier und hab schon eine Stunde Verspätung. Wie sind die denn so, die Kilsaneys?« Er zog die Nase kraus. »Meinst du, von denen krieg ich eins drüber?«

Ich zuckte die Achseln. »Die reden nicht viel. Aber keine Sorge, sie lieben Bücher.«

»Gut. Soll ich auf dem Rückweg noch mal vorbeikommen, damit du dir die Bücher anschauen kannst?«

»Na klar, gerne.«

Als sich die Tür hinter mir geschlossen hatte, lachte ich mich erst mal schief, dann wartete ich aufgeregt auf die Rückkehr des Büchertypen. In meinem Bauch tanzten Schmetterlinge, umkreisten mein Herz, und ich kam mir vor wie ein Kind beim Versteckspielen. So hatte ich mich seit mindestens einem Monat nicht mehr gefühlt. Auf einmal hatte sich etwas in mir wieder geöffnet. Nicht mal eine Minute später hörte ich den Bus auch schon zurückkommen. Er hielt vor dem Haus, und ich öffnete die Tür. Mit einem breiten Lächeln stieg der Typ aus. Als er aufschaute, trafen sich unsere Blicke, und er schüttelte den Kopf.

»Na, sind die Kilsaneys nicht zu Hause?«, fragte ich.

Er lachte und kam auf mich zu. Zum Glück war er nicht sauer, sondern amüsiert. »Die wollten anscheinend keine Bücher, denn zusammen mit dem ersten Stock, den meisten Wänden und dem Dach hat sich auch das Bücherregal verabschiedet.«

Ich kicherte.

»Sehr lustig, Miss Goodwin.«

»Würdest du bitte *Ms* sagen? Danke sehr.«

»Ich bin übrigens Marcus«, stellte er sich vor, streckte mir die Hand hin, und ich schüttelte sie.

»Tamara.«

»Hübscher Name«, sagte er leise. Dann lehnte er sich wieder an die Veranda. »Also, im Ernst, weißt du, wo dieser Sir Ignatius Power von den Sisters of Mercy wohnt?«

»Moment, lass mich das mal anschauen.« Ich nahm ihm das Klemmbrett aus der Hand. »Das heißt nicht ›Sir‹. ›Sr‹ steht für ›Schwester‹«, sagte ich langsam. »Dummi«, fügte ich hinzu und klopfte ihm mit dem Klemmbrett auf den Kopf. »Dein Sir Ignatius ist eine Nonne.« Also doch kein Transvestit.

»Oh.« Wieder begann er zu lachen und packte das andere Ende des Klemmbretts. Aber ich hielt meine Seite fest. Er zog stärker und zog mich so auf die Veranda heraus. Aus der Nähe war er noch süßer. »Also, bist du das, Schwester?«, fragte er. »Hat Gott dich gerufen?«

»Ach, mich ruft man höchstens zum Abendessen.«

Er lachte. »Und wer ist diese Schwester?«

Ich zuckte die Achseln.

»Du *willst*, dass ich mich verirre, stimmt's?«

»Na ja, ich bin auch erst gestern hier angekommen und wahrscheinlich genauso desorientiert wie du.«

Als ich das sagte, lächelte ich nicht mehr, und er lächelte auch nicht zurück. Er kapierte offenbar genau, was ich meinte.

»Hmm, ich hoffe echt, dass das nicht stimmt – dir zuliebe.« Er schaute zum Haus hinauf. »Wohnst du hier?«

Ich zuckte unverbindlich die Achseln.

»Du weißt nicht mal, wo du *wohnst*?«

»Du bist ein Fremder, der in einem Bus voller Bücher rumfährt. Glaubst du, ich verrate dir einfach so, wo ich wohne? Von solchen Typen hab ich schon oft genug gehört«, entgegnete ich, während ich auf den Bus zuging.

»Ach ja?« Er folgte mir.

»Es gab mal einen Kerl wie du, der die Kinder mit Lollies in seinen Bus gelockt hat. Und wenn sie drin waren, hat er die Tür verriegelt und ist mit ihnen weggefahren.«

»Oh, ich weiß, wen du meinst«, antwortete er, und seine Augen funkelten. »Lange fettige schwarze Haare, große Nase, blasses Gesicht, ist immer in engen Hosen rumgesprungen und hat viel gesungen. Hatte er nicht auch eine Vorliebe für Spielzeugkisten?«

»Ja, genau den meine ich. Ist das ein Freund von dir?«

»Hier.« Er kramte in seiner Jackentasche und zog seinen Ausweis heraus. »Du hast recht, den hätte ich dir gleich zeigen sollen. Das hier ist eine öffentliche Bibliothek, mit Lizenz und allem Drum und Dran. Ganz offiziell. Also kann ich dir versprechen, dass ich dich nicht reinlocke und entführe.«

Vielleicht konnte ich ihn bei Gelegenheit darum bitten. Neugierig studierte ich den Ausweis. »Marcus Sandhurst?«

»Ja, der bin ich. Möchtest du dir die Bücher anschauen?«, fragte er und machte eine Handbewegung zu seinem Bus. »Ihr Wagen wartet, Madame.«

Ich sah mich um. Keine Menschenseele, auch keine Spur von Mum. Der Bungalow, in dem Rosaleen verschwunden war, erschien wie ausgestorben. Da ich nichts zu verlieren hatte, ging ich an Bord, und Marcus sang »Children« mit der Stimme des Kinderfängers aus *Tschitti Tschitti Bäng Bäng* und lachte dreckig. Ich lachte ebenfalls.

Drinnen waren die Wände mit Hunderten von Büchern gesäumt, nach verschiedenen Kategorien eingeteilt. Nachdenklich fuhr ich mit dem Finger über die Buchrücken, ohne die Titel wirklich zu lesen. Ich war noch ein bisschen auf der Hut, weil ich mit einem fremden Mann allein in diesem Bus war. Wahrscheinlich spürte Marcus meine Vorsicht, denn er trat gleich ein paar Schritte zurück, ließ mir Raum und stellte sich einfach neben die offene Tür.

»Und was ist dein Lieblingsbuch?«, fragte ich.

»Äh … *Scarface.*«

»Das ist doch ein Film.«

»Aber der Film basiert auf einem Buch«, entgegnete er.

»Stimmt doch gar nicht. Also, was ist dein Lieblingsbuch?«

»Coldplay«, antwortete er. »Pizza … keine Ahnung.«

»Okay«, lachte ich. »Dann liest du also nicht sehr viel.«

»Nein.« Er setzte sich auf die Tischkante. »Aber ich hoffe, dass diese Erfahrung das ändern und mich zu einem Leser machen wird.« Er sprach träge, seine Stimme so monoton und wenig überzeugend, als wiederhole er etwas, was er selbst eingetrichtert bekommen hatte.

Ich musterte ihn. »Was ist los? Hat dein Daddy seinem Freund gesagt, er soll dir einen Job geben?«

Sein Kiefer spannte sich an, und er antwortete nicht. Sofort bereute ich meine Bemerkung. Ich wusste nicht mal, warum ich das gesagt hatte. Keine Ahnung, woher das plötzlich gekommen war. Ich hatte nur so ein komisches Gefühl, dass ich einen wunden Punkt berührt hatte. Als hätte ich einen Teil von mir in ihm wiedererkannt.

»Sorry, das war nicht lustig«, entschuldigte ich mich. »Wie geht das denn nun hier?«, fragte ich dann in dem Versuch, die Stimmung wieder aufzulockern. »Du fährst zu den Leuten und bringst ihnen Bücher?«

»Es ist das Gleiche wie in einer Bibliothek«, antwortete Marcus, noch immer ein bisschen kühl. »Die Leute kriegen einen Ausweis, und mit dem können sie dann Bücher ausleihen. Und ich fahre in die Ortschaften, in denen es sonst keine Büchereien gibt.«

»Und auch keine anderen Lebensformen«, ergänzte ich und lachte.

»Findest du es schwierig hier, Stadtpflanze?«

Ich ignorierte die Frage und widmete mich weiter den Büchern. »Weißt du, was den Leuten hier viel besser gefallen würde als ein Bus mit Büchern?«

Er lächelte mich vielsagend an.

»Nein, das nicht!«, lachte ich. »Aber wenn du die Bücher

rausschmeißen würdest, könntest du wahrscheinlich eine Menge Geld mit dem Bus machen.«

»Ha! Das ist jetzt aber nicht sehr kultiviert«, meinte er.

»Na ja, es gibt keine Busverbindung in der Gegend. Und anscheinend liegt die nächste Stadt fünfzehn Minuten mit dem Auto entfernt. Wie soll man da hinkommen?«

»Äh … die Antwort liegt in der Frage.«

»Ja, aber ich kann nicht fahren, weil ich …« Ich unterbrach mich, und er grinste. »Weil ich nicht fahren kann«, vollendete ich den Satz etwas lahm.

»Ach ja? Hat Daddy dir noch keinen Mini Cooper geschenkt? Wie uncool ist das denn?«, imitierte er mich.

»Touché.«

»Okay.« Energisch hüpfte er vom Tisch. »Ich muss los. Wie wäre es, wenn wir zu dieser wundervollen Zauberstadt fahren, die kein menschlicher Fuß jemals erreichen kann?«

Ich kicherte. »Okay.«

»Musst du nicht erst mal jemanden fragen? Ich möchte nicht wegen Kidnapping hinter Gitter kommen.«

»Vielleicht kann ich noch nicht Auto fahren, aber ein Kind bin ich bestimmt nicht mehr.« Ich sah zum Bungalow hinüber. Rosaleen war schon ganz schön lange weg.

»Bist du sicher?«, fragte er und sah sich um. »Aber sag wenigstens Bescheid.«

Er sah besorgt aus, und nur deswegen zog ich mein Handy aus der Tasche und rief das Handy meiner Mutter an, obwohl ich genau wusste, dass sie es seit einem Monat nicht angefasst hatte. Erwartungsgemäß ging sie nicht dran, und ich hinterließ eine Nachricht.

»Hi, Mum, ich bin's. Ich bin gerade vor dem Haus in einem Bus voller Bücher, und ein ganz süßer Typ fährt mich jetzt in die Stadt. In ein paar Stunden bin ich wieder da. Falls ich nicht zurückkomme – der Typ heißt Marcus Sandhurst, eins sechsundsiebzig, schwarze Haare, blaue Augen … irgendwelche Tattoos?«, fragte ich.

Er hob sein T-Shirt ein Stück hoch. Oh, was für ein hübscher Waschbrettbauch.

»Er hat ein keltisches Kreuz auf dem Bauch, keine Brustbehaarung und ein ziemlich albernes Grinsen. Er mag *Scarface*, Coldplay und Pizza und hofft, richtig groß in der Buchbranche einsteigen zu können. Bis später dann.«

Als ich auflegte, prustete Marcus los. »Du kennst mich schon besser als die meisten anderen Leute.«

»Machen wir, dass wir wegkommen«, sagte ich.

»Benimmst du dich immer so schlecht?«, fragte er.

»Ja, klar«, antwortete ich und stieg auf den Beifahrersitz, bereit zu einem Abenteuer außerhalb des Kilsaney-Anwesens.

7

Ich will

Auf der Fahrt in die Stadt unterhielt ich mich zwölf Minuten lang entspannt und angenehm mit Marcus. Die »Stadt« war allerdings überhaupt nicht das, was ich mir darunter vorgestellt hatte. Zwar hatte ich meine Erwartungen schon auf das absolute Minimum zurückgeschraubt, aber es war noch wesentlich schlimmer. Die angebliche Stadt war ein Kuhdorf, in dem nicht mal eine Kuh zu sehen war. Es gab eine Kirche, einen Friedhof, zwei Pubs, einen Fish-and-Chips-Laden, eine Tankstelle mit einem Zeitungskiosk und eine Eisenwarenhandlung. Punkt.

Anscheinend gab ich einen Laut des Entsetzens von mir, denn Marcus sah mich besorgt an.

»Was ist los?«

»Was los ist?« Mit großen Augen wandte ich mich zu ihm um. »Was *los* ist? Ich hab zu meinem fünften Geburtstag ein Barbie-Dorf geschenkt bekommen, das größer war als dieses Nest hier!«

Marcus konnte sich das Lachen nicht verbeißen. »So schlecht ist es doch gar nicht. Und noch mal zwanzig Minuten weiter liegt Dunshaughlin, das ist eine richtige Stadt.«

»Noch mal zwanzig Minuten? Ohne Mitfahrgelegenheit

komme ich ja nicht mal bis in dieses Kaff hier!« Ich spürte, wie mein Kopf heiß wurde vor Frust, meine Nase begann zu jucken, Tränen traten mir in die Augen. Am liebsten hätte ich gegen den Bus getreten und laut geschrien. Aber ich verkniff es mir und schimpfte nur weiter: »Was soll ich denn hier alleine anfangen? Im Eisenwarenladen eine Schaufel kaufen und auf dem Friedhof die Gräber umgraben?«

Marcus prustete und schaute schnell weg, um sich zusammenzunehmen. »Tamara, es ist wirklich nicht so schlimm.«

»O doch, es ist so schlimm. Ich will einen Gingersnap Latte mit fettarmer Milch und ein Zimtbrötchen, und zwar auf der Stelle, verdammt«, sagte ich sehr ruhig und merkte, dass ich klang wie Violet Beauregarde aus *Charlie und die Schokoladenfabrik*. »Und wenn ich schon mal dabei bin, will ich WLAN und auf meinem Laptop meine Facebook-Seite checken. Ich will bei Topshop shoppen. Ich will twittern. Und dann will ich mit meinen Freunden an den Strand und aufs Meer hinausschauen und eine Flasche Weißwein trinken, und ich will mich besaufen, bis ich umfalle und kotze. Ich möchte einfach normale Dinge tun, wie ein ganz normaler Mensch. Das ist doch nicht zu viel verlangt!«

»Kriegst du eigentlich immer deinen Willen?«, fragte Marcus und sah mich prüfend an.

Ich konnte nicht antworten. In meinem Hals hatte sich ein riesiger Kloß aus O-mein-Gott-ich-bin-verliebt-Gefühl gebildet. Also nickte ich einfach nur stumm.

»Okay«, erwiderte er munter, und ich schluckte so heftig, dass meine Marcus-Verliebtheit die Luftröhre hinuntersauste und in meinem Magen landete. »Betrachten wir die Sache doch mal von der positiven Seite.«

»Es gibt aber keine positive Seite.«

»Es gibt immer eine positive Seite.« Er schaute nach links

und nach rechts, hob die Hände, und seine Augen begannen zu funkeln. »Keine Bibliothek weit und breit.«

»O mein Gott …« Ich stieß mich vom Armaturenbrett ab.

»Gut«, lachte er und stellte den Motor ab. »Versuchen wir unser Glück anderswo.«

»Musst du nicht den Motor anstellen, um wegzufahren?«, fragte ich.

»Wir fahren ja auch nicht«, erwiderte er und stieg über den Fahrersitz hinweg in den Bus. »Also, dann schauen wir mal … wohin wollen wir?« Im Vorbeigehen ließ er langsam den Finger über die Buchrücken in der Reiseabteilung gleiten und las laut: »Paris, Chile, Rom, Argentinien, Mexiko …«

»Mexiko!«, rief ich und kniete mich auf den Sitz, um ihn besser beobachten zu können.

»Mexiko«, nickte er. »Gute Idee.« Er zog das Buch aus dem Regal und sah mich an. »Und? Kommst du? Unser Flieger hebt gleich ab.«

Lächelnd kletterte ich über die Rückenlehne des Sitzes. Dann setzten wir uns nebeneinander auf den Fußboden hinten im Bus, und an diesem Tag reisten wir nach Mexiko.

Keine Ahnung, ob er wusste, wie wichtig dieser Moment für mich war. Wie sehr er mich vor mir selbst gerettet hat, vor der absoluten Verzweiflung. Vielleicht wusste er es und beabsichtigte genau das. Aber er war wie ein Engel, der mit seinem Bücherbus genau zum richtigen Zeitpunkt in mein Leben gekommen war und mich aus einem scheußlichen Ort in ein fernes Land entführte.

Leider konnten wir nicht so lange in Mexiko bleiben, wie wir gehofft hatten. Wir checkten in ein Hotel ein, Doppelbett, stellten unsere Taschen ab und gingen direkt zum Strand. Ich kaufte mir bei einem Händler am Strand einen Bikini, Marcus bestellte einen Cocktail und wollte gerade alleine mit dem Jetski losfahren – ich weigerte mich, einen Neoprenanzug anzuziehen –, als jemand an den Bus klopfte und eine ältere Frau auftauchte, die nach einem netten Unterhaltungsroman suchte. Also standen wir auf, und ich sah mir die Regale an, während Marcus den Gastgeber spielte. Als ich auf ein Buch über Trauer stieß – darüber, wie man lernt, mit der eigenen Trauer umzugehen oder auch mit einer geliebten Person, die trauert –, blieb ich eine ganze Weile mit klopfendem Herzen davor stehen, als hätte ich einen magischen Impfstoff entdeckt, der einen gegen alle Krankheiten der Welt immun macht. Aber ich brachte es nicht über mich, das Buch aus dem Regal zu ziehen – keine Ahnung, warum. Vielleicht wollte ich nicht, dass Marcus es sah und mich danach fragte. Ich wollte ihm nicht von Dads Tod erzählen. Denn dann wäre ich genau die Person gewesen, die ich war. Ein Mädchen, dessen Vater sich umgebracht hatte. So jemand wollte ich nicht sein. Wenn ich es ihm nicht erzählte, gab es dieses Mädchen nicht. Jedenfalls nicht für ihn. Sondern nur in meinem Innern. Ich würde den Zorn dieses Mädchens in mir spüren, wie er unter meiner Haut blubberte, aber ich konnte nach Mexiko fliegen und dieses Mädchen im Torhaus zurücklassen.

Dann fiel mein Blick auf einen großen, in Leder gebundenen Band in der Sachbuchabteilung. Braun, dick, kein Name und kein Titel auf dem Buchrücken. Ich zog das Buch heraus. Es war schwer. Die Seiten waren an den Ecken ausgefranst, als hätte man sie aufgeschnitten.

»Dann bist du also so eine Art Robin Hood der Buchwelt?«, sagte ich, als die alte Frau mit einem flotten Liebesroman unter dem Arm wieder abgezogen war. »Du bringst die Bücher zu den Menschen, die keine haben.«

»Irgendwie schon. Was hast du da?«

»Keine Ahnung, es hat keinen Titel vorne drauf.«

»Versuch es mal am Rücken.«

»Da steht auch nichts.«

Er nahm den Ordner, der neben ihm lag, leckte sich den Finger und blätterte ein paar Seiten um. »Wie heißt der Autor?«

»Da steht nirgends ein Name.«

Marcus runzelte die Stirn und blickte auf. »Unmöglich. Schlag es auf und schau auf die erste Seite.«

»Kann ich nicht«, lachte ich. »Es ist verschlossen.«

»Ach komm schon«, grinste er. »Du nimmst mich auf den Arm, Goodwin.«

»Nein«, versicherte ich und ging mit dem Buch zu ihm. »Ehrlich, sieh es dir selbst an.«

Ich gab ihm das Buch, und als unsere Finger sich berührten, durchzuckte ein seismisches Prickeln sämtliche erogenen Zonen meines Körpers.

Das Buch war mit einer goldenen Schnalle verschlossen, an der ein kleines goldenes Schloss hing.

»Was zum Teufel …?«, stieß Marcus hervor und ruckelte an dem Schloss, wobei er das Gesicht so komisch verzog, dass ich laut lachen musste. »Typisch, dass du ausgerechnet das einzige Buch hier drin aussuchst, das weder einen Autor noch einen Titel hat und außerdem auch noch abgeschlossen ist.«

Auch er fing an zu lachen, gab seine Versuche mit dem Schloss auf, und auf einmal trafen sich unsere Blicke.

Das war der Moment, in dem ich hätte sagen müssen: »Ich bin übrigens erst sechzehn.« Aber ich konnte nicht. Es war unmöglich. Ich habe es euch ja schon gesagt – ich fühlte mich älter. Außerdem bekam ich sowieso schon dauernd zu hören, dass ich älter aussah. Ich wollte auch älter sein. Es war ja nicht so, dass Marcus und ich vorhatten, augenblicklich Sex auf dem Fußboden zu haben, und es war auch nicht strafbar, dass er mich anstarrte. Aber trotzdem. Ich hätte es sagen sollen. Wenn wir uns in einem alten Buch befunden hätten, in einem Roman, der im 19. Jahrhundert spielte – im Stil von *Vom Winde verweht*, als die Männer die Frauen als ihren Besitz ansahen und die Frauen sich nicht dagegen wehren konnten –, hätte es keine Rolle gespielt. Wir hätten uns irgendwo in einer Scheune im Heu vergnügen und tun können, was wir wollten, ohne dass jemandem deswegen Vorwürfe gemacht worden wären. Am liebsten hätte ich sofort so ein Buch vom Regal geholt, es aufgeklappt und wäre mit Marcus hineingestiegen.

Aber wir lebten im 21. Jahrhundert, ich war sechzehn – fast siebzehn –, und er war zweiundzwanzig. Ich hatte es auf seinem Ausweis gesehen. Und ich wusste aus Erfahrung, dass das Interesse eines Jungen nicht unbedingt bis zu meinem nächsten Geburtstag anhielt. Es war selten, dass einer bereit war, bis Juli zu warten.

»Mach nicht so ein trauriges Gesicht«, sagte Marcus, streckte die Hand aus und hob mit dem Finger mein Kinn. Ich hatte gar nicht gemerkt, dass er mir so nahe war, aber da stand er nun, direkt vor mir. Unsere Zehen berührten sich.

»Es ist doch nur … ein Buch.«

Auf einmal wurde mir bewusst, dass ich das Buch mit beiden Armen an mich drückte.

»Aber ich mag dieses Buch«, lächelte ich.

»Ich mag es auch, sehr sogar. Es ist ein freches, sehr hübsches Buch, aber offensichtlich können wir es momentan nicht lesen.«

Redeten wir eigentlich über das Gleiche?

»Das bedeutet dann ja wohl, dass wir es erst anschauen können, wenn wir den Schlüssel finden.«

Ich merkte, wie ich rot wurde.

»Tamara!« Auf einmal hörte ich jemanden meinen Namen rufen. Gellend und ziemlich verzweifelt. Widerwillig unterbrachen wir unseren Blickkontakt, und ich rannte zur Tür des Busses. Es war Rosaleen. Mit verzerrtem Gesicht und wilden Augen kam sie über die Straße auf mich zugerannt. Zum Glück sah ich Arthur ganz gelassen auf dem Gehweg neben seinem Auto stehen, das beruhigte mich etwas. Aber warum war Rosaleen denn so aufgeregt?

»Tamara«, stieß sie atemlos hervor, während sie hektisch zwischen Marcus und mir hin und her blickte und mich mal wieder an ein Erdmännchen auf Alarmstufe rot erinnerte. »Komm zurück zu uns, Kind. Komm zurück«, stammelte sie mit bebender Stimme.

»Ich bin ja schon unterwegs«, erwiderte ich stirnrunzelnd. »Aber ich war doch höchstens eine Stunde weg.«

Ein bisschen konfus starrte Rosaleen mich an und sah dann zu Marcus, als hoffte sie, dass er ihr gleich alles erklären würde.

»Was ist denn los, Rosaleen? Ist mit Mum alles in Ordnung?«, erkundigte ich mich.

Sie schwieg, aber ihr Mund öffnete und schloss sich, als würde sie nach Worten ringen.

»Ist meine Mum okay?«, fragte ich wieder, und plötzlich bekam ich Panik.

»Ja«, antwortete Rosaleen endlich. »Natürlich ist sie okay.« Dabei schaute sie immer noch etwas verwirrt aus der Wäsche, schien sich aber allmählich etwas zu entspannen.

»Was ist denn los mit dir?«

»Ich dachte, du wärst …« Sie ließ den Satz unvollendet und sah sich um, als würde ihr jetzt erst richtig klar, wo sie war. Dann richtete sie sich auf, fuhr sich mit der Hand über die Haare und zupfte ihr Kleid zurecht, das von der Autofahrt ganz zerknittert war. Etwas gelassener meinte sie dann: »Kommst du jetzt wieder mit zurück ins Haus?«

»Na klar«, antwortete ich. »Ich hatte Mum übrigens Bescheid gesagt, wo ich bin.«

»Ja, aber deine Mutter …«

»Was ist mit meiner Mutter?« Meine Stimme wurde hart. Wenn mit meiner Mutter alles in Ordnung war, hätte es doch ausreichend sein müssen, dass ich sie informiert hatte.

Auf einmal spürte ich Marcus' Hand auf meinem Rücken, und ich dachte an Mexiko und an all die anderen Orte, zu denen wir noch reisen konnten.

»Geh einfach mit«, sagte er leise. »Ich muss jetzt sowieso weiter. Aber das hier kannst du gerne behalten.« Er nickte zu dem Buch, das ich immer noch im Arm hielt.

»Danke. Sehen wir uns wieder?«

Er rollte mit den Augen. »Na klar, Goodwin. Aber jetzt geh.«

Als ich über die Straße ging und hinten in den Land Rover kletterte, fielen mir drei Männer auf, die vor dem Pub standen, rauchten und zu uns herüberglotzten. Das war an sich nichts Ungewöhnliches, aber die Art, wie sie es taten, war irgendwie sonderbar. Arthur nickte ihnen grüßend zu, aber Rosaleen hielt den Kopf gesenkt und die Augen zu Boden gerichtet. Ich behielt die Männer im Auge, so lange es ging, in der Hoffnung, einen Hinweis darauf zu bekommen, was ihr Problem war. Waren sie nur neugierig, weil ich hier neu war? Aber das konnte nicht sein, denn die Blicke, die uns verfolgten, galten gar nicht mir, sondern ausschließlich Arthur und Rosaleen. Auf der Heimfahrt im Auto sprach keiner ein Wort.

Als wir wieder im Torhäuschen waren, schaute ich als Erstes nach meiner Mutter, obwohl Rosaleen es mir wieder mal zu verbieten versuchte. Mum saß immer noch im Schaukelstuhl, ohne zu schaukeln, und stierte hinaus in den Garten. Ich setzte mich eine Weile zu ihr, dann ging ich wieder hinunter ins Wohnzimmer, zu dem Sessel, in dem ich es mir bequem gemacht hatte, bevor Marcus gekommen war, und wollte mir das Fotoalbum vornehmen. Aber es war nicht mehr da. Mein erster Gedanke war, dass Rosaleen es aufgeräumt hatte. Doch so intensiv ich das Bücherregal auch durchsuchte – das Album blieb verschwunden.

Auf einmal hörte ich ein Geräusch von der Tür her und fuhr herum. Direkt hinter mir stand Rosaleen.

»Rosaleen!«, rief ich und presste die Hand aufs Herz. »Du hast mich halb zu Tode erschreckt.«

»Was hast du denn da gerade gemacht?«, fragte sie, kniff mit den Fingern nervös eine Falte in ihre Schürze und strich sie wieder glatt.

»Ich hab das Fotoalbum gesucht, das ich vorhin rausgelegt hatte.«

»Fotoalbum?« Sie legte den Kopf schief, runzelte die Stirn, und ihr Gesicht sah wieder völlig verwirrt aus.

»Ja, ich hab es vorhin entdeckt, ehe der Bücherbus gekommen ist. Hoffentlich stört es dich nicht, ich wollte es mir nur mal anschauen, aber jetzt ist es …« Ich streckte die Hände in die Luft und lachte. »Wie vom Erdboden verschluckt.«

Aber Rosaleen schüttelte ernst den Kopf. »Nein, Kind.« Dann sah sie sich um und senkte die Stimme zu einem Flüstern. »Kein Wort mehr darüber.«

In diesem Moment wanderte Arthur herein, in der Hand die Zeitung. Er musterte uns fragend.

»Ich kümmere mich dann mal ums Essen. Heute gibt es Lammkarree«, erklärte Rosaleen leise und sichtlich nervös.

Arthur nickte und sah ihr nach, während sie in die Küche verschwand.

Als ich seinen Gesichtsausdruck bemerkte, hatte ich keine Lust mehr, ihn nach dem Album zu fragen. Dafür gingen mir eine Menge Gedanken über Arthur durch den Kopf.

Später am Abend hörte ich gedämpfte Stimmen aus dem Schlafzimmer – mal lauter, mal leiser. Ich war nicht sicher, ob es ein Streit war oder nicht, aber es klang irgendwie anders als die Unterhaltungen, die Rosaleen und Arthur sonst führten. Es war ein richtiges Gespräch, nicht ein Hin und Her von Bemerkungen. Und ganz offensichtlich wollten sie verhindern, dass ich etwas davon mitkriegte. So fest ich mein Ohr auch an die Wand drückte, ich konnte kein Wort verstehen. Dann wurde es plötzlich still, und während ich mich noch nach dem Grund fragte, wurde meine Schlafzimmertür aufgerissen, und Arthur streckte den Kopf herein.

»Arthur!«, rief ich und wich, so schnell ich konnte, von der Wand zurück. »Könntest du bitte anklopfen? Schließlich habe ich auch eine Privatsphäre.«

Obwohl er mich gerade beim Lauschen erwischt hatte, ging er nicht weiter darauf ein, was ich ziemlich anständig von ihm fand.

»Möchtest du, dass ich dich morgen nach Dublin fahre?«, brummte er nur.

»Wie bitte?«

»Wenn du möchtest, bringe ich dich morgen zu deiner Freundin nach Dublin.«

Ich war so begeistert, dass ich einen Freudentanz vollführte, mich ans Telefon hängte und sofort Zoey anrief. Nach dem Grund für meinen plötzlichen Rausschmiss zu fragen, vergaß ich völlig. Ich glaube, es war mir egal. Und so kam es dann, dass ich bei Zoey übernachtete. Doch obwohl ich erst zwei Nächte im Torhaus verbracht hatte, fühlte es sich schon irgendwie seltsam an, nach Dublin zurückzukommen. Wir gingen zu unserer üblichen Stelle am Strand, direkt neben unserem Haus. Aber unser Haus sah auf einmal ganz anders aus, was mir ganz und gar nicht gefiel. Es fühlte sich auch anders an, was mir noch weniger gefiel. Neben dem Eingangstor stand ein Schild mit der Aufschrift »Zu verkaufen«. Wenn ich hinsah, spürte ich, wie die Wut in mir hochstieg und mein Herz wild zu pochen begann, und ich hätte am liebsten laut geschrien. Also schaute ich lieber nicht hin. Zoey und Laura beäugten mich wie einen Alien, der von einem fernen Planeten hier gelandet war, und wahrscheinlich dachten sie, dass ein fremdes Wesen von ihrer besten Freundin Besitz ergriffen und sich in ihrem Körper breitgemacht hatte. An allem, was ich sagte, nörgelten sie herum, alles wurde analysiert und falsch ausgelegt.

Sensibel wie zwei Backsteine gerieten sie beim Anblick des »Zu Verkaufen«-Schilds in helle Begeisterung. Zoey faselte etwas davon, wir sollten einbrechen und den Nachmittag dort verbringen – genau das, was ich mir wünschte. Laura war ein wenig einfühlsamer, und als Zoey uns den Rücken zuwandte, zum Tor ging und die Lage checkte, sah sie mich etwas unsicher an. Aber als ich keinen Widerspruch einlegte, hakte sie nicht weiter nach. Zoeys Einfälle waren oft reichlich daneben.

Ich weiß nicht, wie ich es schaffte, aber es gelang mir schließlich doch, die Begeisterung der beiden zu dämpfen und ihnen ihren Plan auszureden. Statt in das Haus einzubrechen, in dem mein Vater sich umgebracht hatte, betranken wir uns und machten uns ausgiebig über Arthur und Rosaleen und ihre bescheuerten Dorfsitten lustig. Dann erzählte ich Zoey und Laura – nein, ich erzählte es ihnen nicht nur, ich offenbarte es ihnen –, wie ich Marcus und den Bücherbus kennengelernt hatte. Sie lachten sich schief, denn sie fanden die Geschichte einfach nur krass und die Vorstellung einer mobilen Bücherei das Lächerlichste und Langweiligste, was ihnen je untergekommen war. Es war ja schlimm genug, ein Zimmer voller Bücher zu besitzen, aber dass man Bücher zu den Menschen karrte und sie ihnen praktisch aufdrängte – das war ja wohl das Letzte!

Mich verletzte die Reaktion meiner Freundinnen ziemlich, obwohl ich im ersten Moment selbst nicht recht verstand, wieso es mir so viel ausmachte. Natürlich versteckte ich meine Gefühle, so gut es ging, aber ich hielt es kaum aus, dass Zoey und Laura das Erste, was mich seit Dads Tod aus meiner Apathie gerissen und von meinem Kummer abgelenkt hatte, so madig machten. Ich denke, in diesem Moment begann ich, eine Schutzmauer zwischen mir und den beiden aufzubauen, und wahrscheinlich merkten sie das auch. Zoey sah mich aus zusammengekniffenen Augen mit dem Sezierblick an, den sie immer bekommt, wenn jemand ein bisschen anders ist, als man ihrer Meinung nach zu sein hat, denn das war für sie das größte Verbrechen auf der ganzen Welt. Meine beiden Freundinnen kapierten nicht, warum ich auf einmal anders war, sie kamen nicht auf die Idee, dass das, was ich gerade durchmachte, mich nicht nur für ein paar Wochen oberflächlich verändert, sondern den Kern meines Wesens getroffen hatte. Für sie war die einzig mögliche Erklärung, dass das Landleben einen unerwünschten Effekt auf mich hatte. Aber ich war verletzt. Wie eine zertretene Blume, die zwar nicht tot ist, aber keine andere Wahl mehr hat, als in eine andere Richtung zu wachsen.

Irgendwann hatte Zoey dann keine Lust mehr, über Dinge zu sprechen, von denen sie keine Ahnung hatte – und die ihr vielleicht auch Angst machten –, und rief Fiachrá, Garóid und den dritten Musketier Colm an, den ich immer Cabáiste nenne, was auf Irisch »Kohl« bedeutet. Ich hatte noch nie ein Wort mit ihm gewechselt, aber da Zoey sich Garóid schnappte und Fiachrá sich ausschließlich Laura widmete, saßen Cabáiste und ich nebeneinander und schauten aufs Meer hinaus, während die anderen vier im Sand herumrollten und schmatzende Knutschgeräusche von sich gaben. Hin und wieder kippte Cabáiste einen Schluck Wodka, und eigentlich erwartete ich jeden Moment, dass er zudringlich werden würde. Jedes Mal, wenn er die Flasche ansetzte, machte ich mich auf einen nassen, glitschigen Kuss gefasst, der nach Wodka schmeckte und ein bisschen brannte und mir einen Brechreiz verursachte.

Aber nichts dergleichen geschah.

»Tut mir leid wegen deinem Dad«, sagte Cabáiste stattdessen leise.

Die Bemerkung traf mich völlig unerwartet, und auf einmal wurde ich so von meinen Gefühlen überwältigt, dass ich kein Wort mehr herausbrachte. Ich konnte ihm nicht antworten, ja, ich konnte ihn nicht mal ansehen. Verzweifelt starrte ich in die entgegengesetzte Richtung und ließ mir vom Wind die Haare ins Gesicht wehen, damit er die Tränen nicht sehen konnte, die mir in Strömen über die Wangen liefen.

Das Fazit meines Ausflugs war also, dass meine Freundinnen auf meinen Gefühlen herumgetrampelt waren. Aber etwas anderes bereitete mir noch viel größeres Kopfzerbrechen: Wie würde es jetzt weitergehen mit mir und meinem Leben?

8

Der geheime Garten

Wenn ich länger als gewöhnlich weg war, zum Beispiel zu einer Klassenfahrt ins Ausland oder mit Freundinnen auf Einkaufstour in London, nahm ich immer irgendetwas mit, was mich an zu Hause erinnerte – irgendeine Kleinigkeit. Als wir einmal an Weihnachten bei einem Büfett in einem Hotel waren, klaute mein Dad einen kleinen Plastikpinguin, der eine Nachspeise verzierte, und versteckte ihn in meinem Dessert. Natürlich sollte das ein netter kleiner Scherz sein, aber ich hatte einen dieser Tage, an denen ich nichts, was er sagte oder tat, auch nur ansatzweise lustig fand, und so ließ ich den Pinguin kommentarlos in meiner Tasche verschwinden. Als ich einige Zeit später wieder irgendwo unterwegs war, stieß ich in meiner Tasche zufällig auf den Pinguin und musste lachen. Zwei Monate zu spät und ohne dass Dad dabei war, fand ich seinen Scherz plötzlich lustig. Auf dieser Reise landete der Pinguin dann in meinem Waschbeutel, und von da an begleitete er mich überallhin.

Bestimmt kennt jeder das Phänomen, dass man etwas anschaut, und augenblicklich taucht irgendeine Erinnerung auf. Ich bin eigentlich kein sentimentaler Mensch, ich hatte nie eine sehr enge Verbindung mit etwas oder jemandem zu

Hause. Nicht wie manche Leute, denen schon eine Staubfluse oder etwas ähnlich Banales reicht, um Tränen in die Augen zu kriegen, weil es ihnen vage etwas ins Gedächtnis ruft, was jemand früher mal gesagt oder getan hat, und ihnen rückblickend jemand – vielleicht der Teufel – ins Ohr flüstert, dass sie damals glücklich waren. Nein, dass ich solche Kleinigkeiten mitnahm, war echt nur wie ein bisschen Munition. Nicht aus Sentimentalität, sondern einfach nur, um mich gegen meine Unsicherheit zu verteidigen und damit ich mich in der Fremde nicht total allein fühlte.

Zu Rosaleens und Arthurs Torhaus hatte ich nun wirklich gar keine innere Verbindung, ich war ja erst ein paar Tage da. Aber trotzdem nahm ich das Buch, das ich in der mobilen Bibliothek gefunden hatte, auf den Ausflug zu Zoey mit. Ich hatte das Schloss immer noch nicht aufbekommen und eigentlich auch nicht vor, in Dublin zu lesen. Wie hätte ich dazu auch Zeit finden sollen, wo meine Freundinnen ständig neue, hochinteressante Geschichten auftischten, zum Beispiel – jetzt haltet euch gut fest! – wie viel Spaß es mache, ohne Unterwäsche rumzulaufen. Also ehrlich. Ich bekam erst mal einen Lachanfall. Zur Veranschaulichung hielten sie mir ein Foto von Cindy Monroe unter die Nase, einer Tusse aus irgendeiner Realityshow – vierzig Kilo, grade mal eins fünfzig –, wie sie, nachdem sie wegen Trunkenheit am Steuer zwei Tage im Knast verbracht hat, aus dem Auto steigt. Und offensichtlich keinen Slip trägt. Zoey und Laura schienen das für einen großartigen Beitrag zur Emanzipation der Frau zu halten. Ich glaube, als die Feministinnen damals ihre BHs verbrannt haben, hatten sie nicht unbedingt solche Aktionen im Sinn, aber als ich eine dahin gehende Bemerkung machte, sah Zoey mich mit zusammengekniffenen Augen an – wie die Herzkönigin, wenn sie überlegt, ob jemandem der Kopf abgehackt werden soll. Aber dann riss sie die Augen wieder auf und sagte: »Also mein Top war total rückenfrei, da konnte ich auch keinen BH anziehen.«

Total rückenfrei. Endgültig tot. Schon wieder einer von diesen Doppelausdrücken. Entweder war das Top rückenfrei oder nicht. Und ich habe keinerlei Zweifel, dass es tatsächlich rückenfrei war.

Jedenfalls, als ich zu Zoey geschickt wurde – wobei »geschickt« das ausschlaggebende Wort ist –, kam ich mir vor, als hätte man mich in die Ecke gestellt, damit ich darüber nachdenken konnte, was ich verbrochen hatte. Obwohl ich mich eigentlich hätte freuen sollen, nach Hause zu fahren und endlich wieder ein richtiger Mensch zu sein, fühlte es sich irgendwie überhaupt nicht so an. Und deshalb nahm ich ein Stück meiner neuen Welt mit. Als ich dann im Gästebett in Zoeys Zimmer lag und wir uns die ganze Nacht über alles Mögliche unterhielten, wusste ich, dass das Buch, dieser fremde Gegenstand aus meinem verabscheuten neuen Leben, da war, mithörte und einen Einblick in das Leben bekam, das ich einmal gehabt hatte. Ich hatte einen Zeugen. Am liebsten hätte ich dem Buch gesagt, es solle zurückgehen und all den Dingen dort, die ich hasste, von meinem früheren Leben erzählen. Das Buch war mein kleines Geheimnis, von dem Laura und Zoey nichts ahnten, vielleicht unsinnig und langweilig, aber trotzdem ein Geheimnis, das neben mir in meiner Reisetasche lag und mir ganz allein gehörte.

Als Arthurs Land Rover wieder in den Seiteneingang des Kilsaney-Anwesens zum Torhaus abbog und ich wieder von meinem neuen, ausweglosen Nicht-Leben verschluckt wurde, beschloss ich deshalb, einen Spaziergang zu machen und das Buch mitzunehmen. Ich wusste zwar, es würde Rosaleen umbringen, wenn ich nicht gleich zu ihr reinstürzte und ihr alles über den neuen Unten-ohne-Trend erzählte, aber da ich es schon immer für meine Pflicht gehalten hatte, andere Menschen zu bestrafen, machte ich mich unverzüglich auf die Socken. Außerdem ahnte ich, dass Mum noch immer auf demselben Fleck sitzen würde – im Schaukelstuhl, ohne zu schaukeln –, und wollte dieses Bild lieber noch eine Weile mit der angenehmen Illusion verdrängen, dass sie ja auch nackt draußen im Garten herumtanzen könnte. Oder so.

Bisher war ich noch nie um das Grundstück herumgegangen. Zum Schloss und wieder zurück, das schon, aber ich hatte die gut hundert Morgen des Anwesens noch nie umrundet. Bei meinen früheren Besuchen hier hatten wir immer nur in der Küche gesessen, Tee getrunken und Schinkensandwiches gegessen, und Mum hatte sich mit meiner seltsamen Tante und meinem sonderbaren Onkel über Dinge unterhalten, die mich nicht die Bohne interessierten. Ich hätte fast alles getan – sogar zwanzig matschige Eiersandwiches und zwei Stücke von egal welchem Kuchen verdrückt –, um aus dieser Küche rauszukommen und ein bisschen im Garten rumzulaufen, der das Haus umgab. An mehr war ich nicht interessiert. Ich war kein großer Forschergeist, und alles, was mit Bewegung zu tun hatte, langweilte mich sowieso. Es gab nichts, was mich so faszinierte, dass ich unbedingt tiefer in die Materie eindringen wollte, und das war auch an diesem Tag nicht anders. Aber ich war so gelangweilt und frustriert, dass ich meine Reisetasche einfach stehen ließ – was Arthur mit einem Schleimschnauben quittierte, sie aber trotzdem für mich hineintrug – und das Weite suchte.

Ich ließ das Haus und das Schloss hinter mir und ging den Weg entlang, der sich tief im Schatten der hohen uralten Eichen, Eschen und Eiben dahinschlängelte. Es roch süß, der Boden war weich, Blätter und Baumrinde von Jahrtausenden bedeckten die Erde, und meine Schritte federten, als könnte ich gleich Anlauf nehmen und einen Salto schlagen. Unter den Bäumen blieb es angenehm kühl, obwohl der Tag ziemlich heiß war. Die Vögel benahmen sich wie hyperaktive Äffchen, zwitscherten und trällerten unablässig und schwangen sich tarzanartig von einem Baum zum nächsten. Müde von der durchwachten Nacht mit meinen Freundinnen, wanderte ich einfach immer weiter. Mein Kopf war zum Platzen voll von unseren Gesprächen, von den Dingen, die ich erfahren hatte – Laura hatte die Pille danach nehmen müssen –, aber nichts davon war so laut wie die Diskussionen, die ich in Gedanken mit mir selber führte. Ich konnte sie einfach nicht abstellen, und ich glaube, ich hatte in meinem ganzen Leben noch nie so viel gedacht und so wenig geredet.

An den Stellen, wo der Wald etwas weniger dicht war, konnte ich in der Ferne das Schloss sehen, umgeben von endlosen Wiesen mit einzelnen majestätischen Bäumen und überall verstreuten kleinen Seen. Schlanke Pappeln reckten sich elegant zum Himmel, wie Federn, die den Himmel kitzeln wollten, üppige Eichen mit schweren, ausladenden Kronen erinnerten an überdimensionale Pilze. Dann verschwand das Schloss wieder, als wollte es mit mir Verstecken spielen, der Weg schwenkte nach links, und ich wusste, dass ich demnächst abbiegen und direkt auf den Hauptturm zugehen konnte. Nach weiteren zwanzig Minuten Fußmarsch sah ich rechts vor mir das große gotische Portal und verlangsamte sofort meine Schritte. Das mit Ketten umwickelte Tor gefiel mir gar nicht, ich musste bei seinem Anblick unwillkürlich an einen zum Sterben am Straßenrand zurückgelassenen Kriegsgefangenen denken. Lange Gräser und Kräuter streckten ihre Halme durch die rostigen Gitterstäbe, als winkten abgemagerte Arme um Hilfe. Die einstmals prachtvolle

Straße dahinter, die direkt auf das Schloss zuführte, war vernachlässigt, unbenutzt und verfallen, teilweise von Gras überwuchert und erinnerte mich an die gelbe Backsteinstraße im Zauberland Oz. Ich schauderte. Diese Straße war mir unheimlich, ihre Narben erschienen mir grotesk. Anders als die Narben am Schloss, die ich berühren und nachfühlen wollte, fand ich diese hier nur hässlich und spürte den dringenden Wunsch wegzuschauen.

Ich beschloss, mir einen anderen Weg zu suchen, um nicht durch dieses gruselige gotische Tor gehen zu müssen, und so schlug ich mich durchs Unterholz und bahnte mir einen Weg querfeldein. Sofort fühlte ich mich sicherer, geborgen im Schutz des Waldes – statt auf dieser verwahrlosten Straße, wo schon die Normannen entlanggaloppiert waren, auf den Schwertspitzen die abgeschlagenen Köpfe der von ihnen besiegten Bauern schwenkend.

Die Baumstämme waren faszinierend, alt und runzlig wie Elefantenbeine, ineinander verschlungen wie Liebende. Einige wuchsen gekrümmt aus dem Boden, als litten sie Qualen, reckten sich Hilfe suchend erst hierhin, dann dorthin, wuchsen in verschiedene Richtungen, drehten und wendeten sich. Die Wurzeln schlängelten aus dem Boden empor und verschwanden anmutig wieder in der Erde, wie Aale im Wasser. Immer wieder stolperte ich über sie, aber jedes Mal fing mich ein günstig in der Nähe stehender Baumstamm gerade noch rechtzeitig auf. So brachten mich die Bäume zum Stolpern und retteten mich gleichzeitig, kitzelten mich mit Blättern und Spinnweben, schlugen mir mit ihren Ästen ins Gesicht. Wenn ich einen Zweig zurückbog, um besser vorwärtszukommen, schnellte er umgehend wie ein Katapult zurück, um mir frech den Hintern zu versohlen.

So gelangte ich aus einer Baumstadt in die nächste. In

der angenehm würzig duftenden Luft summten die Bienen, flitzten emsig von einer Blütendolde der blühenden Bäume zur nächsten, als wären sie viel zu gierig, um sich mit einer zufriedenzugeben, als wollten sie alles. Auf einmal merkte ich, dass um mich herum Früchte auf dem Boden lagen, teils verfault und verrottet, teils schrumplig wie Trockenpflaumen. Neugierig blieb ich stehen, um eine aufzuheben und sie mir näher anzuschauen, aber als ich an ihr schnupperte, schlug mir ein so widerlicher Gestank entgegen, dass ich sie wieder fallen ließ und mir hektisch die Hände abwischte. In diesem Moment entdeckte ich, dass der Stamm neben mir über und über mit eingeritzten Wörtern und Motiven bedeckt war. Der arme Baum sah fast aus, als hätte ein wildes Tier die Krallen in seine Rinde geschlagen, bis wie bei einem Kürbis das Fleisch herausgequollen war. Natürlich war nicht alles am gleichen Tag eingeschnitten worden, auch nicht im gleichen Jahr, wahrscheinlich nicht mal im gleichen Jahrhundert. Etwa ab einer Höhe von zwei Metern bis hinunter zum Boden war die Rinde durchkerbt von Namen, einige mit Herzen eingerahmt, andere in Vierecken, lauter Freundschafts- und Liebeserklärungen.

Ich fuhr mit dem Finger über die Namen. »Frank und Ellie«, »Fiona und Stephen«, »Siobhan und Michael«, »Laurie und Rose«, »Michelle und Tommy«. Erklärungen ewiger Liebe. »Für immer.« Ich fragte mich, ob vielleicht ein paar von diesen Menschen immer noch zusammen waren. Kein anderer Baum in der Umgebung wies ähnliche Narben auf, und als ich ein Stück zurücktrat, wurde mir auch klar, warum. Um diesen Baum war mehr freier Raum, und man konnte sich gut vorstellen, wie hier Decken ausgebreitet, Picknicks und Partys veranstaltet wurden, wie Freunde sich trafen und Liebespaare zu einer heimlichen Verabredung zusammenkamen.

Nach einer Weile verließ ich die Obstbäume und suchte nach der nächsten Baumstadt. Aber stattdessen tauchte vor mir eine Mauer auf, und mein Spiel mit den Bäumen fand ein jähes Ende.

Ich versuchte, mich so leise wie möglich fortzubewegen, aber der Wald verriet mich. Es kam mir vor, als wäre das Knacken der Zweige und das Rascheln der Blätter unter meinen Füßen viel lauter als normal, so, als wollte es die Mauer auf mein Näherkommen aufmerksam machen. Ich wusste nicht, was für ein Bauwerk da vor mir lag, aber es konnte nicht das Schloss sein, denn das war noch zu weit entfernt. Außer den verfallenen Hütten an den anderen drei Toren, die seit Langem geschlossen waren und den Eindruck machten, als hätte es irgendwann einen Tag gegeben, an dem alle ihre Sachen gepackt und das Weite gesucht hatten, kannte ich auf dem Grundstück keine Gebäude. Selbst für mein unerfahrenes Auge war zu erkennen, dass die Wand aus anderen Steinen gefertigt war als das Schloss. Sie war alt und bröckelig, der obere Rand ungleichmäßig, fast so, als wäre sie früher einmal ein Stück höher gewesen. Sie trug jedoch kein Dach, und auf der gesamten Länge konnte ich auch keine Tür und kein Fenster erkennen. Zum größten Teil war sie intakt, anscheinend hatte der Zahn der Zeit hier nicht so genagt wie im Schloss. Langsam pirschte ich mich zum Waldrand vor. Ich kam mir vor wie ein Igel, der seinen natürlichen Lebensraum verlässt, plötzlich im Licht der Scheinwerfer an der Hauptstraße steht und nicht mehr weiterweiß. Schließlich jedoch trat ich aus dem Schutz meiner großen Freunde hervor und ging unter ihren wachsamen Blicken die Mauer entlang.

Nach einer Weile kam ich an eine Ecke, und auf einmal hörte ich hinter der Wand ein Summen, wie von einer Frauenstimme. Ich zuckte heftig zusammen, denn ich hatte nicht damit gerechnet, hier einem anderen Menschen zu begegnen – abgesehen von meinem Onkel Arthur natürlich. Mein Buch eng an die Brust gedrückt, blieb ich stehen und lauschte angestrengt dem Summen. Es klang sanft und heiter, viel zu entspannt und locker für Rosaleen, viel zu fröhlich für meine Mutter. Ein vollkommen gelassenes Summen, ein selbstvergessener Klang, eine Melodie, die ich nicht kannte – falls es überhaupt eine war. Getragen von der Sommerbrise, schwebte dieses Lied zu mir. Ich schloss die Augen, lehnte den Kopf an die Mauer direkt auf der anderen Seite des Summens und lauschte.

Als mein Kopf den Stein berührte, verstummte das Lied abrupt. Ich öffnete die Augen, richtete mich auf und sah mich um.

Die Sängerin war nirgends zu sehen, also konnte auch sie mich nicht entdeckt haben. Gerade als mein Herz wieder zu seinem normalen Rhythmus zurückgefunden hatte, begann das Summen erneut. Langsam tastete ich mich an der Mauer weiter, strich mit der Hand über den grauen Stein und fühlte Spinnweben, krümeligen Stein, glatte und raue Stellen unter meinen heißen Fingern. Dann war die Mauer jäh zu Ende, und als ich aufblickte, sah ich vor mir einen großen, kunstvoll verzierten Torbogen, der den Eingang überwölbte.

Vorsichtig streckte ich den Kopf hindurch, denn ich wollte nicht, dass die geheimnisvolle Summerin mich entdeckte. Vor meinen Augen erstreckte sich ein makellos gepflegter Garten. Ich konnte einen Rosengarten ausmachen, große geometrisch gestaltete Beete, dahinter Kletterrosen in voller Blüte, die den Pfad, der zu einem anderen Tor führte, auf beiden Seiten säumten. Ich nahm meinen ganzen Mut zusammen und trat ein Stück weiter vor, denn ich brannte darauf, den Rest des Gartens zu sehen. Im Zentrum waren noch mehr Blumen – Geranien, Chrysanthemen, Nelken und noch viele andere

Sorten, deren Namen ich nicht kannte. Blumen quollen aus Hängekörben und riesigen Steintöpfen am Rand des Hauptwegs, der sich quer durch den Garten zog. Ich war überwältigt von dieser kleinen bunten Oase im Grün des Waldes, die aussah, als hätte jemand inmitten der bröckelnden Mauern eine Flasche geöffnet, aus der die ganze Farbenpracht herausgesprudelt war und sich überall verteilt hatte. Bienen flogen von Blüte zu Blüte, Kletterpflanzen rankten sich neben wunderschönen Blumen an der Mauer empor, und aus einem Kräutergarten wehte mir der Duft von Rosmarin, Lavendel und Minze entgegen. Ganz hinten erkannte ich ein kleines Gewächshaus, daneben etwa ein Dutzend Holzkästen auf Gestellen. Und dann merkte ich auf einmal, dass meine Neugier die Oberhand gewonnen hatte und ich, ohne es zu merken, einfach in den Garten hineingewandert war. Das Summen der Frauenstimme war verstummt.

Ich war nicht sicher, was mich hier erwartete, aber auf den Anblick, der sich mir bot, war ich ganz sicher nicht gefasst. Ganz am anderen Ende des Gartens entdeckte ich endlich den Ursprung des Summens, und die Gestalt, die mich von dort anstarrte, als käme ich von einem anderen Stern, trug eine Art Raumanzug: Ihr Kopf war von einem schwarzen Schleier bedeckt, die Hände steckten in Gummihandschuhen und die Füße in wadenhohen Gummistiefeln. Sie sah aus, als wäre sie gerade aus ihrem Raumschiff gestiegen und mitten in einer Nuklearkatastrophe gelandet.

Mit einem nervösen Lächeln winkte ich ihr zu. »Hi! Ich komme in Frieden.«

Wie zu einer Salzsäule erstarrt, musterte mich die Gestalt, ohne ein Wort zu sagen. Da ich nervös war und mich ziemlich unbehaglich fühlte, griff ich zurück auf das, was ich in solchen Fällen immer tat.

»Was glotzen Sie denn so?«

Wegen des Darth-Vader-Helms konnte ich nicht erkennen, wie das bei der Gestalt ankam. Sie glotzte weiter, und ich rechnete schon halb damit, dass sie mir erzählen würde, ich wäre Luke und sie mein Vater.

»So, so«, sagte die Gestalt dann auf einmal in freundlichem Ton, als wäre sie plötzlich aus ihrer Trance erwacht. »Ich wusste doch, dass ich einen kleinen Gast habe.« Langsam nahm sie ihre Kopfbedeckung ab, und ich sah, dass sie viel älter war, als ich gedacht hatte. Bestimmt schon über siebzig.

Dann kam sie auf mich zu, und ich wunderte mich im ersten Moment ein bisschen, dass sie sich nicht mit schwerelosen Riesenschritten auf mich zubewegte. Ihr Gesicht war runzlig, sehr runzlig sogar, die Haut nach unten gesackt, als hätte die Zeit sie geschmolzen. Aber ihre blauen Augen glitzerten wie die Ägäis in der Sonne und erinnerten mich an einen Tag auf Dads Jacht, als das Meer so klar war, dass man unter der Wasseroberfläche den Sandboden und Hunderte bunter Fische sehen konnte. Aber in ihren Augen war nichts dergleichen, denn sie waren so durchscheinend, dass sie praktisch das gesamte Licht reflektierten. Dann zog sie ihre Handschuhe aus und streckte mir die Hände entgegen.

»Ich bin Schwester Ignatius«, begrüßte sie mich mit einem Lächeln, ergriff meine Hand und hielt sie zwischen ihren beiden Händen fest. Trotz der Wärme und obwohl sie dicke Handschuhe getragen hatte, waren sie so glatt und kühl wie eine Glasmurmel.

»Sie sind eine Nonne!«, platzte ich heraus.

»Ja«, lachte sie. »Ich bin eine Nonne. Ich erinnere mich noch gut daran, wie ich eine geworden bin.«

Jetzt war ich mit Lächeln an der Reihe, und schließlich fing ich zu lachen an, weil auf einmal alles so gut zusammenpasste. Der Schrank voller Honiggläser, die Kästen im Garten, der alberne Raumanzug.

»Sie kennen meine Tante.«

»Ah.«

Ich wusste nicht recht, was ich von dieser Antwort halten sollte. Die Frau machte keinen überraschten Eindruck und stellte mir auch keine Fragen. Und sie hielt immer noch meine Hand. Weil sie Nonne war und ich nicht respektlos erscheinen wollte, zog ich meine Hand auch nicht einfach weg, obwohl es mich halb wahnsinnig machte. Um mich abzulenken, plapperte ich weiter.

»Meine Tante ist Rosaleen, und mein Onkel ist Arthur. Er ist hier der Grundstücksverwalter. Die beiden wohnen im Torhaus. Wir wohnen zurzeit auch da … für eine Weile.«

»Wir?«

»Meine Mum und ich.«

»Oh.« Ihre Augenbrauen zogen sich so weit in die Höhe, dass ich an zwei Raupen denken musste, die sich gerade in Schmetterlinge verwandeln und gleich wegfliegen wollen.

»Hat Rosaleen Ihnen das nicht erzählt?«, fragte ich ein bisschen beleidigt, obwohl ich andererseits auch ganz dankbar war, dass Rosaleen auf unsere Privatsphäre Rücksicht nahm. Wenigstens würde sich nicht gleich das ganze Kuhdorf ohne Kühe über die neuen Einwohner das Maul zerreißen.

»Nein«, antwortete die Frau. Und dann wiederholte sie ernst und mit Nachdruck: »Nein.«

Da sie mir ein bisschen ungehalten vorkam, begann ich, Rosaleen zu verteidigen. Schließlich wollte ich ja ihre Freundschaft nicht aufs Spiel setzen – falls die beiden wirklich befreundet waren. »Bestimmt wollte sie nur diskret sein und uns etwas Zeit lassen, um ... um besser zurechtzukommen, ehe sie den anderen etwas von uns erzählt.«

»Besser zurechtzukommen? Womit denn zurechtzukommen?«

»Mit dem Umzug hierher«, antwortete ich langsam. War es schlimm, wenn man eine Nonne anlog? Na ja, ich log ja nicht wirklich ... aber auf einmal bekam ich Panik. Mir wurde heiß und kalt. Schwester Ignatius sagte etwas, aber ich hörte gar nicht zu, weil ich nur daran denken konnte, dass ich sie angelogen hatte und dass es doch die zehn Gebote gab und die Hölle und alles. Und nicht nur das, ich dachte auch, wie angenehm es wäre, ihr alles zu erzählen. Sie war Nonne, da konnte ich ihr doch wahrscheinlich vertrauen.

»Mein Vater ist gestorben«, platzte ich heraus und unterbrach sie mitten in einem sicher sehr netten Satz. Meine Stimme zitterte dabei ganz entsetzlich, und auf einmal liefen mir, genau wie damals bei Cabáiste, die Tränen über die Wangen.

»Oh, Kind«, sagte Schwester Ignatius und nahm mich in den Arm. Das Buch geriet zwischen uns, weil ich es immer noch umklammerte, und weil sie eine Nonne war, legte ich, obwohl ich sie überhaupt nicht kannte, den Kopf auf ihre Schulter und ließ meinem Kummer freien Lauf. Mit Rotz- und Schluchzgeräuschen und allem. Sie wiegte mich sanft und strich mir beschwichtigend über den Rücken. Doch mitten in meinem Ausbruch, an einer besonders peinlichen Stelle – »Warum hat er das bloß gemacht? Waruuuuuum ...?«, heulte ich gerade –, flog mir eine Biene ins Gesicht und knallte so heftig gegen meine Lippe, dass ich aufschrie und mich hastig aus Schwester Ignatius' Armen befreite.

»Eine Biene!«, kreischte ich, sprang herum wie besessen und versuchte, ihr auszuweichen. »O mein Gott, tun Sie doch was! Sie soll weggehen!«

Aber Schwester Ignatius beobachtete mich nur mit leuchtenden Augen.

»O mein Gott, Schwester Ignatius, bitte!« Ich wedelte verzweifelt mit den Armen. »Auf Sie hören die Biester doch bestimmt, es sind doch Ihre Bienen, oder nicht?«

Da streckte Schwester Ignatius den Zeigefinger aus und rief mit tiefer, gebieterischer Stimme: »Sebastian, aus!«

Ich fuhr herum und starrte sie an. Meine Tränen waren versiegt. »Das meinen Sie jetzt nicht ernst, oder? Sie können Ihren Bienen doch keine Namen geben.«

»O doch, da drüben sitzt Jemima in einer Rose, und das dort auf der Geranie ist Benjamin«, erwiderte sie munter.

»Unmöglich«, sagte ich und wischte mir übers Gesicht. Ich genierte mich. »Und ich dachte, *ich* hätte psychische Probleme.«

»Natürlich meine ich das nicht ernst«, gab Schwester Ignatius zurück und fing an zu lachen, ein wundervoll klares, ungekünsteltes, kindliches Lachen, bei dem ich augenblicklich grinsen musste.

Ich glaube, in diesem Moment wusste ich, dass ich Schwester Ignatius mochte.

»Ich heiße Tamara.«

»Ja«, antwortete sie und musterte mich, als hätte sie das schon längst gewusst.

Ich lächelte wieder. Irgendetwas in ihrem Gesicht brachte mich dazu.

»Dürfen Sie denn überhaupt reden? Müssen Sie nicht dauernd schweigen oder so?«, fragte ich dann und sah mich um. »Keine Sorge, ich verrate es auch niemandem.«

»Viele Nonnen würden dir zustimmen«, schmunzelte sie, »aber ja, ich darf sprechen. Ich habe kein Schweigegelübde abgelegt.«

»Oh. Finden die anderen Nonnen das minderwertig?«

Wieder lachte sie ihr schönes, klares Singsanglachen.

»Haben Sie lange keine Menschen mehr gesehen? Ist das gegen die Regeln? Keine Sorge, ich sag auch das nicht weiter. Obwohl Obama jetzt amerikanischer Präsident ist«, scherzte ich. Als sie nicht antwortete, verblasste mein Lächeln. »Scheiße. Dürfen Sie solche Dinge nicht wissen? Dinge aus der Welt da draußen? Nonne sein ist ein bisschen wie in Big Brother, richtig?«

Sie tauchte aus ihrer Versunkenheit auf, lachte wieder, und ihr Gesicht sah auf eine Benjamin-Button-Art kindlich aus.

»Du bist schon ein merkwürdiges Pflänzchen«, sagte sie lächelnd, und ich versuchte, nicht beleidigt zu sein.

»Was hast du denn da?«, fragte sie dann mit einem Blick auf das Buch, das ich immer noch fest umschlungen im Arm hielt.

»Oh, das«, entgegnete ich und lockerte meinen Griff um das Buch. »Das hab ich gestern gefunden, im … ach, eigentlich schulde ich Ihnen ja ein Buch.«

»Wie bitte?«

»Ja, wirklich. Marcus, ich meine, die mobile Bibliothek ist vorgestern vorbeigekommen und hat Sie gesucht, und ich wusste nicht, wer Sie sind.«

»Dann schuldest du mir tatsächlich ein Buch«, sagte sie, und ihre Augen funkelten. »Lass mal sehen, von wem ist das hier denn?«

»Ich weiß nicht, von wem oder was es überhaupt ist. Es ist keine Bibel oder so was, wahrscheinlich würden Sie es gar nicht mögen«, antwortete ich zögernd, ohne das Buch loszulassen. »Nachher sind noch Sexszenen drin, Flüche, schwule oder geschiedene Leute, lauter solche Sachen.«

Sie sah mich an und biss sich auf die Lippen, um nicht zu lachen.

»Außerdem kriege ich es nicht auf«, erklärte ich schließlich und gab ihr das Buch doch. »Es ist verschlossen.«

»Na, das werden wir gleich haben. Komm mit.«

Sie drehte sich auf dem Absatz um und machte sich auf den Weg zu dem anderen Tor in der Gartenmauer, das Buch in der Hand.

»Wo gehen Sie hin?«, rief ich ihr nach.

»Wo gehen *wir* hin«, korrigierte sie mich. »Du kannst die anderen Schwestern besuchen. Die werden sich freuen, dich kennenzulernen. Und während ihr euch kennenlernt, öffne ich das Buch für dich.«

»Äh. Nein, schon okay.« Ich rannte ihr nach und wollte ihr das Buch wieder abnehmen.

»Wir sind nur zu viert. Und wir beißen nicht. Vor allem, wenn wir grade Schwester Marys Apfelkuchen essen. Aber verrat ihr bloß nicht, dass ich das gesagt habe«, fügte sie leise hinzu und schmunzelte wieder.

»Aber Schwester Ignatius, ich kenne mich überhaupt nicht aus mit heiligen Leuten, da weiß ich nicht, was ich sagen soll.«

Wieder lachte sie ihr typisches Lachen und watschelte in ihrem komischen Anzug weiter in Richtung Obstgarten.

»Was ist das eigentlich für ein Baum mit den ganzen eingeritzten Namen?«, fragte ich, während ich neben ihr herhüpfte und Schritt zu halten versuchte.

»Ah, hast du unseren Apfelgarten gesehen? Du weißt doch, dass manche Leute behaupten, der Apfelbaum ist der Baum der Liebe«, sagte sie, machte große Augen und bekam vom Lächeln Grübchen in den Wangen. »Viele junge Leute aus der Gegend haben sich unter dem Baum ihre Liebe gestanden und sich in seiner Rinde verewigt.« Während sie mit Riesenschritten weitermarschierte, wechselte sie abrupt das Thema. »Außerdem sind Apfelbäume großartig für die Bienen. Und die Bienen sind großartig für die Bäume. Schön, nicht?« Sie lachte leise. »Arthur versorgt sie hervorragend, wir haben immer sehr leckere Granny-Smith-Äpfel.«

»Ach, deshalb backt Rosaleen dreitausendmal am Tag Apfelkuchen! Ich hab so viele Äpfel gegessen, dass sie mir buchstäblich aus den …«

Schwester Ignatius sah mich an.

»… Ohren kommen.«

Sie lachte wieder, und es klang wie ein Lied.

»Wie kommt es denn«, keuchte ich, von ihrem Tempo schon völlig außer Atem, »dass Sie nur zu viert sind?«

»Heutzutage wollen nicht mehr viele Leute Nonne werden. Es ist nicht – wie sagt man so schön? –, es ist nicht cool.«

»Na ja, es kommt bestimmt nicht nur daher, dass es uncool ist, was es übrigens wirklich ist – womit ich natürlich nichts Schlechtes über Gott sagen will oder so. Ich wette, wenn Nonnen Sex haben dürften, würden jede Menge Mädels Nonne werden wollen. So, wie es bei mir zurzeit aussieht, kann ich übrigens auch bald ins Kloster gehen«, fügte ich hinzu und rollte resigniert die Augen.

Schwester Ignatius lachte. »Alles zu seiner Zeit, mein Kind, alles zu seiner Zeit. Du bist ja erst siebzehn. Fast achtzehn, genau genommen.«

»Ich bin sechzehn.«

Auf einmal blieb sie stehen und musterte mich prüfend, einen seltsamen Ausdruck im Gesicht. »Siebzehn.«

»In ein paar Wochen werde ich siebzehn.«

»In ein paar Wochen wirst du achtzehn«, widersprach sie stirnrunzelnd.

»Schön wär's, aber ich bin wirklich erst sechzehn. Allerdings halten mich fast alle Leute für älter.«

Wieder starrte sie mich an, als wäre ich vom Mars, und dachte dabei so intensiv nach, dass ich fast riechen konnte, wie es in ihrem Gehirn brutzelte. Aber dann sauste sie wieder los, ohne ein weiteres Wort zu verlieren. Nach noch mal fünf Minuten im Laufschritt war ich komplett außer Atem, während Schwester Ignatius nur ein winziges bisschen schwitzte, und wir standen vor ein paar bescheidenen Gebäuden, Wohnhäusern, alten Ställen, ganz vorn einer Kirche.

»Dort ist die Kapelle«, erklärte Schwester Ignatius. »Sie wurde im späten 18. Jahrhundert von den Kilsaneys gebaut.«

Da ich mich noch recht gut an diesen Teil meines Schulprojekts erinnerte, konnte ich die Augen nicht abwenden. Unfassbar, dass das, was ich mir aus dem Internet zusammengeklaut hatte, wirklich existierte! Die Kapelle war klein, aus grauem Stein gebaut, mit einem Glockenturm und zwei Säulen, die so rissig waren wie Wüstenboden nach jahrzehntelanger Trockenheit. Daneben erstreckte sich ein alter Friedhof, umzäunt von drei schmalen, rostigen Eisengeländern. Ob damit eher die Toten an der Flucht oder vorbeikommende Wanderer am Eindringen gehindert werden sollten, war nicht ganz klar, aber schon der Anblick verursachte mir eine Gänsehaut. Auf einmal merkte ich, dass ich stehen geblieben war und die Kirche anstarrte, während Schwester Ignatius ihrerseits mich anstarrte.

»Toll, dann wohne ich ja praktisch auf einem Friedhof. Super.«

»Alle Generationen der Kilsaneys sind hier begraben«, erklärte Schwester Ignatius leise. »Soweit es möglich war. Für diejenigen, die nicht mehr auffindbar waren, hat man Grabsteine errichtet.«

»Wie meinen Sie das – ›für diejenigen, die nicht mehr auffindbar waren‹?«, fragte ich einigermaßen entsetzt.

»Es gab so viele Kriege, Tamara, über Generationen hinweg. Einige Kilsaneys wurden ins Dublin Castle verschleppt und dort gefangen gehalten, andere sind weggezogen oder vertrieben worden.«

Schweigend betrachtete ich die alten Grabsteine. Viele waren grün und von Moos überwachsen, andere schwarz und schief, die Inschriften so verwittert, dass man keine Buchstaben mehr erkennen konnte.

»Das ist verdammt unheimlich. Und Sie müssen direkt daneben wohnen?«

»Ich bete da drin.«

»Und um was? Dass Ihnen das kaputte Dach nicht auf den Kopf fällt? Sieht aus, als könnte es jeden Moment zusammenbrechen.«

Schwester Ignatius lachte. »Es ist trotzdem eine geweihte Kirche.«

»Das kann doch nicht sein. Wird womöglich auch einmal die Woche eine Messe abgehalten?«

»Nein«, antwortete sie lächelnd. »Das letzte Mal wurde die Kapelle benutzt, als ...« Sie unterbrach sich, kniff die Augen zusammen, und ihre Lippen bewegten sich, als bete sie einen Rosenkranz-Abschnitt. »Weißt du was, Tamara, du solltest im Archiv das genaue Datum nachschauen. Da stehen auch alle Namen. Wir haben die Unterlagen im Haus. Komm doch rein und sieh es dir an.«

»Äh, nein, das ist sehr nett, aber lieber nicht.«

»Wahrscheinlich machst du es erst, wenn du so weit bist«, sagte sie nachdenklich und setzte sich wieder in Bewegung. Ich beeilte mich mitzukommen.

»Wie lange leben Sie denn schon hier?«, fragte ich, während ich ihr in ein Nebengebäude folgte, das als Werkzeugschuppen benutzt wurde.

»Dreißig Jahre.«

»Dreißig Jahre wohnen Sie hier? Muss ganz schön einsam sein.«

»O nein, als ich hier angekommen bin, war viel mehr los, ob du es glaubst oder nicht. Damals waren die drei anderen Schwestern auch wesentlich mobiler. Ich bin die Jüngste, das Baby sozusagen«, fügte sie hinzu und lachte wieder ihr Kleinmädchenlachen. »Da war das Schloss, das Torhaus … damals war dort immer was los. Aber ich mag auch die Stille jetzt. Den Frieden. Die Natur. Die Einfachheit. Die Zeit, zur Ruhe zu kommen.«

»Aber ich dachte, das Schloss ist in den Zwanzigerjahren niedergebrannt.«

»Ach, im Schloss hat es schon oft gebrannt. Aber damals in den Zwanzigern wurde nur ein Teil beschädigt. Die Familie hat sich alle Mühe gegeben, es zu restaurieren. Und das haben sie wundervoll gemacht, es war richtig schön.«

»Haben Sie es von innen gesehen?«

»O ja.« Meine Frage schien sie zu überraschen. »Sehr oft sogar.«

»Und was ist dann damit passiert?«

»Ein Feuer ist ausgebrochen«, antwortete sie, schaute weg, entdeckte auf der unordentlichen Werkbank ihren Werkzeugkasten und klappte ihn auf. Fünf Schubladen kamen heraus, alle gefüllt mit Schrauben und Muttern. Schwester Ignatius war wohl so eine Art Do-it-yourself-Elster.

»Noch eins?« Ich rollte die Augen. »Also ehrlich, das ist doch lächerlich. Unsere Rauchmelder waren immer direkt mit der örtlichen Feuerwehr verbunden. Wissen Sie, wie ich das rausgefunden habe? Ich hab in meinem Zimmer geraucht, ohne das Fenster aufzumachen, weil es so kalt war. Ich hatte also die Musik aufgedreht, und auf einmal schlägt dieser echt heiße Feuerwehrmann – entschuldigen Sie das blöde Wortspiel – meine Tür ein, weil er dachte, in meinem Zimmer brennt es.«

Schwester Ignatius hörte mir schweigend zu und wühlte in ihrem Werkzeugkasten.

»Übrigens dachte er auch, ich wäre schon siebzehn«, ergänzte ich lachend. »Er hat später bei uns angerufen und wollte mich sprechen, aber Dad war am Telefon und hat ihm gedroht, ihn in den Knast zu bringen. Er hatte schon immer einen Hang zur Dramatik.«

Schweigen.

»Jedenfalls … waren alle okay, ja?«

»Nein«, antwortete Schwester Ignatius, und als sie mich anschaute, sah ich, dass sie Tränen in den Augen hatte. Sie blinzelte heftig und kramte mit ihren faltigen, aber ausgesprochen kräftigen Händen weiter zwischen Nägeln und Schraubenziehern herum. An einer Hand trug sie einen Goldring, der aussah wie ein Ehering und ihren Finger so eng umschloss, dass er ins Fleisch einschnitt. Garantiert konnte sie den nicht mehr abnehmen, selbst wenn sie es wollte. Ich hätte ihr gern noch mehr Fragen über das Schloss gestellt, aber ich wollte ihr nicht wehtun, und sie suchte in der Werkzeugkiste auch mit so viel Lärm und Konzentration nach dem richtigen Schraubenzieher, dass sie mich wahrscheinlich gar nicht gehört hätte.

Nachdem sie ein paar Werkzeuge ausprobiert hatte, wurde

mir langweilig, und ich wanderte ein bisschen im Schuppen herum. Die Regale waren alle mit irgendwelchem Ramsch vollgestopft. Auch auf dem Tisch, der sich an drei Wänden entlangzog, häufte sich aller mögliche Krimskrams, dessen Nutzen mir nicht ersichtlich war. Für besessene Heimwerker war der Schuppen sicher so etwas wie Aladins Schatzhöhle.

Aber ich konnte mich nicht konzentrieren, weil in meinem Kopf lauter Fragen über das Schloss herumspukten. Es war also nach dem Feuer in den Zwanzigern noch bewohnt worden. Schwester Ignatius hatte gesagt, sie wäre seit dreißig Jahren hier und hätte das Schloss nach der Renovierung von innen gesehen. Das musste dann Ende der Siebzigerjahre gewesen sein. Aber ich hatte den Eindruck gehabt, dass das Schloss schon viel länger verlassen war.

»Wo sind denn die anderen?«

»Drinnen. Mittagspause. Grade läuft *Mord ist ihr Hobby*. Das lieben sie alle.«

»Nein, ich meine die Kilsaney-Familie. Wo sind die geblieben, die vor dem Feuer fliehen konnten?«

Schwester Ignatius seufzte. »Die Eltern sind weggezogen, zu ihren Verwandten in Bath. Sie haben es nicht ausgehalten, das Schloss so zu sehen. Aber sie hatten weder die Zeit noch die Energie – und auch nicht das Geld, wohlgemerkt –, um es wiederaufzubauen.«

»Kommen sie manchmal hierher zurück?«

Sie sah mich traurig an. »Sie sind tot, Tamara. Tut mir leid.«

»Schon okay«, erwiderte ich und zuckte mit den Achseln. Aber meine Stimme klang viel zu munter, zu abwehrend. Warum? Ich kannte diese Leute doch überhaupt nicht – warum also sollte ihr Tod mich interessieren? Aber er interessierte mich. Vielleicht hatte ich, weil Dad gestorben war, bei jeder traurigen Geschichte das Gefühl, dass es meine eigene war. Keine Ahnung. Mae, meine Kinderfrau, hat sich immer gern Sendungen angeschaut, in denen reale Kriminalfälle gelöst wurden. Wenn Mum und Dad nicht da waren, nahm sie den Fernseher mit ins Wohnzimmer und sah sich *The FBI Files* an, was mich wahnsinnig machte. Nicht wegen der ganzen gruseligen Details – da hatte ich schon Schlimmeres gesehen –, sondern weil sie sich so dafür interessierte, wie man ein Verbrechen vertuschen konnte. Wahrscheinlich bringt sie uns irgendwann um, wenn wir schlafen, dachte ich immer. Aber sie machte auch den besten Latte macchiato, und deshalb bohrte ich nicht zu sehr nach. Womöglich wäre sie beleidigt gewesen und hätte sich in Zukunft geweigert, mir ihren leckeren Kaffee zu kochen. Aber aus diesen Sendungen erfuhr ich, dass das Wort »clue« – also Hinweis – tatsächlich von »clew« kommt, was ein Fadenknäuel ist. Es gibt nämlich in der griechischen Mythologie eine Legende, in der so ein Typ ein Fadenknäuel benutzt, um den Weg aus dem Labyrinth des Minotaurus zu finden. Ein »clue« hilft einem also, das Ende von etwas zu finden – oder vielleicht auch den Anfang. Er ist vergleichbar mit Barbaras Navi oder mit den Brotkrümeln, die ich von Killiney bis zum Torhaus ausstreuen wollte: Manchmal hat man einfach keine Ahnung, wo man ist, und man braucht jeden Hinweis, der einen auf die richtige Spur bringt.

Endlich gab das Schloss, an dem Schwester Ignatius herumwerkelte, nach und ging auf.

»Schwester Ignatius, Sie haben ja ungeahnte Talente«, neckte ich sie.

Sie lachte herzlich. Als sie den schweren Einband von meinem Buch hob, klopfte mir das Herz bis zum Hals. Die Stimmen von Zoey und Laura flüsterten mir ins Ohr, das hier sei echt peinlich, und einen Moment lang war es mir das auch, aber die Tamara dieser neuen Welt vertrieb die beiden Miesmacherinnen energisch. Doch als Schwester Ignatius das Buch aufschlug, kehrte die Verlegenheit zurück. Und ich ärgerte mich. Denn das Buch war leer. Kein Wort stand darin, nichts, rein gar nichts, nur unbeschriebene Seiten.

»Hm … tja, schau dir das an«, sagte Schwester Ignatius, während sie durch die dicken eierschalenfarbenen Seiten mit dem Büttenrand blätterte, die aussahen, als kämen sie aus einer anderen Zeit. »Leere Seiten, die darauf warten, gefüllt zu werden«, fuhr sie mit ihrer überraschten Stimme fort.

»Wie aufregend«, grummelte ich und verdrehte die Augen.

»Aufregender, als wenn das Buch vollgeschrieben wäre. Dann könntest du es nicht benutzen.«

»Aber ich könnte es lesen. Das tut man normalerweise mit einem Buch«, blaffte ich und spürte wieder einmal eine große Enttäuschung über meine neuen Lebensumstände.

»Wäre es dir lieber, wenn man dir ein Leben geben würde, das schon jemand gelebt hat, Tamara? Dann kannst du dich zurücklehnen und beobachten. Oder möchtest du lieber selbst leben?«, fragte sie, und ihre Augen lächelten.

»Ach, wissen Sie, Sie können das Buch behalten«, sagte ich und machte einen Schritt zurück. Mein Interesse an dem Buch, das ich so lange im Arm gehalten hatte, war komplett verflogen, so enttäuscht war ich.

»Nein, Liebes. Es gehört dir. Benutz es.«

»Aber ich schreibe nicht. Ich hasse Schreiben. Davon kriege ich Schwielen an den Fingern. E-Mails sind mir lieber. Und überhaupt – ich kann es gar nicht benutzen, es gehört der mobilen Bibliothek. Marcus will es bestimmt zurückhaben. Ich muss mich mit ihm treffen und es ihm wiedergeben.« Auf einmal merkte ich, dass meine Stimme beim letzten Satz viel sanfter geworden war. Und ich musste mir ein Lächeln verkneifen.

Natürlich bekam Schwester Ignatius alles mit, und auch sie lächelte und zog die Augenbrauen hoch. »Na ja, du kannst dich doch mit Marcus treffen, um *über das Buch zu diskutieren*«, meinte sie scherzhaft. »Er wird genau wie ich zu dem Schluss kommen, dass wahrscheinlich jemand der Bibliothek ein Tagebuch gespendet hat, weil er es irrtümlicherweise für ein gewöhnliches Buch gehalten hat.«

»Verstoße ich gegen irgendwelche Gebote, wenn ich reinschreibe?«

Schwester Ignatius rollte mit den Augen, wie ich es vorhin getan hatte, und trotz meiner schlechten Laune musste ich grinsen.

»Aber ich habe nichts, was sich aufzuschreiben lohnt«, sagte ich, wieder etwas sanfter.

»Es gibt immer etwas, worüber man schreiben kann. Über deine Gedanken zum Beispiel. Ich bin sicher, davon hast du eine ganze Menge.«

So nahm ich das Buch schließlich wieder an mich, natürlich nicht, ohne klarzustellen, dass ich mich eigentlich überhaupt nicht dafür interessierte und dass Tagebuchschreiben nur etwas für Volldeppen war. Aber so viel ich auch quasselte, war ich doch sehr erleichtert, als ich das Buch wieder im Arm hielt. Es fühlte sich irgendwie richtig an.

»Schreib über das da oben«, schlug Schwester Ignatius vor und tippte sich an die Schläfe. »Ein kluger Mann hat das mal seinen geheimen Garten genannt. Und den haben wir alle.«

»War der kluge Mann vielleicht Jesus?«

»Nein, Bruce Springsteen.«

»Ihren geheimen Garten hab ich aber heute gefunden«, lächelte ich. »Jetzt ist er nicht mehr geheim, Schwester Ignatius.«

»Ah, siehst du! Es ist immer gut, ihn mit jemandem zu teilen.« Sie deutete auf das Buch. »Oder mit etwas.«

9

Ein langer Abschied

Es wurde schon Abend, als ich mich mit knurrendem Magen auf den Rückweg zum Torhaus machte. Seit den amerikanischen Pfannkuchen mit Blaubeeren, dem Lunch bei Zoeys Mutter, hatte ich nichts mehr gegessen. Wie üblich stand Rosaleen an der offenen Tür und blickte mit besorgtem Gesicht die Straße hinauf und hinunter, als hielte sie angestrengt Ausschau nach mir. Wie lange sie das wohl schon machte?

Als sie mich entdeckte, richtete sie sich auf und strich sich ihr Kleid glatt, das heute schokoladenbraun war, mit einer grünen Ranke, die sich vom Saum zum Halsausschnitt emporschlängelte. Ganz nah am Busen flatterte ein Kolibri, und ich entdeckte noch einen an ihrer linken Pobacke. Ob der Designer das so beabsichtigt hatte, wusste ich natürlich nicht, aber bei Rosaleens Größe blieb dem Muster gar nichts anderes übrig.

»Na, da bist du ja endlich, Kind.«

Am liebsten hätte ich sie angefaucht, dass ich längst kein Kind mehr war, aber ich biss die Zähne zusammen und lächelte. Ich musste unbedingt toleranter werden mit Rosaleen. Mich zur Abwechslung mal benehmen, als wäre ich Tamara Good.

»Dein Abendessen steht im Ofen. Wir konnten nicht mehr warten, weil mein lieber Mann schon solchen Hunger hatte, dass ich sein Magenknurren von der Ruine bis hierher gehört habe.«

An ihrer Bemerkung störten mich diverse Dinge. Erstens, dass sie sich so affig um die Erwähnung von Arthurs Namen drückte, zweitens, dass unser Gespräch sich mal wieder ums Essen drehte, und drittens, dass sie das Schloss als Ruine bezeichnete. Aber statt mit dem Fuß aufzustampfen, lächelte Tamara Good wieder nur und sagte sehr freundlich: »Danke, Rosaleen. Ich freue mich schon aufs Essen und komme gleich runter.«

Dann wollte ich die Treppe hinaufgehen, aber plötzlich machte Rosaleen eine Bewegung, eine Art Zusammenzucken, wie von einem Sportler, der auf den Startschuss wartet, und ich hielt inne. Ich sah sie nicht an, sondern wartete nur auf ihren Kommentar.

»Deine Mutter schläft, du solltest sie nicht stören.« Inzwischen hatte sie den stammelnden, einschmeichelnden Ton abgelegt. Ich wurde nicht schlau aus ihr, aber sie wahrscheinlich auch nicht aus mir. Tamara Nicht-mehr-ganz-Good ignorierte sie, und obgleich Rosaleens durchdringender Blick mir fast den Rücken versengte, ging ich weiter nach oben und klopfte leise an Mums Tür. Da ich von Mum ohnehin keine Reaktion erwartete, ging ich hinein, ohne eine Antwort abzuwarten.

Im Zimmer war es dunkler als vorher. Die Vorhänge waren geschlossen, aber es lag hauptsächlich an der Sonne, die zum Abend hin hinter den Bäumen versunken war, dass es kühler und schummriger war. Irgendwie erinnerte meine Mum mich plötzlich an eine Mumie. Die gelbe Decke war bis über die Brust hochgezogen, die Arme seitlich darunter eingeklemmt, als hätte eine Riesenspinne sie eingewickelt, um sie später zu töten und zu verspeisen. Ich konnte mir nur vorstellen, dass Rosaleen das gemacht hatte, denn für Mum wäre es unmöglich gewesen, sich selbst zu mumifizieren. Kurz entschlossen lockerte ich die Decke, zog Mums Arme heraus und kniete mich neben sie. Ihr Gesicht wirkte friedlich, als bekäme sie gerade in ihrem Lieblings-Spa eine Körpermaske mit Crème fraîche und Joghurt. Aber sie war so still, dass ich mein Ohr ganz dicht an ihr Gesicht halten musste, um mich zu vergewissern, dass sie überhaupt noch atmete.

Nachdenklich betrachtete ich sie, ihre blonden Haare auf dem Kissen, die langen Wimpern, die makellose Haut. Ihre Lippen waren kaum merklich geöffnet, und sie atmete sanft, süß und warm durch den Mund.

Vielleicht vermittle ich beim Erzählen meiner Geschichte den falschen Eindruck von meiner Mutter. Wenn man sie sich als trauernde Witwe vorstellt, die in einem Morgenmantel mit Glockenärmeln im Schaukelstuhl sitzt und stupide aus dem Fenster starrt, denkt man womöglich, sie wäre alt. Dabei ist sie keineswegs alt. Und sehr hübsch.

Mum ist erst fünfunddreißig, wesentlich jünger als die Mütter meiner Freundinnen. Sie hat mich nämlich schon mit achtzehn bekommen. Mit seinen achtundzwanzig Jahren war Dad bei meiner Geburt wesentlich älter. Er hat mir immer gern erzählt, wie die beiden sich kennengelernt haben, obwohl die Geschichte sich bei jedem Mal anders anhörte. Ich glaube, das hat ihm gefallen, denn so kannten nur Mum und er die Wahrheit. Das war ein netter Zug an Dad, und mich störte es nie, wenn sie mir nicht die ganze Wahrheit erzählten. Vielleicht wäre die Wahrheit enttäuschend und langweilig gewesen. Der gemeinsame Nenner all der Versionen war, dass sich meine Eltern bei einem schicken Bankett zum ersten Mal begegnet waren, und als sich ihre Blicke trafen, wusste Dad, dass er Mum wollte, und zwar unbedingt. Bei diesem Punkt fing ich immer an zu lachen, weil er genau das Gleiche über ein Fohlen gesagt hatte, als er von einer Auktion bei Goffs zurückgekommen war.

Als ich ihm das mitteilte, hielt er sofort den Mund, das Lächeln verschwand mitsamt dem versonnenen Blick. Ich hatte das Gefühl, dass er sich in diesem Moment wünschte, er hätte keine Tochter im Teenageralter, während Mum, die ebenfalls dabeisaß, aussah, als müsste sie lange und intensiv über das nachgrübeln, was ich gesagt hatte. Eigentlich wollte ich ihnen erklären, dass ich es gar nicht so gemeint hatte, sondern einfach ein bisschen ungeschickt war und mir solche zickigen Bemerkungen unabsichtlich und ohne jede Vorwarnung über die Lippen kamen. Aber das konnte ich meinen Eltern nicht sagen. Dafür war ich zu stolz. Ich war es nicht gewohnt, mich zu entschuldigen und zuzugeben, dass mir etwas leidtat. Aber ich war nicht nur zu stolz, um die Bemerkung zurückzunehmen – ein Teil von mir hatte außerdem den Verdacht, sie könnte stimmen. Dad hatte über das Fohlen bei Goffs wirklich genau das Gleiche gesagt. Und er sagte auch das Gleiche, wenn er ein Auge auf eine neue Uhr, ein neues Boot oder einen neuen Anzug geworfen hatte: »Schau dir das an, Jennifer! Toll, oder nicht? Das muss ich unbedingt haben.« Und wenn Dad etwas haben musste, bekam er es auch. Ich fragte mich, ob Mum auch so machtlos gewesen war wie das Fohlen bei Goffs oder die Jacht in Monaco oder alles andere, was Dad haben musste. Und wenn es so war, dann tat sie mir auch nicht leid. Denn dann hatte sie einfach nicht genügend Durchsetzungsvermögen.

Ich zweifle nicht daran, dass Dad Mum geliebt hat. Er hat sie sogar abgöttisch geliebt. Ständig hat er sie angehimmelt, sie angefasst, ihr die Tür aufgemacht, ihr Blumen mitgebracht, Schuhe, Handtaschen oder sonst irgendwelche Überraschungen für sie gekauft, um ihr zu zeigen, dass er an sie dachte. Aus den albernsten Gründen hat er ihr Komplimente gemacht, was mich endlos nervte. Mich lobte er für die gleichen Dinge nie. Und kommt mir jetzt bloß nicht mit irgendwelchen freudschen Sprüchen, ich war nämlich nicht eifersüchtig – er war mein Dad, nicht mein Mann, ich weiß, dass da nicht die gleichen Regeln gelten, und das würde ich auch gar nicht wollen. Aber eine Tochter kann man nicht verlieren, richtig? Man bleibt immer das Kind seiner Eltern, ob man Kontakt zueinander hat oder nicht. Eine Frau dagegen kann man ziemlich schnell verlieren. Beispielsweise wenn sie sich langweilt und sich einen anderen sucht. Mum war so schön, dass sie die meisten Männer hätte haben können, und das wusste Dad auch. Deshalb kamen mir seine Bemerkungen Mum gegenüber, so liebevoll sie gemeint gewesen sein mögen, manchmal ganz schön herablassend vor.

»Schatz, erzähl uns doch mal, was du gestern gesagt hast, als der Kellner dich gefragt hat, ob du ein Dessert möchtest. Bitte erzähl es uns, komm schon, Schatz.«

»Ach, das war doch nichts Besonderes, George.«

»O doch, Schatz. Es war unglaublich komisch. Glaub mir.«

Und dann gab Mum vor versammelter Mannschaft ihre Geschichte zum Besten: »Ich hab nur gesagt, dass ich schon dick werde, wenn ich bloß die Speisekarte anschaue«, und die Gäste lächelten oder lachten leise, aber Dad strahlte vor Stolz über den umwerfenden Humor seiner Frau. Mum dagegen setzte ihr geheimnisvolles Lächeln auf, das nichts preisgab, und ich wäre am liebsten aufgesprungen und hätte geschrien: »Aber das ist doch albern! Der Witz ist mindestens dreitausend Jahre alt! Und war noch nie besonders komisch!«

Ich weiß nicht, ob Mum die Dinge je so gesehen hat. In solchen Situationen lächelte sie immer nur, und hinter diesem Lächeln hätte sich eine Million möglicher Reaktionen verbergen können. Vielleicht machte Dad genau das so nervös: dass Mum so viel für sich behielt. Vielleicht wusste er einfach nie genau, was sie fühlte. Sie waren nicht wie andere Paare, die manchmal genervt die Augen über eine Bemerkung des anderen verdrehen oder extralange auf irgendeiner Bemerkung herumreiten, die ihnen nicht gepasst hat. Nein, meine Eltern waren immer entsetzlich nett zueinander. Mum nebulös und undurchschaubar, Dad ständig bereit zu Komplimenten. Vielleicht verstehe ich auch nur nicht, was zwischen ihnen abging, weil ich noch nie richtig verliebt war. Vielleicht besteht Liebe ja darin, dass man jedes Mal, wenn der Partner etwas ganz Banales tut oder sagt, vor Begeisterung eine La-Ola-Welle von hier bis Usbekistan startet. Nur habe ich so was eben noch mit niemandem erlebt.

Ich hatte schon immer das Gefühl, dass mein Dad und ich absolut gegensätzlich waren. Wenn er befürchtete, jemand könnte sich von ihm abwenden, überhäufte er die Betreffenden mit Aufmerksamkeit und endlosen Komplimenten. Kamen beispielsweise Freunde von Mum zu Besuch, gingen sie ihm meistens ziemlich auf die Nerven, und solange sie da waren, ignorierte er sie, aber sobald sie Anstalten machten zu gehen, verabschiedete er sich von ihnen aufs Herzlichste, mit Umarmungen, Lächeln und guten Wünschen. Dad war ein Mensch, der an der Haustür stand und winkte, bis er das Auto der Wegfahrenden nicht mehr sehen konnte. Ich stellte mir Mums Freundinnen vor, wenn sie nach Hause kamen: »George ist so ein Gentleman. Wie er uns verabschiedet und wie er mir ins Auto geholfen hat. Ich wollte, du würdest dich meinen Freunden gegenüber auch so verhalten, Walter.«

Für Dad war der letzte Eindruck immer wichtiger als der erste, was seinen Tod umso symbolischer erscheinen lässt. Ich war das genaue Gegenteil. Genau wie ich es Barbara leicht gemacht hatte, mich stehen zu lassen, indem ich zickige Bemerkungen von mir gab, so hatte ich Mum und Dad auch behandelt. Ich bringe die Leute dazu, mich in dem Moment zu hassen, in dem sie gehen müssen. Mir war nicht klar, dass die anderen sich später an mein verwöhntes Getue und meine sarkastischen Kommentare erinnerten. Schon als Kind habe ich mich so benommen.

Früher habe ich Mum und Dad immer angebettelt, sie sollten nicht so oft ausgehen, aber sie nahmen keine Rücksicht darauf. Eigentlich blieben sie nur zu Hause, um Energie zu tanken, und dann waren sie es meistens so schnell leid, zusammen zu sein, dass sie den Abend in separaten Zimmern verbrachten. Wir kamen nie dazu, alle etwas gemeinsam zu machen. Inzwischen habe ich begriffen, dass ich mir das mehr als alles andere wünschte. Ich sehnte mich danach, dass wir als Familie Zeit miteinander verbrachten, ganz normal und entspannt zu Hause. Nicht diese gezwungenen Augenblicke, in denen sie mich zu sich riefen, um mir ein Geschenk zu überreichen oder irgendeine kostspielige Überraschung anzukündigen.

»Also, Tamara, du weißt hoffentlich, was für ein Glück du hast«, begann Mum dann meistens, denn ihr machte das schlechte Gewissen über unser Luxusleben am meisten zu schaffen. »Es gibt eine Menge Jungen und Mädchen, die nicht solche Möglichkeiten haben wie du …«

Obwohl ich in meinem Kopf nicht die freudige Erregung verspürte, die meine Eltern sich wahrscheinlich vorstellten, bemühte ich mich dennoch, ein entsprechendes Gesicht zu machen. Ich hörte nur meine eigene Stimme im Kopf, die sagte: Bla, bla, bla, kommt endlich zum Punkt, was wollt ihr mir denn jetzt schon wieder schenken?

»… aber weil du immer so dankbar für die schönen Dinge warst, die du bekommen hast, und für uns außerdem so eine besondere Tochter bist …«

Bla, bla, bla. Es ist kein Geschenk, denn ich sehe nichts dergleichen im Zimmer. Mum hat keine Hosentaschen, Dads Hände stecken tief in seinen, also ist es nichts, was man am Körper verstecken kann. Vielleicht unternehmen wir was? Heute ist Mittwoch. Am Donnerstag geht Dad Golf spielen, Mum kriegt ihre monatliche Darmspülung, ohne die sie höchstwahrscheinlich explodieren würde, also steigt die Sache nicht vor Freitag. Am Wochenende. Nicht allzu weit weg, denn sonst lohnt sich ein Wochenendausflug nicht.

»Wir haben darüber gesprochen und finden …«

Bla, bla, bla. Vielleicht ein Wochenende in London? Aber in London sind sie ständig, und ich war auch schon ein paarmal dort. Nein, für London sind sie zu aufgeregt. Also irgendwas, wo wir nicht so oft sind. Paris. Das ist nah genug. Und interessant für alle: Mum kann shoppen, Dad kann hinter ihr herlaufen und heimlich die Sachen für sie kaufen, die ihr gefallen, die sie sich aber selbst nicht leisten will, weil sie ihrer Meinung nach zu teuer sind. Und ich? Was soll ich in Paris? Oh, jetzt versteh ich. Ah! Eurodisney. Cool.

»Dreimal darfst du raten!« Mum quietschte beinahe vor Aufregung.

»O nein, unmöglich, Mum. Wie soll ich das erraten?«, sagte ich dann und strengte mich an, verwirrt auszusehen und so, als würde ich mir den Kopf zerbrechen. »Okay.« Ich nagte an der Unterlippe. »Ein Wochenende bei Tante Rosaleen und Onkel Arthur?« Ich hatte ziemlich schnell herausgefunden, dass Eltern die bevorstehende Freuden- und

Ehrfurchtsreaktion ihres Sprösslings noch mehr genießen können, wenn man klein anfängt. Also riet ich noch zwei weitere eher miese Orte und sah zu, wie Mum vor Aufregung fast platzte. Die Gute.

»Wir fahren nach Eurodisney! Nach Paris!«, rief Mum schließlich, hüpfte in heller Aufregung auf und ab, und Dad steckte die Nase in die Broschüre, um mir zu zeigen, wo wir wohnen würden. Aktivitäten, Sehenswürdigkeiten, Einkaufsmöglichkeiten. Schau dir dies mal an, blätter das mal durch, sieh nur. Dinge, Dinge, Dinge.

Ganz gleich, für wie schlau und großzügig Eltern sich halten, ihre Kinder sind ihnen immer einen Schritt voraus.

Um auf den Punkt zurückzukommen – eines Abends machte ich, bevor sie ausgingen, ein Mordstheater. Ich schmiss ihnen Beleidigungen an den Kopf, nicht so sehr, damit sie ein schlechtes Gewissen bekamen, sondern weil ich es zu diesem Zeitpunkt genau so meinte. Aber sie gingen trotzdem. Anscheinend fühlten sie sich aber doch schuldig, weil sie mich allein gelassen hatten, denn ich bekam wegen der ganzen fiesen Dinge, die ich von mir gegeben hatte, keinerlei Ärger. Irgendwann lernte ich dann, dass sich meine Eltern von mir nicht daran hindern ließen wegzugehen, egal, was ich sagte. Also tat ich so, als wollte ich sie loswerden – ich wehrte sie lieber ab, statt traurig zu werden und mich vor Mae schämen zu müssen. So hatte ich wenigstens alles unter Kontrolle.

In den Wochen vor seinem Tod benahm Dad sich seltsam. Vielleicht auch schon länger, das weiß ich nicht so genau. Ich sprach mit niemandem darüber, für solche Fälle gibt es vermutlich Tagebücher. Jedenfalls hatte ich ein ungutes Gefühl, konnte es aber nicht richtig auf den Punkt bringen. Am wahrscheinlichsten erschien mir, dass er vorhatte, uns zu verlassen. Er war ungewöhnlich nett. Wie gesagt, zu Mum war er sowieso immer nett und normalerweise auch zu mir, zumindest wenn ich nett zu ihm war. Aber die Nettigkeit, die er in dieser Zeit an den Tag legte, war wie ein langes, ausgedehntes Winken an der Tür, nachdem man sich voneinander verabschiedet hat. Ein sehr ausführlicher und sehr netter letzter Eindruck. Langer Abschied, endgültig tot. Ich spürte, dass etwas passieren würde. Entweder gingen wir weg oder er.

Wenn mich Leute nach Dads Tod fragten, ob mir an ihm in der letzten Zeit etwas aufgefallen war, setzte ich das gleiche unschuldige und verwirrte Gesicht auf wie Mum. »Nein, nein, ich hab nichts gemerkt, ich hatte keine Ahnung, dass irgendwas nicht stimmte.« Na ja, was hätte ich auch sagen sollen? Dass Dad die ganze Woche vor seinem Tod an der Tür stand und uns zum Abschied zuwinkte, obwohl wir uns längst außer Sichtweite befanden?

Ich spürte, dass etwas im Busch war, und tat, was ich immer tat: Ich stieß ihn weg. Ich war noch zickiger als sonst, ich rauchte im Haus, kam betrunken heim, lauter solches Zeug. Unsere Auseinandersetzungen waren fieser, meine Antworten frecher und verletzender. Scheußlich. Ich tat, was ich schon als Kind getan hatte, wenn ich nicht wollte, dass meine Eltern weggingen. Ich sagte ihm, er solle sich verpissen. Ich hasse Dad, weil er sich ausgerechnet diesen Zeitpunkt ausgesucht hat. Jeder andere Abend, und ich hätte einfach um ihn trauern können. Jetzt trauere ich und hasse mich, und diese Mischung ist schwer zu ertragen. Hätte er nicht wenigstens daran denken können, wie ich mich fühlen würde, nachdem unser letztes Gespräch so verlaufen war? Ich habe mich auf die gemeinste Art und Weise von ihm verabschiedet, und er hätte nicht schlimmer darauf reagieren können. Vielleicht war es nicht allein meine Schuld, aber mein Verhalten hat ganz sicher nicht geholfen.

Ich weiß nicht, ob Mum auch geahnt hat, dass mit ihm etwas nicht stimmte. Vielleicht schon, aber sie hat nie etwas gesagt. Wenn sie tatsächlich nichts mitbekommen hat, dann war ich wohl die Einzige. Ich hätte etwas sagen sollen. Noch besser – ich hätte etwas tun sollen, um ihn von seinem Vorhaben abzubringen.

Es tut mir leid, Dad.

Was wäre, wenn, was wäre, wenn … Was wäre, wenn wir wüssten, was uns morgen bringt? Würden wir dann alles besser machen? Könnten wir das überhaupt?

10

Die Himmelsleiter

Am nächsten Morgen beschloss ich, mit Mum in ihrem Zimmer zu frühstücken. Rosaleen schien davon sehr irritiert zu sein. Sie hing endlos lange im Zimmer herum, schob Möbel zurecht, deckte für uns den Tisch am Fenster, arrangierte die Vorhänge, öffnete das Fenster, schob es ein Stück zu, sperrte es wieder ganz auf, erkundigte sich, ob es zog.

»Rosaleen, bitte«, sagte ich möglichst sanft.

»Ja, Kind«, antwortete sie, während sie das Bett aufschüttelte, wie wild auf die Kissen einschlug und die Decken so akkurat unter die Matratze stopfte, dass ich nicht überrascht gewesen wäre, wenn sie die Laken, bevor sie sie drüberklappte, auch noch abgeleckt und zugeklebt hätte wie einen Briefumschlag.

»Du musst das nicht machen, ich erledige es gleich nach dem Frühstück«, sagte ich. »Geh ruhig nach unten zu Arthur. Er möchte bestimmt auch was von dir haben, ehe er zur Arbeit muss.«

»Sein Lunch steht schon fix und fertig auf der Anrichte – er weiß, wo.« Und schon ging es weiter mit Schütteln und Glattstreichen, und wenn etwas nicht genau richtig gelang, fing sie noch mal von vorn an.

»Rosaleen«, wiederholte ich, immer noch ziemlich sanft.

Widerwillig sah sie mich an, und als unsere Blicke sich trafen, merkte sie, dass ich sie durchschaut hatte. Aber sie starrte mich einfach weiter an, eine stumme Herausforderung auszusprechen, was ich wollte. Vermutlich traute sie es mir nicht zu. Ich schluckte.

»Wenn es dir nichts ausmacht, möchte ich gern eine Weile bei Mum bleiben. Allein, bitte.« Da, ich hatte es gesagt. Die erwachsene Tamara hatte Stellung bezogen. Doch meine höfliche Bitte wurde mit dem typischen beleidigten Gesichtsausdruck quittiert, zögernd lockerte sich der Griff um das Kissen, das sie gerade bearbeitete, schlaff sank es aufs Bett herab, gefolgt von einem geflüsterten »Na gut«.

Aber ich hatte kein schlechtes Gewissen.

Endlich verließ Rosaleen das Zimmer. Ich blieb eine Weile schweigend sitzen. Da ich die Dielen auf dem Treppenabsatz nicht knarren hörte, wusste ich, dass sie noch vor der Tür stand. Sie lauschte, wachte, beschützte oder sperrte uns ein – ich war mir nicht sicher, worum es ihr ging. Wovor hatte sie Angst?

Statt mich anzustrengen, Mum zum Sprechen zu bringen, wie ich es den ganzen letzten Monat getan hatte, beschloss ich, ihr Schweigen nicht mehr zu bekämpfen, sondern lieber entspannt neben ihr in der Stille zu sitzen, die sie irgendwie zu trösten schien. Gelegentlich gab ich ihr ein Stück Obst in die Hand, das sie nahm und daran herumknabberte. Ich beobachtete ihr Gesicht. Sie sah ganz verzückt aus, als betrachte sie draußen im Garten eine große Leinwand, auf der sich etwas abspielte, was außer ihr niemand sehen konnte. Wie in einem Gespräch hoben und senkten sich ihre Augenbrauen, und ihre Lippen kräuselten sich kokett, als erinnere sie sich an ein Geheimnis, das sie nicht preisgeben wollte. In ihrem Gesicht verbargen sich Millionen von Geheimnissen.

Als ich fand, dass ich lange genug mit ihr zusammen gewesen war, küsste ich sie auf die Stirn und verließ das Zimmer. Das Tagebuch, das ich vorher stolz an die Brust gedrückt mit mir herumgeschleppt hatte, war inzwischen sicher unter meinem Bett versteckt, zum einen, weil niemand etwas davon wissen sollte, zum anderen, weil es mir zugegebenermaßen ein wenig peinlich war. In meinem Freundeskreis führte niemand ein Tagebuch. Wir schrieben einander ja auch keine Briefe, wir benutzten Twitter oder Facebook, posteten Fotos von unseren Urlauben, unseren Partys oder aus Umkleidekabinen, damit die anderen ihre Meinung zu den anprobierten Klamotten abgeben konnten. Außerdem schickten wir natürlich ständig SMS und E-Mails mit dem neuesten Tratsch und leiteten lustige Mails weiter, aber letztlich blieb alles oberflächlich. Wir tauschten uns vorwiegend über Dinge aus, die man sehen und anfassen konnte, nichts Tiefergehendes. Nichts, was mit Gefühlen zu tun hatte.

Ein Tagebuch wäre eher etwas für Fiona gewesen – das Mädchen aus unserer Klasse, mit dem niemand redete. Außer Sabrina natürlich, unserer anderen Außenseiterin, die wegen ihrer Migräne öfter fehlte, als sie da war. Fiona suchte sich gern ein ruhiges Plätzchen, wo sie allein und ungestört war, eine Ecke im Klassenzimmer, wenn der Lehrer nicht da war, oder in der Mittagspause eine schattige Stelle unter einem Baum irgendwo auf dem Schulgelände, wo sie die Nase in ein Buch steckte oder etwas in ein Heft kritzelte. Ich hatte sie oft ausgelacht. Aber der Witz ging ganz eindeutig auf meine Kosten. Ich hatte keine Ahnung, was sie da alles aufschrieb.

Es gab eigentlich nur einen Ort, an dem ich Ruhe hatte und mich dem Tagebuch widmen konnte. Kurz entschlossen zog ich das Buch unter dem Bett hervor, rannte die knarrende Treppe hinunter und rief im Vorbeiflitzen: »Rosaleen, ich geh mal ein bisschen raus …!« Doch als ich mit meinen Flipflops von der letzten Stufe absprang und mit elefantenartiger Anmut auf dem Boden landete, stand Rosaleen plötzlich vor mir.

»Himmel, hast du mich aber erschreckt!«, rief ich und drückte die Hand aufs Herz.

Rosaleen musterte mich von oben bis unten, und schließlich fiel ihr Blick auf das Tagebuch. Ich schlang schützend die Arme darum und schob es ein Stück unter meine Jacke.

»Wo gehst du denn hin?«, fragte sie leise.

»Nach draußen …«

Wieder wanderte ihr Blick zum Tagebuch. Sie konnte es einfach nicht verhindern.

»Soll ich dir ein bisschen Proviant zusammenpacken? Du kriegst unterwegs bestimmt Hunger. Ich hab noch frisches Brot und Hähnchen, Kartoffelsalat und Kirschtomaten …«

»Nein danke, ich bin noch total satt vom Frühstück.« Ich wandte mich zur Tür.

»Vielleicht ein bisschen Obst?« Sie hob die Stimme. »Ein Sandwich mit Käse und Schinken? Wir haben auch noch einen Rest Kohlsalat …«

»Nein, Rosaleen. Danke.«

»Okay.« Wieder die beleidigte Miene. »Sei aber bitte vorsichtig, ja? Geh nicht zu weit weg. Bleib auf dem Grundstück. In Sichtweite vom Haus.«

In ihrer Sichtweite, meinte sie wohl eher.

»Ich zieh doch nicht in den Krieg«, lachte ich. »Ich geh nur ein bisschen … spazieren.«

In diesem Haus wusste jeder zu jeder Zeit genau Bescheid, wo die anderen waren, aber ich wollte endlich mal ein paar Stunden allein sein, Zeit haben für mich selbst.

»In Ordnung«, sagte Rosaleen zögernd.

»Mach nicht so ein besorgtes Gesicht.«

»Ich weiß einfach nicht …« Sie schlug die Augen nieder, blickte zu Boden, strich sich über ihr Kleid. »Würde deine Mutter dich gehen lassen?«

»Mum? Mum würde mich auf den Mond fahren lassen, wenn sie dadurch verhindern kann, dass sie sich den ganzen Tag mein Genörgel anhören muss.«

Ich bin nicht sicher, ob es Erleichterung war, die sich auf Rosaleens Gesicht ausbreitete. Vielleicht machte sie sich auch weiter Sorgen. Aber mir wurden auf einmal ein paar Dinge klar, und ich entspannte mich ein bisschen. Rosaleen hatte selbst keine Kinder, und nun hatte sie plötzlich einen Teenager und eine Frau in einer Art Winterstarre unter ihren Fittichen.

»Oh, ich verstehe«, sagte ich leise, streckte die Hand aus und legte sie vorsichtig auf Rosaleens Arm. Aber Rosaleen machte sich sofort so starr, dass ich meine Hand schnell wieder zurückzog. »Du brauchst dir keine Sorgen um mich zu machen. Mum und Dad lassen mich schon lange so gut wie überall hingehen. Ich hab früher oft den ganzen Tag mit meinen Freunden in der Stadt verbracht. Einmal bin ich sogar mit meiner Freundin allein nach London gefahren. Für einen ganzen Tag. Ihr Dad hat einen Privatjet. Das war total cool. Der Flieger hat bloß sechs Plätze oder so, und Emily – meine Freundin – und ich hatten das ganze Flugzeug für uns. Zu ihrem siebzehnten Geburtstag haben ihre Eltern uns nach Paris fliegen lassen. Allerdings ist da ihre ältere Schwester mitgekommen, um uns ein bisschen im Auge zu behalten. Sie ist neunzehn, schon auf dem College und alles.«

Rosaleen hörte mir aufmerksam zu, viel zu eifrig, viel zu angespannt, fast ein bisschen verzweifelt.

»Oh, das ist ja schön«, sagte sie munter, und ihre grünen

Augen gierten förmlich nach jeder Information, die ich ihr zu geben bereit war. Es kam mir vor, als wollte sie die Worte verschlingen, sobald sie aus meinem Mund gekommen waren. »Du hast doch bald Geburtstag – wünschst du dir da so etwas?« Sie sah sich in der Diele des Torhäuschens um, als würde sich dort vielleicht ein Flugzeug auftreiben lassen. »Na ja, da können wir natürlich nicht ganz mithalten …«

»Nein, nein, so hab ich das nicht gemeint, ich hab dir die Geschichte nicht deshalb erzählt. Es war bloß … ach, spielt keine Rolle, Rosaleen«, sagte ich schnell. »Ich geh jetzt mal lieber.« Behutsam drängte ich mich an ihr vorbei zur Tür. »Aber trotzdem danke«, fügte ich noch hinzu. Das Letzte, was ich sah, ehe ich die Tür zumachte, war ihr besorgter Blick. Vielleicht hatte sie jetzt Angst, etwas Falsches gesagt zu haben. Oder dass sie mir nicht genug zu bieten hatte. Dabei hatte ich inzwischen begriffen, dass mein altes Leben mir weit mehr versprochen hatte, als es im Endeffekt halten konnte. Niemand würde mir die Sterne vom Himmel herunterholen. Ich war nur leider dumm genug gewesen, das zu glauben. Ich hatte gedacht, zu viel zu haben wäre in jedem Fall besser als zu wenig. Aber jetzt denke ich, man sollte lieber das nehmen, was einem zusteht, und den Rest zurückgeben, statt alles einzuheimsen, was man gar nicht verdient hat. Jetzt würde ich mich jederzeit für Rosaleens und Arthurs einfaches Leben entscheiden. Auf diese Art muss man wenigstens die Dinge, die man liebt, nicht irgendwann wieder hergeben.

Als ich den Gartenweg hinuntertrabte, kam mir der Postbote entgegen. Ich freute mich, mal einen anderen Menschen zu sehen, und begrüßte ihn mit einem strahlenden Lächeln.

»Hi«, sagte ich, blieb stehen und versperrte ihm den Weg.

»Hallo, Miss.« Er tippte sich grüßend an die Mütze, was ich sehr altmodisch und süß fand.

»Ich bin Tamara.« Ich streckte ihm die Hand hin.

»Freut mich, dich kennenzulernen, Tamara.« Weil er dachte, ich wollte die Post entgegennehmen, drückte er mir ein paar Umschläge in die Hand.

In diesem Moment hörte ich die Tür hinter mir aufgehen, und Rosaleen stürzte heraus.

»Morgen, Jack«, rief sie und eilte den Weg herunter. »Das nehme ich«, fügte sie, an mich gewandt, hinzu und hatte mir auch schon die Umschläge aus der Hand gerissen. »Danke, Jack.« Sie musterte ihn mit strengem Blick, während sie die Post wie eine Känguru-Mama in ihre Schürzentasche stopfte.

»Alles klar.« Der Postbote senkte den Kopf, als hätte sie ihn ausgeschimpft. »Und die sind für drüben«, fügte er hinzu, gab ihr rasch noch ein paar Briefe, machte dann kehrt, schwang sich auf sein Fahrrad und radelte davon.

»Ich wollte die Post nicht auffressen«, sagte ich ein bisschen verdutzt zu Rosaleens Rücken.

Sie lachte und verschwand im Haus, während ich dastand und mich wunderte.

Schließlich machte ich mich aber doch auf den Weg zu der Stelle, an der ich mit dem Tagebuchschreiben beginnen konnte – zum Schloss. Durch die Gummisohlen meiner Flipflops spürte ich die Hitze der Straße, und als die Bäume sich vor dem Schloss teilten wie ein Theatervorhang, lächelte ich unwillkürlich.

»Hallo, hier bin ich wieder«, begrüßte ich das Schloss.

Ehrfürchtig wanderte ich durch die Räume. Ich konnte nicht glauben, dass ein Feuer für diese ganze Zerstörung verantwortlich war. Es gab keinerlei Hinweis darauf, dass in den letzten hundert Jahren jemand hier gelebt hatte. An den Wänden waren keine Kamine, keine Fliesen, keine Tapeten. Es gab nur Steine, Unkraut und eine Treppe, die in ein Obergeschoss führte, das nicht mehr existierte, in den Himmel hinein, fast so, als könnte man mit einem großen Sprung auf einer Wolke landen. Eine Himmelsleiter.

Ich setzte mich auf eine der untersten Stufen und nahm das Tagebuch auf den Schoß. Dann drehte ich den schweren Stift, den ich von Arthurs Schreibtisch geklaut hatte, eine Weile in der Hand herum, starrte auf das geschlossene Buch und versuchte, mir etwas zum Schreiben einfallen zu lassen. Mir lag daran, dass die ersten Worte etwas zu bedeuten hatten, ich wollte keinen Fehler machen. Schließlich fiel mir ein Anfang ein, und ich schlug das Buch auf.

Doch dann fiel mir fast die Kinnlade herunter. Die erste Seite war schon voll, alle Zeilen säuberlich beschrieben … in meiner eigenen Handschrift!

Erschrocken sprang ich auf, das Tagebuch glitt von meinem Schoß, knallte auf die Treppe und landete polternd auf dem Boden. Mit klopfendem Herzen blickte ich mich um, ob sich irgendjemand einen gemeinen Scherz mit mir erlaubte. Die bröckelnden Wände glotzten mich an, und auf einmal war ich umgeben von Bewegungen und Geräuschen, die ich vorher überhaupt nicht bemerkt hatte. Gras und Blätter raschelten, Steine verrutschten, ich hörte Schritte hinter und in den Mauern, aber nichts kam an die Oberfläche, nichts zeigte sich. Alles war nur ein Produkt meiner Fantasie. Vielleicht hatte ich mir die vollgeschriebenen Seiten in dem Tagebuch auch nur eingebildet.

Also holte ich ein paarmal tief Luft und hob das Tagebuch auf. Das Leder war von den Steinen zerkratzt und staubig, und ich wischte es an meiner Shorts ab. Beim Herunterfallen war die erste Seite zerrissen, aber dass sie beschrieben war, hatte ich mir nicht eingebildet. Alles war noch da – auf der ersten Seite, auf der zweiten –, und während ich hektisch weiterblätterte, konnte ich zweifelsfrei meine Handschrift identifizieren.

Aber das war doch nicht möglich! Ich verglich das Datum oben auf der Seite mit dem Datum auf meiner Uhr. Es war das Datum von morgen, Samstag. Heute war Freitag. Bestimmt ging meine Uhr falsch. Unwillkürlich musste ich daran denken, wie Rosaleen das Tagebuch heute Morgen angestarrt hatte. Hatte *sie* womöglich etwas hineingeschrieben? Nein, das konnte nicht sein. Das Buch hatte gut versteckt unter meinem Bett gelegen. Mit schwindligem Kopf setzte ich mich wieder auf die Treppe und las den Eintrag, aber meine Augen hüpften so aufgeregt über die Worte, dass ich ein paarmal von vorn anfangen musste.

Samstag, 4. Juli
Liebes Tagebuch,
so fängt man doch immer an, richtig? Ich habe noch nie Tagebuch geschrieben, und ich komme mir unglaublich blöd dabei vor. Na gut. Liebes Tagebuch, ich hasse mein Leben. Kurz gesagt, ist es Folgendes: Mein Dad hat sich umgebracht, wir haben unser Haus und überhaupt alles verloren, ich mein ganzes Leben, Mum ihren Verstand, und jetzt wohnen wir bei zwei Soziopathen im hinterletzten Kaff. Vor ein paar Tagen habe ich den Nachmittag mit einem echt süßen Typen namens Marcus verbracht, der Vizepräsident der Zentralen Trottelvereinigung GmbH ist, nämlich einer mobilen Bibliothek. Vor zwei Tagen bin ich einer Nonne begegnet, die Bienen züchtet und Schlösser aufbricht, und gestern habe ich den Morgen in einer Ruine …

»in einer Ruine« war durchgestrichen, und es ging stattdessen weiter mit:

… in einem Schloss verbracht, auf einer Art Himmelsleiter, die so verlockend aussah, dass ich am liebsten hochgeklettert und auf eine Wolke gesprungen wäre, um mich von hier wegtragen zu lassen. Jetzt ist es Nacht, und ich sitze in meinem Zimmer und schreibe in dieses bescheuerte Tagebuch, wie Schwester Ignatius es mir so dringend ans Herz gelegt hat. Ja, sie ist eine Nonne und kein Transvestit, wie ich zunächst dachte.

Ich seufzte und blickte auf. Wie war das möglich? Suchend sah ich mich um. Sollte ich zum Torhaus laufen und Mum davon erzählen? Oder vielleicht Zoey und Laura anrufen? Wer in aller Welt würde mir glauben? Und selbst wenn jemand mir glaubte, was könnte er tun, um mir zu helfen?

Im Schloss war es so still, dass die Wolken, rund und weiß wie Engelchen, mit mindestens hundert Stundenkilometern über den Himmel zu sausen schienen. Hin und wieder raschelte es unter einer Pflanze, Löwenzahnschirmchen trieben durch die Luft, lockten mich, sie zu fangen, näherten sich und flitzten wieder davon, wenn der Wind sie ergriff. Ich atmete tief ein, hob mein Gesicht der warmen Sonne entgegen – warme Sonne, endgültig tot –, schloss die Augen und atmete wieder aus. Ich war so gerne hier im Schloss. Schließlich öffnete ich die Augen wieder und las weiter. Sofort sträubten sich mir die Nackenhaare.

Ich bin so gerne hier im Schloss. Eigentlich müsste ich es hässlich finden, aber so ist es nicht, ganz im Gegenteil. Wie bei Jessie Stevens vom Rugby-Team. Mit seiner

gebrochenen Nase und den Blumenkohlohren müsste er eigentlich hässlich sein, ist er aber nicht. Ich hätte mir den Spaß mit dem Schreiben schon früher erlauben sollen. Bei Zoey bin ich nicht wirklich zum Erzählen gekommen, weil sie und Laura so endlos über die Unten-ohne-Geschichte gelabert haben. Na ja.
Mum ist immer noch nicht aus ihrem Zimmer gekommen. Obwohl ich mich danach sehnte, mich irgendwo zusammenzurollen und zu sterben – als ich gestern so klatschnass geworden bin, hab ich mich erkältet –, beschloss ich heute Morgen, im Garten neben dem Baum zu frühstücken, weil ich wusste, dass sie mich dann sehen würde. Ich hab die blaue Kaschmirdecke aus meinem Zimmer mitgenommen, sie auf dem Rasen ausgerollt und ein bisschen Obst geschnitten. Es schmeckte wie Pappe. Ich hatte überhaupt keinen Appetit, aber ich hab meine ganze Energie eingesetzt, um Mum herauszulocken. Gleichzeitig hab ich mich natürlich angestrengt, ganz locker und entspannt zu wirken, weil es so doch bestimmt am ehesten funktioniert – aber sie ist trotzdem nicht gekommen. Ich dachte, wenn sie ein bisschen frische Luft kriegt, wenn sie sich hier umschaut, wenn sie das Schloss entdeckt, dann muss sie doch auch sehen, was ich sehe, und das reißt sie vielleicht aus ihrer Trance. Es kann doch nicht in ihrem Sinn sein, dass das Leben an ihr vorbeigeht, während sie da oben in diesem Zimmer hockt. Erst wenn man rauskommt und merkt, dass das Leben weitergeht, begreift man, dass man sich von der Strömung tragen lassen muss.
Ich weiß nicht, warum Rosaleen und Arthur sich nicht mehr Mühe geben, Mum zu helfen. Es nutzt doch nichts,

wenn sie zum Frühstück, Mittagessen und Abendessen Portionen vorgesetzt kriegt, von denen ein Elefant satt werden könnte. Auch die Stille ist kein Allheilmittel. Ich muss Rosaleen noch einmal darauf ansprechen. Oder Arthur. Schließlich ist er Mums Bruder. Soweit ich sehe, hat er, abgesehen von der bizarren Stirnberührung zur Begrüßung, kein Wort mit ihr geredet. Wie merkwürdig ist das denn?
Nach dem Regen gestern …

Okay, an dieser Stelle erkannte ich, dass alles Quatsch sein musste, denn der Tag war warm und wunderschön. Kein Regentröpfchen. Eine Augenbraue spöttisch hochgezogen, las ich weiter, in der sicheren Annahme, dass ich irgendwie verarscht werden sollte, und machte mich darauf gefasst, dass hinter einer bröckelnden Säule plötzlich Zoey und Ashton Kutcher hervorgehüpft kamen.

… hab ich mir eine fiese Erkältung eingefangen. Rosaleen hat mich praktisch in Watte gepackt, mich vors Kaminfeuer gesetzt und mit Hühnersuppe zwangsernährt. Den halben Tag hab ich damit verschwendet, neben diesem grässlichen Feuer zu sitzen, zu schwitzen und sie davon zu überzeugen, dass ich nicht im Sterben liege. Sie hat mich gezwungen, den Kopf unter ein Handtuch zu stecken und über eine Schüssel mit kochend heißem Wasser und Wick VapoRub zu halten, um meine Nase frei zu bekommen, und während ich dort hing und schniefte, hätte ich wetten können, dass die Türklingel ging. Aber Rosaleen schwört Stein und Bein, dass ich mich geirrt habe. Es wäre besser gewesen, wenn ich Schwester Ignatius' Angebot angenommen und

mich bei ihr zu Hause richtig abgetrocknet hätte. Ich weiß auch nicht, warum mir ein Haus voller Nonnen so unheimlich war.
Morgen plane ich, eine weitere Herzattackenmahlzeit zu vermeiden und mir ein ruhiges Plätzchen zu suchen, wo ich ungestört schreiben kann. Wahrscheinlich lege ich mich im Bikini in die Sonne. Dann haben die Fasane wenigstens was zu glotzen. Möglicherweise wäre das gar nicht so schlecht. Wenn man die Augen schließt, kann man sich fast überall hinbeamen, wohin man möchte. Dann liege ich am See und bilde mir ein, dass ich am Pool in Marbella bin und dass die Geräusche um mich herum von Mum kommen, die mit der Hand im Wasser rumplanscht, und nicht von den Schwänen, die ihr Gefieder ausschütteln. Mum hat sich nie wie die anderen in den Liegestuhl gelegt, sondern immer an den Rand des Pools, in die Nähe der Filter, und mit der flachen Hand aufs Wasser geklatscht. Das klang, als platsche ein kleines Kind barfuß über die Fliesen. Bis heute weiß ich nicht, ob sie das gemacht hat, um sich abzukühlen, oder weil ihr das Geräusch so gut gefiel. Jedenfalls habe ich es auch gern gehört, auch wenn ich ihr immer gesagt habe, sie soll damit aufhören. Wahrscheinlich weil ich das Schweigen brechen und sie dazu bringen wollte, die Augen aufzumachen und mich anzuschauen.

Wer konnte das alles gewusst haben? Doch nur Mum.

Vielleicht sollte ich mich mitten auf der Spur von Arthurs Rasenmäher im Gras sonnen und hoffen, dass er mich überfährt. Wenn er mich nicht umbringt, kann ich mir

auf diese Weise vielleicht wenigstens eine Ganzkörperenthaarung sparen.
Eigentlich ist Arthur gar nicht so übel. Er sagt nicht viel. Oft reagiert er kaum auf das, was um ihn herum vorgeht, aber ich habe bei ihm ein gutes Gefühl. Meistens jedenfalls. Rosaleen ist eigentlich auch nicht so schlimm. Ich muss nur lernen, sie besser zu verstehen. Als ich ihr heute beim Essen – Shepherd's Pie, lecker! – erzählt habe, dass ich Schwester Ignatius kenne, hat sie so merkwürdig reagiert. Sie meinte, Schwester Ignatius wäre morgens vorbeigekommen und hätte nichts von unserer Begegnung erwähnt. Wahrscheinlich war ich da gerade unter der Dusche. Ich hätte bei ihrer Unterhaltung gerne Mäuschen gespielt. Dann hat Rosaleen mich ausgequetscht, worüber ich mit Schwester Ignatius geredet habe. Ehrlich, das war ganz schön heftig, und sogar Arthur schien sich dabei unbehaglich zu fühlen. Ich meine, hat Rosaleen gedacht, ich lüge sie an? Wirklich seltsam. Ich hätte ihr vielleicht lieber nicht erzählen sollen, was ich über das Schloss erfahren habe. Jetzt weiß ich, dass ich die Informationen, die ich brauche, von ihr ganz bestimmt nicht kriege. Vermutlich sind Rosaleen und Arthur einfach anders als andere Menschen. Vielleicht bin auch ich die, die anders ist. So habe ich das bisher nie gesehen. Aber vielleicht lag es schon immer an mir.
Falls ich an Dehydrierung sterbe und jemand dieses Tagebuch findet, sollte ich erwähnen, dass ich jede Nacht weine. Ich stehe den Tag durch und halte mich, mal abgesehen von kleinen Zusammenbrüchen wie denen wegen der Fliege und des zerstörten Schlosses, ziemlich gut, aber sobald ich ins Bett krieche, sobald es still

und dunkel wird, da dreht sich alles um mich herum. Und ich fange an zu weinen. Manchmal so lange, dass mein Kissen hinterher ganz nass ist. Die Tränen fließen mir aus den Augenwinkeln, laufen an den Ohren vorbei, kitzeln mich am Hals, landen manchmal sogar auf meinem T-Shirt, aber ich lasse ihnen freien Lauf. Inzwischen habe ich mich so ans Weinen gewöhnt, dass ich es manchmal kaum merke. Klingt das unsinnig? Früher habe ich geheult, wenn ich hingefallen bin und mir wehgetan habe oder weil ich mich mit Dad gestritten hatte oder wenn ich total betrunken war und mich die kleinste Kleinigkeit durcheinandergebracht hat. Aber jetzt … jetzt bin ich traurig, also weine ich. Manchmal fange ich an und höre gleich wieder auf, weil ich mir einrede, dass alles gut wird. Aber manchmal glaube ich mir das nicht und weine einfach weiter.

Ich träume oft von Dad. Allerdings ist es selten wirklich Dad, der in meinem Traum erscheint, sondern eine Mischung aus ganz verschiedenen Gesichtern. Er fängt beispielsweise an als er selbst, dann wird er ein Lehrer aus meiner Schule, dann Zac Efron und schließlich irgendein weitläufiger Bekannter, zum Beispiel der Pfarrer oder so. Ich habe gehört, dass manche Leute sagen, wenn sie von einem Toten träumen, den sie geliebt haben, dann hätten sie das Gefühl, das sei die Realität, der geliebte Mensch sei wirklich da, überbringe ihnen Botschaften, nehme sie in den Arm. Sie meinen, dass Träume so eine Art Zwischenstufe zwischen dem Diesseits und dem Jenseits sind, vergleichbar mit dem Besuchsraum im Gefängnis. Man ist zwar im selben Zimmer, aber in getrennten Welten. Ich dachte immer, Leute, die so was von sich geben, sind Scharlatane oder religiöse Fanatiker. Aber jetzt weiß ich, dass das auch zu meinen zahlreichen Irrtümern gehört. Es hat rein gar nichts mit Religion zu tun, auch nichts mit psychischer Labilität, sondern mit einem natürlichen menschlichen Instinkt, nämlich dass man hofft, auch wenn es eigentlich keine Hoffnung mehr gibt – es sei denn, man ist ein ausgekochter Zyniker. Es hat mit Liebe zu tun, damit, dass man einen geliebten Menschen verloren hat, der wie ein Teil von einem selbst war, und dass man nahezu alles dafür tun würde, ihn zurückzubekommen. Es ist die Hoffnung, dass man diesen Menschen eines Tages wiedersieht, dass man sich ihm noch immer nahe fühlen kann. Früher habe ich geglaubt, Hoffnung sei ein Zeichen von Schwäche. Aber das stimmt nicht, im Gegenteil – es ist die Hoffnungslosigkeit, die schwach macht. Hoffnung macht stark, denn durch sie beginnt man langsam, einen Sinn in dem zu erkennen, was geschehen ist. Nicht unbedingt den Sinn, warum man den geliebten Menschen verloren hat, sondern eher den Sinn dessen, dass man selbst weiterlebt. Denn die Hoffnung ist ein Vielleicht. Ein »Vielleicht sind die Dinge irgendwann nicht mehr so beschissen«. Und dieses Vielleicht macht alles sofort ein bisschen leichter.

Ich dachte, man würde immer zynischer, je älter man wird. Ich selbst habe mich schon im Kreißsaal misstrauisch umgesehen, von einem Gesicht zum anderen, und auf Anhieb war mir klar, dass mir dieses neue Szenario nicht gefiel und ich lieber zurück in den Bauch wollte. Mit dieser Einstellung habe ich dann weitergelebt. Wo ich auch war, es war beschissen, und anderswo war es besser. Wobei dieses Anderswo meist hinter mir lag, in der Vergangenheit. Erst jetzt, wo mir das Leben in seiner ganzen Nüchternheit eine Breitseite verpasst hat – der endgültige Tod –, fange ich an, meinen Blick nach außen zu richten. Viele Wissenschaftler glauben, dass es am besten ist, nur nach außen zu schauen, aber das stimmt nicht. Sie glauben, dass emotionale Menschen nur nach innen schauen, aber das stimmt auch nicht. Ich denke, die besten Wissenschaftler sind die, die es fertigbringen, beide Blickrichtungen einzubeziehen.

Trotz allem, was ich gesagt habe, weiß ich, dass Dad in meinen Träumen nicht wirklich bei mir ist. Er überbringt mir keine geheime Botschaft, es gibt keine geheimen Umarmungen. Es sind einfach Träume, die keine Bedeutung haben und aus denen ich auch keine Ratschläge entnehmen kann. Es sind lediglich Spiegelungen meiner Tageserlebnisse, zerstückelt wie ein in die Luft geworfenes Puzzle, dessen Einzelteile ohne jede Ordnung, sinn- und bedeutungslos in meinem Kopf herumhängen.

Als ich letzte Nacht von Dad geträumt habe, hat er sich in meinen Englischlehrer verwandelt, dann war mein Englischlehrer plötzlich eine Frau, wir hatten eine Freistunde, und ich musste meinen Mitschülern etwas vorsingen, aber als ich den Mund aufmachte, kam kein Ton heraus, und dann war die Schule auf einmal in Amerika, aber niemand sprach Englisch, und ich konnte nichts verstehen, und dann hab ich auf einem Boot gewohnt. Verrückt. Ich bin davon aufgewacht, dass Rosaleen unten in der Küche mit einem Riesenkrach einen Topf hat fallen lassen.

Vielleicht hat Schwester Ignatius recht. Vielleicht hilft mir das Tagebuch. Schwester Ignatius ist eine merkwürdige Frau. Seit ich sie vor zwei Tagen kennengelernt habe, muss ich dauernd an sie denken.

Aber das war gestern gewesen. Ich hatte Schwester Ignatius erst gestern kennengelernt.

Ich mag sie. Sie ist das Erste, was ich hier mag – na gut, eigentlich das Zweite, denn das Schloss mag ich ja auch. Als ich gestern dort war, fing es an zu schütten, aber als ich gesehen habe, wie Rosaleen mit einer Regenjacke in der Hand die Straße heruntergerannt kam, bin ich schnell in die andere Richtung gelaufen, ich konnte einfach nicht anders. Obwohl es mir jetzt leidtut. Ich möchte nicht, dass sie erfährt, wo ich war, und sich in ihren Vermutungen bestätigt fühlen kann. Ich möchte überhaupt nicht, dass sie irgendwas über mich weiß.
Aber ich hatte keine Ahnung, wo ich eigentlich hinrannte. Es goss in Strömen, und ich war im Nu nass bis auf die Haut, aber es war, als würde ich per Autopilot funktionieren, als hätte sich mein Kopf einfach abgeschaltet.
Ich rannte und rannte, völlig ziellos, und schließlich bin ich, ohne einen Gedanken darauf zu verschwenden, im Mauergarten gelandet. Schwester Ignatius stand im Gewächshaus und hat darauf gewartet, dass der Regen aufhört. Sie hatte sogar einen zusätzlichen Schutzanzug für mich da, weil sie aus irgendeinem Grund fest damit gerechnet hat, dass ich kommen würde.
Da ich sie tags zuvor bei ihrer Arbeit unterbrochen habe, ist sie nicht mehr dazu gekommen, nach den Bienenstöcken zu sehen. Schließlich hatte sie ja auch noch andere Verpflichtungen – beten und all so was. Deshalb hat sie mir die Bienenstöcke erst dieses Mal von innen gezeigt und mir erklärt, welches die Königin ist – die hat sie auf dem Rücken farbig markiert –, welches die Drohnen, die Arbeitsbienen und auch den Zweck der

Beräucherung. Mir wurde schon vom Anschauen ganz schwindelig, und dann ist mir etwas höchst Merkwürdiges passiert. Schwester Ignatius hat es, glaube ich, gar nicht gemerkt, aber ich musste mich mit der Hand an der Wand abstützen, um nicht umzufallen. Während ich noch so dastand und gegen den Schwindel ankämpfte, hat sie mich eingeladen, ihr nächste Woche beim Schleudern des Honigs zu helfen, den sie dann in Gläser abfüllt und auf dem Markt verkauft. Aber ich musste mich so bemühen, einigermaßen regelmäßig zu atmen, dass ich einfach Nein gesagt habe. Ich wollte nur weg. Jetzt wünsche ich mir, ich hätte ihr gesagt, dass ich mich nicht wohlfühlte, denn sie schien richtig enttäuscht zu sein. Das tut mir total leid. Außerdem muss ich unbedingt mit auf den Markt, damit ich mal unter Menschen komme. Wenn ich weiter jeden Tag die gleichen Gesichter sehe, werde ich noch irgendwann verrückt. Und ich möchte wissen, ob Rosaleen und Arthur wieder von allen angestarrt werden wie neulich vor dem Pub. Es muss irgendwas passiert sein, sonst würde man sie nicht so anglotzen. Vielleicht haben die beiden Partnertauschpartys organisiert oder so. Krass.

Ich sitze mit dem Rücken an meiner Zimmertür, während ich das schreibe, weil ich nicht will, dass Rosaleen plötzlich reinschneit. Je weniger sie über das Tagebuch weiß, desto besser. Sie spioniert mir sowieso schon ständig nach, und wenn sie rauskriegt, dass hier in meinem Zimmer meine innersten Gedanken praktisch offen herumliegen, gibt es für sie kein Halten mehr. Ich muss das Tagebuch verstecken. In der Ecke, wo der Stuhl steht, gibt es eine lockere Bodendiele, die werde ich heute Abend vielleicht mal untersuchen.

Mum ist wieder mal direkt nach dem Abendessen eingepennt. Die letzten zwei Tage hat sie unheimlich viel geschlafen. Aber diesmal ist sie auf dem Stuhl eingenickt. Ich wollte sie wecken und ins Bett bringen, aber Rosaleen hat mich daran gehindert. Ich schreibe, bis ich Arthur schnarchen höre, dann weiß ich, dass ich ungestört nach Mum sehen kann.
Jetzt, wo ich hier im Haus und in Sicherheit bin, möchte ich feststellen, dass ich gestern Morgen im Schloss ein sehr sonderbares Gefühl hatte. Als wäre jemand da. Als beobachte mich jemand. Es war ein sonniger Morgen, bis diese seltsame Wolke sich direkt über meinem Kopf ausgeschüttet hat. Ich saß auf der Treppe, das Tagebuch auf dem Schoß, und mir fiel nichts zu schreiben ein, ich wusste nicht, wie ich die erste Seite anfangen sollte, und deshalb beschloss ich, mich zu sonnen. Keine Ahnung, wie lange ich die Augen geschlossen hatte, aber ich wünschte, ich hätte sie offen gelassen. Denn es war eindeutig jemand in der Nähe.
Ich schreib dir morgen wieder.

Ich hörte auf zu lesen und schaute mich um. Mein Herz klopfte laut in meinen Ohren, ich atmete flach und hastig. Worüber ich gerade gelesen hatte, war der jetzige Augenblick, das, was jetzt gerade passierte.

Plötzlich fühlte ich tausend Blicke auf mir ruhen. Ich sprang auf und rannte die Treppe hinunter, stolperte aber auf der letzten Stufe, knallte mit den Händen und der rechten Schulter gegen die Wand. Das Buch fiel zu Boden, und als ich hektisch danach tastete, streifte etwas Weiches, Pelziges meine Hand. Ich schrie auf, wich zurück und rannte in den Nebenraum. Dort gab es keinen Ausgang, alle vier Wände waren noch intakt. Doch ich spürte ein paar Regentropfen auf der Haut, die aus einem Loch hereinwehten, das einmal ein Fenster gewesen war. Der Regen wurde schnell stärker. Ich lief hin und machte mich daran, hinauszuklettern. Auf dem Sims angekommen, entdeckte ich draußen in einiger Entfernung Rosaleen, die, eine Regenjacke in der Hand, die Straße entlanghastete. Mit grimmigem Gesicht, die Hand über dem Kopf, als könnte sie so verhindern, dass sie nass wurde, näherte sie sich rasch.

Ich machte kehrt und stürzte zum anderen Fenster, das zur Rückseite des Schlosses hinausging, kratzte mir die Knie auf, als ich mich auf den Sims hievte, und landete mit einem von meinen Flipflops nur schlecht gedämpften Aufprall auf der anderen Seite. Ein stechender Schmerz fuhr mir in die Beine. Aber ich sah, dass Rosaleen sich dem Schloss näherte, wandte mich um und rannte in die entgegengesetzte Richtung weg.

Ich hatte keine Ahnung, wohin ich lief. Mein Körper fühlte sich an, als funktioniere er auf Autopilot. Erst als ich, durchnässt bis auf die Haut, den Mauergarten erreichte, bemerkte ich die Parallelität zu dem, was ich in meinem Tagebuch gelesen hatte, und dem, was jetzt passierte. Ein Schauer durchlief mich, eine Gänsehaut von Kopf bis Fuß.

Zitternd vor Angst und Kälte stand ich am Gartentor, bis ich den weißen Schatten hinter dem Milchglas des Gewächshauses entdeckte. Dann öffnete sich die Tür, und Schwester Ignatius erschien mit einem zweiten Schutzanzug in der Hand.

»Ich wusste, dass du wiederkommen würdest«, rief sie, und ihre blauen Augen funkelten in ihrem blassen Gesicht.

11

Wo Rauch ist …

Ich ging zu Schwester Ignatius ins Gewächshaus und stellte mich neben sie. Ich fühlte mich steif und angespannt, die Schultern bis zu den Ohren hochgezogen, als versuchte ich, mich in meinem Körper zu verstecken wie eine Schildkröte in ihrem Panzer. Das Tagebuch umklammerte ich so fest, dass meine Knöchel schon ganz weiß waren.

»Oh, dich hat es aber ordentlich erwischt!«, stellte Schwester Ignatius fest, fröhlich und sorglos wie immer. »Du siehst ja aus wie eine gebadete Ratte. Komm, ich trockne dich ab …«

»Fassen Sie mich nicht an!«, rief ich, trat hastig einen Schritt zurück und drehte mich weg. Aber ich beobachtete die Nonne verstohlen über die Schulter.

»Was ist denn passiert, Tamara?«

»Das wissen Sie doch längst.«

Als ich mich umschaute, sah ich, wie ihre Augen für einen Moment schmal und dann ganz groß wurden. Also hatte sie etwas gemerkt. Sie wusste etwas, eindeutig, denn sie sah aus, als fühle sie sich ertappt.

»Geben Sie es ruhig zu.«

»Tamara«, begann sie, unterbrach sich und suchte nach den richtigen Worten. »Tamara, schau mich an. Ich … lass mich erklären … wir sollten uns lieber anderswo unterhalten. Nicht hier. Nicht im Gewächshaus. Nicht, solange du in diesem Zustand bist.«

»Nein, erst möchte ich, dass Sie es zugeben.«

»Tamara, ich glaube wirklich, wir sollten zu mir gehen und …«

»Geben Sie zu, dass Sie es geschrieben haben!«, fauchte ich, ohne darauf einzugehen.

Augenblicklich veränderte sich ihr Gesicht, und sie sah mich total verwirrt an. »Tamara, wovon sprichst du? Was soll ich zugeben? Was habe ich geschrieben?«

»Das Tagebuch«, explodierte ich und hielt ihr das Buch unter die Nase. »Sehen Sie, da steht alles Mögliche! Ich hatte das Buch in meinem Zimmer versteckt, aber heute Morgen hab ich es mit ins Schloss genommen, weil ich was reinschreiben wollte, so, wie Sie es mir gesagt haben, und jetzt schauen Sie sich das an! Wie haben Sie das gemacht?« Ich blätterte wild in dem Buch herum und verwischte mit meinen nassen Händen die Tinte. Schwester Ignatius blinzelte heftig und bemühte sich, etwas auf den vorbeiflatternden Seiten zu erkennen.

»Tamara, beruhige dich, ich kann überhaupt nichts sehen, du blätterst viel zu schnell.«

Aber ich machte nur noch schneller, bis Schwester Ignatius schließlich die Arme ausstreckte, mit ihren dicken, kräftigen Händen meine Handgelenke packte und sagte: »Tamara, hör auf damit.«

Es funktionierte. Gehorsam ließ ich mir das Tagebuch aus den Händen nehmen, sie schlug die erste Seite auf, und ihre Augen flitzten über die Anfangszeilen.

»Das ist nicht für mich bestimmt, deine privaten Gedanken gehen mich nichts an.«

»Aber ich hab das nicht geschrieben.« Inzwischen war mir klar, dass sie es auch nicht gewesen war. Die Verwirrung auf ihrem Gesicht war echt, sie konnte nicht gespielt sein.

»Tja ... wer dann?«

»Ich weiß es nicht. Schauen Sie sich doch mal das Datum auf der ersten Seite an.«

»Da steht das Datum von morgen.«

»Ja, und es geht um lauter Dinge, die erst morgen passieren.«

Der Regen trommelte so laut auf das Glasdach des Gewächshauses, dass ich Angst hatte, es könnte kaputtgehen.

»Woher weißt du das, wo du morgen doch noch gar nicht erlebt hast?«

Ihre Stimme war weicher geworden, beinahe so, als wollte sie eine Geisteskranke beschwichtigen, die ein Messer in der Hand hielt. Möglicherweise war das auch ihre Absicht, nur hatte ich das Messer nicht in die Hand genommen, sondern jemand hatte es mir gegeben. Ich konnte nichts dafür.

»Vielleicht bist du mitten in der Nacht aufgestanden, hast was aufgeschrieben, warst aber noch so verschlafen, dass du dich nicht mehr daran erinnerst, Tamara. Ich hab im Halbschlaf schon oft sehr merkwürdige Dinge getan. Beispielsweise bin ich im Haus rumgewandert und hab etwas gesucht, ohne zu wissen, was. Oder ich habe irgendwas weggeräumt und hatte am nächsten Morgen total vergessen, wohin. Das war vielleicht ein Kuddelmuddel.« Sie lachte leise in sich hinein.

»Das ist nicht das Gleiche«, entgegnete ich leise. »Ich habe über Dinge geschrieben, die ich nicht wissen konnte. Über den Platzregen, der grade niedergegangen ist, über Rosaleen und die Jacke, über Sie ...«

»Was ist mit mir?«

»Ich habe geschrieben, dass Sie hier sein würden.«

»Aber ich bin immer hier, Tamara, das weiß du doch.«

Schwester Ignatius redete und redete und versuchte verzweifelt, mir das Phänomen vernünftig zu erklären. Zur Bekräftigung erzählte sie mir die Geschichte, wie sie einmal nachts zu Schwester Mary ins Zimmer gestürmt war, um nach ihren Gartenhandschuhen zu fahnden, weil sie geträumt hatte, dass sie Steckrüben anpflanzen wollte. Schwester Mary hatte natürlich einen Höllenschrecken bekommen. Aber ich hörte ihrem Geplapper nur noch mit halbem Ohr zu. Wie sollte ich denn fünf Seiten vollgeschrieben haben, ohne mich im Geringsten daran zu erinnern? Und wie hätte ich den Regen vorhersagen können? Oder dass Rosaleen mit der Regenjacke auftauchen und Schwester Ignatius hier im Gewächshaus mit einem zusätzlichen Imkeranzug auf mich warten würde?

»Manchmal macht unser Kopf seltsame Dinge, Tamara. Wenn wir etwas suchen, geht er plötzlich ganz eigene Wege. Wir können weiter nichts tun, als ihm zu folgen.«

»Aber ich suche doch gar nichts.«

»Ach ja? Oh, es hat aufgehört zu regnen. Wollen wir zum Haus, damit du dich abtrocknen und was Heißes essen und trinken kannst? Ich habe gestern Suppe gekocht, mit Gemüse aus dem eigenen Garten. Die müsste jetzt gerade richtig sein – vorausgesetzt, Schwester Mary hat nicht alles mit dem Strohhalm weggetrunken. Sie hat nämlich gestern aus Versehen ihr Gebiss runtergeschmissen, und Schwester Peter Regina ist draufgetreten. Seither ernährt sie sich durch einen Strohhalm.« Hastig hielt sie sich die Hand vor den Mund. »Oh, entschuldige, dass ich lache.«

Ich wollte schon protestieren, aber da fiel mir ein, dass ich mich im Tagebuch über eine Erkältung beklagt hatte. Vielleicht konnte ich die Zukunft ja verändern. Also folgte ich Schwester Ignatius aus dem Garten und durch den Wald zu ihrem Haus.

Das Haus passte gut zu Schwester Ignatius. Nichts war übertüncht oder geschönt, alles innen ebenso alt wie außen. Durch die Hintertür traten wir in eine kleine Diele, die vollgestopft war mit Gummistiefeln, Regenjacken, Schirmen und Sonnenhüten – Ausrüstung für jede Art von Wetter. Über unregelmäßige, teilweise rissige Steinplatten gelangte man in die Küche, die aus den Siebzigerjahren zu stammen schien. Schlichte Landhausschränke, Linoleumboden, Arbeitsplatten aus Kunststoff, alles gehalten in Farben, die sich bemühten, die Natur ins Haus zu bringen – worauf man in dieser Zeit ja größten Wert legte –, und sicherlich Namen trugen wie »Avocado« oder »Siena gebrannt«. Außerdem gab es einen großen Tisch aus Kiefernholz, flankiert von zwei langen Bänken, auf denen eine große Familie Platz gefunden hätte. Aus einem Nebenraum plärrte das Radio. Ein brauner Teppich mit Spiralmuster lenkte den Blick unwillkürlich auf einen unförmigen, altmodischen Fernseher. Darauf lag ein Häkeldeckchen, das über den Bildschirm herunterbaumelte, und auf dem Deckchen stand eine Marienstatue. An der Wand darüber hing ein schlichtes Holzkreuz.

Das Haus roch alt. Muffige Feuchtigkeit vermischt mit unzähligen Abendessensgerüchen und fettigen Kochdünsten. Irgendwo dazwischen identifizierte ich auch Schwester Ignatius' Geruch, ein sauberer Talkumpuderduft, wie von einem frisch gebadeten Baby. Auch hier hatte man, genau wie bei Rosaleen und Arthur, das Gefühl, dass schon Generationen von Menschen hier gelebt hatten, dass Kinder hier aufgewachsen und durch die Korridore getobt waren, dass gelärmt, Dinge kaputtgemacht und gepflanzt worden waren, dass man sich verliebt und womöglich auch wieder getrennt hatte. Statt dass das Haus seinen Bewohnern gehörte, gehörte dem Haus jetzt ein Stück von ihnen allen. In unserem Haus hatte es nie so ein Gefühl gegeben. Klar, ich hatte unser Haus geliebt, aber jedes bisschen Leben wurde umgehend von den Putzfrauen weggewischt, die Tag für Tag mit scharfem Putzmittel den Duft der Vergangenheit vertrieben. Alle drei Jahre wurde ein Zimmer in neuem Stil renoviert, das alte Mobiliar rausgeschmissen, neues hereingeschleppt und zum neuen Sofa ein neues Gemälde ausgesucht. Kein Mischmasch von Dingen, die sich über viele Jahre angesammelt hatten. Kein in irgendeine Ecke gestopfter sentimentaler Kram, der Geheimnisse ausdünstete. Nein, alles war neu und teuer und ohne jede individuelle Aura. So war es jedenfalls gewesen.

In ihrem Imkeranzug eilte Schwester Ignatius davon wie ein Kleinkind mit einer voluminösen Windel. Ich zog meine Jacke aus und legte sie auf die Heizung. Mein Top war durchsichtig von der Nässe und klebte am Körper, meine Flipflops schmatzten und quietschten bei jedem Schritt, aber ich wagte nicht, sie auszuziehen, weil ich nicht wollte, dass Schmutz von irgendeiner uralten Familie an meinen Fußsohlen kleben blieb. Auf diesen Böden gab es für meinen Geschmack viel zu viel, was von draußen hereingeschleppt worden war.

Schwester Ignatius kam mit einem Handtuch und einem trockenen T-Shirt zurück.

»Tut mir leid, das war alles, was ich auftreiben konnte. Normalerweise brauchen wir keine Sachen für siebzehnjährige Mädchen.«

»Ich bin sechzehn«, korrigierte ich sie, während ich das pinkfarbene Frauen-Marathon-T-Shirt inspizierte.

»Zwischen 1961 und 1971 bin ich jedes Jahr einen Marathon gelaufen«, erklärte Schwester Ignatius, während sie sich zum

Herd wandte, um die Suppe warm zu machen. »Aber jetzt leider nicht mehr.«

»Wow, Sie müssen aber fit gewesen sein.«

»Was meinst du denn damit?« Sie stellte sich in ihrem Imkeranzug in Pose, beugte den Arm und küsste ihren immer noch kräftigen Bizeps. »Ist noch längst nicht alles weg.«

Ich lachte, zog mein Top über den Kopf, legte es ebenfalls auf die Heizung und schlüpfte in das T-Shirt. Es reichte mir halb über die Oberschenkel. Kurz entschlossen zog ich die Shorts aus und verwandelte das T-Shirt mithilfe meines Gürtels in ein Kleid.

»Wie finden Sie das?«, fragte ich und begann, vor Schwester Ignatius über einen imaginären Laufsteg zu stolzieren.

Sie lachte und stieß einen gellenden Pfiff aus. »Also ehrlich, wenn ich noch mal solche Beine hätte!«, meinte sie anerkennend.

Dann stellte sie zwei Teller mit Suppe auf den Tisch, und ich machte mich gierig über meine Portion her.

Draußen schien die Sonne, die Vögel sangen wieder, als hätten wir uns den Schauer vorhin nur eingebildet.

»Wie geht es deiner Mutter?«

»Ganz gut, danke.«

Schweigen. Lüg niemals eine Nonne an.

»Nein, es geht ihr überhaupt nicht gut. Sie sitzt den ganzen Tag in ihrem Zimmer, schaut aus dem Fenster und lächelt.«

»Das klingt, als wäre sie glücklich.«

»Das klingt, als wäre sie irre.«

»Was sagt Rosaleen dazu?«

»Rosaleen meint, wenn man am Tag das Essen für ein ganzes Leben kriegt, kommt jeder wieder auf die Beine.«

Schwester Ignatius' Lippen zuckten, aber sie verbiss sich das Lächeln.

»Ihrer Ansicht nach ist es einfach nur der Trauerprozess.«

»Vielleicht hat Rosaleen recht.«

»Was, wenn Mum sich die Kleider vom Leib reißen, im Schlamm rumrollen und dabei Enya-Songs singen würde? Was wäre dann? Wäre das auch der Trauerprozess?«

Jetzt lächelte Schwester Ignatius doch, und ihre Haut faltete sich zusammen wie Origami. »Hat deine Mum so was schon mal gemacht?«

»Nein. Aber mir kommt es vor, als müssten wir nicht mehr allzu lange darauf warten.«

»Wie denkt Arthur darüber?«

»Denkt Arthur überhaupt irgendetwas?«, erwiderte ich und schlürfte weiter meine Suppe. »Nein, das nehme ich zurück, Arthur denkt eine ganze Menge. Arthur denkt, aber er spricht nicht über seine Gedanken. Ich meine, er ist doch schließlich Mums Bruder! Und entweder liebt er Rosaleen so sehr, dass ihn nichts stört, was sie sagt, oder er hasst sie so, dass er sich nicht mal mehr die Mühe macht, mit ihr zu sprechen. Ich versteh die beiden einfach nicht.«

Etwas unbehaglich wandte Schwester Ignatius den Blick ab.

»Sorry, dass ich so was sage.«

»Ich glaube, du tust Arthur unrecht. Er liebt Rosaleen abgöttisch. Er würde alles für sie tun.«

»Sogar sie heiraten?«

Schwester Ignatius starrte mich finster an, und ich spürte ihren Blick wie eine Ohrfeige.

»Okay, okay. Tut mir leid. Aber sie ist so … ich weiß nicht …« Verzweifelt suchte ich nach den richtigen Worten, dem Ausdruck, der mein Gefühl angemessen beschrieb. *»Besitzergreifend.«*

»Besitzergreifend.« Schwester Ignatius ließ sich das Wort

durch den Kopf gehen. »Das ist ja eine interessante Wortwahl.«

Aus irgendeinem Grund freute mich ihre Bemerkung. »Sie tut so, als gehört ihr alles«, fügte ich hinzu.

»Mhmm.«

»Ich meine, sie kümmert sich wirklich toll um uns und alles. Sie füttert uns dreihundertmal am Tag, präzise nach dem Ernährungsplan für Dinosaurier, aber ich wollte, sie würde sich einfach entspannen, mich ein bisschen in Ruhe und mir Raum zum Atmen lassen.«

»Möchtest du, dass ich mich mal mit ihr unterhalte, Tamara?«

»Nein, dann weiß sie doch, dass ich mit Ihnen über sie geredet habe«, protestierte ich und wurde sofort panisch. »Ich hab ihr noch nicht mal gesagt, dass ich Sie kenne. Sie sind mein schmutziges kleines Geheimnis«, scherzte ich.

»Tja, das ist mir ja noch nie passiert«, lachte sie, und ihre Wangen röteten sich. Als sie sich von ihrer Verlegenheit wieder erholt hatte, versicherte sie mir, sie würde Rosaleen kein Sterbenswörtchen davon sagen, dass ich über sie gesprochen hatte. Eine Weile unterhielten wir uns noch über das Tagebuch, wie und warum das alles passierte, und Schwester Ignatius redete mir gut zu, dass ich mir keine Sorgen machen sollte – bestimmt hatte ich zurzeit einfach zu viel Stress, sodass ich im Halbschlaf irgendetwas aufgeschrieben und es anschließend sofort vergessen hatte. Nach unserem Gespräch fühlte ich mich zwar besser, war aber etwas beunruhigt über meine Schlafgewohnheiten. Wenn ich im Halbschlaf Tagebuch schrieb, was tat ich dann noch alles? Aber Schwester Ignatius hatte die Gabe, das Seltsame ganz normal – oder vielleicht besser gesagt gottgewollt und wundersam – erscheinen zu lassen. Ich brauchte mir keinen Stress zu machen, denn wenn die Zeit reif war, würden sich die Antworten auf meine Fragen von selbst einfinden, die Wolken würden sich verziehen und alles, was mir jetzt so kompliziert erschien, würde sich als einfach herausstellen. Und ich glaubte ihr.

»Meine Güte, schau dir mal das Wetter an.« Sie spähte aus dem Fenster. »Die Sonne ist wieder da. Wir sollten uns auf den Weg machen und nach den Bienen sehen.«

Als wir wieder im Garten waren, half sie mir, den Imkeranzug überzuziehen, in dem ich mich fühlte wie ein Michelinmännchen.

»Haben Sie die Bienen, damit Sie ein bisschen extra freie Zeit kriegen?«, fragte ich, während wir uns mit der Ausrüstung auf einen Bienenkorb zubewegten. »So mache ich es nämlich in der Schule auch immer. Wenn man im Chor mitsingt, kriegt man öfter mal schulfrei, um bei Wettbewerben oder Konzerten in der Kirche mitzumachen, zum Beispiel, wenn ein Lehrer heiratet oder so. Wenn ich Lehrer wäre und heiraten würde, hätte ich allerdings bestimmt keine Lust, mir von irgendwelchen Rotznasen, die mir nur das Leben schwer machen, am schönsten Tag meines Lebens die Ohren volltrállern zu lassen. Da würde ich lieber nach St. Kitts fahren und dort heiraten, oder auf Mauritius. Oder in Amsterdam. Da darf man schon mit sechzehn Alkohol trinken, leider nur Bier, und ich hasse Bier. Aber wenn es legal ist, würde ich nicht Nein sagen. Nicht, dass ich mit sechzehn heiraten wollte. Ist das eigentlich legal? Sie müssten das doch wissen, Sie haben doch persönlich Kontakt zu dem Herrn da oben.« Ich machte eine Kopfbewegung zum Himmel.

»Dann hast du also im Chor gesungen?«, erkundigte sich Schwester Ignatius, ohne weiter auf mein Geplapper einzugehen.

»Ja, aber nur in der Schule. Und auch nie bei Wettbewerben.

Das erste Mal konnte ich nicht, weil wir grade zum Skifahren in Verbier waren, das zweite Mal hatte ich eine Halsentzündung.« Ich zwinkerte. »Der Mann der besten Freundin meiner Mutter ist Arzt und hat mir immer ein Attest geschrieben, wenn ich eines brauchte. Ich glaube, er war scharf auf meine Mum. Aber ich möchte nicht mal tot bei so einer Veranstaltung erwischt werden. Obwohl unsere Schule einen ziemlich guten Chor hat. Wir haben in unserer Altersstufe sogar schon zweimal den irischen Chorwettbewerb gewonnen.«

»Oh, was singt ihr denn so? Ich mochte *Nessun Dorma* immer besonders gern.«

»Von wem ist das denn?«

»*Nessun Dorma?*« Sie starrte mich schockiert an. »Na, das ist eine der großartigsten Tenorarien aus dem letzten Akt von Puccinis Oper *Turandot.*« Sie schloss die Augen, summte die Melodie vor sich hin und wiegte sich im Takt hin und her. »Ach, ich liebe diese Musik. Natürlich kennt man die Arie vor allem von Pavarotti.«

»Ach ja, das ist doch der dicke Typ, der zusammen mit Bono aufgetreten ist, richtig? Aus irgendeinem Grund hab ich ihn immer für einen Promikoch gehalten, bis ich dann am Tag seiner Beerdigung in den Nachrichten mitgekriegt habe, dass er ein berühmter Sänger war. Bestimmt habe ich ihn mit dem Typen verwechselt, der immer diese Pizzas mit den abgefahrenen Belägen macht, Sie wissen schon, die Sendung im Food Channel. Pizza mit Schokolade und solches Zeug. Ich habe Mae angebettelt, sie soll so was auch mal für mich machen, aber dann musste ich beinahe kotzen. Nein, solche Sachen wie Pavarotti hatten wir nicht im Repertoire. Wir haben *Shut Up and Let Me Go* von den Ting Tings gesungen. Klang mit mehreren Stimmen auch ganz gut, richtig klassisch – hätte glatt aus einer Oper sein können.«

»Gibt es tatsächlich einen Sender, in dem es nur ums Kochen geht? So was kriegen wir hier gar nicht rein.«

»Ich weiß, das ist ja auch einer von den Satellitensendern. Bei Rosaleen und Arthur kriegt man ihn auch nicht. Wahrscheinlich würde er Ihnen sowieso nicht gefallen. Aber es gibt auch einen God Channel. Der wäre bestimmt was für Sie, da reden sie den ganzen Tag nur von Gott.«

Schwester Ignatius lächelte mich an, schlang den Arm um meine Schultern, drückte mich an sich, und so wanderten wir durch den Garten.

»Also, machen wir uns an die Arbeit«, sagte die Nonne, als wir schließlich vor den Bienenkörben standen. »Erste Frage, ganz wichtig – wahrscheinlich hab ich sie dir sogar schon gestellt: Bist du allergisch gegen Bienen?«

»Keine Ahnung.«

»Bist du schon mal von einer Biene gestochen worden?«

»Nein.«

»Hm. Okay. Nun ja, trotz aller Schutzmaßnahmen kann es nämlich passieren, dass man gestochen wird. Ach, schau mich nicht so an, Tamara. Na gut, dann geh heim zu Rosaleen. Bestimmt hat sie schon ein paar leckere Rinderhaxen zubereitet, als Snack für zwischendurch, während du aufs Abendessen wartest.«

Ich schwieg.

»An einem Bienenstich stirbt man nicht«, fuhr Schwester Ignatius fort. »Es sei denn, man ist allergisch. Aber das Risiko bin ich bereit einzugehen. Da bin ich ganz mutig.« Ihre Augen funkelten schelmisch. »Erst schwillt der Stich ein bisschen an, dann fängt er irgendwann an zu jucken.«

»Wie ein Mückenstich.«

»Genau. Also, das hier ist ein Rauchapparat. Ich blase Rauch in den Korb, bevor wir ihn inspizieren.«

Aus der Öffnung des Gefäßes begann dünner Qualm aufzusteigen. Ich fühlte mich ohnehin schon etwas seltsam, denn alles, was ich früh am Morgen im Tagebuch gelesen hatte, wurde nun wahr und spielte sich vor meinen Augen ab wie nach einem Drehbuch. Schwester Ignatius hielt das Räuchergefäß unter den Bienenstock.

»Wenn ein Stock bedroht wird, scheiden die Wächterbienen eine flüchtige Pheromonsubstanz namens Isopentylacetat aus, bekannt auch als Alarmduft. Das versetzt vor allem die Bienen mittleren Alters, die das meiste Gift besitzen, in Alarmbereitschaft und motiviert sie dazu, den Stock zu verteidigen und den Eindringling anzugreifen. Doch wenn zuerst Rauch reingeblasen wird, fressen sich die Wächterbienen instinktiv mit Honig voll – ein Überlebensinstinkt für den Fall, dass sie den Stock verlassen und anderswo neu aufbauen müssen. Dieses instinktive Fressen besänftigt die Bienen.«

Ich sah zu, wie der Rauch in den Bienenstock waberte. Dann aber stellte ich mir plötzlich die Panik der Tierchen vor, und mir wurde ganz schwindlig. Unwillkürlich suchte ich Halt an der Mauer.

»Nächste Woche will ich den Honig schleudern. Wenn du mir helfen möchtest, kannst du gerne wieder den Anzug benutzen. Es wäre schön, wenn du mitmachst. Eigentlich bin ich gern allein, aber hin und wieder mag ich auch ein bisschen Gesellschaft.«

Mir schwirrte der Kopf, aber ich konnte einfach nicht aufhören, an den Rauch im Bienenstock zu denken, an die Bienen, die sich hektisch mit Honig vollstopften, ihre nackte Panik. Am liebsten hätte ich Schwester Ignatius angeschnauzt und ihr befohlen, den Mund zu halten, weil ich keinerlei Interesse daran hatte, mit ihr den Honig aus dem Stock zu holen. Aber an ihrem Ton erkannte ich, wie sehr sie sich darüber freute, beim Honigschleudern nicht allein zu sein, und ich erinnerte mich daran, dass ich mir in dem Tagebuch gewünscht hatte, ich könnte meine spontane Ablehnung zurücknehmen. Also biss ich mir auf die Lippen und nickte stumm. Aber ich fühlte mich flau. Dieser ganze Rauch!

»Jedenfalls ist es nett, jemanden bei sich zu haben, der so tut, als würde es ihm gefallen. Ich bin alt, ich nehme die meisten Dinge nicht mehr so wichtig. Aber es ist toll, dass du bereit bist, mir zu helfen. Ich glaube, Mittwoch wäre ein guter Tag zum Honigschleudern. Ich werde rechtzeitig den Wetterbericht hören und mich noch mal vergewissern. Schließlich möchte ich ja nicht, dass wir so nass werden wie heute …« In diesem Stil erzählte sie weiter, und ich hörte ihr gar nicht mehr richtig zu, bis ich auf einmal merkte, dass sie mich anstarrte. Unter dem Schleier des Bienenhuts konnte sie mein Gesicht genauso undeutlich erkennen wie ich ihres.

»Was ist los, Liebes?«

»Nichts.«

»Es ist nie nichts los. Irgendwas ist immer. Macht dir das Tagebuch noch Sorgen?«

»Na ja, ehrlich gesagt schon. Aber … nein, das ist es nicht. Es ist nichts.«

Eine Weile schwiegen wir, dann fragte ich, wie um ihre Behauptung zu bestätigen: »War bei dem großen Feuer jemand im Schloss?«

Schwester Ignatius zögerte, ehe sie antwortete: »Ja, leider.«

»Als ich gesehen habe, wie … wie der Rauch in den Bienenstock zieht, konnte ich mir plötzlich genau die Panik der Leute beim Brand im Schloss vorstellen.« Ich tastete wieder nach der Mauer, um mich festzuhalten.

Besorgt sah Schwester Ignatius mich an.

»Ist jemand gestorben?«, fragte ich weiter.

»Ja. Ja, allerdings. Tamara, als das Feuer im Schloss gewütet hat, sind leider sehr viele von den Menschen, die dort ihr Zuhause hatten, ums Leben gekommen – das kannst du dir gar nicht vorstellen.«

Dass ein solches Bauwerk für diese Menschen ein Zuhause gewesen war, machte die Sache noch geheimnisvoller und rätselhafter. Es bedeutete doch, dass das Schloss diesen Menschen etwas bedeutet hatte, ganz egal, wer sie gewesen waren.

»Wo wohnen diese Leute denn jetzt? Ich meine die, die den Brand überlebt haben?«

»Weißt du, Tamara – Rosaleen und Arthur leben schon viel länger hier als ich, die können dir da besser weiterhelfen. Wenn du mir eine Frage stellst, werde ich dich nicht anlügen. Niemals. Verstehst du? Aber zu diesem Thema solltest du wirklich Arthur und Rosaleen befragen. Machst du das?«

Ich zuckte die Achseln.

»Hast du mich verstanden?« Sie packte mich unsanft am Unterarm, und ich konnte durch meinen Schutzhandschuh spüren, wie stark sie war. »Ich lüge nie.«

»Ja, ja, das hab ich verstanden.«

»Dann wirst du die beiden also fragen, ja?«

Wieder zuckte ich die Achseln. »Meinetwegen.«

»Meinetwegen, meinetwegen, so redet doch bloß ein Faultier. Also, ich hebe das hier jetzt hoch, und dann zeige ich dir die Bewohner des Honigwabenimperiums.«

»Wow! Wie haben Sie die alle da reingekriegt?«

»Ach, das war einfach. Wie wir alle sucht sich jeder Schwarm ein Zuhause, Tamara. Was meinst du, wie man die Bienenkönigin erkennen kann?«

»Sie haben sie farbig markiert.«

»Woher wusstest du das denn?«

»Anscheinend hab ich das im Halbschlaf in mein Tagebuch geschrieben. Und zufällig einen Treffer gelandet, was?«

»Hm.«

Erst spät kam ich zum Torhaus zurück. Ich war den ganzen Tag unterwegs gewesen. Auch Arthur kam gerade in seinem karierten Holzfällerhemd von der Arbeit. Ich blieb stehen und wartete auf ihn.

»Hallo, Arthur.«

Er warf den Kopf zurück.

»Alles klar?«

»Hm.«

»Gut. Arthur, könnte ich dich bitte kurz unter vier Augen sprechen, ehe wir reingehen?«

Er stockte. »Alles in Ordnung?« Ein sorgenvoller Ausdruck, den ich bisher nie bei ihm gesehen hatte, erschien auf seinem Gesicht.

»Ja. Oder eigentlich nein. Es geht um Mum …«

»Ach, da seid ihr ja endlich!«, rief Rosaleen in diesem Moment von der Haustür. »Ihr seid bestimmt schon am Verhungern. Gerade hab ich das Essen aus dem Ofen geholt, heiß und appetitlich!«

Ich sah Arthur an, und er blickte zu Rosaleen. Ein unbehaglicher Moment, aber Rosaleen weigerte sich, das Feld zu räumen. Schließlich gab Arthur nach, ging den Gartenweg hinauf und ins Haus. Rosaleen trat zur Seite und machte ihm Platz, drehte sich aber noch einmal zu mir um und musterte mich, ehe sie sich abwandte und im Haus verschwand, um nach dem Essen zu schauen. Als wir alle am Tisch saßen, stellte Rosaleen Mums Essen auf ein Tablett, um es ihr nach oben zu bringen. Ich holte tief Luft.

»Sollen wir nicht lieber versuchen, Mum zu überreden, dass sie mit uns hier unten isst?«

Schweigen. Arthur sah Rosaleen an.

»Nein, Kind. Sie braucht Ruhe.«

Ich bin kein Kind. Ich bin kein Kind. Ich bin kein Kind.

»Sie hatte heute tagsüber doch jede Menge Ruhe. Es wäre bestimmt gut für sie, ein bisschen unter Menschen zu kommen.«

»Nein, nein, ich bin sicher, dass sie lieber für sich ist.«

»Wie kommst du denn auf die Idee?«

Aber Rosaleen ignorierte mich und meine Frage und verschwand wortlos mit dem Tablett nach oben. Wenigstens waren Arthur und ich jetzt einen Moment allein. Aber als hätte sie meine Gedanken gelesen, machte Rosaleen plötzlich kehrt, kam noch einmal zurück in die Küche und sah Arthur an.

»Arthur, wärst du so nett, eine Flasche Wasser aus der Garage zu holen? Tamara mag doch kein Leitungswasser.«

»Aber nein, das macht mir gar nichts. Ich trinke sogar sehr gerne Leitungswasser«, warf ich schnell ein, ehe Arthur Zeit hatte aufzustehen.

»Nein, das ist keine Mühe. Jetzt geh schon, Arthur.«

Er machte Anstalten aufzustehen.

»Ich möchte aber kein Wasser«, sagte ich mit fester Stimme.

»Wenn sie es nicht möchte, Rosaleen …«, sagte Arthur so leise, dass ich ihn kaum hörte.

Sie sah von ihm zu mir, drehte sich um und hastete die Treppe hinauf. Ich hatte das sichere Gefühl, dass sie so schnell wieder da sein würde wie noch nie.

Nach einem kurzen Augenblick des Schweigens ergriff ich meine Chance.

»Arthur, wir müssen etwas tun wegen Mum. Ihr Zustand ist nicht mehr normal.«

»Nichts von dem, was sie durchgemacht hat, ist normal. Ich bin sicher, dass sie lieber alleine essen möchte.«

»Was soll das denn?«, rief ich und warf verzweifelt die Hände in die Luft. »Was ist denn mit euch los? Warum legt ihr solchen Wert darauf, sie zu isolieren und einzusperren?«

»Niemand will sie einsperren.«

»Warum gehst du nicht hoch und redest mal mit ihr?«

»Ich?«

»Ja, du. Schließlich bist du ihr Bruder, du kannst doch wenigstens versuchen, sie zu uns zurückzuholen.«

Er hielt sich abrupt die Hand vor den Mund und schaute in die andere Richtung.

»Arthur, du musst mit ihr sprechen. Sie braucht ihre Familie.«

»Tamara, sei still«, zischte er, was mich ziemlich schockierte.

Einen Moment wirkte er gekränkt. Dann sah ich eine tiefe Traurigkeit in seinen Augen aufflackern. Doch auf einmal fasste er sich doch ein Herz, schaute kurz zur Küchentür, wandte sich dann wieder mir zu und flüsterte: »Tamara, hör zu …«

»Na, da wären wir! Es geht ihr großartig.« Atemlos kam Rosaleen wieder in die Küche getrippelt. Arthur ließ sie nicht aus den Augen, bis sie auf ihrem Stuhl saß.

»Was?«, fragte ich Arthur. Vor Spannung war ich auf die Stuhlkante vorgerutscht. Was wollte er mir sagen?

Wie ein Radar, das ein Signal aufgenommen hat, drehte sich Rosaleens Kopf in meine Richtung.

»Worüber redet ihr denn?«

Ausnahmsweise fand ich Arthurs Schleimschnauben angebracht, denn es reichte als Antwort auf Rosaleens Frage vollkommen aus.

»Greift zu«, trällerte sie weiter und hantierte munter mit Vorlegelöffeln und Gemüseschüsseln.

Es dauerte eine Weile, bis Arthur zu essen begann. Und er aß nicht viel.

In der Nacht saß ich lange da, starrte in das Tagebuch, das aufgeschlagen auf meinem Schoß lag, und wartete darauf, dass Wörter erschienen. Leider hielt ich nicht bis Mitternacht durch, doch als ich um eins wieder erwachte, lag das Tagebuch immer noch genauso auf meinem Schoß, und sämtliche Zeilen waren in meiner Handschrift beschrieben. Die Vorhersage von gestern war verschwunden, dafür gab es jetzt einen neuen Eintrag, einen Eintrag für morgen.

Sonntag, 5. Juli
Ich hätte Weseley nichts von Dad erzählen sollen.

Ich las den ersten Satz noch ein paarmal. Wer in aller Welt war Weseley?

12

Das Menetekel

Vermutlich war es unvermeidlich, dass ich in der Nacht diesen Traum hatte.

Nachdem ich den neuen Eintrag zur Kenntnis genommen hatte, konnte ich ironischerweise nicht mehr einschlafen. Hellwach lag ich im Bett, und meine Gedanken kreisten unaufhörlich um den Tagebucheintrag, den ich am Nachmittag im Schloss gelesen hatte. Zum Glück hatte ich die Zeilen so oft gelesen, dass ich sie fast auswendig konnte, bevor der Text wieder verschwunden war. Und heute war alles wahr geworden. Ob sich die Prophezeiungen für den morgigen Tag wohl ebenso erfüllen würden? Oder war alles doch nur ein schlechter Scherz? Vielleicht hatte ja auch Schwester Ignatius recht, und es handelte sich um belanglose schlafwandlerische Kritzeleien, die zufällig mit der Wirklichkeit übereinstimmten.

Anscheinend machten Menschen im Schlaf ja wirklich die seltsamsten Dinge. Ich hatte schon von Schlafepilepsie, sonderbaren sexuellen Praktiken, somnambulem Putzen und sogar von Morden gehört, die angeblich im Schlaf begangen worden waren. In zwei ziemlich bekannten Fällen waren die Täter in die Psychiatrie eingeliefert worden, wo sie die Nächte von nun an allein und hinter verschlossenen Türen verbringen mussten. Ob ich das in einer der Dokumentationen gesehen hatte, die Mae sich so gern im Fernsehen anschaute, oder ob es eine Folge von Perry Mason gewesen war – *Perry Mason und die Nichte des Schlafwandlers* –, wusste ich allerdings nicht mehr genau. Aber egal – wenn das alles möglich war, dann war sicher nicht auszuschließen, dass ich im Schlaf Tagebuch geschrieben und beim Schreiben die Zukunft vorausgeahnt hatte.

Aber ehrlich gesagt, konnte ich eher daran glauben, dass man im Schlaf fähig war zu morden.

Da ich wusste, was ich träumen würde – zumindest wenn es stimmte, was die Tamara von morgen aufgeschrieben hatte –, versuchte ich, mir Methoden auszudenken, wie ich den Traum verändern und vielleicht verhindern konnte, dass Dad sich in meinen Englischlehrer verwandelte. Ich wollte lieber, dass er bei mir blieb und wir die Chance hatten, uns ein bisschen zu unterhalten. Ich versuchte, mir irgendeinen Code auszudenken, etwas, das nur Dad verstand – vielleicht war es möglich, ihn damit aus dem Totenreich herbeizurufen und mit ihm Verbindung aufzunehmen. Aber ich steigerte mich so in das Problem hinein, dass ich am Ende doch einschlief und genau das träumte, was die Tamara von morgen prophezeit hatte: Aus meinem Dad wurde mein Englischlehrer, meine Schule zog nach Amerika um, ich konnte die Sprache nicht, dann wohnten wir auf einem Boot. Der einzige Unterschied war, dass ich mehrmals von anderen Schülern – die teilweise zum Ensemble von *High School Musical* gehörten – gebeten wurde zu singen, aber wenn ich den Mund aufmachte, kam wegen der Halsentzündung kein Ton heraus. Allerdings glaubte mir das niemand, weil ich deswegen ja schon einmal gelogen hatte.

Und es gab noch einen anderen Unterschied zu dem Tagebucheintrag, den ich wesentlich beunruhigender fand: Das Boot, auf dem ich wohnte und das aussah wie eine hölzerne Arche Noah, war gerammelt voll mit Menschen, dicht gedrängt wie Bienen in einem Bienenstock. Rauch zog durch die Gänge, aber außer mir bemerkte es niemand. An langen Banketttischen, die aussahen wie aus einem *Harry-Potter*-Film, aßen alle seelenruhig weiter, stopften sich voll, und keiner nahm zur Kenntnis, wie der Rauch sich immer weiter ausbreitete. Aber als ich versuchte, die anderen zu warnen, konnte keiner mich hören, denn ich war ja so heiser, dass ich keinen Ton herausbrachte. Es war wie in dem Spruch von dem Jungen, der so oft unnütz Alarm geschlagen hatte, dass keiner mehr auf sein Gezeter achtete.

Man könnte nun sagen, dass das Tagebuch recht gehabt hatte, oder – wenn man es zynischer formulieren will – dass ich den Traum nur deshalb gehabt hatte, weil ich mich so zwanghaft mit seinen in dem Tagebuch dokumentierten Details beschäftigte. Aber genau wie vorhergesagt, erwachte ich davon, dass Rosaleen einen Topf auf den Boden fallen ließ und einen lauten Schreckensschrei ausstieß.

Ich warf die Decke weg, sprang aus dem Bett und kniete mich auf den Boden. Letzte Nacht war ich dem Rat meiner prophetischen Stimme gefolgt und hatte das Tagebuch unter dem lockeren Dielenbrett versteckt. Wenn die Tamara von morgen das so wichtig fand, wollte ich lieber auf Nummer sicher gehen. In den letzten Nächten hatte ich meine Schlafzimmertür mit dem Holzstuhl blockiert. Natürlich konnte ich so nicht wirklich verhindern, dass Rosaleen hereinkam, aber ich hätte es wenigstens merken müssen. Seit der ersten Nacht hatte sie mich, soweit ich wusste, nicht mehr beim Schlafen beobachtet.

Ich saß auf dem Fußboden neben meiner Tür und las gerade noch einmal den Eintrag von gestern Abend, als ich Schritte auf der Treppe hörte. Schnell spähte ich durchs Schlüsselloch und sah, dass Rosaleen meine Mum die Treppe hinaufführte. Fast wäre ich aufgesprungen und hätte einen Freudentanz vollführt. Nachdem sich die Zimmertür meiner Mutter geschlossen hatte, klopfte Rosaleen bei mir an.

»Guten Morgen, Tamara. Alles in Ordnung?«, rief sie von draußen.

»Äh, ja, danke, Rosaleen. Was war das denn unten grade für ein Lärm?«

»Ach nichts. Mir ist nur ein Topf runtergefallen.«

Jetzt begann sich der Türknauf zu drehen.

»Nicht reinkommen! Ich hab nichts an!« So schnell ich konnte, drückte ich die Tür wieder zu.

»Oh, okay ...« Die Erwähnung von Körpern, vor allem von nackten Körpern, war ihr offensichtlich peinlich. »Ich wollte nur Bescheid sagen, dass das Frühstück in zehn Minuten fertig ist.«

»Schön«, sagte ich und fragte mich, warum sie mich angelogen hatte. Mums Ausflug nach unten war doch ein gigantischer Fortschritt! Natürlich nicht für eine normale Familie, aber für uns war es zurzeit ein Grund zum Feiern.

In diesem Moment begriff ich, wie wichtig das Tagebuch war. Jeder Satz war eine Brotkrumenspur, die ich von meinem alten Zuhause hierher auslegte. Jedes Wort war ein Hinweis, der etwas von dem enthüllte, was sich hier vor meiner Nase abspielte. Als ich geschrieben hatte, dass ich von dem runtergefallenen Topf und dem Schrei aufgewacht war, hätte mir sofort klar sein müssen, dass Rosaleen so etwas normalerweise nie passieren würde und dass es einen Grund dafür geben musste. Warum hatte sie mir nicht gesagt, dass Mum unten gewesen war? Um mich zu schützen? Um sich zu schützen?

Ich machte es mir wieder auf dem Boden bequem, lehnte mich mit dem Rücken an die Tür und las den Eintrag, den ich gestern Abend entdeckt hatte.

Sonntag, 5. Juli
Ich hätte Weseley nichts von Dad erzählen sollen. Wie er mich angesehen hat, so voller Mitleid! Wenn er mich nicht mag, dann mag er mich eben nicht. Dass mein Vater Selbstmord begangen hat, macht mich nicht netter – obwohl es für ihn anscheinend so war –, aber woher sollte er das wissen? Wahrscheinlich ist es ziemlich scheinheilig, wenn ausgerechnet ich das sage, aber ich möchte nicht, dass die Leute ihre Meinung über mich ändern, weil mein Dad sich umgebracht hat. Eigentlich habe ich gedacht, das Gegenteil würde der Fall sein – dass ich mich im Mitgefühl suhlen würde bis zum Gehtnichtmehr. Dass ich es genießen würde, wenn sich die ganze Aufmerksamkeit auf mich richtet, weil ich mir dann alles erlauben könnte.
Ich hab gedacht, das würde mir gefallen. Weil ich Dad ja gefunden hatte, wurde ich auf der Polizei, wo ich heulend meine Aussage machte, mit Fragen, Tee und freundlichem Rückentätscheln geradezu überhäuft, und als wir dann bei Barbara unterschlüpften, las Lulu uns jeden Wunsch von den Augen ab – was bei mir größtenteils auf stündlich eine heiße Schokolade mit einer Extraportion Marshmallows hinauslief. Aber mal abgesehen von diesem ersten Monat nach Dads Tod hat man sich eigentlich nicht besonders um mich gekümmert. Es sei denn, das, was Rosaleen und Arthur hier veranstalten,

ist eine Art ganz spezieller Fürsorge, und nächsten Monat werde ich Aschenputtel.
Anfangs konnte ich die Neue in unserer Klasse, Susie, echt nicht ausstehen, aber dann hab ich herausgefunden, dass ihr Bruder bei Leicester im Rugbyteam spielte, und plötzlich saß ich in Mathe neben ihr und verbrachte einen Monat lang jedes Wochenende bei ihr zu Hause, bis man ihren Bruder aus der Mannschaft geschmissen hat, weil er verhaftet worden war. Anscheinend hatte er einen Red Bull Wodka zu viel gekippt, war auf ein Auto gesprungen und hatte es komplett demoliert. Die Klatschpresse fiel über ihn her, und er verlor seinen Vertrag mit einer Kontaktlinsenfirma. Keiner wollte mehr etwas mit ihm zu tun haben.
Und dann war ich weg.

Ich kann nicht glauben, dass ich das wirklich aufgeschrieben habe. Schäm.

Jedenfalls hat Weseley sich total verändert, als ich ihm erzählt habe, dass Dad sich umgebracht hat. Ich hätte mir irgendwas anderes einfallen lassen sollen. Dass er im Krieg umgekommen ist oder so, keine Ahnung, nur irgendwas anderes, irgendeinen normaleren Tod. Wäre es zu seltsam, wenn ich ihm jetzt sagen würde: »Übrigens, wegen der Selbstmordgeschichte? Das war ein Scherz. In Wirklichkeit ist mein Dad an einem Herzinfarkt gestorben. Hahaha.«
Nein. Keine gute Idee.

Wer, zum Teufel, war dieser Weseley nur? Ich schaute auf das Datum des Eintrags. Na klar, morgen. Also würde ich irgendwann zwischen jetzt und morgen Abend einen Weseley kennenlernen. Aber wie? Würde er über die Mauer von Fort Rosaleen klettern, um mir Hallo zu sagen?

Nachdem ich letzte Nacht total seltsam geträumt habe, war ich beim Aufwachen noch viel müder als am Abend vorher. Ich hatte kaum geschlafen und wollte den Vormittag im Bett bleiben, oder besser noch den ganzen Tag. Aber es kam anders. Die sprechende Uhr klopfte an meine Tür, und dann stürzte sie auch schon herein.
»Tamara, es ist halb zehn. Wir gehen jetzt zur Zehn-Uhr-Messe und dann noch kurz auf den Markt.«
Ich brauchte eine Weile, um zu kapieren, was sie mir damit sagen wollte, aber schließlich hab ich wohl etwas davon gemurmelt, dass ich eigentlich nicht so der Kirchgänger bin, und darauf gewartet, dass sich ein Eimer Weihwasser über mich ergießt. Nichts dergleichen geschah. Rosaleen warf mir nur einen kurzen Blick zu, um sich zu vergewissern, dass ich über Nacht nicht die Wände mit Kot beschmiert hatte, und meinte dann, es wäre gut, wenn ich zu Hause bleiben und Mum im Auge behalten könnte.
Halleluja.
Kurze Zeit später hörte ich das Auto wegfahren und stellte mir Rosaleen in einem Twinset mit Brosche und einem Blumenhut vor, obwohl sie vorhin gar keinen Hut aufgehabt hatte. Dann hab ich mir ausgemalt, wie Arthur mit Zylinder in einem Cadillac Cabrio sitzt, und die ganze Welt wird sepiafarben, während sie zur Sonntagsmesse brausen. Ich war so froh, dass sie mir erlaubt hatten, zu Hause zu bleiben, und kam erst mal gar nicht auf die Idee, dass Rosaleen vielleicht nicht mit mir in

der Kirche oder auf dem Markt gesehen werden wollte. Das fiel mir erst später ein, und da war ich ziemlich gekränkt. Aber dann bin ich wieder eingeschlafen und erst einige Zeit später wieder aufgewacht, weil jemand vor dem Haus hupte. Keine Ahnung, wie lange ich geschlafen hatte. Zuerst hab ich den Lärm ignoriert und versucht, wieder einzuschlafen, aber das Hupen wurde immer lauter und penetranter. Schließlich kroch ich aus dem Bett, ging zum Fenster und wollte gerade anfangen zu fluchen, als ich Schwester Ignatius mit drei weiteren Nonnen in einem gelben Fiat Cinquecento entdeckte und furchtbar lachen musste. Sie saß hinten, das Fenster war heruntergekurbelt, und sie beugte sich weit hinaus, als wollte sie der Sonne entgegenwachsen.
»Romeo!«, rief ich und stieß das Fenster weit auf.
»Du siehst aus, als hätte man dich rückwärts durch eine Hecke geschleift«, entgegnete sie, und dann versuchte sie, mich zu überreden, mit ihr zur Messe zu kommen. Aber ihre Mühe war vergeblich, und schließlich zerrte eine der anderen Schwestern sie ins Auto zurück. Sie quetschte sich neben die anderen, und das Auto setzte sich in Bewegung. Ich hab nur noch eine winkende Hand gesehen und eine Stimme gehört, die rief: »Danke für das Buuuuuch!«, und schon sind sie um die Ecke gesaust, ohne abzubremsen.
Ich hab noch ein paar Stunden gedöst und den Raum und die Freiheit genossen, faul sein zu können, ohne dass klappernde Töpfe in der Küche mich wecken oder der Staubsauger gegen meine Tür knallt, weil Rosaleen unbedingt den Teppich auf dem Treppenabsatz saugen muss. In meinen wachen Momenten ging mir durch den Kopf, dass Rosaleen gestern Abend gesagt hatte, Mum

wäre eine Lügnerin. Haben sie sich vielleicht gestritten? Oder haben Arthur und Mum sich gestritten? Als wir angekommen sind, hat sie sich doch so gefreut, ihn zu sehen. Hat sich seither etwas verändert? Und wenn ja, was? Ich muss unbedingt unter vier Augen mit Arthur sprechen.

Schließlich bin ich aufgestanden und hab nach Mum gesehen, die noch schlief, obwohl es schon elf Uhr war. Für sie ist das ziemlich ungewöhnlich, und ich hab ihr vorsichtig die Hand unter die Nase gehalten, um festzustellen, ob sie noch atmet. Neben dem Bett stand das übliche, von Rosaleen zusammengestellte Frühstückstablett, und offensichtlich hatte Mum an den Sachen auch ein bisschen herumgepickt. Ich hab ein bisschen Obst aus der Küche geknabbert, bin durchs Haus geschlendert, hab mir das eine oder andere angeschaut und die Fotos studiert, die im Wohnzimmer an der Wand hängen. Arthur mit einem riesigen Fisch, Rosaleen in Pastell, wie sie an einem windigen Tag lachend ihren Hut festhält. Dann Rosaleen und Arthur Seite an Seite, aber ohne sich zu berühren, als wären sie Kinder, die man gezwungen hat, nebeneinander zu stehen und für ein Kommunionsfoto zu posieren, die Hände an der Hosennaht oder vor dem Bauch gefaltet, als könnten sie kein Wässerchen trüben.

Schließlich hab ich mich ins Wohnzimmer gesetzt und in dem Buch gelesen, das Fiona mir gegeben hat. Punkt ein Uhr, als das Auto mit Arthur und Rosaleen vor dem Haus hielt, wurde mir plötzlich ganz schwer ums Herz. Jetzt würde es keinen Freiraum mehr geben, die üblichen Spielchen und Geheimniskrämereien würden weitergehen.

Was in aller Welt hab ich denn erwartet?
Ich hätte Nachforschungen anstellen sollen. Ich hätte in den Schuppen einbrechen und nachsehen sollen, wie viel Platz es dort wirklich gibt. Ich glaube nämlich, dass Rosaleen mich anlügt. Ich hätte einen Arzt anrufen sollen, damit er sich Mum anschaut. Ich hätte das Haus gegenüber auskundschaften oder zumindest einen Blick in den Garten riskieren sollen. Alles Mögliche hätte ich machen können, aber stattdessen hab ich nur rumgehangen und Trübsal geblasen. Und es wird eine ganze Woche dauern, bis ich das nächste Mal so eine Gelegenheit kriege.
Was für ein verschwendeter Tag.
Anmerkung für mich selbst: Benimm dich in Zukunft nicht so idiotisch und nutze deine Chancen!
Ich schreib dir morgen wieder.

Nachdenklich legte ich das Tagebuch wieder zurück unter die lose Bodendiele. Dann holte ich ein frisches Handtuch aus dem Schrank und mein gutes Shampoo, das inzwischen fast leer und nicht ersetzbar war – weil ich es hier nicht kaufen konnte und weil es zum ersten Mal in meinem Leben sowieso zu teuer für mich war. Gerade wollte ich unter die Dusche, als mir einfiel, dass im Tagebuch für heute Vormittag ein Besuch von Schwester Ignatius angekündigt war. Eine ideale Gelegenheit zu testen, ob die Vorhersage stimmte. Ich ließ das Wasser laufen und wartete auf dem Treppenabsatz.

Kurz darauf klingelte es, und schon diese einfache Tatsache jagte mir gehörig Angst ein.

Rosaleen öffnete die Tür, und ehe sie etwas sagen konnte, erkannte ich an der Atmosphäre, dass es Schwester Ignatius war.

»Guten Morgen, Schwester.«

Ich lugte um die Ecke, sah aber nur Rosaleens Rückseite. Das heutige Teekleid war von Fyffes gesponsert und mit Bananenbüscheln dekoriert. Der Rest von Rosaleen quetschte sich so in den Türspalt, als wollte sie um jeden Preis verhindern, dass Schwester Ignatius ins Haus sehen konnte. Hätte es nicht in diesem Augenblick angefangen zu regnen, hätte Rosaleen die Nonne bestimmt nicht hereingelassen. Aber dann standen die beiden Frauen in der Diele, und Schwester Ignatius schaute sich um. Unsere Blicke trafen sich, ich lächelte ihr verstohlen zu und verschwand rasch wieder im Schatten.

»Kommen Sie doch rein, wir gehen in die Küche«, sagte Rosaleen mit einer Dringlichkeit, als drohte die Dielendecke über ihnen einzustürzen.

»Nein, nein, nur keine Umstände, ich bleibe nicht lang«, winkte Schwester Ignatius ab und blieb, wo sie war. »Ich wollte nur kurz vorbeikommen und schauen, wie es Ihnen geht. In den letzten Wochen hab ich Sie gar nicht gesehen und auch nichts von Ihnen gehört.«

»O ja, hm, tut mir leid. Arthur war schrecklich beschäftigt mit der Arbeit am See, und ich musste … ich musste hier für Ordnung sorgen. Aber wollen Sie nicht doch mit in die Küche kommen?« Sie sprach mit gedämpfter Stimme, als würde ein Baby im Nebenzimmer schlafen.

Raus damit, Rosaleen, du versteckst hier eine Mutter und ihr Kind.

In Mums Zimmer wurde deutlich hörbar ein Stuhl über den Boden geschleift.

Schwester Ignatius blickte auf. »Was war denn das?«

»Ach, nichts. Jetzt beginnt doch bald die Honigsaison, nicht wahr? Kommen Sie in die Küche, kommen Sie, kommen Sie.«

Sie versuchte, Schwester Ignatius am Arm aus der Diele zu ziehen.

»Wenn das Wetter hält, will ich nächsten Mittwoch den Honig schleudern.«

»So Gott will, wird es sicher halten.«

»Wie viele Gläser soll ich Ihnen denn diesmal bringen?«

In Mums Zimmer fiel etwas krachend auf den Boden.

Schwester Ignatius blieb stehen, aber Rosaleen zog sie unerbittlich weiter und laberte dabei ohne Punkt und Komma, lauter leeres Geschwätz. Plapper, plapper, plapper. Soundso ist gestorben. Soundso ist krank geworden. Mavis ist in Dublin von einem Auto angefahren worden, als sie ihrem Neffen John zum dreißigsten Geburtstag ein Hemd kaufen wollte, und war tot. Sie hatte das Hemd schon gekauft und alles. Sehr traurig, denn ihr Bruder ist voriges Jahr an Darmkrebs gestorben, und jetzt ist keiner mehr übrig von der Familie. Ihr Vater ist ganz allein und musste ins Pflegeheim ziehen. Die letzten Wochen war er krank. Er sieht auch nicht mehr so gut wie früher, dabei war er immer ein exzellenter Dartspieler. Und Johns dreißigster Geburtstag war schrecklich traurig, denn alle waren fix und fertig wegen Mavis. Plapper, plapper, plapper, alles Blödsinn. Kein Wort über Mum und mich. Wieder mal der Elefant im Zimmer.

Als Schwester Ignatius wieder weg war, lehnte Rosaleen einen Moment die Stirn an die Tür und seufzte. Dann richtete sie sich wieder auf, drehte sich um und spähte argwöhnisch zum Treppenabsatz hinauf. Ich zog mich schnell zurück, und als ich mich wegduckte, sah ich, dass die Tür zu Rosaleens Schlafzimmer offen stand. Ein Schatten huschte vorüber.

Beim Frühstück hielt ich es nicht aus, bei Rosaleen und Arthur am Tisch zu sitzen. Jeder Ort auf der ganzen Welt wäre mir lieber gewesen als diese Küche mit dem Brutzelgeruch aus der Pfanne, von dem mir nur noch schlecht wurde. Aber jetzt wusste ich genau, was ich als Nächstes tun würde. Ich ging in Mums Zimmer.

»Mum, komm mit mir nach draußen, bitte.« Ich nahm ihre Hand und wollte sie ganz sanft aus ihrem Schaukelstuhl ziehen.

Aber sie blieb sitzen wie ein nasser Sack.

»Bitte, Mum. Komm mit mir an die frische Luft. Wir können einen Spaziergang machen, im Wald, bei den Seen, wir können die Schwäne beobachten. Ich wette, du bist noch nie richtig in der Gegend rumgelaufen. Komm! Es gibt auch ein wunderschönes Schloss hier und jede Menge hübsche Spazierwege. Sogar einen Garten mit einer Mauer drum herum.«

Auf einmal sah sie mir direkt ins Gesicht, ihre Pupillen wurden ganz groß, und sie musterte mich. »Der geheime Garten«, sagte sie leise und lächelte.

»Ja, Mum. Warst du schon mal dort?«

»Rosen.«

»Ja, da gibt es viele Rosen.«

»Mmmm. Hübsch«, sagte sie leise und fügte hinzu: »Hübscher als Rose.« Ich wunderte mich, warum sie so nuschelte oder auf einmal nicht mehr wusste, wie man einen Satz konstruiert. Vielleicht hatte ich sie nur nicht richtig gehört, weil sie den Kopf abgewandt hatte und aus dem Fenster schaute. Doch dann wandte sie sich wieder mir zu, fuhr mit dem Zeigefinger die Umrisse meines Gesichts nach und wiederholte genauso falsch: »Hübscher als Rose.«

»Danke, Mum«, antwortete ich lächelnd.

Voller Freude über unseren kleinen Dialog rannte ich hinunter in die Küche. »Mum war hier unten, stimmt's?«, rief ich. Rosaleen zuckte erschrocken zusammen und legte den Finger auf die Lippen.

Arthur war am Telefon, einem altmodischen, an der Wand befestigten Apparat.

»Rosaleen«, flüsterte ich. »Mum hat mit mir geredet.«

Rosaleen, die mal wieder einen Teig ausrollte, hielt inne und drehte sich zu mir um. »Was hat sie denn gesagt?«

»Sie hat gesagt, dass der Garten hinter der Mauer ein geheimer Garten ist und dass ich hübsch bin wie eine Rose«, strahlte ich. »Oder eigentlich noch hübscher.«

Rosaleens Gesicht verhärtete sich, aber sie sagte: »Das ist ja nett, Liebes.«

»Das ist nett? Wieso ist das scheißnett?«, explodierte ich.

Jetzt machten beide Zeichen, dass ich leise sein sollte.

»Ja, das ist Tamara«, sagte Arthur ins Telefon.

»Mit wem redet er denn?«, wollte ich wissen.

»Mit Barbara«, antwortete Rosaleen. Sie legte sich so ins Zeug mit dem Teigausrollen, dass ihr schon der Schweiß auf der Stirn stand und ihre strenge Frisur beeinträchtigte.

»Kann ich auch mal mit ihr sprechen?«, fragte ich.

Arthur nickte. »In Ordnung. In Ordnung. Wir werden uns irgendwie einigen. Ja. Gut. Allerdings. In Ordnung. Tschüss.«

Dann legte er auf.

»Ich hab doch gesagt, ich möchte mit ihr sprechen.«

»Oh, na ja, sie musste weg.«

»Wahrscheinlich schläft sie mit dem Pooljungen. Immer viel zu tun, na klar«, fauchte ich gehässig. Keine Ahnung, wo das herkam. »Was wollte sie denn?«

Arthur sah zu Rosaleen. »Tja, leider müssen sie das Haus verkaufen, in dem eure Sachen untergestellt sind, und deshalb können die da nicht mehr bleiben.«

»Na ja, hier ist auch kein Platz dafür«, sagte Rosaleen sofort, wandte sich wieder zur Arbeitsplatte und streute Mehl darauf.

»Wie wäre es mit der Garage?«, fragte ich. Endlich ergab der Tagebucheintrag einen Sinn.

»Da passt nichts mehr rein.«

»Aber wir finden schon eine Möglichkeit«, beruhigte Arthur mich freundlich.

»Wie denn? Es gibt keine.« Rosaleen nahm den nächsten Teigklumpen, klatschte ihn auf die Platte und begann, ihn zu kneten, drückte ihn, stieß ihn und zwang ihn in die von ihr gewünschte Form.

»In der Garage gibt es schon noch Platz«, meinte Arthur.

Rosaleen zögerte kurz, drehte sich aber nicht um. »Nein, keinesfalls«, beharrte sie.

Ich blickte von einem zum andern, denn diese ausnahmsweise öffentlich ausgetragene Meinungsverschiedenheit fand ich äußerst interessant.

»Warum, was ist denn in der Garage?«, fragte ich.

Rosaleen hatte nur Augen für den Teig.

»Dann müssen wir eben Platz schaffen, Rosaleen«, sagte Arthur mit fester Stimme, und gerade als sie ihn unterbrechen wollte, wurde er sogar noch etwas lauter: »Es ist die einzige Möglichkeit.«

Das klang endgültig und duldete keinen Widerspruch.

Auf einmal hatte ich das unangenehme Gefühl, dass auch das Gespräch darüber, ob Mum und ich hier einziehen konnten, wahrscheinlich nicht viel anders verlaufen war.

Keiner von den beiden protestierte, als ich mit der Kaschmirdecke und einem Teller Obst in den Garten verschwand und mich unter den großen Baum setzte. Das Gras war noch ein bisschen feucht, aber ich wollte nirgendwo anders hin. Die Luft war frisch, und die Sonne kämpfte sich durch die Wolken. Von meinem Platz auf der Wiese konnte ich Mum am

Fenster sitzen sehen. Ich versuchte, sie mit purer Willenskraft dazu zu bringen, in den Garten zu kommen – ebenso meiner wie ihrer geistigen Gesundheit zuliebe. Aber sie kam nicht – was mich leider auch nicht überraschte.

Rosaleen werkelte in der Küche herum, Arthur saß am Tisch, hatte das Radio voll aufgedreht und blätterte in der Zeitung. Dann sah ich, wie Rosaleen die Küche mit einem Tablett verließ, und eine Minute später erschien sie oben in Mums Zimmer. Auch dort das übliche Gewerkel. Fenster, Tisch, Laken, Besteck.

Nachdem Rosaleen schließlich das Tablett abgesetzt hatte, richtete sie sich auf und sah Mum an. Ich stutzte. Das war ungewöhnlich. Was machte sie da? Ihr Mund bewegte sich. Redete sie etwa mit Mum?

Mum blickte zu ihr empor, sagte ebenfalls etwas und sah dann weg.

Automatisch stand ich auf, um die beiden besser sehen zu können.

Dann rannte ich kurz entschlossen ins Haus – wobei ich um ein Haar Arthur umgelaufen hätte – und eilte die Treppe hinauf. Ohne anzuklopfen stürmte ich in Mums Zimmer – und hörte einen Aufschrei und ein Krachen, denn die Tür war gegen Rosaleen und ihr Tablett geknallt und die ganze ungegessene Mahlzeit auf dem Boden gelandet.

»Ach du meine Güte!« Panisch kauerte Rosaleen über dem Chaos und begann, alles hektisch zusammenzuraffen. Vor lauter Eifer rutschte ihr das Kleid bis zum Oberschenkel hoch, wobei mir auffiel, dass sie erstaunlich jugendliche Beine hatte. Sogar Mum drehte sich in ihrem Stuhl um, sah mich an, lächelte, wandte sich dann aber rasch wieder zum Fenster. Ich versuchte, Rosaleen zu helfen, aber sie scheuchte mich weg, und jedes Mal, wenn ich etwas aufheben wollte, riss sie es mir sofort aus der Hand. Schließlich folgte ich ihr wie ein Hündchen die Treppe hinunter.

»Was hat sie gesagt?«, fragte ich mit gedämpfter Stimme, weil ich nicht wollte, dass Mum uns hörte.

Doch Rosaleen hatte den Schock anscheinend noch nicht verkraftet, denn sie zitterte und war ganz blass, als sie mit dem großen Tablett vor mir her in die Küche wankte.

»Also?«, hakte ich erbarmungslos nach.

»Was?«

»Was war denn das für ein Krach?«, fragte Arthur.

»Was hat sie gesagt?«, fragte ich.

Rosaleen sah zwischen Arthur und mir hin und her. Ihre Pupillen waren winzig, ihre grünen Augen blitzten.

»Das Tablett ist auf den Boden gefallen«, sagte sie zu Arthur, und mich fertigte sie mit einem »Nichts« ab.

»Warum lügst du mich an?«

Schlagartig verwandelte sich ihr Gesicht und wurde so wütend, dass ich mir sofort wünschte, ich könnte meine Frage zurücknehmen. Bestimmt hatte ich mir alles nur eingebildet. Ich hatte es mir nur ausgedacht, um ein bisschen Aufmerksamkeit zu kriegen … keine Ahnung. Jedenfalls war ich total verwirrt.

»Tut mir leid«, stammelte ich. »Ich wollte dich nicht beschuldigen. Aber es sah so aus, als hätte sie mit dir geredet. Weiter nichts.«

»Sie hat ›danke‹ gesagt. Und ich hab ›gern geschehen‹ geantwortet.«

Ohne lange nachzudenken, rief ich mir Mums Mundbewegungen in Erinnerung. »Nein, sie hat ›sorry‹ gesagt«, platzte ich heraus.

Rosaleen erstarrte. Sogar Arthur hob den Kopf von der Zeitung.

»Sie hat ›sorry‹ gesagt, oder nicht?«, fragte ich und sah von einem zum anderen. »Aber warum?«

»Das weiß ich nicht«, antwortete Rosaleen leise.

»Weißt du es vielleicht, Arthur?«, beharrte ich und sah ihn flehend an. »Kannst du dir vorstellen, warum sie sich entschuldigt?«

»Vermutlich hat sie einfach nur Angst, sie könnte eine Last für uns sein«, kam Rosaleen ihm zu Hilfe. »Aber das ist sie natürlich nicht. Es macht mir nichts, für sie zu kochen. Das ist überhaupt kein Problem.«

»Oh.«

Arthur schwieg. Offensichtlich konnte er es kaum abwarten loszukommen, und als er weg war, wurde der Tag wieder so, wie die Tage hier immer waren.

Ich brannte darauf, mich in der Garage umzuschauen, aber das konnte ich nur, wenn Rosaleen nicht da war. Inzwischen hatte ich herausgefunden, dass es am leichtesten war, sie loszuwerden, wenn ich so tat, als wollte ich nicht, dass sie ging. Dann schöpfte sie nie Verdacht.

»Kann ich dir helfen und was zum Bungalow rüberbringen?«, bot ich ihr deshalb an.

»Nein«, antwortete sie nervös, und man merkte ihr an, dass sie immer noch sauer auf mich war.

»Oh, okay.« Ich verdrehte die Augen. *»Aber vielen Dank für das nette Angebot, Tamara«*, fügte ich ironisch hinzu.

Aber sie ging nicht darauf ein, sondern holte das frische Brot und den Apfelkuchen, den sie gerade gebacken hatte, eine Auflaufform und ein paar Tupperdosen. Essen für etwa eine Woche.

»Wer wohnt da drüben eigentlich?«

Keine Antwort.

»Ach komm, Rosaleen. Ich weiß nicht, was dir in deinem

letzten Leben passiert ist, aber ich bin nicht von der Gestapo. Ich bin sechzehn Jahre alt und ein bisschen neugierig, weil es hier sonst absolut nichts für mich zu tun gibt. Vielleicht wohnt da drüben jemand, der noch nicht mit einem Fuß im Grab steht und mit dem ich mich mal unterhalten könnte.«

»Meine Mutter«, verkündete sie endlich.

Gespannt wartete ich auf den Rest des Satzes. Vielleicht: Meine Mutter hat mir immer gesagt, ich soll mich um meinen eigenen Kram kümmern. Oder: Meine Mutter hat mir eingeschärft, immer Teekleider zu tragen. Meine Mutter hat mir verboten, jemals jemandem ihr Apfelkuchenrezept zu verraten. Meine Mutter hat mir gesagt, man soll keinen Spaß am Sex haben. Aber es kam nichts. Ihre Mutter. Aha. Ihre Mutter wohnte gegenüber.

»Warum hast du mir nie was davon gesagt?«

Rosaleen machte ein verlegenes Gesicht. »Ach, weißt du ...«

»Nein, ich weiß nichts. Ist sie dir irgendwie peinlich? Ich fand meine Eltern früher öfter mal peinlich.«

»Nein, sie ist ... sie ist alt.«

»Alte Leute sind doch süß. Kann ich sie mal kennenlernen?«

»Nein, Tamara. Jedenfalls jetzt noch nicht«, fügte sie etwas milder hinzu. »Ihr geht es nicht besonders. Sie kann schlecht laufen. Außerdem hat sie mit neuen Bekanntschaften Probleme, die machen sie nervös.«

»Deshalb rennst du also immer hin und her. Du hast es ganz schön schwer mit all den Leuten, um die du dich kümmern musst.«

Meine Reaktion schien sie zu rühren.

»Sie hat sonst niemanden, sie braucht mich.«

»Bist du ganz sicher, dass ich dir nicht helfen kann? Ich rede auch nicht mit ihr, wenn das zu anstrengend ist für sie.«

»Nein, Tamara. Aber danke für das Angebot.«

Na, immerhin. »Ist sie in deine Nähe gezogen, damit du dich besser um sie kümmern kannst?«

»Nein.« Sie löffelte Hähnchen in Tomatensoße in eine Auflaufform.

»Bist du in ihre Nähe gezogen, damit du dich besser um sie kümmern kannst?«

»Nein.« Sie legte zwei Reisbeutel in eine Tupperdose. »Sie hat schon immer dort gewohnt.«

Ich beobachtete sie weiter und ließ mir dabei ihre Erklärung durch den Kopf gehen. »Warte mal, dann bist du da drüben aufgewachsen?«

»Ja«, antwortete sie schlicht und stellte alles auf ein Tablett. »Das ist das Haus, in dem ich groß geworden bin.«

»Da hast du dich ja nicht sehr weit von zu Hause entfernt, was? Seid ihr zwei, also Arthur und du, hier eingezogen, als ihr geheiratet habt?«

»Ja, Tamara. Aber jetzt hast du mir wirklich genug Fragen gestellt. Du weißt doch, Neugier ist ungesund.« Mit einem kurzen Lächeln verließ sie die Küche.

»Ach was, Langeweile ist viel schlimmer!«, rief ich ihr nach, als die Tür ins Schloss gefallen war.

Dann schlenderte ich genau wie jeden Morgen ins Wohnzimmer und sah sie über die Straße flitzen, wie ein paranoider Hamster, der jeden Moment darauf wartet, dass der Falke herabstürzt und ihn packt.

Vor lauter Eile verlor sie unterwegs ein Geschirrtuch, und obwohl ich fest damit rechnete, dass sie sich bücken und es aufheben würde, schien sie es nicht mal zu bemerken. Ich lief nach draußen und den Gartenpfad hinunter bis zum Tor. Da blieb ich stehen wie ein braves Kind und wartete, dass Rosaleen wieder herausgerannt kam.

Dann fasste ich mir doch ein Herz, trat durchs Tor und lief an den Straßenrand, immer in der Erwartung, dass Rosaleen das fehlende Geschirrtuch im nächsten Augenblick bemerken würde. Alarmstufe rot, da ist irgendwo ein Apfelkuchen, der Hitze ausstrahlt! Der Bungalow war ein unauffälliges Gebäude aus rotem Backstein, zwei Fenster mit weißen Netzgardinen, die aussahen wie glaukomgetrübte Augen, dazwischen eine schleimgrüne Tür. Die Fenster wirkten, als wären sie dunkel getönt, aber sie reflektierten nur das Tageslicht. Drinnen konnte ich kein Anzeichen von Leben entdecken. Ich überquerte die Straße, in deren Mitte das Geschirrtuch lag, und hob es auf. Zum Glück kam hier so gut wie nie – so gut wie nie, endgültig tot – ein Auto vorbei. Das Tor zum Vorgarten war so niedrig, dass ich locker mein Bein drüberschwingen konnte, und ich dachte mir, Klettern wäre das Sicherste, weil mich sonst wahrscheinlich das Quietschen von fünfzig Jahren Rost verraten hätte. Langsam ging ich den Weg hinauf und schaute durch das Fenster auf der rechten Seite, drückte mein Gesicht fest an die Scheibe und versuchte, durch die scheußliche Gardine zu spähen. Ich weiß nicht, was ich nach der ganzen Geheimnistuerei dort zu sehen erwartete. Irgendetwas ganz Abgefahrenes, eine durchgedrehte Satanistensekte, ein paar Leichen, eine Hippie-Kommune, irgendeine perverse Sexgeschichte mit vielen Schlüsseln in einem Aschenbecher … keine Ahnung. Alles, aber ganz bestimmt nicht das, was ich jetzt vor mir sah: ein elektrischer Heizofen, der den offenen Kamin ersetzte, drum herum braune Fliesen und ein getäfelter Kaminsims, grüner Teppich und abgewetzte Stühle mit Armlehnen aus Holz und grünen Knautschsamtkissen. Eigentlich ein ziemlich trauriger Anblick. Ein bisschen wie ein Wartezimmer beim Zahnarzt. Ich fühlte mich ziemlich fies. Also hatte Rosaleen überhaupt nichts vor mir versteckt. Na ja, mal abgesehen von einer der größten innenarchitektonischen Geschmacksverirrungen des Jahrhunderts.

Statt an der Haustür zu klingeln, ging ich um die Ecke und seitlich am Gebäude entlang. Vor mir lag ein kleiner Garten mit einer großen Garage, genau wie die hinter dem Torhaus, ganz am Rand des Grundstücks. Außerdem gab es einen Schuppen, in dessen Fenster etwas glitzerte. Zuerst dachte ich, es wäre ein Kamerablitz, aber dann begriff ich, dass das, was mich geblendet hatte, nur so hell war, wenn das Sonnenlicht darauffiel. Was mochte das sein? Die Neugier trieb mich vorwärts.

Aber kurz bevor ich um die Ecke bog, vertrat mir Rosaleen den Weg. Ich erschrak so, dass ich einen lauten Schrei ausstieß, der in dem engen Weg widerhallte. Dann fing ich an zu lachen.

Rosaleen versuchte, mich sofort zum Schweigen zu bringen. Sie machte einen sehr nervösen Eindruck.

»Sorry«, lächelte ich. »Hoffentlich hab ich deine Mum nicht erschreckt. Aber du hast das hier auf der Straße fallen lassen, ich wollte es dir nur schnell bringen. Was ist denn das für ein Licht?«

»Was für ein Licht denn?« Sie trat ein Stück nach rechts, sodass sie mir die Sicht endgültig versperrte.

»Danke«, sagte ich sarkastisch und rieb mir die Augen.

»Am besten gehst du jetzt wieder zurück ins Haus«, flüsterte sie eindringlich.

»Ach komm schon, kann ich nicht wenigstens kurz Hallo sagen? Das ist alles ein bisschen zu *Scooby-doo* für meinen Geschmack. Du weißt schon, geheimnisvoll.«

»Es gibt kein Geheimnis hier, meine Mutter kommt nur nicht mit fremden Menschen zurecht. Vielleicht können wir sie mal zum Essen einladen, wenn sie einen guten Tag hat.«

»Cool.« Endlich noch ein Mensch über fünfzig auf meiner Bekanntenliste.

Gerade als ich zu einem letzten Überredungsversuch ansetzte, hörte ich ein Auto die Straße herunterkommen, und weil ich hoffte, dass es Marcus war, winkte ich Rosaleen zum Abschied zu, drehte mich um und lief los.

Wenn es nicht Marcus gewesen wäre, wären diese fünf Sekunden Hoffnung das Aufregendste gewesen, was ich an diesem Tag erlebte. Aber er war es wirklich. Als ich über die Straße rannte, stand er schon an der Veranda des Pförtnerhäuschens, fuhr sich mit der Hand durch die Haare und betrachtete sein Spiegelbild in der Fensterscheibe.

»Direkt über dem Ohr ist ein Haar nicht ganz an der richtigen Stelle«, rief ich ihm zu, als ich durchs Tor trat.

Mit einem breiten Grinsen drehte er sich um. »Goodwin! Schön, dich zu sehen.«

»Bist du wegen dem Buch hier?«

Er lächelte. »Äh, ja, das Buch, natürlich. Ist mir einfach nicht aus dem Kopf gegangen ... das verdammte Buch.«

»Um ehrlich zu sein – es gibt ein Problem mit dem Buch.«

»Was ist denn los mit dir?«

»Nein, ich meine wirklich das Buch, nicht im übertragenen Sinn.«

»Du hast es verloren.«

»Nein, ich hab es nicht verloren ...«

»Das glaub ich dir nicht. Weißt du, was die Strafe dafür ist, wenn man ein Buch aus der Bibliothek verliert?«

»Muss man einen Tag mit dir verbringen?«

»Nein, Goodwin. Ein Verbrechen muss geahndet werden. Und das tue ich, indem ich dir den mobilen Bibliotheksausweis entziehe.«

»O nein – alles, aber nicht meinen mobilen Bibliotheksausweis!«

»Doch, doch. Komm schon, her damit.« Er kam auf mich zu und begann mich zu kitzeln und zu knuffen. »Wo ist er? Hier drin?« Frech versuchte er, in die Taschen meiner Jeans zu greifen.

»Nein, ich weigere mich, ihn herzugeben!«, lachte ich. »Im Ernst, Marcus. Ich habe das Buch nicht verloren, aber ich kann es dir auch nicht zurückgeben.«

»Anscheinend hast du die Regeln der mobilen Bibliothek nicht verstanden. Siehst du, man leiht sich ein Buch aus, man liest es oder tanzt damit herum, wenn einen das glücklich macht, und dann gibt man es dem gut aussehenden Bibliothekar wieder zurück.«

»Nein, das geht nicht – weißt du nämlich, was passiert ist? Jemand hat das Schloss aufgebrochen und entdeckt, dass es gar kein normales Buch ist, sondern ein Tagebuch. Die Seiten waren total leer.«

Total leer. Endgültig tot.

»Aber dann hat jemand was reingeschrieben.«

»Aha … jemand. Dieser Jemand warst nicht zufällig du?«

»Nein – ich weiß nicht, wer reingeschrieben hat.« Obwohl ich das natürlich ganz ernst meinte, musste ich grinsen. »Es sind auch bloß die ersten paar Seiten. Ich könnte sie rausreißen und dir das Buch zurückgeben, aber …«

»Du könntest doch einfach sagen, du hast es verloren. Das wäre wesentlich unkomplizierter.«

»Warte mal kurz.«

Ich rannte ins Haus, die Treppe hinauf, hob das Dielenbrett hoch und holte das Tagebuch heraus. An meine Brust gedrückt, brachte ich es nach draußen.

»Du darfst es nicht lesen, aber hier ist der Beweis, dass ich es nicht verloren habe. Ich bezahle es oder tue, was immer du verlangst … nur zurückgeben kann ich es nicht.«

Inzwischen hatte er begriffen, dass ich keine Witze machte.

»Nein, das ist schon in Ordnung. Ein Buch mehr oder weniger spielt keine Rolle. Aber ich würde es echt gern lesen. Steht was über mich drin?«

Ich lachte, achtete aber darauf, dass das Buch außerhalb seiner Reichweite blieb. Leider war er zu flink für mich und außerdem viel größer, und im Handumdrehen hatte er es sich geholt. Ich bekam Panik. Er schlug die erste Seite auf. Ich wartete. Gleich würde er das peinliche Eingeständnis lesen, dass mein Vater sich umgebracht hatte.

»Ich hätte Weseley nichts von Dad erzählen sollen«, las er. »Wer ist Weseley?«, fragte er und sah mich an.

»Ich habe nicht die geringste Ahnung«, antwortete ich, während ich ihm das Buch wieder wegzunehmen versuchte. Jetzt lachte ich nicht mehr. »Gib es mir zurück, bitte, Marcus.«

Er gehorchte. »Sorry, ich hätte das nicht lesen sollen, aber du hast das falsche Datum reingeschrieben. Der Fünfte ist erst morgen.«

Ich schüttelte nur langsam den Kopf. Wenigstens war nicht alles nur meine Einbildung. Es gab sie wirklich, die seltsamen Tagebucheintragungen.

»Tut mir leid, dass ich es gelesen habe.«

»Ist schon okay. Ich hab das sowieso nicht geschrieben.«

»Vielleicht war es einer von den Kilsaneys.«

Ich schauderte und klappte das Buch zu. Am liebsten hätte ich alles gleich noch einmal gelesen.

»Oh, ich habe übrigens Schwester Ignatius gefunden!«

»Hoffentlich lebend.«

»Sie wohnt auf der anderen Seite des Grundstücks. Ich kann es dir genau beschreiben.«

»Nein, Goodwin, ich trau dir nicht mehr. Das letzte Haus, zu dem du mich geführt hast, war ein verfallenes altes Schloss.«

»Ich bringe dich persönlich zu ihr. Komm, Büchermann, auf zum Buchmobil!« Ich rannte den Weg hinunter und kletterte in den Bus.

Lachend folgte er mir.

Vor dem Haus der Nonnen hielten wir an, und ich drückte auf die Hupe.

»Tamara, das kannst du doch nicht machen. Das hier ist ein Kloster.«

»Das ist kein normales Kloster, ehrlich nicht.« Wieder hupte ich.

Eine Frau in einem schwarzen Rock, einem schwarzen Pulli und einer weißen Bluse, mit einem Goldkreuz und einem schwarz-weißen Schleier öffnete die Tür. Sie sah ziemlich ärgerlich aus und war noch älter als Schwester Ignatius. Ich sprang aus dem Auto.

»Was soll der Lärm?«

»Wir suchen Schwester Ignatius. Sie wollte ein Buch ausleihen.«

»Jetzt ist Gebetszeit, da kann man sie nicht stören.«

»Oh. Na ja, warten Sie einen Moment, bitte.« Ich kramte hinten im Bus herum. »Könnten Sie ihr dann bitte das hier geben und ihr sagen, es ist von Tamara. Es handelt sich um eine Speziallieferung. Die hat sie letzte Woche bestellt.«

»Ich werde es ihr ausrichten.« Die Nonne nahm das Buch und schloss die Tür.

»Tamara«, sagte Marcus streng. »Welches Buch hast du ihr gegeben?«

»*Die Geliebte des türkischen Multimillionärs.* Einer der schönsten Groschenromane von Mills & Boon.«

»Tamara! Deinetwegen werde ich noch gefeuert!«

»Als würde dir das was ausmachen! Fahr los, Büchermann! Bring mich weg von hier!«

So fuhren wir in die Stadt und hielten am Straßenrand für die Bücherfreunde. Aber eigentlich fuhren wir nach Marokko. Und Marcus küsste mich bei den Pyramiden von Gizeh.

»Und was hast du die letzten Stunden so gemacht?«, fragte Rosaleen mich gut gelaunt, während sie dreitausend Kalorien auf meinen Teller schaufelte. Wieder einmal hatte das Tagebuch recht gehabt: Es gab Shepherd's Pie.

Ich war kaum zur Tür herein, da stürzte sie sich schon auf mich, und ich hatte gerade noch Zeit, das Tagebuch oben zu verstecken und schnell wieder herunterzukommen. Weil ich ahnte, dass ihr das nicht gefallen würde, erzählte ich ihr lieber nicht, dass ich den Tag mit Marcus verbracht hatte. Aber an einer Nonne war ja wohl nichts auszusetzen, oder?

»Ich war bei Schwester Ignatius«, antwortete ich deshalb.

Sie ließ die Vorlegelöffel in die Schüssel fallen und fischte sie dann mit zittrigen Fingern mühsam wieder heraus.

»Schwester Ignatius?«, wiederholte sie.

»Ja.«

»Aber … woher kennst du sie denn?«

»Ich hab sie vor ein paar Tagen kennengelernt. Und wie geht es deiner Mum heute? Kommt sie bald mal zum Essen?«

»Du hast nie erwähnt, dass du Schwester Ignatius getroffen hast.«

Ich sah sie einfach nur an. Ihre Reaktion war genau so, wie ich es im Tagebuch beschrieben hatte. Sollte ich sagen, dass es mir leidtat? Hätte ich versuchen sollen, die Situation zu verhindern? Ich wusste nicht, wie ich mit der Information umgehen sollte, die ich besaß. Welchen Zweck hatte sie überhaupt?

Also erklärte ich stattdessen: »Ich habe auch nicht erwähnt, dass ich am Dienstag meine Tage gekriegt habe. Hab ich aber.«

Arthur seufzte, Rosaleens Gesicht wurde hart.

»Du hast sie vor ein paar Tagen kennengelernt, ja? Bist du sicher?«

»Natürlich bin ich sicher.«

»Vielleicht bist du ihr aber auch erst heute begegnet.«

»Nein.«

»Weiß sie denn, wo du wohnst?«

»Ja, na klar. Sie weiß, dass ich hier bin.«

»Verstehe«, meinte Rosaleen atemlos. »Aber … aber sie ist heute Morgen vorbeigekommen und hat kein Wort davon gesagt.«

»Ach wirklich? Und was hast du ihr über mich erzählt?«

Manchmal macht der Ton die Musik, ich weiß. In einer SMS zum Beispiel denken die Leute oft nicht daran, interpretieren irgendwelche Dinge rein, die gar nicht da sind, und verstehen die Botschaft vollkommen falsch. Mit Zoey hatte ich schon unzählige Kräche deswegen, weil sie in eine Nachricht von gerade mal fünf Worten alles Mögliche reingelesen hat. Aber die Bemerkung jetzt kam genau in dem Ton heraus, den ich beabsichtigt hatte. Und Rosaleen kriegte es mit. Schlau, wie sie ist, wusste sie in diesem Moment, dass ich ihr Gespräch mit Schwester Ignatius belauscht hatte. Sie wusste, dass die Dusche nur zur Tarnung gelaufen war.

»Hast du ein Problem damit, dass ich mit ihr befreundet bin? Meinst du, sie ist ein schlechter Einfluss? Vielleicht schließe ich mich bald einer seltsamen Sekte an und ziehe mich jeden Tag von Kopf bis Fuß schwarz an. O nein, warte, schwarz könnte sogar hinkommen – sie ist ja Nonne!« Lachend sah ich zu Arthur, aber der starrte Rosaleen grimmig an.

»Worüber redet ihr denn miteinander?«, forschte Rosaleen weiter. Ihre Stimme klang panisch.

»Spielt es denn eine Rolle, worüber wir reden?«

»Ich meine, du bist ein junges Mädchen. Was hast du mit einer Nonne zu besprechen?« Rosaleen lächelte, aber mir war klar, dass sie damit nur ihre Angst zu überdecken versuchte.

Jetzt war der Moment gekommen. Ich wollte über das Feuer im Schloss reden und über die Tatsache, dass es längst nicht so lange unbewohnt war, wie ich geglaubt hatte. Ich wollte Rosaleen fragen, wer gestorben war und wo all die anderen jetzt lebten. Aber da fiel mir der Tagebucheintrag wieder ein. *Ich hätte ihr vielleicht lieber nicht erzählen sollen, was ich über das Schloss erfahren habe.* War es das, worüber ich nicht hätte sprechen sollen? Während ich mir den Kopf nach einer Antwort zerbrach, starrte Rosaleen mich unverwandt an. Um etwas Bedenkzeit zu gewinnen, nahm ich eine Gabelvoll Hackfleisch.

»Na ja … wir haben über eine Menge verschiedener Dinge gesprochen …«

»*Was* denn für Dinge?«

»Rosaleen«, sagte Arthur leise und beschwichtigend.

Mit einem Ruck drehte sie sich zu ihm um, wie ein Reh, das aus der Ferne hört, wie der Abzug betätigt wird.

»Dein Essen wird kalt.« Er schaute auf ihren Teller, der unberührt war.

»Oh. Ja.« Sie spießte eine Karotte auf die Gabel, führte sie aber nicht zum Mund. »Sprich weiter, Kind. Was hast du damit gerade gemeint?«

»Rosaleen«, seufzte ich.

»Lass sie doch erst mal essen«, warf Arthur wieder beruhigend ein.

Ich sah ihn an, um mich zu bedanken, aber er blickte nicht auf, sondern schaufelte sich nur weiter Essen in den Mund. In unbehaglichem Schweigen aßen wir, und unser Kauen und das Geräusch des Bestecks auf unseren Tellern erfüllten den Raum.

»Entschuldigt mich bitte. Ich muss nur mal kurz zur Toilette«, sagte ich schließlich, weil ich das Schweigen nicht mehr länger aushielt.

Aber vor der Tür blieb ich stehen und lauschte.

»Was war das denn?«, blaffte Arthur.

»Psst, sprich bitte leise.«

»Ich denke gar nicht daran, leise zu sprechen«, zischte er – mit gedämpfter Stimme.

»Schwester Ignatius war heute Morgen hier und hat Tamara mit keinem Wort erwähnt«, zischte sie zurück.

»Und?«

»Sie hat getan, als wüsste sie nichts von ihr. Wenn Tamara ihr begegnet wäre, hätte sie mir das bestimmt erzählt. So etwas behält Schwester Ignatius nicht für sich, dafür ist sie nicht der Typ. Und warum sollte sie auch?«

»Und was willst du damit andeuten? Dass Tamara lügt?«

Mir fiel fast die Kinnlade herunter, und um ein Haar wäre ich wutentbrannt zurück in die Küche gestürzt, aber Rosaleens nächster Satz hielt mich auf.

»Natürlich lügt sie. Sie ist genau wie ihre Mutter.«

Ein langes Schweigen trat ein. Arthur antwortete nicht.

13

Spektakel im Schloss

Ich lag im Bett und versuchte, Rosaleens Worte zu verdrängen, aber sie gingen mir einfach nicht aus dem Kopf, sondern wiederholten sich penetrant wie eine kaputte Schallplatte. Es gab eine Vergangenheit, von der ich nichts wusste, so viel war sicher, aber im Moment konnte ich nichts tun, um herauszufinden, was passiert war und was Rosaleen gemeint haben könnte. Gestern war vorbei, ein versiegeltes Buch, aber morgen stand buchstäblich auf einem anderen Blatt. Immer wieder las ich mir den Tagebucheintrag für den nächsten Tag durch und wurde ganz aufgeregt. Eine Unmenge Vorbereitung war erforderlich. So lag ich im Bett, versuchte zu planen, was ich morgen in meiner begrenzten Zeit tun musste – ich wusste ja, dass Rosaleen und Arthur Punkt ein Uhr zurückkommen würden –, und konnte mich absolut nicht entspannen. Die Luft war warm und drückend. Wenn heute Nacht kein Gewitter aufzog, sodass es etwas abkühlte, würde es morgen sicher ordentlich heiß werden. Ich stand auf und öffnete das Schlafzimmerfenster. Ohne mich zuzudecken lag ich im blauen Mondlicht und sah zu den glitzernden Sternen hinauf.

Auf einmal nahm ich in der Stille draußen Tierstimmen wahr: Käuzchen riefen, gelegentlich blökte ein Schaf, eine

Kuh muhte leise. Ländliche Nachtgeräusche, an die ich mich inzwischen schon fast gewöhnt hatte, wehten in mein Zimmer, hin und wieder begleitet von einer hochwillkommenen leichten Brise, und das Rascheln der Blätter klang, als wären auch die Bäume dankbar für die Erfrischung. Schließlich wurde mir sogar ein bisschen kühl, und ich richtete mich auf, um das Fenster wieder zu schließen. Aber da merkte ich auf einmal, dass die Geräusche gar nicht von Tieren stammten, sondern dass es Menschenstimmen waren. Wie weit entfernt sie waren, war schwer einzuschätzen, weil ich mich mit den akustischen Verhältnissen hier auf dem Land nicht auskannte, aber wenn ich aufmerksam lauschte, konnte ich deutlich das Steigen und Fallen einer Unterhaltung ausmachen, plötzliches Lachen, Musik und dann abrupt wieder Stille, wenn der Wind einen Moment aussetzte. Aber der Lärm kam eindeutig vom Schloss.

Es war 23:30 Uhr. Kurz entschlossen schlüpfte ich in Jogginganzug und Turnschuhe, wobei ich leider nicht verhindern konnte, dass die Dielen unter meinen Füßen knarrten. Bei jedem Knarren zuckte ich zusammen und erstarrte, weil ich befürchtete, dass Rosaleen aufwachte. Vorsichtig schob ich den Stuhl von der Tür weg und machte sie auf. Die Treppe hinunter und aus dem Haus zu kommen, ohne die Herrin des Hauses zu wecken, war ein Kunststück, dem ich mich nicht unbedingt gewachsen fühlte. Prompt hörte ich Rosaleen husten, und ich machte die Tür schnell wieder zu. Ich hatte sie noch nie nachts husten hören. Vielleicht war das ein Zeichen, eine Warnung.

Ich kletterte direkt von der Tür aus auf das Bett, um möglichst wenig über die knarrenden Dielen gehen zu müssen, und kroch über die Matratze zum Fenster. Die Matratze war alt, federte und gab ein Quietschgeräusch von sich, aber das machte mir keine allzu großen Sorgen, denn es konnte ja sein, dass ich mich im Schlaf herumwälzte. Ich angelte die Taschenlampe aus dem Nachttisch und schob das Fenster hoch. Zum Glück war es groß genug zum Hinausklettern, und außerdem lag mein Zimmer direkt über der Veranda. Obwohl das Verandadach relativ spitz zulief, konnte ich, wenn ich einigermaßen gut zielte, sicher darauf landen. Von dort war es ein Kinderspiel, am Holzgitter der Veranda hinunterzuklettern.

Plötzlich öffnete sich die Tür von Rosaleens und Arthurs Schlafzimmer, und schnelle Schritte eilten den Korridor hinunter. Im Nu war ich wieder im Bett und hatte mich, samt Trainingsanzug, Turnschuhen und Taschenlampe, unter der Decke verkrochen. Im gleichen Moment, als meine Zimmertür aufging, schloss ich die Augen. Das Fenster stand sperrangelweit offen, und für meine gespitzten Ohren waren die Stimmen aus der Ferne so laut, dass ich sicher war, meine Absicht hinauszuklettern müsste für jeden offensichtlich sein.

Mein Herz klopfte wie verrückt, als die Person in mein Zimmer trat. Die Dielen knarrten, immer näher kamen die Schritte. Es war Rosaleen, kein Zweifel, ich erkannte es an ihrem angehaltenen Atem und ihrem Geruch. Dann hörte das Knarren auf, und ich wusste, dass sie vor meinem Bett stehen geblieben war. Und mich beobachtete.

Ich musste mich anstrengen, die Augen geschlossen zu halten. Verzweifelt versuchte ich, die Lider zu entspannen, die Augäpfel nicht zu viel zu bewegen, ruhig und tief zu atmen, um zu zeigen, dass ich fest schlief. Ich spürte, wie sich jemand über mich beugte, und war kurz davor aufzuspringen, als ich hörte, wie das Fenster geschlossen wurde, und mir klar wurde, dass sie sich über mich gebeugt hatte, um an den Griff zu kommen. Kurz überlegte ich, die Augen aufzureißen und ihr eine Szene zu machen, weil sie sich in mein Zimmer geschlichen hatte. Aber was würde mir das bringen?

»Rosaleen!«, hörte ich jemanden von der Zimmertür her flüstern. »Was machst du denn da?«

»Ich wollte mich nur vergewissern, dass mit ihr alles in Ordnung ist.«

»Natürlich ist mit ihr alles in Ordnung. Sie ist doch kein Baby mehr. Komm zurück ins Bett.«

Dann fühlte ich eine Hand auf meiner Wange, Finger, die mir die Haare hinter die Ohren strichen, genau wie meine Mutter es früher immer getan hatte. Ich machte mich darauf gefasst, dass die Decke weggezogen und meine Ausreißermontur enthüllt wurde, aber stattdessen spürte ich Rosaleens Atem an meinem Gesicht, ihre Lippen, die einen sanften Kuss auf meine Stirn hauchten, und dann war sie weg. Die Tür schloss sich wieder.

Sie ist doch kein Baby mehr.

Nachdem sie weg war, wartete ich, bis Arthur wieder zu schnarchen begann. Dann stand ich auf, schob das Fenster wieder hoch, kletterte hinaus, sprang ab und landete weich auf der Schieferwölbung des Verandadachs. Erst als ich unten auf der Wiese stand und zum Haus hinaufblickte – zu meinem Zimmer und dem Fenster, das ich ordentlich wieder geschlossen hatte –, verstand ich den Hinweis an mich selbst, dass ich das Fenster besser hätte offen lassen sollen.

Aber ich drehte mich entschlossen um und machte mich im Schein meiner Taschenlampe auf den Weg zum Schloss, immer dem Klang der Stimmen nach. Ich konnte nur etwa einen Meter weit sehen, der Rest der Welt war in einem schwarzen Loch versunken. Bei Nacht schienen die Bäume noch geheimnisvoller, und das Raunen der Blätter klang, als teilten sie einander Dinge mit, von denen ich nichts wissen durfte. Je näher ich dem Schloss kam, desto lauter wurden die Stimmen, ich roch Rauch, hörte Musik und Gläserklirren. Licht strömte aus der Eingangshalle und dem Raum mit den intakten Fenstern rechts davon. Sicherheitshalber schaltete ich die Taschenlampe aus und schlich zur Rückseite des alten Gemäuers. Dabei kam ich an zwei Räumen vorbei, von denen man bestimmt einen großartigen Blick über den See und die Treppe hatte, die zu ihm hinunterführte. Schließlich kam ich zu dem Fensterzimmer, aus dem ich neulich geklettert war, blieb stehen und lauschte.

Ein Nachtlicht in Form gelber Sterne kreiste über die alten Wände, und da der Raum leer zu sein schien, beugte ich mich durchs Fenster hinein und sah es mir an, auch wenn die echten Sterne, die man durch das gegenüberliegende Fenster sah, eigentlich viel eindrücklicher waren. Auf einmal hörte ich ein leises Geräusch, wie von einem leidenschaftlichen Kuss, unmittelbar gefolgt von einem schrillen Schrei.

Dann hörte ich schnelle Schritte, eine Stimme, die Ruhe befahl, schließlich das Scheppern umfallender Dosen und Flaschen. Und aufgeregtes Geflüster. Ehe ich Zeit hatte zu reagieren, fühlte ich eine Hand in den Haaren, jemand packte mich am Schlafittchen, und ich wurde zum Schloss geschleift.

»Hey, loslassen!«, schimpfte ich und trat um mich. »Nimm deine blöden Hände weg.«

Erbittert schlug ich um mich und versuchte, mich von den Händen, die jetzt meine Taille umklammerten und eindeutig einem Mann gehörten, zu befreien. Leider ohne Erfolg. Zum ersten Mal war ich Rosaleen dankbar für die kohlehydratreiche Ernährung und die zusätzlichen Pfunde, die ich seit meiner Ankunft zugelegt hatte, sonst hätte mich der Kerl wahrscheinlich wie einen Sack über die Schulter geworfen. So musste er sich zumindest anstrengen und mich teils tragen, teils hinter sich herschleifen. Als wir im Schloss ankamen, stellte er sich dicht hinter mich und hielt mich weiter fest umklammert, aber er konnte nicht verhindern, dass ich mich umdrehte und ihn ansah: ein hässlicher Typ mit Bartflaum am Kinn. Um uns herum standen sechs Leute und starrten mich an. Ein paar saßen auf der Treppe, andere auf Kisten. Am liebsten hätte ich sie angeschrien, sie sollten gefälligst mein Haus verlassen.

»Sie hat uns beobachtet«, erklärte die Krakeelerin von vorhin, die inzwischen auch eingetroffen war und keuchend an der Tür stand, als würde sie nach dieser Strapaze gleich in Ohnmacht fallen.

»Ich hab niemanden beobachtet«, protestierte ich und verdrehte die Augen. »Das ist doch absurd.«

»Sie ist Amerikanerin«, meinte einer der Typen.

»Quatsch, ich bin keine Amerikanerin.«

»Du klingst aber, als wärst du eine«, beharrte ein anderer.

»Hey, das ist Hannah Montana.«

Ein großer Lacherfolg.

»Ich bin aus Dublin.«

»Nein, ist sie nicht.«

»O doch, bin ich.«

»Dafür bist du jetzt aber ganz schön weit weg von Dublin.«

»Ich bin nur den Sommer über hier.«

Hinter der Krakeelerin erschien jetzt ein Typ. Er hörte eine Weile zu, wie ich mich verteidigte – mit einer Quietschstimme, die mir zwar endlos peinlich war, die ich aber leider nicht unter Kontrolle hatte –, und ich fragte mich, wie um alles in der Welt es dazu gekommen war, dass ich in diesem Raum von Hinterwäldlern als die uncoole Idiotin dastand.

»Lass sie los, Gary«, sagte der Neuankömmling schließlich.

Gary Flaumkinn gehorchte augenblicklich. Damit war klar, wer hier der Anführer war.

Endlich wieder frei, gewann ich auch meine Fassung wieder.

»Gibt es sonst noch Fragen an mich? Vielleicht von dir, du da mit der Fleecejacke und den Doc Martens? Soll ich dir von damals erzählen, als Guns 'n' Roses cool waren?«

Einer der anderen kicherte leise, bekam aber sofort einen Ellbogen in die Rippen und jaulte. Gary Flaumkinn, der sich immer noch hinter mir herumdrückte, schubste mich zur Strafe für meine Bemerkung in den Rücken, was ziemlich wehtat.

»Ich hab euch nur in meinem Zimmer gehört, als ich versucht habe zu schlafen.« Mir war klar, dass ich wie der dämlichste Depp des Planeten klang. Wie ein kleines Kind, das die Dinnerparty seiner Eltern stört.

»Wohnst du in der Nähe?«

»Die lügt doch.«

»Also, was denkt ihr denn, wo ich wohne? Habt ihr euch vorgestellt, dass ich grade von L. A. zu einer kleinen Nachtwanderung rübergeflogen bin oder was?«

»Wohnst du im Torhaus?«

»Im *königlichen* Torhaus«, warf ein anderer ein, und alle fingen wieder an zu lachen.

Okay, Arthurs und Rosaleens Hütte war nicht gerade der Buckingham Palace, aber sie war besser als manche Bruchbude, die ich auf der Fahrt hierher gesehen hatte. Was sollte ich antworten? Ich schaute von einem Gesicht zum anderen und überlegte, ob ich es riskieren konnte, ihnen zu sagen, wo ich wohnte.

»O nein, ich wohne in einem Kuhstall und schlafe genau wie der Rest von euch bei den Schweinen«, fauchte ich schließlich. »Ich weiß echt nicht, was euer Problem ist. Schließlich sieht der Typ da an der Tür auch nicht aus, als wäre er aus der Gegend.«

Damit meinte ich den dunkelhäutigen Anführer der Bande, der immer noch reglos am Eingang lehnte und mich ansah. Ich hatte mal irgendwo gelesen, dass man in Geiselsituationen immer den Anführer aufs Korn nehmen und ausschalten soll. Vielleicht war das doch nicht die allerschlauste Idee.

Mit großen Augen sahen die anderen sich an, und ich hörte das Wort »rassistisch«.

»Das war kein bisschen rassistisch«, verteidigte ich mich. »Er trägt Dsquared. Als ich mich das letzte Mal in Kaffstadt, Bevölkerungszahl null, umgeschaut habe, gab es da kein Dsquared zu kaufen.«

Das war alles nicht gerade clever von mir. Schließlich habe ich *Beim Sterben ist jeder der Erste* gesehen, ich weiß, was einem die Menschen alles antun können, und ich hatte die Leute hier bereits beschuldigt, bei den Schweinen zu schlafen, was keine großartige Einleitung für die Entschuldigung war, die man wahrscheinlich von mir hören wollte. Im Halbdunkel konnte ich ahnen, dass der Anführer lächelte, aber dann legte er schnell die Hand auf den Mund, während die anderen total durchdrehten, mit ausgestreckten Zeigefingern auf mich losgingen und mich immer weiter als Rassistin beschimpften – obwohl ich doch so einleuchtend erklärt hatte, dass es nicht die Hautfarbe ihres Anführers gewesen war, die mich zu meiner Bemerkung veranlasst hatte. So ging es eine Weile, dann raffte sich der Typ an der Tür endlich auf und befahl den anderen, mich in Ruhe zu lassen. Die Krakeelerin und noch ein paar andere mussten persönlich zur Vernunft gebracht werden, dann packte mich der Typ und beförderte mich ohne viel Aufhebens nach draußen, zur Rückseite des

Schlosses, zurück zum Tatort, dem Fenster, wo ich angeblich spioniert hatte.

»Hast du vor, so zu tun, als würdest du mich umbringen, während du mich in Wirklichkeit laufen lässt?«, fragte ich ein bisschen nervös. Sehr nervös sogar. Okay, ich hatte Angst, er würde mich zusammenschlagen.

Aber er grinste mich an. »Du bist Tamara, richtig?«

Ich kriegte den Mund nicht wieder zu. »Woher weißt du …« Und dann fiel endlich der Groschen. »Ach, du bist Weseley.«

Nun war er überrascht. »Hat Arthur dir von mir erzählt?«

»Arthur? Äh, ja, natürlich. Er redet dauernd über dich.«

Weseley sah mich verwirrt an. »Er hat mir auch von dir erzählt.«

»Wirklich?«

Ich hätte nie gedacht, dass Arthur über mich redete. Eine seltsame Vorstellung.

»Zigarette?«

Ich nahm eine, und er riss ein Streichholz an. Im Licht der Flamme konnte ich sein Gesicht zum ersten Mal richtig sehen. Seine Haut hatte die Farbe von Milchschokolade, nicht ganz Ebenholz, aber wunderschön dunkel. Seine Augen waren groß und braun, die Wimpern so lang, dass ich einen Moment lang richtig neidisch war und unwillkürlich daran denken musste, wie viel Taschengeld ich in meinem Leben schon für falsche Wimpern mit Glitzer verschwendet hatte. Seine Lippen waren voll und sinnlich, die Zähne makellos gerade und weiß. Dazu ein hübsches Kinn und perfekte Wangenknochen. Er war ungefähr einen Kopf größer als ich. Inzwischen war das Streichholz bis auf seine Finger heruntergebrannt, und er ließ es fallen. Auf einmal begriff ich, dass auch er mich gemustert hatte. Wortlos zündete er ein zweites Streichholz an, und ich inhalierte.

»Danke.«

»Kein Problem.«

»Was zum Teufel machst du denn, Wes? Oh, jetzt rauchst du eine mit ihr? Sie ist mit dieser Freak-Familie verwandt, ich hoffe, das weißt du.« Ein anderes Mädel im Schlepptau, erschien die Krakeelerin, kam mit schwankenden Schritten auf uns zu und erfüllte die Luft mit dem Duft eines Geschenkkorbs von Body Shop.

»Beruhig dich, Kate«, sagte er.

»Nein, ich werde mich nicht beruhigen, verdammt …«, begann sie eine Tirade betrunkenen Unsinns und ging mit ihrer Handtasche auf Weseley los. Ihre Freundin zerrte sie weg.

»Na schön«, stieß sie wütend hervor und schüttelte die Freundin ab. Doch im gleichen Moment verlor sie das Gleichgewicht, konnte sich gerade noch an der anderen festhalten und hätte sie um ein Haar mitgerissen. »Ich geh jetzt sowieso nach Hause«, verkündete sie schnippisch und marschierte davon.

»Autsch«, sagte ich und sah Weseley an.

»Das hat nicht wehgetan.«

»Eine Attacke mit einer nachgemachten Louis-Vuitton-Tasche – machst du Witze? Mir hat schon das Zuschauen wehgetan.«

»Du bist ein Snob«, meinte er grinsend.

»Du bist ein schlechter Freund.«

»Sie ist nicht meine Freundin.«

»Na, egal.«

»Möchtest du was trinken?«

Ich nickte viel zu begeistert. Er lachte, schwang sich über

den Fenstersims zurück ins Schloss, und ich folgte ihm auf dem gleichen Weg.

»Hey, Weseley, du gibst Hannah Montana doch nicht etwa was von unseren Vorräten ab, oder?«

Aber Weseley ignorierte Gary Flaumbart und reichte mir eine Dose.

»Was ist das denn?«

»Diamond White.«

»Nie gehört.«

»Wie kann ich es dir erklären, damit du es richtig verstehst?« Er dachte angestrengt nach. »Stell es dir als Champagner vor, aber aus Äpfeln.«

Ich verdrehte die Augen. »Wenn du glaubst, dass ich normalerweise Champagner trinke, kennst du mich schlecht.«

»Na ja, ich kenn dich ja auch wirklich kaum, oder? Es ist Cider. Die Amis nennen das Zeug ›Hard Cider‹.«

»Ich bin aber keine Amerikanerin.«

»Du klingst überhaupt nicht irisch.«

»Und du siehst nicht irisch aus. Bestenfalls auf eine Art, die zeigt, wie sehr die Welt sich verändert hat.« Ich schnappte sarkastisch nach Luft. »O mein Gott, worauf können wir uns heute noch verlassen?«

»Meine Mum hat rote Haare und Sommersprossen.«

»Dann ist sie bestimmt aus Schweden.«

Er lachte und deutete dann auf eine Kiste hinter mir. Ich setzte mich. Er schnappte sich eine Kiste mir gegenüber.

»Und woher kommt dein Dad?«

»Aus Madagaskar.«

»Cool. Wie in dem Film?«

»Japp, alles genau wie bei Disney«, bestätigte er.

»Warst du schon mal dort?«

»Nein.«

»Warum ist er hierhergezogen?«

»Darum.«

»Immer ein guter Grund.«

Wir lachten beide.

In diesem Moment kam im Nebenraum jemand erneut auf meinen angeblichen Rassismus zu sprechen.

»Ich hab nur deine Klamotten gemeint«, erklärte ich leise. »Du bist besser angezogen als John Boy da drin und auch als Mary Ellen, die grade in ihren falschen Uggs und einer Dewberry-Wolke den Abgang gemacht hat.«

Er lachte und sah mir unablässig in die Augen. »Sie ist nicht meine Freundin.«

»Das hast du vorhin schon gesagt. Aber meine Superspionbrille hat mir was anderes mitgeteilt.«

»Na ja, das war bloß …« Er trat seine Zigarette aus und warf die Kippe in eine leere Dose. Irgendwie war ich ihm dankbar dafür und kam mir vor, als wäre ich eine Mutter, deren Kids dauernd das Haus zumüllen. »Es gibt Busse, weißt du«, sagte er. »Diese Dinger mit Rädern, die Menschen sogar nach Dublin bringen können.«

»Von wo denn?« Vermutlich hätte ich ähnlich begeistert reagiert, wenn er mir gesagt hätte, dass es eine Heilung für Krebs gab. Einen Weg hier raus …

»Dunshaughlin. Nicht mal dreißig Minuten mit dem Auto.«

»Und wie kommst du hin?«

»Mein Dad fährt mich.«

Tja, mein Dad ist leider tot.

»Übrigens – gehört der dir?« Er kramte in einer Tasche herum und gab mir einen Stift. Es war der, den ich von Arthurs Schreibtisch geklaut und gestern beim Tagebuchschreiben im Schloss verloren hatte.

Ich hatte das Gefühl, als wäre jemand da. Als beobachte mich jemand.

»Warst du gestern hier?«

»Hm ...« Er dachte angestrengt nach.

»Was gibt es denn da so lange zu überlegen?«, fuhr ich ihn an.

»Keine Ahnung. Nein. Ja. Nein, ich weiß es nicht. Den Stift hab ich heute Abend gefunden, wenn du das meinst.«

»Und gestern?«

»Ich bin an den meisten Tagen mit Arthur irgendwo hier in der Gegend.« Meine Frage hatte er aber immer noch nicht beantwortet.

»Ach ja?«

»Na, das muss ich wohl, oder?«

»Ach ja?«

»Ich arbeite mit Arthur zusammen.«

»Oh.«

»Ich dachte, du hast gesagt, dass Arthur es dir erzählt hat.«

»Oh ... ja. Weiß Rosaleen denn, dass du mit Arthur arbeitest?«

Er nickte. »Ich glaube, es gefällt ihr nicht besonders, aber da Arthur sich den Rücken verrenkt hat, braucht er jemanden, der ihm hilft.«

»Wie lange arbeitest du denn schon mit ihm?«

Wieder überlegte er angestrengt und starrte dabei in die Ferne. »Oh, lass mich mal nachdenken. Ich und Arthur arbeiten zusammen seit ... drei Wochen.«

Ich fing an zu lachen.

»Wir sind erst letzten Monat hierhergezogen«, erklärte er.

»Echt?« Sofort wurde mir leichter ums Herz. Eine verwandte Seele. »Von wo?«

»Dublin.«

»Ich auch!« Meine Aufregung wirkte garantiert schrecklich kindisch. »Entschuldige.« Ich spürte, wie ich rot wurde. »Ich freu mich nur, weil ich hier endlich einen Angehörigen meiner eigenen Spezies kennenlerne. Wie hast du es hier denn so rasch zum Anführer gebracht? Hast du einen Zauberbann verhängt? Oder den Jungs gezeigt, wie man Feuer macht?«

»Meiner Erfahrung nach kommt man mit Höflichkeit ziemlich weit. Spionieren, uneingeladen bei einer Party reinplatzen und die Leute beleidigen – das sind alles wenig Erfolg versprechende Verhaltensweisen, wenn man dazugehören möchte.«

»Ich möchte ja auch gar nicht dazugehören«, schmollte ich. »Ich möchte nur weg von hier.«

Eine Weile schwiegen wir beide.

»Weißt du, was hier passiert ist?«, fragte ich schließlich. »Hier im Schloss?«

»Meinst du mit den Normannen und so?«

»Nein, nicht das. Was mit der Familie passiert ist, die zuletzt hier gelebt hat.«

»Es hat gebrannt, glaube ich, und dann sind sie weggezogen.«

»Wow, du solltest Geschichtsbücher schreiben.«

»Wir sind grade erst hergekommen«, lächelte er. »Warum willst du das überhaupt wissen?«

»Nur so.«

Nachdenklich sah er mich an. »Wir könnten fragen, wenn du willst.« Er meinte, bei den Jungs nebenan.

Von denen hörte man lautes Gelächter. Vermutlich spielten sie Flaschendrehen.

»Nein, schon gut.«

»Schwester Ignatius weiß es bestimmt. Du kennst sie doch, richtig?«

»Woher weißt du das?«

»Ich hab dir doch gesagt, dass ich hier arbeite. Und ich bin nicht blind.«

»Aber ich hab dich nie gesehen.«

Er zuckte die Achseln.

»Schwester Ignatius hat mir gesagt, ich soll Rosaleen und Arthur fragen«, erklärte ich.

»Gute Idee. Wusstest du, dass Rosaleen ihr ganzes Leben in dem Bungalow gegenüber vom Eingang gewohnt hat? Wenn irgendjemand sich hier auskennt, dann sie. Sie kann dir wahrscheinlich alles erzählen, was in den letzten zweihundert Jahren in der Gegend passiert ist.«

Leider konnte ich ihm schlecht mitteilen, dass in meinem Tagebuch stand, ich sollte ihr lieber keine Fragen stellen. »Ich weiß nicht … ich glaube, Rosaleen und Arthur sprechen nicht gern darüber. Rosaleen tut immer so geheimnisvoll. Bestimmt kannten sie die Leute, und falls jemand umgekommen ist, na ja – ich möchte nicht so damit rausplatzen. Ich meine, sie haben vielleicht immer noch mit diesen Leuten zu tun. Schließlich kann Arthur ja nicht umsonst arbeiten. Wobei mir einfällt«, sagte ich und schnippte mit den Fingern. »Wer bezahlt dich eigentlich?«

»Arthur. In bar.«

»Oh.«

»Und warum bist du hier?«

»Hab ich doch schon erzählt, ich hab euch von meinem Zimmer aus gehört.«

»Nein, ich meine hier in Kilsaney.«

»Oh.«

Schweigen. Ich überlegte angestrengt. Auf keinen Fall konnte ich ihm die Wahrheit sagen. Ich wollte kein Mitleid.

»Ich dachte, du hast gesagt, Arthur hat dir von mir erzählt.«

»Das wäre schon preiswürdig, wenn ich irgendwas wirklich Interessantes aus ihm rausgekriegt hätte. Er hat bloß erzählt, dass du mit deiner Mum bei ihnen wohnst.«

»Wir mussten ausziehen, weißt du. Für eine Weile. Wahrscheinlich nur den Sommer über. Wir haben unser Haus verkauft. Und jetzt schauen wir uns nach einem neuen um.«

»Aber dein Dad ist nicht hier?«

»Nein, nein, er … äh … er hat Mum verlassen, wegen einer anderen.«

»O Mann, das tut mir aber leid.«

»Na ja, hm … sie ist Model, grade mal zwanzig. Sehr bekannt, immer in irgendwelchen Zeitschriften. Sie nimmt mich mit, wenn sie durch die Clubs zieht.«

Mit gerunzelter Stirn sah er mich an, und ich kam mir vor wie ein Idiot. »Siehst du ihn noch manchmal?«

»Nein, nicht mehr.«

Ich folgte dem Rat in meinem Tagebuch. *Ich hätte Weseley nichts von Dad erzählen sollen.* Aber ich fühlte mich überhaupt nicht besser. Sicher, ich log auch bei Marcus, aber das war irgendwie gerechtfertigt, weil bei Marcus alles eine dicke, fette Lüge war. Aber Weseley wollte ich nicht anlügen. Außerdem würde er von Arthur sowieso die Wahrheit erfahren – in etwa zehn Jahren.

»Weseley, tut mir leid, aber das war gelogen.« Ich rieb mir das Gesicht. »Mein Dad … mein Dad ist tot.«

Er setzte sich auf. »Was? Wie?«

Ich hätte mir irgendwas anderes einfallen lassen sollen. Dass er im Krieg umgekommen ist oder so, keine Ahnung, nur irgendwas anderes, irgendeinen normaleren Tod.

»Äh. Krebs.« Jetzt wollte ich nur noch, dass wir aufhörten, über meinen Vater zu sprechen. Ich wollte das nicht. Ich konnte nicht. Ich wollte, dass Weseley aufhörte, nach ihm zu fragen. »Hodenkrebs.«

»Oh.«

Es wirkte. Er sagte nichts mehr.

Kurz darauf bedankte ich mich bei ihm, kletterte aus dem Fenster und ging. Doch auf halbem Weg zum Haus blieb ich stehen, drehte mich um und rannte noch einmal zurück.

»Weseley«, flüsterte ich etwas atemlos am Fenster. Er räumte gerade die Dosen und Zigarettenkippen aus dem Raum.

»Hast du was vergessen?«

»Äh, ja …«, flüsterte ich.

»Warum flüsterst du?«, antwortete er ebenfalls flüsternd, kam zum Fenster und schaute heraus, auf die Ellbogen gestützt.

»Weil, äh … ich möchte das eigentlich nicht laut aussprechen.«

»Okay …« Sein Lächeln verblasste.

»Du wirst bestimmt gleich denken, ich bin komisch.«

»Ich denke jetzt schon, du bist komisch.«

»Oh. Okay. Äh, mein Dad ist nicht an Krebs gestorben.«

»Nein?«

»Nein, ich hab das nur gesagt, weil es leichter war. Obwohl der Teil mit den Hoden dann doch gar nicht so einfach war. Sondern nur seltsam.«

Er lächelte sanft. »Woran ist er denn gestorben?«

»Er hat sich umgebracht. Hat absichtlich Tabletten genommen und Whiskey dazu getrunken. Und ich hab ihn gefunden.« Ich schluckte.

Und da war sie auch schon. Die Veränderung in seinem Gesicht, die ich in meinem Tagebuch beschrieben hatte. Pures

Mitgefühl. Der nette Gesichtsausdruck, den man bei jeder x-beliebigen Person aufsetzt. Er schwieg.

»Ich wollte einfach nicht lügen«, erklärte ich und zog mich langsam zurück.

»In Ordnung. Danke, dass du es mir gesagt hast.«

»Ich hab noch nie mit jemandem darüber gesprochen.«

»Ich werde es niemandem verraten.«

»Okay, danke. Jetzt muss ich wirklich gehen.«

Das war alles so peinlich.

»Gute Nacht.«

Er beugte sich weiter aus dem Fenster und hob die Stimme. »Bis bald, Tamara.«

»Japp. Klar.«

Aber ich wollte nur weg.

Die Bande in der Eingangshalle pfiff und lachte, und ich verschwand in der Dunkelheit.

In dieser Nacht lernte ich etwas sehr Wichtiges. Man sollte nicht versuchen, sich in den Lauf der Dinge einzumischen. Manchmal muss man es aushalten, dass man sich unbehaglich fühlt. Manchmal muss man vor anderen Menschen zeigen, dass man verletzlich ist. Manchmal ist das notwendig, denn nur so lernt man sich wieder ein Stück besser kennen. Offensichtlich hatte das Tagebuch nicht immer recht.

14

Ein Uhr

In meinem Tagebuch stand, dass ich bis ein Uhr Zeit haben würde.
Es war schon ein seltsames Gefühl, dass der Morgen sich genau so abspielte, wie ich es am Abend vorher gelesen hatte. Rosaleen weckte mich, sagte mir, ich sollte zu Hause bleiben, und vermittelte mir – zum zweiten Mal – ganz deutlich den Eindruck, dass ich mich in ihrer kleinen Welt lieber nicht zeigen sollte. Offenbar wäre es ihr unangenehm gewesen, vor ihren Bekannten zugeben zu müssen, dass Mum und ich existierten, und schlimmer noch, dass mein Vater sich das Leben genommen hatte – die schrecklichste Sünde von allen. Ich war wütend, dass sie uns verleugnete, und musste gegen den Impuls ankämpfen, ihr aus reinem Trotz zu sagen, dass ich mit zur Messe wollte. Aber ich blieb unter der Decke liegen, horchte, wie ihr Auto in den sepiafarbenen Tag davonfuhr, und beschloss, meinen Tag an dieser Stelle anders zu gestalten, als im Tagebuch vorgesehen. So seltsam es auch war, dass ich theoretisch schon wusste, was passieren würde, begann ich mich langsam daran zu gewöhnen.

Statt nach Rosaleens und Arthurs Abfahrt wieder einzuschlafen, wie es in dem Eintrag gestanden hatte, zog ich mich an und lief nach unten. Als der gelbe Cinquecento wie erwartet mit offenen Fenstern die Straße heruntergebraust kam, erwartete ich ihn bereits auf der Gartenmauer sitzend.

»Ah!« Schwester Ignatius' Augen strahlten. »Dich hab ich gesucht. Kommst du mit zur Messe?«

Nachdenklich betrachtete ich das Auto mit den vier dicht an dicht nebeneinandergequetschten Nonnen.

»Oh, du kannst dich doch auf Schwester Reginas Knie setzen«, scherzte Schwester Ignatius, und aus dem Wageninnern erhob sich protestierendes Gemurmel. »Wir singen immer bei der Morgenmesse, und du bist doch im Chor, also könntest du mitmachen – natürlich nur, wenn deine Halsentzündung sich inzwischen gebessert hat.«

Unmöglich!, formte ich mit den Lippen, griff mir an die Gurgel und klappte demonstrativ tonlos den Mund auf und zu.

»Du solltest mit Salz gurgeln, dann bist du bald wieder fit«, riet sie mir und musterte mich dabei. Aber dann hellte sich ihre Miene wieder auf. »Übrigens danke für das Buch.«

»Gern geschehen«, brach ich nun doch mein Schweigen. »Das hab ich extra für Sie ausgesucht.«

»Dachte ich mir schon«, kicherte sie. »Weißt du, am Anfang mochte ich diese Marilyn Mountrothman überhaupt nicht. Total verklemmt, mit viel zu hochgesteckten Erwartungen, aber am Ende hatte ich sie richtig ins Herz geschlossen. Genau wie Tariq. War nicht unbedingt einleuchtend, die Beziehung zwischen den beiden, aber dass er die ganze Zeit wusste, was sie dachte – ich muss sagen, das hat mich fasziniert. Vor allem, als sie wegen der Nachricht von ihrem Vater so geweint hat, ihm aber nichts davon erzählen wollte. Und er hat es trotzdem erraten. Er wusste, dass sie ihn liebte. Kluger Mann! Vermutlich hat er es so zum Ölmagnaten gebracht und seine Millionen gescheffelt. Außerdem mag ich es, wenn ein Foto von den Hauptpersonen auf dem Einband ist. Dann kann man sich die Leute viel besser vorstellen. Der Kerl sah doch ziemlich gut aus mit seinen zurückgekämmten Haaren und den durchtrainierten Muskeln …«

»Haben Sie das Buch tatsächlich gelesen?«

»Aber selbstverständlich. Jetzt hat Schwester Conceptua es gerade angefangen.«

Die Frau auf dem Beifahrersitz drehte sich um. »Verratet mir bloß nicht noch mehr von der Handlung. Er hat gerade erst das Privatflugzeug nach Istanbul gechartert.«

»Oh, dann hast du das Beste noch vor dir«, versprach Schwester Ignatius und klatschte in die Hände. »Nur eine kleine Andeutung, nur zwei Worte – Türkischer Honig!«, fügte sie hinzu.

»Halt bitte den Mund«, fuhr Schwester Conceptua sie an. »Am Ende verrätst du noch alles.«

»Wir müssen weiter«, rief Schwester Mary, die am Steuer saß. »Sonst kommen wir zu spät zur Messe.«

»Aber nächste Woche nehmen wir dich mit, okay?«, sagte Schwester Ignatius zu mir, auf einmal ganz ernst.

»Ich überlege es mir«, nickte ich. »Aber heute möchte ich lieber zurück ins Bett und mich ausschlafen. Falls Sie Rosaleen sehen, sagen Sie ihr das bitte?«

»Hast du wirklich vor zu schlafen?«, fragte Schwester Ignatius argwöhnisch und kniff die Augen zusammen.

»Ja, ich spiele tatsächlich mit dem Gedanken.«

»Aha. Aber du führst irgendwas im Schilde, oder nicht?«

»Wir müssen wirklich los«, sagte Schwester Mary und ließ den Motor an.

»Moment bitte!«, rief ich hastig. »Ich wollte Sie noch nach einem Namen fragen.«

Kurz darauf brauste das gelbe Auto wieder um die Ecke, in vollem Tempo, und Schwester Ignatius streckte den Arm zum Abschied weit aus dem Fenster und winkte.

Inzwischen war es zehn Uhr.

Meine Prioritäten waren klar. Ganz oben auf der Liste stand Mum. Also suchte ich als Erstes im Telefonbuch den Namen heraus, den ich soeben von Schwester Ignatius erfahren hatte, und wählte die Nummer. Es klingelte einmal, zweimal, dreimal, und gerade als der Anrufbeantworter anspringen wollte, meldete sich jemand.

»Hallo«, krächzte eine Männerstimme und räusperte sich dann ausführlich. »Moment mal bitte«, fügte der Mann dann etwas atemlos hinzu, und ich hörte, wie er sich bemühte, den AB abzuschalten.

Auch ich räusperte mich. Tamara die Große, Tamara die Erwachsene hatte etwas zu erledigen.

»Hallo, ich möchte gern einen Termin bei Dr. Gedad vereinbaren.«

»Oh, der ist leider nicht da.« Jetzt klang der Mann, als wäre er halb eingeschlafen. »Soll ich ihm etwas ausrichten?«

»Äh … nein … kommt er denn vor eins wieder zurück?«

»Die Praxis ist sonntags geschlossen.«

Ich zögerte. Irgendwie klang die Stimme am anderen Ende der Leitung vertraut.

»Es geht um einen Hausbesuch.«

»Ist es ein Notfall?«

Ich hielt die Luft an. Dann fragte ich: »Weseley, bist du das?«

»Ja. Mit wem hab ich denn das Vergnügen?«

Lass dir schnell einen Namen einfallen, Tamara, denk dir irgendwas aus!

»Ich bin's, Tamara«, sagte ich stattdessen. »Tut mir leid, wenn ich dich geweckt habe.«

»Tamara!« Jetzt klang er schon etwas wacher. »Alles klar bei dir? Brauchst du einen Arzt? Dr. Gedad ist mein Vater.«

»Oh … nein, es geht nicht um mich, es geht um meine Mutter. Aber es ist kein Notfall oder so. Meinst du, dein Dad ist bis eins wieder da?«

»Keine Ahnung. Meine Eltern gehen zur Messe und dann auf den Markt. Normalerweise sind sie so gegen eins wieder da.«

»Was haben die denn hier immer mit der Messe und dem Markt?«

»Ja, anscheinend sind sie alle ganz heiß darauf.« Er gähnte. »Ich glaube, mein Vater geht nur hin, um jedem, der einmal hustet, seine Visitenkarte aufzudrängen.«

Ich lachte. »Warst du gestern noch lange unterwegs?«

»Etwa eine Stunde. Hast du uns nicht mehr gehört?«

»Ich hab etwa eine halbe Stunde gebraucht, um wieder in mein Zimmer zu klettern. Ich hatte aus Versehen das Fenster zugemacht, und bei dem Versuch, es wieder hochzuschieben, sind alle meine Fingernägel abgebrochen.«

Er lachte. »Du hättest zurückkommen und mich holen sollen, dann hätte ich dir geholfen. Ich weiß, wo Arthur sein Reservewerkzeug versteckt hat. Soll ich meinem Dad sagen, dass er dich um eins zurückruft?«

»Nein, schon okay. Es müsste vor eins sein.«

»Und was ist mit morgen?«

Bis Arthur und Rosaleen das nächste Mal weg waren, würde ich eine Woche warten müssen. Es sei denn … Wenn Rosaleen bei ihrer Mutter war, hatte ich ein kleines Zeitfenster.

»Morgen zwischen zehn und elf?«

»In Ordnung, ich sag ihm Bescheid. Dann ruft er dich an.«

»Nein, nein«, wehrte ich rasch ab. »Hier kann er mich nicht anrufen.«

»Na, hast du denn kein *Handy*?«, fragte er etwas spöttisch.

»Nein.«

»Okay«, seufzte er. »Es ist noch zu früh am Morgen, da kann ich nicht denken. Sekunde mal.«

Ich wartete.

»Also«, fuhr er fort, »verstehe ich das richtig: Du willst nicht, dass Rosaleen und Arthur etwas davon erfahren? Dann frage ich meinen Dad, sobald er zurückkommt, ob er morgen Vormittag Zeit hat. Und ich könnte mich um zwei am Schloss mit dir treffen und dir Bescheid geben.«

Ich lächelte. Anscheinend hatte er Lust, mich wiederzusehen, denn sonst hätte er ja einfach nur anrufen können.

Als ich auflegte, war ich ganz aufgeregt. Zwar hatte ich den ersten Punkt auf meiner Liste noch nicht ganz erledigt, aber für heute konnte ich ihn abhaken.

Mission Nummer zwei war die Erforschung des Bungalows. Ich wollte zumindest einen Blick in den Garten werfen, aber möglichst ohne der alten kranken Dame einen Schrecken einzujagen. Deshalb beschloss ich, ein Frühstück für sie zuzubereiten – sozusagen als Alibi. Ich füllte Beeren in eine Schale, kochte Wasser, toastete ein paar Scheiben Brot und gab ein paar verquirlte Eier in die Pfanne, um Rührei zu machen … was leider direkt anbrannte. Ich weichte die Pfanne in der Spüle ein und stellte mir Rosaleens Gesicht vor, wenn sie das Malheur entdeckte – sie würde bestimmt nicht begeistert sein. Das übrige Frühstück lud ich auf ein Tablett und legte ein Geschirrtuch darüber, wie ich es jeden Morgen bei Rosaleen gesehen hatte. Ziemlich stolz auf mein erstes selbst gemachtes Frühstück verließ ich das Haus und machte mich – sehr langsam, um den Tee nicht zu verschütten – auf den Weg. Es war ziemlich schwierig, über das Tor zu klettern, weil ich ja das schwere Tablett mit beiden Händen festhalten musste und mich nicht am Pfosten abstützen konnte. Nach der Aktion war das Geschirrtuch zwar teedurchweicht, aber ich ließ mich nicht beirren, ging am Wohnzimmerfenster mit den Netzgardinen vorbei und weiter den Weg seitlich am Haus entlang. Wieder blendete mich das helle Licht. Instinktiv kniff ich die Augen zusammen und stützte das Tablett einen Moment an der Hausmauer ab, um sie mir zu reiben. Klappernd rutschten Teller und Tassen zusammen, und um ein Haar wäre alles abgestürzt. Als ich wieder sehen konnte, ging ich weiter, hielt die Augen jetzt aber vorsichtshalber auf den Boden gerichtet. So trat ich am Ende des Wegs in den Garten, in der festen Erwartung, eine große Überraschung zu erleben: vielleicht eine alte Frau, die hier wunderschöne Blumen züchtete, vielleicht Riesenpilze und Feen und Einhörner – eine ganze Zauberwelt, die Rosaleen vor mir geheim halten wollte. Aber nichts dergleichen. Vor mir erstreckte sich eine lange Wiese, die auf beiden Seiten von Bäumen gesäumt wurde. Eins war sicher: Rosaleens Mutter hatte keinen grünen Daumen.

Die Rückseite des Bungalows machte den gleichen verwahrlosten Eindruck wie die Vorderseite. Auch hier hingen Netzgardinen vor den Scheiben. Es gab zwei Fenster und eine Hintertür. Hinter einem Fenster lag offensichtlich die Küche, denn ich konnte einen Wasserhahn und eine Spüle ausmachen. Die Tür war allem Anschein nach etwas neuer als das übrige Haus, braun mit gelblichem Milchglas. Durch das zweite Fenster konnte man gar nichts sehen.

Da im Fenster des Schuppens immer noch das verlockende blitzende Objekt schimmerte, ignorierte ich das Haus fürs Erste und ging darauf zu. Auf halbem Weg fiel mir ein, dass es besser gewesen wäre, das Tablett irgendwo abzustellen, aber nun war ich unterwegs und hatte keine Lust auf Verzögerungen. Aus der Nähe erkannte ich, dass der leuchtende Gegenstand ein Glasmobile war, das an einer Schnur hing, ein elegantes Gebilde, unten spitz zulaufend, etwa in der Form eines Weintraubenbündels, aber sicher anderthalb Meter lang. Wenn der böige Wind sich darin verfing, drehte es sich im Kreis, tanzte und wirbelte und vermittelte die Illusion, dass es sich spiralförmig nach unten bewegte, wobei es immer wieder das Licht einfing. Ein hypnotisierendes Schauspiel.

Während ich noch auf das Glas starrte, nahm ich aus dem Augenwinkel hinter mir eine Bewegung wahr. Schnell drehte ich mich um, aber da waren nur die Bäume, die sich leise im Wind bewegten. Schon wollte ich mich damit abfinden, dass es nur eine Reflexion im Gras gewesen war, als ich die Bewegung zum zweiten Mal bemerkte. Ich schaute noch einmal hin, und tatsächlich – da war eine Gestalt im Schuppen! Langsam näherte ich mich, so leise es mit meinem schweren Tablett eben möglich war. Inzwischen bereute ich schon, es mitgebracht zu haben, denn Eier und Tee waren bestimmt längst kalt und die gebutterten Toastscheiben matschig. Der Fenstersims befand sich etwa auf Höhe meiner Schulter, ich stellte mich auf die Zehenspitzen und versuchte, möglichst unauffällig hineinzuspähen. Den Raum selbst nahm ich kaum wahr, ich konzentrierte mich voll und ganz auf die menschliche Gestalt. War das Rosaleens Mutter? Musste ich damit rechnen, dass sie plötzlich mit einer Glasscherbe auf mich losging, um mich zu verjagen?

Aber ich sah nur den Rücken der Gestalt, die sich, eingehüllt in eine lange braune Jacke, über eine Werkbank beugte. Sie hatte lange, dünne Haare, mehr grau als braun, die aussahen, als wären sie mindestens einen Monat nicht gekämmt worden. Eine Weile beobachtete ich sie und überlegte, ob ich klopfen sollte oder lieber nicht. Ich kannte ja nicht mal ihren Namen, auch nicht Rosaleens Mädchennamen. Wie also sollte ich die alte Dame ansprechen? Aber schließlich fasste ich mir doch ein Herz und pochte leise an die Scheibe.

Die Gestalt zuckte heftig zusammen, und ich konnte nur hoffen, dass sie keinen Herzinfarkt bekommen hatte. Langsam und steif drehte sie sich ins Profil. Die mir zugewandte Seite des Gesichts war größtenteils hinter den ungepflegten Haaren verborgen, eine riesige Schutzbrille verdeckte die halbe Stirn und drückte in die Wange. Nichts als Haare und Brille, die Karikatur eines verschrobenen Professors.

Das Tablett mit dem rutschenden und klirrenden Geschirr auf den Knien balancierend, winkte ich der Gestalt zu und setzte mein freundlichstes Lächeln auf, denn ich wollte unmissverständlich zeigen, dass ich in friedlicher Absicht gekommen war. Aber das Profil blieb starr und ausdruckslos. Ich hielt das Tablett einen Moment in die Höhe, um zu zeigen, was ich mitgebracht hatte, setzte es wieder auf den Knien ab und tat so, als würde ich essen. Immer noch keine Reaktion. In diesem Moment wusste ich, dass ich großen Ärger kriegen würde – mein Plan war nicht aufgegangen. Rosaleen hatte recht: Ihre Mutter war nicht in der Verfassung, die Bekanntschaft wildfremder Menschen zu machen, und selbst wenn sie es gewesen wäre, hätte ich trotzdem warten müssen, bis Rosaleen uns einander vorstellte. Vorsichtig trat ich ein paar Schritte zurück.

»Ich lass das hier für Sie stehen«, verkündete ich dann mit lauter Stimme, damit die alte Frau mich hören konnte, stellte das Tablett ins Gras und drehte mich um. Als ich den Rückzug antrat, fiel mein Blick auf den Rest des Gartens hinter dem Schuppen, und ich blieb mit offenem Mund stehen: Über den Rasen waren Wäscheleinen gespannt, eine neben der anderen, bestimmt zehn bis zwanzig, und an allen hingen Glasmobiles, Dutzende, in allen erdenklichen Formen, manche geriffelt, manche glatt, aber jedes einzelne ein eigenständiges Kunstwerk, so baumelten sie an der Leine, fingen das Licht ein, glitzerten und wiegten sich im Wind.

Ich ging am Schuppen vorbei und trat auf den Rasen, um genauer hinzusehen. Die Mobiles waren genau in den richtigen Abständen voneinander aufgehängt, dass sie sich gegenseitig nicht in die Quere kamen. Schon ein einziger Zentimeter weniger Zwischenraum hätte gereicht, und es wäre zu Zusammenstößen gekommen. Die Leinen waren fest gespannt, auf der einen Seite an der Mauer, auf der anderen an einem Pfosten befestigt. Da sie relativ hoch hingen, musste ich nach oben schauen, sodass der helle Himmel durch das Glas schimmerte. So etwas Schönes hatte ich noch nie gesehen. Manche Mobiles sahen aus wie große Tropfen, wie Tränen, die, statt herunterzufallen, mitten in der Luft zu Eis erstarrt waren. Andere waren geradliniger, fast wie Nadeln – scharf wie Eiszapfen oder schmale Dolche. Jedes Mal, wenn der Wind blies, schwangen sie hin und her. Ganz langsam ging ich an einer Reihe entlang und betrachtete die kleinen Kunstwerke. Bei manchen enthielt das Glas kleine Luftblasen, andere wieder waren vollkommen klar. Wenn ich meine Hand dahinterlegte, sah sie bei manchen Mobiles vernebelt aus, bei anderen fest umrissen. Doch alle Glasfiguren waren faszinierend und wunderschön, ob sie nun fremdartig geformt und beunruhigend waren oder entzückend hübsch und so zerbrechlich, dass ich Angst hatte, sie könnten bei der geringsten Berührung kaputtgehen.

Eigentlich wollte ich noch weiter gehen und auch die anderen Leinen genauer betrachten, aber als ich mich umdrehte, um mich zu vergewissern, dass ich allein war, sah ich, dass die Gestalt an ein anderes Fenster getreten war, von dem aus sie diesen Teil des Gartens überblicken konnte. Und sie schaute mich an, die Hand fest an die Scheibe gedrückt. Unwillkürlich blieb ich stehen, lächelte in ihre Richtung und fragte mich, wie lange sie wohl schon so dastand und mich beobachtete. Sosehr ich mich auch bemühte, ihre Gesichtszüge zu erkennen, es war unmöglich, denn wieder zeigte sie sich mir nur in der Silhouette, ihre langen Haare fielen ihr über die Schultern, nicht grau, wie ich vorhin gedacht hatte, sondern mausbraun mit weißen Strähnen. Sie erschien mir alterslos, gesichtslos – und noch rätselhafter, als ich sie mir vorgestellt hatte.

Ich verließ das Feld der Glasmobiles, prägte sie mir alle ins Gedächtnis ein, als würde ich sie zur Strafe für mein unerlaubtes Eindringen niemals wiedersehen. Als ich wieder im anderen Teil des Gartens war, konnte ich die Gestalt immer noch sehen, wie sie mich beobachtete, jetzt nicht mehr am Fenster, sondern von weiter weg, tiefer im Zimmer.

Ich winkte noch einmal, deutete auf das Tablett im Gras und machte wieder meine Pantomime, als wäre Fütterungszeit im Zoo. Doch die Gestalt starrte mich nur an, ohne die geringste Reaktion zu zeigen. Ich fühlte mich absolut unbehaglich – warme Sonne, endgültig tot –, machte kehrt und verließ mit raschen Schritten den Garten, ohne mich noch einmal umzudrehen. So hatte ich mich als kleines Mädchen oft gefühlt, wenn ich im Dunkeln von meiner Freundin nach Hause zurückgelaufen war und Angst hatte, dass mich eine Hexe verfolgte.

Inzwischen war es zwölf Uhr mittags.

Ich wanderte im Wohnzimmer auf und ab, hin und her, von

links nach rechts, vor und zurück. Setzte mich hin, stand wieder auf. Ging zu Mums Zimmer, blieb vor der Tür stehen und kehrte in mein eigenes Zimmer zurück. Ich rang die Hände, schaute aus dem Fenster, halb in der Erwartung, Rosaleens Mutter im Rollstuhl rasant die Straße überqueren zu sehen, auf den Hinterrädern, eine Peitsche schwingend. Und auch Rosaleen und Arthur sah ich in meiner Fantasie schon in Höchstgeschwindigkeit um die Ecke biegen. Bestimmt hatte Rosaleen um den Bungalow herum Fallen aufgestellt, und ich hatte an einem Draht gerissen, ein Grashalm war nicht an seinem üblichen Platz, ich war durch einen Laserstrahl gegangen und hatte ein Alarmsignal in ihrer Handtasche ausgelöst. Jetzt würde sie mich ans Bett fesseln, mir die Beine mit einem Vorschlaghammer brechen und mich zwingen, einen Roman für sie zu schreiben. Aber das konnte ich nicht. Meine Schreibkünste reichten kaum für ein Tagebuch. Keine Ahnung – ich hatte einfach das Gefühl, dass alles passieren konnte. Zu Hause hatte ich mich ständig über die Regeln hinweggesetzt, aber hier war es anders. Hier war alles so strikt und altmodisch, als würde man auf einer Ausgrabungsstätte leben, wo man sich nur auf Zehenspitzen fortbewegen und auf bestimmte Stellen treten durfte, wo alle leise redeten, um die zerbröckelnden Mauern nicht zum Einsturz zu bringen, oder mit kleinen Bürsten und Spachteln zwar an der Oberfläche kratzten und den Staub wegbliesen, aber nie weiter in die Tiefe gingen. Und ich war mit Schaufel und Harke durch die Gegend gestapft und hatte alles kaputtgemacht.

Ich musste zum Bungalow zurück und das Tablett holen, denn sonst wusste Rosaleen, was ich getan hatte. Hoffentlich hatte ich ihre Mutter nicht aus Versehen vergiftet – o Gott, was, wenn doch? Eier konnten gefährlich sein, und ich hatte vergessen, die Beeren zu waschen. Konnte man an Salmonellen sterben? Um ein Haar hätte ich zum Telefon gegriffen und Weseley angerufen, aber ich widerstand der Versuchung. Nachdem ich viel zu viel Zeit mit Sorgen und Ängsten verschwendet hatte, wurde mir klar, dass gar nichts passieren würde – jedenfalls nicht jetzt gleich – und dass ich auch nichts Schlimmes verbrochen hatte. Ich hatte nur versucht, nett zu einer alten Frau zu sein. Wenn ihr mich dafür an die Wand stellen und erschießen wollt, bitte schön. Ich konnte nur hoffen, dass ihr das Frühstück geschmeckt hatte.

Allmählich beruhigte ich mich wieder. Als Nächstes stand die Garage hinten im Garten auf der Agenda. Ich nahm die Hintertür, die von der Küche direkt in den Garten führte, und rannte über die Wiese und zwischen Rosaleens Gemüsebeeten hindurch, die sich daran anschlossen. Ich schaute kurz zu Mums Fenster hinauf, aber sie war nicht zu sehen. Vermutlich schlief sie immer noch.

Soweit man das von einer Garage behaupten kann, war diese hier ziemlich hübsch, aus dem gleichen Sandstein gebaut wie das Haus, jedenfalls sah es für mich so aus, und allem Anschein nach stabiler als die Bauprojekte meines Dads. Ich meine das keineswegs respektlos meinem Vater gegenüber – er war stolz auf das, was er baute –, ich glaube nur, dass er sich nicht sonderlich für Architektur interessierte. Ihm ging es hauptsächlich darum, möglichst viele Menschen auf möglichst kleinem Raum unterzubringen. Diese Garage dagegen erstreckte sich großzügig über die gesamte Breite des Gartens, sicher fünfundzwanzig Meter. Rechts vom Haus, auf der anderen Seite der sauber geschnittenen Hecke, verlief ein weiterer Weg, der sich von dort quer über das Grundstück schlängelte und mittendrin gabelte. Eine Abzweigung führte zum Doppeltor der Garage. Ich hatte nie gesehen, dass Arthur den Traktor darin parkte. Vielleicht hatte Rosaleen recht, vielleicht war da drin wirklich kein Platz für unsere Sachen. Ich entschied mich für diesen Weg, weil man ihn vom Haus aus nicht sehen konnte, dafür war hier eine größere Tür mit einem schwereren Schloss. Ich spähte in sämtliche Fenster, konnte aber nichts sehen, da sie alle von innen mit schwarzen Säcken verhängt waren. Ich probierte die Einzeltür, die ebenfalls verriegelt war, und ging dann wieder zurück zum Doppeltor. Ich zog und zerrte, kickte und trat. Ich hämmerte mit einem Stein auf das Schloss ein, erreichte damit aber nichts weiter als ein paar Kratzer im Metall.

Als ich zum Haus zurückkam, war es halb eins, und ich war, was die Garage anging, kein Stück weitergekommen. Ich wusch mir die Hände und zog mich um, denn meine Klamotten waren von meinem Einbruchversuch ziemlich schmutzig. Dann schaute ich nach Mum, die endlich wach war und duschte. Ich ließ mir Zeit beim Anziehen, denn ich wusste ja genau, wann Rosaleen und Arthur zurückkommen würden. In aller Ruhe setzte ich mich dann aufs Bett und schaute zum Bungalow hinüber. Aber was war das?

Auf dem Pfosten am Gartentor stand das Tablett. Ich stand auf und ließ den Blick über den Garten und das Haus schweifen. Niemand war im Garten, niemand am Fenster. Zur Sicherheit überprüfte ich, ob Rosaleen vielleicht doch früher zurückgekommen war, aber das Auto war nirgends in Sicht.

Es war zehn vor eins.

Ich rannte nach unten, nach draußen, über die Straße. Das Tablett war mit dem Geschirrtuch zugedeckt, genau wie ich es hingestellt hatte, aber das Essen darunter war verschwunden, die Teetasse leer. Das Geschirr glänzte, als wäre es gerade abgewaschen worden. Und auf dem Teller lag ein winziges Glasmobile, eine kleine Träne, zart und glatt, die genau in meine Hand passte. Sonst nichts. Kein Zettel, kein

Hinweis, dass dieses Kunstwerk für mich bestimmt war. Ich wartete, aber niemand kam. Inzwischen war es fast ein Uhr, und ich konnte nicht mehr länger hierbleiben. Ich durfte nicht riskieren, dass Rosaleen zurückkam und mich mit einem Tablett und einem Geschenk auf der Mauer erwischte. Also steckte ich die Glasträne in die Tasche und rannte, so schnell ich konnte – ohne dabei die Sachen auf dem Tablett in der Gegend zu verstreuen –, zurück über die Straße. Im selben Moment, als ich die Haustür hinter mir zuzog, hörte ich, wie das Auto sich näherte. Zitternd räumte ich die gespülten Tassen, Untertassen und Teller in den Küchenschrank zurück, stellte das Tablett wieder an seinen Platz, rannte nach oben ins Zimmer meiner Mutter und ließ mich aufs Bett fallen. Mum, die gerade aus dem Bad kam, sah mich schockiert an. Sekunden später öffnete sich die Tür, und Rosaleen streckte den Kopf herein.

»Oh, Entschuldigung«, sagte sie, und Mum zog das Handtuch enger um sich.

Höflich trat Rosaleen so weit von der Tür zurück, dass sie nur noch mich sehen konnte.

»Tamara, ist alles okay?«

»Ja, danke.«

»Was hast du denn den ganzen Vormittag über gemacht?« Ihre Frage klang nicht interessiert, sondern besorgt, und das nicht, weil ich mich gelangweilt haben könnte.

»Ich war hier bei Mum und habe gelesen.«

»Oh, gut.« Wie immer zögerte sie noch einen Moment, als hätte sie Angst, den Raum zu verlassen, und sagte dann: »Ich bin dann mal unten, falls ihr mich braucht.«

Damit schloss sie endlich die Tür. Als ich zu Mum sah, bemerkte ich zu meinem großen Erstaunen, dass sie mich anschaute und lächelte. Dann fing sie sogar an zu lachen und warf den Kopf zurück, sodass ich beinahe Lust bekam, den Termin bei Dr. Gedad abzusagen.

Kurz darauf ging die Tür abermals auf, und Rosaleen beäugte Mums Frühstückstablett.

»Jennifer, du hast ja schon wieder nichts gegessen.«

»Oh«, antwortete Mum und blickte auf, während sie in einen ihrer Kaschmir-Morgenmäntel schlüpfte. »Tamara kann mir helfen.« Dann lächelte sie Rosaleen freundlich an.

»Nein, nein«, widersprach Rosaleen hastig, kam herein und ergriff das Tablett. »Ich nehme es mit.«

Mit ihren strahlend blauen Augen beobachtete Mum sie weiter.

»Tamara, dein Lunch ist gleich fertig«, sagte Rosaleen nervös zu mir und verschwand rasch wieder aus dem Zimmer.

Verwirrt sah ich Mum an, aber statt mir eine Erklärung zu geben, hatte sie sich wieder in ihren Schutzpanzer zurückgezogen. Schildkröten ziehen sich entweder in ihren Panzer zurück, weil sie Angst haben oder weil ihnen von irgendwoher Gefahr droht. In beiden Fällen verlieren sie den Panzer nicht mehr, er wächst mit und wird Teil ihres Körpers.

Wenn Leute mich in diesem Sommer zu überzeugen versuchten, dass Mum nie wieder so werden würde, wie ich mich aus der Zeit vor Dads Tod an sie erinnerte – und solche Andeutungen bekam ich häufig zu hören –, musste ich immer an die Schildkröten denken. Ja, Mum würde den Schutzpanzer behalten, der ihr in den letzten Monaten gewachsen war, und sie würde ihn vermutlich für den Rest ihres Lebens mit sich herumschleppen, aber das bedeutete nicht, dass sie in ihm verschwinden musste. An diesem Tag sah ich den Beweis dafür, dass Mum nicht endgültig unerreichbar war, das sah ich in ihren Augen. Ich erinnere mich noch genau an den Moment. Es war Punkt ein Uhr.

15

Dinge in der Speisekammer

Heute sah Rosaleen anders aus, denn für die Messe und den Markt hatte sie sich richtig fein gemacht. Ihr Sonntagsstaat bestand aus einem knielangen beigefarbenen, vorn und hinten leicht geschlitzten Rock und einer cremefarbenen Puffärmelbluse mit einer Schleife am Halsausschnitt. Durch den leicht durchsichtigen Stoff der Bluse konnte man einen Spitzen-BH erahnen – auch wenn ich bezweifelte, dass ihr das bewusst war. Ziemlich elegant das Ganze. Dazu trug sie einen beigefarbenen Blazer mit einer Pfauenfederbrosche am Revers, und an ihren Füßen glänzten vorne offene Slingbacks aus hellem Lackleder. Nur vier, fünf Zentimeter Absatz, aber es sah echt gut aus. Als ich eine entsprechende Bemerkung machte, fing sie an zu strahlen, und ihre Wangen röteten sich.

»Danke.«

»Wo hast du die Sachen gekauft?«

»Oh«, antwortete sie, als wäre es ihr peinlich, über sich selbst zu reden. »In Dunshauglin. Ungefähr eine halbe Stunde von hier, da gibt es einen Laden, den ich mag. Mary ist so eine gute Frau, Gott segne sie …«

Gespannt wartete ich auf Marys tragische Geschichte und bekam sie auch gleich zu hören. Sie umfasste unter anderem einen toten Ehemann, und Gott wurde mehrmals eindringlich aufgefordert, die arme Mary zu segnen.

Schließlich versuchte ich es mit einem anderen Thema.

»Hast du eigentlich Geschwister, Rosaleen?«

»Ja, ich hab eine Schwester in Cork. Helen. Sie ist Lehrerin. Und einen Bruder, der wohnt in Boston.«

»Besucht ihr ihn manchmal?«

»Hin und wieder. Aber das letzte Mal ist schon eine ganze Weile her. Gewöhnlich hat meine Mutter die beiden immer besucht, zumindest Helen in Cork, damit sie mal rauskommt, aber jetzt kann sie das nicht mehr. Sie hat MS.« Sie sah mich an, plötzlich ganz offen. »Multiple Sklerose – weißt du, was das ist?«

»So ungefähr. Irgendwie arbeiten die Nerven und Muskeln nicht mehr richtig, glaube ich.«

»Ja, so ungefähr. Im Lauf der Zeit wird es schlimmer. Es geht ihr inzwischen ziemlich schlecht, deshalb bin ich dauernd am Hin-und-her-Laufen. Ich kann nicht verreisen, weil ich sie nicht alleinlassen will, weißt du. Sie braucht mich.«

Allem Anschein nach wurde Rosaleen von ziemlich vielen Leuten gebraucht. Aber vielleicht war es auch eher so, dass sie selbst es brauchte, gebraucht zu werden. Ich jedenfalls wollte nie in die Lage kommen, Rosaleen zu brauchen.

Zwar tauchte Rosaleens Mutter nicht auf, um sich über mich zu beschweren, aber nun war es bald zwei Uhr. Unbemerkt schlich ich mich aus dem Haus; Rosaleen war mit Backen beschäftigt. Inzwischen wusste ich, dass sie mit den dreitausend verschiedenen Kuchen, die sie im Lauf der Woche gebacken hatte, nicht nur uns und ihre Mutter ernährte, sondern das Gebäck auch noch zusammen mit ihrer selbst gemachten Marmelade und dem Biogemüse aus dem Garten auf dem Markt verkaufte. Als sie vorhin heimgekommen war, hatte sie mir nach langem umständlichem Kramen aus ihrem vollgestopften Portemonnaie einen Zwanzigeuroschein zugesteckt. Ich war ehrlich gerührt gewesen und wollte ihn erst gar nicht annehmen, aber sie hatte darauf bestanden.

Als ich das Schloss erreichte, saß Weseley auf der Treppe – meiner Treppe. Er trug Jeans, ein schwarzes T-Shirt mit einem blauen Totenkopf und blaue Turnschuhe. Ich fand ihn auch bei Tageslicht total cool.

Er blickte auf und zog die Ohrstöpsel aus den Ohren. »Er kann morgen um zehn vorbeikommen.«

Kein Hallo oder sonstige Begrüßung. Ich war ein wenig irritiert.

»Oh. Großartig, danke«, antwortete ich und wartete darauf, dass er aufstehen und davonflattern würde wie eine kleine Brieftaube, die ihre Botschaft überbracht hat. Aber er blieb sitzen. »Könnte er vielleicht auch um Viertel nach zehn kommen, falls Rosaleen spät dran ist?«

»Na klar, ich sag es ihm.«

»Okay. Großartig, danke«, wiederholte ich.

Als er daraufhin immer noch nicht ging, kam ich näher und lehnte mich ihm gegenüber an die Wand.

»Kennst du die Frau, die in dem Bungalow bei uns gegenüber wohnt?«

»Rosaleens Mutter? Ich hab sie in der ersten Woche nach unserer Ankunft hier gesehen, aber seitdem nicht mehr. Sie geht selten nach draußen. Sie ist ziemlich alt, ich glaube, sie hat Alzheimer oder so was.«

»Warst du schon mal in ihrem Haus?«

»Ich hab für Arthur ein paarmal Sachen dort abgeladen. Feuerholz, Kohlen, ein paar Kleinmöbel, solche Sachen. Aber Rosaleen begleitet mich immer hin und wieder zurück.« Er grinste. »Es ist ja nicht so, dass es dort groß was zu klauen gäbe. Falls sie sich deswegen Sorgen macht.«

»Na ja, wegen irgendwas macht sie sich jedenfalls Sorgen. Dann geht Arthur also nie selbst zum Bungalow. Wahrscheinlich kommt er mit Rosaleens Mutter nicht so gut aus, oder sie mit ihm. Warum wohl?«

»Gute Frage, Nancy Drew! Es könnte aber auch eine Erklärung sein, dass ich jetzt Arthurs Assi bin und er keinen Bock hat, seiner Schwiegermutter irgendeinen ollen Schaukelstuhl zu bringen, wenn ich das für ihn erledigen kann, billig, wie ich bin.«

»Aber er besucht sie auch nie.«

»Du lässt echt nicht locker, was?«

Das erinnerte mich daran, was Schwester Ignatius gesagt hatte – dass unser Kopf manchmal seltsame Dinge macht, wenn er etwas rauskriegen will. Sie hatte schon vor mir gewusst, dass ich etwas suchte.

»Es ist bloß, dass ...« Ich stockte und dachte einen Moment scharf nach. »Um ehrlich zu sein, finde ich es hier unglaublich langweilig.« Lachend setzte ich hinzu: »Wenn ich irgendwas zu tun hätte oder Freunde oder einfach jemanden, mit dem ich mich unterhalten kann, dann würde ich vielleicht nicht aus jeder Mücke einen Elefanten machen. Dann wären mir Rosaleen und ihre Geheimnisse egal.«

»Was denn für Geheimnisse?«, entgegnete Weseley, ebenfalls lachend. »Rosaleen hat doch keine Geheimnisse. Sie ist nur einfach nicht sonderlich redegewandt und so daran gewöhnt, allein zu sein, dass sie gar nicht mehr weiß, wie man was von sich erzählt, glaube ich.«

»Das weiß ich ja, und ich hab auch schon daran gedacht, aber ...«

»Aber was?«

Ich weiß nicht, wie oder warum, aber auf einmal fing ich an, ihm haarklein alles zu erzählen, was ich in den letzten Tagen erlebt hatte. Die ganzen seltsamen Gespräche, das verschwundene Fotoalbum, was ich im Garten hinter dem Bungalow gesehen hatte, das Tablett auf der Mauer. Dass Arthur dachte, Mum wollte ihn nicht sehen, dass Rosaleen es nicht ertrug, wenn ich ohne sie mit jemandem zusammen war, dass sie mich in dem Gespräch mit Schwester Ignatius nicht erwähnt hatte, dass Schwester Ignatius mir gesagt hatte, ich sollte Rosaleen Fragen stellen, dass meine Mum angeblich log, dass Rosaleen sie allem Anschein nach am liebsten den ganzen Tag in ihrem Zimmer einsperren wollte, dass Rosaleen immer heimlich zum Bungalow verschwand und mich nicht mitnehmen wollte, dass Rosaleen und Arthur sich gestritten hatten, ob unsere Sachen in die Garage passten.

Geduldig hörte Weseley mir zu, und die Art, wie er reagierte, brachte mich dazu, einfach immer weiterzusprechen und nichts zurückzuhalten.

»Okay …«, meinte er, als ich fertig war. »Das klingt zwar alles ein bisschen sonderbar, und ich verstehe, was dich argwöhnisch macht, aber wahrscheinlich gibt es für alles eine vollkommen normale Erklärung. Nämlich die Tatsache, dass Rosaleen einfach ein bisschen spinnt – entschuldige«, fügte er schnell hinzu. »Ich weiß, sie ist deine Tante.«

»Kein Problem.«

»Ich bin echt noch nicht lange genug hier, um die Leute richtig gut zu kennen, aber Rosaleen will mit niemandem in der Stadt näher was zu tun haben. Jedes Mal, wenn meine Mum ihr begegnet, schaut sie weg und geht schnell weiter. Keine Ahnung, ob sie einfach nur schüchtern ist oder was. Und wie sie dich behandelt – sie hat keine Ahnung, wie man sich als Mutter verhält, weil sie selbst keine Kinder hat. Damit will ich nicht sagen, dass du unrecht hast, Tamara. Es kann durchaus sein, dass die beiden etwas vor dir geheim halten wollen. Natürlich habe ich keinen blassen Schimmer, was das sein könnte, aber wenn irgendwas Seltsames passiert, dann sag mir Bescheid. Jederzeit.«

»Es passiert schon etwas, was ich extrem seltsam finde«, sagte ich.

Mein Herz hämmerte. Ich konnte es selbst kaum glauben, aber ich hatte plötzlich das dringende Bedürfnis, ihm von dem Tagebuch zu erzählen. Und es war mir wahnsinnig wichtig, dass er mir glaubte.

»Schieß los.«

»Du denkst bestimmt, ich bin verrückt.«

»Tu ich nicht.«

»Du musst mir glauben, dass ich nicht lüge. Bitte.«

»Okay, jetzt mach es nicht so spannend«, drängte er ungeduldig.

Und da erzählte ich ihm von dem Tagebuch.

Er wich ein Stück zurück, verschränkte die Arme vor der Brust, und seine Körpersprache ähnelte plötzlich einem Computer, der alle Programme herunterfährt. O Gott. Wie er mich auf einmal ansah! Als ich ihm erzählt hatte, dass mein Vater gestorben war, war die Veränderung nicht halb so extrem gewesen. Jetzt hielt er mich für irre, garantiert.

»Weseley«, setzte ich zaghaft an, aber dann fiel mir nichts mehr ein, was ich zu meiner Verteidigung hätte vorbringen können.

»Juhuuu!«, rief plötzlich eine Stimme. Weseley erwachte aus seiner Trance und schaute zum Eingang. Eine extrem hübsche Blondine schwebte herein und sah ihn an, ohne mich zu bemerken.

»Ashley«, sagte er überrascht. »Du bist aber früh dran.«

»Ich weiß, sorry. Das liegt nur daran, dass ich mich so freue, dich endlich wiederzusehen. Ich hab uns eine Decke mitgebracht.« Sie schwenkte den Picknickkorb, den sie in der Hand hielt, lief auf Weseley zu, stellte den Korb ab, schlang die Arme um Weseleys Hals und küsste ihn – nicht gerade schwesterlich. Zu meiner eigenen Überraschung war ich einen Moment echt eifersüchtig, aber ich schüttelte das Gefühl schnell ab. Als hätte sie meine Abwehr bemerkt, öffnete die Blonde die Augen und entdeckte mich, wie ich da an der Wand stand, die Arme vor der Brust verschränkt, angeödet von der ganzen Show.

»Das war eine sehr nette öffentliche Liebesbekundung, aber allmählich wird es langweilig. Kann ich gehen?«

Weseley löste sich aus der Umarmung und wandte sich lächelnd zu mir um.

»Wer bist du denn?«, fragte das Mädchen und sah mich an, als wäre ich ein unangenehmer Geruch. »Wer ist sie?«, erkundigte sie sich dann sicherheitshalber auch noch bei Weseley.

»Ich bin seine heimliche Geliebte. Am liebsten tun wir es in alten Schlössern, voll bekleidet, während ich mich an die Wand lehne und er auf der entgegengesetzten Seite des Raums auf dem Boden sitzt. Ganz schön schwierig, aber wir lieben Herausforderungen. Die sind so sexy. Bis später dann, Liebster.« Ich zwinkerte Weseley zu und ging zur Tür.

»Das ist Tamara«, hörte ich ihn sagen, als ich das Schloss verließ. »Bloß eine Freundin.«

Bloß eine Freundin. Drei Worte, die wahrscheinlich jede Frau töten können, aber ich musste lächeln. Meine sonderbare Geschichte hatte zumindest nicht dazu geführt, dass Weseley sich mit einer brennenden Fackel auf mich stürzte, um mich auf dem Scheiterhaufen mit Gewalt zur Vernunft zu bringen. Nein, wie es schien, hatte ich sogar einen Freund gefunden.

Und das Schloss war mein Zeuge.

»Tamara«, hörte ich ihn rufen, als ich in Sichtweite des Torhauses kam. Ich ging ein Stück zurück, an eine Stelle hinter den Bäumen, wo Rosaleen nicht sehen konnte, dass ich mich mit Weseley unterhielt.

Als er mich einholte, war er außer Atem.

»Wegen der Geschichte mit dem Tagebuch …«

»Ja, tut mir leid, vergiss es einfach …«

»Ich möchte dir wirklich glauben, aber ich kann es nicht.«

Das war gleichzeitig ein Kompliment und eine Beleidigung.

»Aber wenn du mir sagst, was morgen passieren wird, und es dann wirklich passiert, dann nehme ich es dir ab. Das ist einleuchtend, oder nicht?«

Ich nickte.

»Wenn du recht hast, helfe ich dir bei allem, was dann auf dich zukommt.«

Ich grinste.

»Aber wenn du es dir nur ausgedacht hast«, fuhr er fort, schüttelte den Kopf und sah mich wieder seltsam an, »dann, hm …«

»Ja, ich weiß. Dann möchtest du eine Beziehung mit mir anfangen. Alles klar.«

Er lachte. »Also, was passiert morgen?«

»Das habe ich noch nicht gelesen.«

Gestern Abend hatte ich das Haus verlassen, bevor der Eintrag im Tagebuch aufgetaucht war, und heute Vormittag war ich mit meinen ganzen Projekten so beschäftigt gewesen, dass ich keine Zeit zum Lesen gehabt hatte.

Weseley sah mich argwöhnisch an. Ich meine, ich konnte die Geschichte ja selbst kaum glauben, obwohl ich wusste, dass ich keine Lügen erzählte.

»Ich lese es nachher, wenn ich wieder in meinem Zimmer

bin, und ruf dich später an. Bist du zu Hause? Schließlich möchte ich dich und Juhuuu ja nicht unnötig stören.«

»Na gut, dann ruf mich eben später an«, antwortete er lachend und wandte sich zum Gehen. »Übrigens ist sie nicht meine Freundin.«

»Ja, klar«, rief ich zurück.

Zu Hause setzte ich mich demonstrativ zu Arthur und Rosaleen ins Wohnzimmer und tat so, als würde ich das Buch lesen, das Fiona mir geschenkt hatte. Als ich nicht mehr länger warten konnte, fing ich an zu gähnen, reckte und streckte mich, verabschiedete mich schließlich und ging hinauf in mein Zimmer. Dort holte ich das Tagebuch aus seinem Versteck unter dem losen Dielenbrett, stellte den Stuhl vor die Tür, machte es mir gemütlich und schlug das Buch auf. Hoffentlich begann der Eintrag schon mit dem morgigen Vormittag.

Ich hatte das Buch noch kaum aufgeklappt, da sah ich schon die Worte des vorherigen Eintrags verschwinden, als hätte der neue Tag die Tinte gelöscht, und an ihrer Stelle erschien in Schönschrift – *meiner* schönsten Schrift –, in hübschen Schwüngen und Kurven, ein Wort nach dem anderen, so schnell, dass ich kaum mitkam. Gleich die erste Zeile machte mich nervös.

Montag, 6. Juli
Was für ein Desaster! Wie verabredet ist heute früh Dr. Gedad erschienen. Um zehn verschwand Rosaleen zur Raubtierfütterung im Bungalow, genau wie ich es vorhergesehen hatte. Ich hab ihr nachgeschaut, um mich zu vergewissern, dass unterwegs nichts herunterfiel oder so, denn so ein Unfall hätte unweigerlich dazu geführt, dass sie frühzeitig wieder angerannt gekommen

wäre. Pünktlich um Viertel nach zehn traf Dr. Gedad ein. Ich schickte ein Stoßgebet zum Himmel, dass Rosaleen nicht aus dem Fenster schaute und sein Auto sah, denn das hatte ich ja leider nicht unter Kontrolle. Ich konnte nur dafür sorgen, dass sein Besuch bei meiner Mum möglichst zügig verlief und Dr. Gedad so schnell wie möglich wieder verschwand. Deshalb erwartete ich ihn schon an der Tür. Ich fand ihn auf Anhieb ausgesprochen nett. Wie sollte das bei einem Sohn wie Weseley auch anders sein? Wir standen noch in der Diele, als die Haustür aufging und Rosaleen hereinstürzte. Ehrlich, als sie den Arzt entdeckte, machte sie ein Gesicht, als wäre sie von der Polizei bei irgendwas in flagranti erwischt worden. Dr. Gedad schien aber nichts davon zu merken. Freundlich und zuvorkommend stellte er sich vor, weil er und Rosaleen sich noch nicht kannten. Rosaleen hat ihn angestarrt, als wäre ein Alien in ihr geliebtes Heim gebeamt worden. Dann hat sie einen ziemlich nervösen Vortrag über ihren Apfelkuchen vom Stapel gelassen; sie hatte ihn probiert, und statt Zucker war Salz drin, was ihr angeblich zum allerersten Mal in ihrem Leben passiert war. Sie machte einen echt aufgelösten Eindruck – als wäre dieses Versehen das Schlimmste, was einem Menschen passieren konnte. Jetzt wollte sie den anderen Kuchen holen, den sie eigentlich für uns zum Abendessen gebacken hatte, aber bestimmt waren Arthur und ich bereit, auf ihn zu verzichten, wenn sie ihn jetzt zu ihrer Mutter brachte. Ich meine, es war doch bloß ein Apfelkuchen! Aber sie hat richtig gezittert. Ich weiß nicht, ob sie so fertig war, weil sie einen Fehler gemacht hatte, oder ob es eher darum ging, dass ich hinter ihrem Rücken einen Arzt für Mum geholt hatte. Dr. Gedad erkundigte sich nach ihrer Mutter, weil er wohl gehört hatte, dass es ihr nicht gut geht, und dann hat sich die Situation so verdreht entwickelt, dass Dr. Gedad sich am Ende mit Rosaleen in die Küche setzte, um sich zu unterhalten, und mich haben sie nicht reingelassen. Als sie fertig waren, meinte der Arzt zu mir, er wäre sicher, dass seine Anwesenheit hier nicht benötigt würde und dass ihm mein Verlust sehr leidtue, und dann hat er mir irgend so eine Therapiebroschüre in die Hand gedrückt. Und weg war er.

Jetzt ist alles noch schlimmer als vorher. Ich halte es echt bald nicht mehr aus. Ich will hier nicht bleiben. Wenn Marcus das nächste Mal mit seinem Bus vorbeikommt, kidnappe ich ihn und zwinge ihn, mich nach Hause zu fahren.

Wo auch immer das sein mag – hier ist es garantiert nicht.

Keine Ahnung, ob ich morgen weiterschreibe.

Mit zitternden Händen legte ich das Buch unter die lose Diele zurück. Ich musste um jeden Preis verhindern, dass diese Katastrophe Wirklichkeit wurde. Also ging ich nach unten in die Küche, wo Rosaleen dabei war, Kuchen für den nächsten Tag zu backen.

Nervös an den Nägeln kauend saß ich da, beobachtete sie und überlegte krampfhaft, was ich tun sollte. Wenn ich sie daran hinderte, Salz anstelle von Zucker in den Kuchenteig zu mischen, konnte ich vermeiden, dass sie morgen zu früh ins Torhaus zurückkehrte. Aber wenn ich den Gang der Dinge veränderte, würde Weseley mir niemals glauben. Was war wichtiger – ein Arzt für Mum oder ein Verbündeter, der bereit war, mir zu helfen?

»Tamara, wärst du so nett, mir den Zucker aus der Speisekammer zu holen, bitte?«, unterbrach Rosaleen meine Grübelei.

Ich erstarrte.

Sie drehte sich um. »Tamara?«

»Ja«, sagte ich und kam mit einem Ruck in die Realität zurück. »Klar hole ich den Zucker für dich.«

»Wenn du den Messbecher einfach bis hier füllen könntest, wäre das eine große Hilfe«, sagte sie mit einem freundlichen Lächeln. Offenbar gefiel es ihr, dass wir uns näherkamen.

Ich nahm den Messbecher entgegen und ging zur Speisekammer. Vor Aufregung stand ich völlig neben mir. In dem kleinen Raum, der direkt von der Küche abging, betrachtete ich die bis zur Decke reichenden Regale, die gefüllt waren mit Vorräten für ungefähr die nächsten zehn Jahre. Es gab Schraubgläser mit allen erdenklichen Lebensmitteln, ordentlich beschriftet und mit Verfallsdatum versehen. Ein Fach mit Wurzelgemüse: Zwiebeln, Kartoffeln, Süßkartoffeln, Karotten. Ein Fach mit Konserven: Suppen, Brühe, Bohnen, eingemachte Tomaten. Darunter Gläser mit Reis, Nudeln in allen Formen und Farben, Bohnen, Haferflocken, Linsen, Müsli und getrockneten Früchten – Sultaninen, Rosinen, Aprikosen. Dann kamen die Backzutaten: Mehl, Zucker, Salz, Hefe, daneben zahllose Flaschen mit verschiedenen Ölen, Balsamessig, Austernsauce, Gewürze in kleinen Gewürzregalen. Noch mehr Gläser mit Honig und Marmelade: Erdbeer, Himbeer, Brombeer und sogar Pflaume. Das Angebot war unendlich. Zucker und Salz waren in entsprechende Behälter gefüllt, auch diese in der gleichen makellosen Handschrift etikettiert. Mit zitternden Händen griff ich nach dem Salzbehälter und dachte dabei an die Lektion der letzten Nacht: Ich konnte den vorhergesagten Gang der Dinge verändern. Ich musste der Geschichte des Tagebuchs nicht folgen. Wenn ich dieses Buch nicht gefunden hätte, wäre mein Leben weitergegangen, ohne dass ich die Zukunft kannte.

Aber dann dachte ich plötzlich an Weseley. Wenn ich Rosaleen den Zucker gab, würde sie morgen nicht zurückgelaufen kommen, sie würde den Arzt nicht abfangen, bevor er nach oben zu meiner Mutter gehen konnte, sie würde ihn nicht daran hindern, Mum zu besuchen. Wenn ich das Tagebuch änderte, dann hatte ich keine Ahnung, was passieren würde, ich konnte es Weseley nicht sagen, und er würde mir meine Geschichte niemals glauben. Ich würde meinen neuen Freund verlieren und wie der größte Freak des Planeten dastehen.

Aber wenn ich ihm sagte, was morgen passieren würde, dann würde der Arzt nicht nach Mum sehen. Wie lange wollte ich noch hier warten, während sie da oben saß, in einem Zustand, in dem es zwischen Schlafen und Wachen kaum einen Unterschied gab?

Endlich fasste ich einen Entschluss und griff nach dem Behälter.

16

Totale Abstraktion

In dieser Nacht schlief ich sehr wenig. Ich wälzte mich herum, mal war mir zu warm, und ich kickte die Decke von mir, dann war mir zu kalt, und ich kroch wieder darunter, streckte ein Bein heraus, dann einen Arm, aber nichts war bequem. Die goldene Mitte war unauffindbar. Wagemutig schlich ich schließlich nach unten in die Küche, um Weseley anzurufen. Natürlich benutzte ich nicht die Treppe, sondern machte meiner Sportlehrerin alle Ehre, indem ich übers Geländer kletterte und weich auf dem Steinboden landete. Aber obwohl ich so leise war und die Treppe mied, erschien Rosaleen genau in dem Moment, als ich das Telefon abhob, in der Küchentür. Sie trug ihr bodenlanges Nachthemd von circa 1800, das ihre Füße verdeckte, sodass es aussah, als schwebte sie wie ein Gespenst über dem Boden.

»Rosaleen!«, rief ich zu Tode erschrocken.

»Was machst du denn da?«, erkundigte sie sich flüsternd.

»Ich wollte mir ein Glas Wasser holen. Ich hab Durst.«

»Komm, ich geb es dir.«

»Nein«, zischte ich. »Ich mach das selber. Geh du wieder ins Bett.«

»Ich bleibe ein bisschen bei dir sitzen, während du …«

»Nein, Rosaleen«, protestierte ich mit erhobener Stimme. »Du kannst mir wirklich ein bisschen mehr Freiraum lassen. Ich trinke nur schnell ein Glas Wasser, dann geh ich auch wieder ins Bett.«

»Okay, okay.« Rosaleen hob die Hände und kapitulierte. »Gute Nacht.«

Ich wartete auf das Knarren der Treppenstufen. Dann hörte ich, wie die Tür geschlossen wurde, Rosaleens Schritte bewegten sich durchs Zimmer, dann ächzten die Bettfedern. Sofort rannte ich zum Telefon zurück und wählte Weseleys Nummer. Nach einem halben Klingeln war er dran.

»Hi, Nancy Drew.«

»Hi«, flüsterte ich. Dann wurde ich plötzlich ganz unsicher und stockte.

»Und – hast du das Tagebuch inzwischen gelesen?«

Verzweifelt hielt ich Ausschau nach einem Zeichen. Sollte ich es ihm erzählen oder lieber doch nicht? Ich spitzte die Ohren nach einem Unterton in seiner Stimme – machte er sich über mich lustig? Lockte er mich in eine Falle? Hatte er den Lautsprecher an seinem Telefon eingeschaltet, damit er sich mit seinen sämtlichen Hinterwäldlerfreunden über mich amüsieren konnte? Ihr wisst schon, die Art Witz, die ich gemacht hätte, wenn irgendein neu zugezogener Depp uneingeladen auf meine Party gekommen wäre und angefangen hätte, mir irgendeinen Mist von einem Tagebuch zu erzählen, in dem die Zukunft prophezeit wird.

»Tamara?«, hakte er nach, und ich konnte keinen Unterton ausmachen, nichts, was mich dazu bewogen hätte, mein Vorhaben zu ändern.

»Ja, ich bin noch dran«, flüsterte ich.

»Hast du das Tagebuch gelesen?«

»Ja.« Ich dachte angestrengt nach. Natürlich konnte ich

behaupten, dass ich ihn nur auf den Arm genommen hatte – ein total witziger Scherz, harr, harr, ungefähr so lustig wie der, dass mein Dad an Hodenkrebs gestorben war. Oh, wir würden uns den Bauch halten vor Lachen!

»Und? Komm schon, du hast mich schon bis elf warten lassen«, drängelte er. »Ich hab mir alle möglichen Sachen ausgedacht. Gibt es ein Erdbeben? Oder kennst du die Lottozahlen? Ist irgendwas dabei, womit wir vielleicht reich werden können?«

»Nein«, antwortete ich und musste unwillkürlich lächeln. »Bloß langweilige Gedanken und Gefühle.«

»Aha«, erwiderte er, aber ich hörte, dass auch er lächelte. »Also los, raus damit. Die Prophezeiung, bitte …«

In der Nacht wurde ich alle halbe Stunde wach, denn der Gedanke daran, was wohl am kommenden Tag passieren würde, ließ mir keine Ruhe. Um halb vier morgens hielt ich es nicht mehr aus und griff nach dem Tagebuch, um zu sehen, was sich verändert hatte und was der nächste Tag bringen würde.

Ich tastete nach der Taschenlampe neben dem Bett und schlug mit wild klopfendem Herz das Buch auf. Eine Weile musste ich mir die Augen reiben, weil ich gar nicht glauben konnte, was da vor meiner Nase passierte. Worte erschienen, verschwanden wieder, halbe, völlig sinnlose Sätze tauchten auf und waren genauso schnell wieder weg. Die Buchstaben schienen vom Papier zu hüpfen, alles geriet durcheinander, Chaos breitete sich aus. Es kam mir vor, als wäre das Tagebuch genauso verwirrt wie ich, unfähig, einen klaren Gedanken zu fassen, vom Formulieren ganz zu schweigen. Kurz entschlossen klappte ich das Buch zu und zählte bis zehn. Dann öffnete ich es wieder, voller Hoffnung. Aber die Wörter hüpften immer noch ohne Sinn und Verstand über die Seiten.

Meine Pläne mit Weseley hatten den morgigen Tag eindeutig beeinflusst, doch es war offensichtlich unklar, auf welche Weise. Vermutlich hing das davon ab, wie ich den Tag lebte, nachdem ich aufgewacht war. Die Zukunft war noch nicht geschrieben, sie lag noch in meinen Händen.

In den Momenten, in denen ich es schaffte zu schlafen, träumte ich von zerspringendem Glas: Ich rannte über die Glaswiese, aber es war ein stürmischer Tag, Scherben flogen umher, zerkratzten mein Gesicht, meine Arme, meinen Körper, drangen unter meine Haut. Aber ich konnte einfach nicht zum Ende des Gartens gelangen, sondern verlief mich ständig zwischen den Reihen der Mobiles, und am Fenster des Schuppens stand eine Gestalt und beobachtete mich, das Gesicht halb hinter langen, verfilzten Haaren versteckt. Doch jedes Mal, wenn ein Blitz aufzuckte, glaubte ich Rosaleen zu erkennen. Schweißgebadet, mit heftig klopfendem Herzen, erwachte ich und hatte solche Angst, dass ich mich kaum traute, die Augen aufzumachen. Irgendwann schlief ich wieder ein, nur um direkt wieder in den gleichen Traum zurückzugleiten. Um Viertel nach sechs konnte ich mich nicht mehr zum Schlafen zwingen und stand auf. Und obwohl doch mein ganzer Plan darauf beruhte, dass ich Mum helfen wollte, wieder sie selbst zu werden, hoffte ich, als ich nach ihr schaute, im Stillen, dass sie noch nicht okay war. Ich weiß nicht, warum – natürlich wünschte ich mir von ganzem Herzen, dass es ihr bald besser ging –, aber es gibt seltsamerweise immer einen Teil in einem Menschen, der die Dunkelheit nie verlassen möchte, einen Teil, der sich gern im Schatten versteckt und den Selbstzerstörungsknopf bewacht.

Als ich um Viertel vor sieben nach unten kam, war außer mir noch niemand auf den Beinen. Das war, seit ich hier wohnte, noch nie passiert. Ich machte mir eine Tasse Tee, setzte mich ins Wohnzimmer und versuchte, mich auf Fionas Buch über das unsichtbare Mädchen zu konzentrieren. Bisher hatte ich ungefähr einen Abschnitt am Tag gelesen, aber anscheinend versank ich heute, ohne es selbst zu bemerken, so darin, dass ich weder sah noch hörte, wie der Postbote zum Haus kam. Erst das Geräusch, mit dem die Post auf der Matte in der Diele landete, holte mich aus meiner Trance. Da ich gern jede Gelegenheit nutzte, um in diesem Haus, wo alles so präzise ablief wie ein Schweizer Uhrwerk, einmal etwas anders zu machen, ging ich zur Tür, um die Briefe zu holen. Aber in dem Moment, als ich mich bückte, schnappte eine Hand mir den Packen buchstäblich vor der Nase weg – als wäre ein Geier aus der Luft herabgestoßen, um blitzschnell sein Opfer zu packen.

»Lass nur, Tamara, ich mach das schon«, zwitscherte Rosaleen und stopfte die Post in ihre Schürzentasche.

»Ich wollte die Briefe bloß aufheben, Rosaleen. Nicht lesen.«

»Natürlich nicht«, erwiderte sie, als wäre ihr der Gedanke nie in den Kopf gekommen. »Aber du sollst hier einfach nur ausspannen und deine Ferien genießen«, lächelte sie und tätschelte mir die Schulter.

»Danke«, sagte ich, ebenfalls lächelnd. »Du kannst dir trotzdem manchmal ein bisschen helfen lassen«, fügte ich hinzu und folgte ihr in die Küche.

»Ach, ich mach das gern«, beteuerte sie und begann mit den Frühstücksvorbereitungen. »Und Arthur hat viele Fähigkeiten, aber er würde sein Frühstücksei bis September kochen, wenn man ihn lässt«, kicherte sie.

»Apropos September – wie sieht es damit eigentlich aus?«, fragte ich. »Mum und ich wollten ursprünglich doch nur den Sommer über hierbleiben. Jetzt ist Juli, und na ja, es hat mir nie jemand was gesagt, wie es im September weitergehen soll.«

»Ja, bald hast du Geburtstag«, erwiderte Rosaleen mit leuchtenden Augen, ohne auf meine Frage einzugehen. »Wir müssen uns dringend darüber unterhalten, was du da machen möchtest. Magst du deine Freunde in Dublin besuchen?«

»Am schönsten würde ich es finden, wenn ein paar Freunde hierherkommen könnten«, antwortete ich. »Damit sie mal sehen, wo ich jetzt wohne und was ich den ganzen Tag so mache.«

Rosaleen sah mich regelrecht verstört an. »Hier? Oh …«

»War ja nur so eine Idee«, ruderte ich umgehend zurück. »Für Laura und Zoey ist es ja ganz schön weit, und es wäre wahrscheinlich auch zu viel Aufwand für euch …«

Eigentlich rechnete ich fest damit, dass sie mir ins Wort fallen und mir meine Sorgen ausreden würde, aber sie unternahm nichts dergleichen.

»Na egal, ich möchte sowieso lieber über meine Zukunft sprechen als über meinen Geburtstag«, wechselte ich schließlich das Thema. »Wenn wir im September noch hier sind – und es sieht ja ganz danach aus –, wie komme ich denn dann nach St. Mary's? Es gibt keinen Bus in der Nähe. Und ich bezweifle, dass Arthur mich jeden Tag zur Schule bringen und wieder abholen möchte …« Ich brach ab und wartete, dass Rosaleen mir eine Lösung des Problems vorschlug. Doch sie blieb mir erneut eine Antwort schuldig und klapperte nur wie jeden Morgen mit Töpfen und Pfannen. Genau die Geräusche, von denen ich sonst immer wach geworden war.

»Na ja, das solltest du wahrscheinlich mit deiner Mutter besprechen«, meinte sie schließlich. »Keine Ahnung, wie ihr das regeln wollt.«

»Aber Rosaleen, wie soll ich denn irgendwas mit Mum besprechen?«

»Wie meinst du das?« Klapper, klapper, krach, peng. Volle Kraft voraus in der Küche.

»Du weißt doch, was ich meine.« Ich sprang auf und trat neben sie, aber sie wollte mich nicht ansehen. »Mum spricht nicht, sie ist nicht zurechnungsfähig. Ich verstehe nicht, warum ihr das nicht endlich mal zugeben könnt.«

»Deine Mum ist einfach nur … *traurig*, Tamara.« Jetzt unterbrach sie ihr Gewusel und starrte mich an. »Wir müssen ihr Zeit und Raum lassen, damit sie das alles verarbeiten kann, was in letzter Zeit passiert ist. Also, jetzt sei ein braves Mädchen, und hol mir bitte die Eier aus dem Kühlschrank, dann zeige ich dir, wie man ein schönes Omelett macht«, sagte sie und lächelte. »Wie wäre es, wenn wir für dich ein bisschen Paprika reinschnippeln?«

»Paprika«, wiederholte ich forsch. »Wunderhübsche, saftige *Paprika*, die alle unsere Probleme löst«, säuselte ich, schlurfte dann zum Kühlschrank, und Rosaleen sah mir mit betroffenem Gesicht nach. »Oh, guten Tag, Mrs Grüne Paprika«, fuhr ich sarkastisch fort, »könnten Sie bitte ein Problem für mich lösen? Wo werde ich im September zur Schule gehen?« Ich hielt die Paprika an mein Ohr und lauschte. »O nein, anscheinend funktioniert es nicht«, stellte ich mit gespielter Enttäuschung fest und schüttelte das Gemüse ein paarmal kräftig durch. »Vielleicht sollte ich es mal mit einer roten probieren. Hallo, Mr Rote Paprika, Rosaleen meint, Sie können die Probleme meines Lebens lösen. Was glauben Sie, was wäre das Beste? Sollen wir Mum in die Klapsmühle schicken oder lieber für alle Zeiten in dem Zimmer da oben rumsitzen lassen?« Ich lauschte wieder. »Nein. Nichts«, verkündete ich und warf die Paprika auf die Arbeitsplatte. »Sieht aus, als wären die Damen und Herren heute indisponiert. Vielleicht sollten wir es mal mit den Zwiebeln versuchen«, schlug ich mit gespielter Begeisterung vor. »Oder mit geriebenem Käse!«

»Tamara«, ertönte in diesem Moment Arthurs Stimme. Der warnende Unterton war nicht zu überhören. Wortlos verließ ich die Küche und zog mich schmollend ins Wohnzimmer zurück. Obwohl man dort eigentlich nicht essen durfte, brachte Rosaleen mir mein Omelett. Ein anständiger Mensch hätte die Gelegenheit genutzt, um sich zu entschuldigen, aber ich verlangte stattdessen nur das Salz.

Um zehn beobachtete ich, wie Rosaleen mit dem üblichen Tablett aus dem Haus eilte, und zu meinen ganzen Sorgen kam nun auch noch die, dass ihre Mutter ihr womöglich von meinem Besuch erzählen würde. Nur weil ich davon nichts in das Tagebuch geschrieben hatte, konnte ich ja nicht davon ausgehen, dass sie es verschweigen würde. Pünktlich um Viertel nach zehn hielt Dr. Gedads Auto vor dem Haus. Ich holte tief Luft und öffnete die Tür.

»Du bist bestimmt Tamara«, begrüßte er mich noch vom Gartenweg aus, so freundlich, dass ich nicht anders konnte, als zurückzulächeln. Er war groß, schlank und sah fit aus. Seine Haare hatten graue Strähnen und waren ordentlich gekämmt, die hohen Wangenknochen und die sanften Augen verliehen ihm etwas Weibliches, obwohl er trotzdem maskulin und sehr attraktiv wirkte. Ich hieß ihn willkommen und schüttelte ihm die Hand.

»Guten Morgen! Wir haben einen wunderschönen Sommer dieses Jahr, nicht wahr?« Seine Stimme klang ein bisschen heiser, gedämpft, aber angenehm singend. In seinen madagassischen Akzent mischten sich Worte, die er original irisch aussprach. Ein wundervoller, einmaliger Klang, und ich freute mich, dass jemand für frischen Wind in dieser allzu stillen und abgeschiedenen Gegend sorgte. Vielleicht würde er ja ein bisschen Leben in die Bude bringen.

»Darf ich Ihnen die Tasche abnehmen?«, fragte ich, nervös, zittrig, unsicher. Besorgt sah ich zur Tür.

»Nein danke, Tamara, die brauche ich«, lächelte er.

»O ja, natürlich.«

»Ich soll nach deiner Mutter schauen, richtig?«

»Ja, sie ist oben. Ich zeige Ihnen den Weg.«

»Danke, Tamara. Die Sache mit deinem Vater tut mir sehr leid. Weseley hat mir davon erzählt. Ihr macht bestimmt eine sehr schwere Zeit durch, du und deine Mutter.«

»Ja. Danke«, lächelte ich und versuchte, den Kloß in meinem Hals herunterzuschlucken, der sich immer bildete, wenn jemand Dad erwähnte.

Doch gerade als ich Dr. Gedad den Weg zu meiner Mutter zeigen und mich schon fast der Illusion hingeben wollte, dass mein Plan funktionierte – ich hoffte so, Mum wiederzubekommen, auch wenn mich der Gedanke sehr traurig machte, dass ich Weseley womöglich wieder verlieren würde –, ging die Haustür auf. Einen mit Alufolie bedeckten Teller in der Hand, trat Rosaleen in die Diele. Sie warf Dr. Gedad einen Blick zu, als wäre er der Leibhaftige persönlich, und ihr Gesicht wurde kalkweiß.

»Guten Morgen«, sagte Dr. Gedad freundlich.

»Wer …?« Verständnislos betrachtete sie den Fremden auf der Treppe, sah zu mir, dann wieder zu ihm. Ihre Augen wurden schmal. »Sie sind der neue Arzt, richtig?«

»Stimmt genau«, antwortete er und kam die Treppe wieder herunter.

Nein!, protestierte ich innerlich.

»Freut mich, Sie kennenzulernen, Mrs …«

»Ich bin Rosaleen«, erklärte sie hastig, warf mir einen kurzen Blick zu und fixierte dann wieder den Arzt. »Rosaleen reicht durchaus. Nun, willkommen in unserem Städtchen.«

Sie schüttelten sich die Hände.

»Danke sehr. Und ich möchte mich bei Ihnen und Ihrem Mann auch dafür bedanken, dass Sie Weseley einen Job gegeben haben.«

Rosaleen musterte mich unbehaglich. »Nun, er ist eine große Hilfe«, antwortete sie dann bescheiden, ehe sie sich wieder an mich wandte. »Was ist denn nun … warum … Tamara, bist du krank?«, erkundigte sie sich stockend.

»Nein, nein, mir geht's gut, danke, Rosaleen. Wollen wir jetzt hinaufgehen, Dr. Gedad?«, sagte ich schnell und begann, die Treppe hochzusteigen.

»Wo willst du hin?«

»Zu meiner Mum«, antwortete ich so höflich und gelassen wie möglich.

»Ach, du willst sie doch jetzt nicht stören, Tamara«, warf Rosaleen lächelnd ein und sah Dr. Gedad vielsagend an, wie um anzudeuten, dass ich ein bisschen hysterisch war. »Du weißt doch, wie wichtig es ist, dass sie sich ausruht.« Dann wandte sie sich wieder an den Arzt. »Sie hat in letzter Zeit nicht viel geschlafen, was unter den gegebenen Umständen ja durchaus verständlich ist.«

»Durchaus, durchaus«, bestätigte Dr. Gedad eifrig, nickte ernst und meinte dann zu mir: »Nun, vielleicht sollte ich dann lieber ein andermal vorbeischauen.«

»Nein!«, rief ich entsetzt. »Rosaleen, Mum hat die ganze letzte Woche jeden Tag fast ununterbrochen geschlafen.« Jetzt hatte ich meine Stimme nicht mehr unter Kontrolle und kreischte wie eine schlecht gespielte Violine.

»Natürlich, weil sie nachts ja nicht zur Ruhe gekommen

ist«, entgegnete Rosaleen bestimmt. »Haben Sie nicht vielleicht Lust auf ein Tässchen Tee, Dr. Gedad? Man sollte es ja nicht glauben, aber ich habe Salz in den Kuchen getan statt Zucker. Meine Mutter ist fast umgefallen«, berichtete sie lachend. »Obwohl sie eigentlich sowieso keinen Kuchen zum Frühstück essen sollte, ich weiß«, fügte sie schuldbewusst hinzu.

»Wie fühlt sich Ihre Mutter denn heute?«, erkundigte sich Dr. Gedad. »Ich habe gehört, es geht ihr nicht so besonders.«

»Das kann ich Ihnen besser bei einem Tässchen Tee erzählen«, zwitscherte Rosaleen, und prompt kam der Arzt die Treppe wieder herunter. »Sie sind eine Frau, der man schlecht etwas abschlagen kann, Rosaleen«, meinte er schmunzelnd.

Ich stand mit offenem Mund da und konnte nicht glauben, was sich hier abspielte. Sicher, ich hatte es ja schon gelesen, aber zu beobachten, wie leicht Dr. Gedad sich von den Manipulationen meiner Tante einwickeln ließ, obwohl oben eine kranke Patientin lag, war erschütternd.

»Dann kann deine Mutter sich jetzt noch ein wenig ausruhen, Tamara«, sagte Dr. Gedad noch zu mir, »und später sehe ich dann nach ihr.«

»Okay«, flüsterte ich und bemühte mich, die Tränen zurückzuhalten, weil ich ja wusste, was auch immer Rosaleen ihm sagen würde, er würde es danach nicht mehr die Treppe hinaufschaffen. Ich folgte den beiden zur Küche, obwohl ich wusste, wie die Geschichte ausgehen würde. Wie erwartet, fing Rosaleen mich an der Tür ab.

»Tamara, versteh mich bitte nicht falsch, aber ich möchte mit dem Arzt ein paar Dinge unter vier Augen besprechen, du weißt schon, wegen meiner Mutter. Ich möchte sichergehen, dass mit ihr alles okay ist. Die letzten Tage ging es ihr nicht so gut.«

Ich schluckte, zuerst mit schlechtem Gewissen, weil vielleicht mein Besuch schuld daran war, aber es dauerte nicht lange, da kehrte die Wut zurück. Ich war so sauer, weil Rosaleen den Arzt daran hinderte, zu Mum zu gehen, dass mir ihre Mutter in diesem Moment vollkommen gleichgültig war.

»Ja, natürlich verstehe ich das, Rosaleen, schließlich wollte ich den Arzt ja auch wegen *meiner* Mutter sprechen«, antwortete ich spitz. Ehe sie antworten konnte, drehte ich mich um und stürmte die Treppe hinauf. Von oben hörte ich noch, wie die Küchentür geschlossen wurde. Aber ich wollte mich noch nicht geschlagen geben. Als ich in Mums Zimmer trat, schlief sie immer noch, zusammengerollt wie ein Fötus im Mutterleib.

»Mum«, flüsterte ich, kniete mich vor ihr Bett und strich ihr die Haare aus dem Gesicht.

Sie seufzte leise.

»Mum, wach auf.«

Ihre Augenlider flatterten.

»Mum, du musst aufstehen. Ich hab einen Arzt für dich geholt. Er ist in der Küche, aber du musst zu ihm nach unten gehen oder ihn hochrufen. Bitte, tust du das für mich?«

Sie seufzte erneut und schloss wieder die Augen.

»Mum, hör zu, das ist sehr wichtig. Er wird dafür sorgen, dass es dir bald besser geht.«

Mühsam schlug sie die Augen wieder auf. »Nein«, krächzte sie.

»Ich weiß, Mum, ich weiß, dass du Dad vermisst. Ich weiß, du hast ihn geliebt und denkst wahrscheinlich, dass nichts und niemand auf der Welt dir helfen kann, aber das stimmt nicht – es wird wieder besser, ganz bestimmt, aber du musst etwas dafür tun.«

Sie schloss die Augen wieder.

»Mum, bitte«, flüsterte ich unter Tränen. »Tu es für mich.«

Aber Mum atmete langsam und tief. Sie schlief schon wieder. Verzweifelt begann ich zu weinen.

Von unten hörte ich die gedämpfte Unterhaltung zwischen Dr. Gedad und Rosaleen. Kurz darauf wurde die Küchentür geöffnet. Ich versuchte es noch einmal und schüttelte Mum an der Schulter.

»Okay, Mum, er kommt. Du musst nur die paar Schritte bis zur Tür schaffen. Weiter nichts, nur bis zur Tür.«

Erschrocken sah sie mich an. Anscheinend war sie noch nicht ganz wach.

»Bitte, Mum.«

Aber sie starrte nur verwirrt im Zimmer herum und rührte sich nicht. Mit einem verzweifelten Fluch sprang ich schließlich auf, ließ sie allein und rannte nach unten, gerade rechtzeitig, um zu sehen, wie Rosaleen die Haustür für Dr. Gedad aufhielt.

»Ah, Tamara«, rief er, als er mich sah. »Ich habe mich ein wenig mit Rosaleen unterhalten, und ich denke, es ist das Beste, wenn wir deiner Mum noch ein wenig Ruhe gönnen. Ich komme natürlich gerne jederzeit wieder, wenn sie mich braucht. Falls du mich anrufen möchtest, hier ist meine Karte.«

»Aber ich habe doch schon angerufen, deshalb sind Sie ja heute hier.«

»Ich weiß, aber nach meinem Gespräch mit Rosaleen ist mir jetzt klar, dass deine Mutter momentan keinen Arzt braucht. Mach dir keine Sorgen, deine Mutter macht eine schwere Zeit durch, aber sie ist nicht krank, es ist ganz normal, dass sie schläft. Sie muss einfach ein bisschen ausspannen und langsam wieder einen klaren Kopf bekommen«, erklärte er in väterlichem Ton.

»Aber Sie haben sie ja nicht mal gesehen«, wandte ich verzweifelt ein.

»Tamara …«, warf Rosaleen tadelnd ein.

Dr. Gedad machte ein unbehagliches Gesicht und schien nun plötzlich doch unsicher zu werden. Ich konnte sehen, wie er sich fragte, ob er Rosaleen wirklich vertrauen konnte. Auch Rosaleen merkte das, und sie handelte rasch und entschlossen.

»Ganz herzlichen Dank, dass Sie gekommen sind, Dr. Gedad«, sagte sie freundlich. »Bitte grüßen Sie Maureen von mir und natürlich auch Ihren Sohn …«

»Weseley«, ergänzte der Arzt. »Danke. Und danke auch für den Tee und das leckere Gebäck. Kein bisschen versalzen übrigens.«

»O nein, das war zum Glück nur der eine Apfelkuchen«, entgegnete sie und lachte wie ein kleines Mädchen.

Und dann war der Arzt weg. Rosaleen schloss die Tür und wandte sich zu mir um, aber ich marschierte an ihr vorbei zur Haustür, riss sie auf, knallte sie hinter mir zu und rannte hinaus auf die Straße. Die Luft war warm und roch süß nach frisch gemähtem Gras und Kuhmist. Von fern hörte ich Arthurs Rasenmäher, dessen Lärm für ihn den Rest der Welt ausblendete. Links von mir konnte ich in einiger Entfernung Schwester Ignatius erkennen, eine dunkelblau-weiße Gestalt mitten im Grün der Wiese, und wütend und verzweifelt, wie ich war, beschloss ich, zu ihr zu laufen. Sie hatte am Ufer eines der Schwanenseen im Schatten einer riesigen Eiche eine Staffelei und einen Hocker aufgestellt. Es war schon ziemlich warm für den Vormittag, der Himmel ein perfektes Blau mit hie und da einem Wattewölkchen. Hochkonzentriert führte sie den Pinsel über das Blatt, und ihre Zunge bewegte sich in einer parallelen Bewegung über ihre Lippen.

»Ich hasse sie!«, schrie ich abrupt in die Stille hinein, und ein Vogelschwarm stob erschrocken von einem Baum und flatterte in den Himmel hinauf, wo er sich neu ordnete und wieder orientierte. Ich stapfte mit meinen Flipflops weiter über die ausgetrocknete Wiese.

Als ich näher kam, sagte Schwester Ignatius, ohne aufzublicken: »Guten Morgen, Tamara. Schön heute, was?«

»Ich hasse sie«, wiederholte ich.

Die Nonne sah mich erschrocken an. Dann schüttelte sie den Kopf und wedelte mit den Armen, als versuchte sie, einen nahenden Zug aufzuhalten.

»Ja, ich *hasse* sie, ich hasse sie!«, rief ich immer wieder.

Schwester Ignatius legte den Finger an die Lippen und trat nervös von einem Bein aufs andere, als müsste sie aufs Klo.

»Sie ist eine Ausgeburt des Teufels«, stieß ich hervor.

»Oh, Tamara!«, rief sie schließlich und warf verzweifelt die Hände in die Luft.

»Was denn? Es ist mir vollkommen egal, was Gott von mir denkt. Er soll mich ruhig bestrafen. Aber hol mich hier raus, Gott, ich hab genug, ich kann nicht mehr, ich möchte nur noch nach Hause!«, wimmerte ich in meinem Frust und ließ mich ins Gras fallen. Auf dem Rücken liegend, starrte ich in den Himmel hinauf. »Die Wolke da sieht aus wie ein Penis.«

»Ach Tamara, jetzt mach aber mal einen Punkt!«, fuhr Schwester Ignatius mich an.

»Warum? Finden Sie das etwa unanständig?«, fragte ich sarkastisch, denn ich wollte allen wehtun, die mir in die Quere kamen, ganz gleich, wie gut und nett sie sein mochten.

»Nein! Aber du hast das Eichhörnchen vertrieben«, erklärte sie und klang so verärgert, wie ich sie noch nie gesehen hatte. Schockiert setzte ich mich auf und ließ stumm ihre lange, leidenschaftliche Tirade über mich ergehen. »Die ganze Woche schon hab ich versucht, es zu erwischen. Ich hab Leckerlis auf einem Teller hingestellt, um es anzulocken, und schließlich ist es auch aufgetaucht – die Nüsse hat es verschmäht, und ich finde, die ganzen Geschichten über Eichhörnchen und ihre angebliche Vorliebe für Nüsse müssen dringend korrigiert werden. Den Käse hat es auch nicht angerührt, aber es liebt Toffee Pops, ist es denn zu glauben. Aber jetzt schau, es ist weg und wird vermutlich nie mehr wiederkommen, und Schwester Conceptua wird mir das Fell über die Ohren ziehen, weil ich ihre Toffee Pops verschwendet habe. Ich glaube, du hast es mit deinem theatralischen Auftritt so erschreckt, dass es einen Herzinfarkt gekriegt hat.« Sie hielt inne, seufzte, beruhigte sich etwas und fragte schließlich: »Wen hasst du denn überhaupt? Vermutlich Rosaleen, richtig?«

Ich sah mir das Gemälde an. »Das soll ein Eichhörnchen sein? Sieht eher aus wie ein Elefant mit einem Wuschelschwanz.«

Zuerst machte Schwester Ignatius ein ärgerliches Gesicht, aber dann betrachtete sie das Bild eingehender und fing an zu lachen. »Oh, Tamara, du bist echt unbezahlbar, weißt du das?«

»Nein«, brummte ich und stand auf. »Sonst müsste ich keinen Arzt für Mum engagieren, sondern könnte alles selbst regeln.« Entnervt wanderte ich vor ihr auf und ab.

Schwester Ignatius wurde ernst. »Du hast Dr. Gedad angerufen?«

»Ja, und er ist heute früh vorbeigekommen. Ich hatte es so geplant, dass Rosaleen gerade bei ihrer Mutter sein würde, um sie mit Essen vollzustopfen – und übrigens hab ich sie gesehen, und sie kann unmöglich jeden Tag das ganze Zeug verputzen, es sei denn, sie hat einen Bandwurm. Aber Rosaleen ist zu früh zurückgekommen, das heißt, bevor ich Dr. Gedad zu Mum bringen konnte, weil sie nämlich – stellen Sie sich das vor! – Salz in den Apfelkuchen getan hat statt Zucker, und ja, Sie haben jedes Recht, mich so anzustarren, weil ich schuld daran bin, aber das ist mir egal, und ich würde es jederzeit wieder tun, und bald werde ich erfahren, ob ich es auch wirklich tue oder nicht.« Ich holte tief Luft. »Jedenfalls ist sie zurückgekommen, um den Apfelkuchen zu holen, der eigentlich für mich und Arthur bestimmt war – nicht dass mich das jucken würde, denn von dem vielen Essen muss ich den ganzen Tag pupsen –, und sie hat es geschafft, den Arzt zu überzeugen, dass er nicht nach Mum zu schauen braucht. Jetzt ist er weg, und Mum ist immer noch in ihrem Zimmer, wahrscheinlich sabbert sie inzwischen und malt die Wände voll.«

»Wie hat sie ihn denn weggeschickt?«

»Keine Ahnung. Ich weiß nicht, was sie ihm eingeredet hat. Er meinte nur, dass Mum jetzt vor allem ihre Ruhe braucht, und ich soll ihn anrufen, falls es einen Notfall gibt.«

»Na ja, als Arzt müsste er das eigentlich schon beurteilen können«, meinte sie nachdenklich.

»Schwester Ignatius, er hat sie sich nicht mal *angesehen*! Er hat nur auf das gehört, was Rosaleen ihm erzählt hat.«

»Und warum sollte er *nicht* auf das hören, was Rosaleen ihm erzählt?«, fragte sie.

»Warum *sollte* er darauf hören? Ich war schließlich diejenige, die ihn gerufen hat. Nicht Rosaleen. Was, wenn ich mitgekriegt hätte, dass sie sich umbringen will, und es Rosaleen nicht erzählen wollte?«

»Hat sie es denn wirklich versucht?«

»Nein! Aber darum geht es doch gar nicht.«

»Hm.« Schwester Ignatius verstummte, tauchte den Pinsel in eine schlammbraune Farbe und malte wieder etwas auf die Leinwand.

»Jetzt sieht es aus wie irgendein absurdes Kleinvieh, das grade eine schimmlige Nuss gefressen hat«, stellte ich fest.

Sie schnaubte und lachte wieder.

»Beten Sie eigentlich manchmal? Bisher hab ich nur gesehen, wie Sie Honig machen, gärtnern und malen.«

»Ich erschaffe gern etwas, Tamara, denn der kreative Prozess ist eine spirituelle Erfahrung, bei der ich den göttlichen Schöpfergeist in mir spüre.«

Mit großen Augen schaute ich mich um. »Und macht der göttliche Schöpfergeist jetzt gerade Mittagspause?«

Doch Schwester Ignatius war in andere Gedanken versunken. »Ich könnte nach deiner Mum sehen, wenn du möchtest«, sagte sie dann leise.

»Danke, aber ich glaube, sie braucht mehr als nur eine Nonne. Nichts für ungut.«

»Tamara, weißt du eigentlich, was Nonnen so machen?«

»Äh, sie beten.«

»Ja klar, sie beten. Aber das ist längst nicht alles. Ich habe beispielsweise ein Gelübde abgelegt, Armut, Keuschheit und Gehorsam, wie übrigens alle katholischen Schwestern, aber darüber hinaus habe ich auch noch geschworen, den Armen, Kranken und Unwissenden zu dienen. Ich kann mit deiner Mutter sprechen, Tamara. Ich kann ihr helfen.«

»Oh. Na ja, aber ich vermute, sie ist echt ein Sonderfall.«

»Außerdem bin ich mehr als ›nur eine Nonne‹, wie du es ausdrückst. Ich habe auch noch eine Ausbildung als Hebamme«, erklärte sie und tupfte mit ihrem Pinsel wieder auf dem Papier herum.

»Aber was soll das bringen, sie ist ja nicht schwanger.«

Dann begriff ich plötzlich, was sie gesagt hatte. »Warten Sie, was war das gerade? Seit wann sind Sie denn Hebamme?«

»Oh, ich habe eben mehr zu bieten als nur ein hübsches Gesicht«, meinte sie und schmunzelte. »Hebamme war mein erster Beruf. Aber ich habe schon immer gespürt, dass Gott mich zu einem spirituellen Leben, zum Dienst am Menschen berufen hat, und deshalb habe ich mich den Nonnen angeschlossen. Zusammen mit ihnen bin ich durch die Welt gereist und war sehr froh, gleichzeitig als Nonne und als Hebamme arbeiten zu können. Als ich um die dreißig war, war ich hauptsächlich in Afrika tätig. Überall. Ich habe schlimme, aber auch sehr schöne Dinge gesehen und bin wunderbaren und außergewöhnlichen Menschen begegnet.« Sie lächelte.

»Haben Sie dabei auch jemanden kennengelernt, der Ihnen das hier geschenkt hat?«, fragte ich und deutete auf ihren Goldring mit dem winzigen Smaragd. »Wie verträgt sich denn so was mit Ihrem Armutsgelübde? Wenn Sie diesen Ring verkaufen würden, könnten Sie in Afrika bestimmt einen Brunnen finanzieren. Für so was hab ich schon oft Werbung gesehen.«

»Tamara«, erwiderte sie schockiert. »Ich habe diesen Ring vor fast dreißig Jahren geschenkt bekommen. Damals habe ich mein fünfundzwanzigjähriges Jubiläum als Nonne gefeiert.«

»Aber es sieht aus, als wären Sie verheiratet. Warum hat man Ihnen so was geschenkt?«

»Ich bin mit Gott verheiratet«, erklärte sie lächelnd.

Ich verzog das Gesicht. »Krass. Na ja, wenn Sie einen normalen Mann geheiratet hätten, der wirklich existiert – ich meine einen, den man sehen kann und der seine Socken überall im Haus rumliegen lässt, statt sie in den Wäschekorb zu stopfen –, dann hätten Sie zum fünfundzwanzigjährigen Dienstjubiläum einen Diamanten gekriegt.«

»Ich bin sehr glücklich mit dem, was ich habe, danke sehr«, meinte sie. »Haben deine Eltern dich eigentlich je mit zur Messe genommen?«

Ich schüttelte den Kopf und imitierte meinen Vater: »›Mit Religion ist kein Geld zu verdienen.‹ Natürlich hat er sich da mächtig geirrt. Wir waren in Rom und haben uns den Vatikan angesehen. Die Jungs da sind stinkreich.«

»Das klingt original nach einem Spruch von ihm«, lachte sie leise.

»Sie kannten meinen Vater?«

»O ja.«

»Woher? Warum?«

»Aus der Zeit, als er hier war.«

»Aber wann ist er denn jemals hier gewesen? Ich kann mich an kein einziges Mal erinnern.«

»Tja, war er aber. Da staunst du, was, Miss Neunmalklug?«

Ich grinste. »Haben Sie ihn gehasst?«

Schwester Ignatius schüttelte den Kopf.

»Na los, Sie können es mir ruhig sagen. Die meisten Leute haben meinen Dad gehasst. Ich manchmal auch. Wir haben uns oft gestritten. Ich bin ihm überhaupt nicht ähnlich, und ich glaube, dafür hat er mich gehasst.«

»Tamara.« Sie ergriff meine Hände, was mir etwas peinlich war. Sie war so nett und freundlich, und ich hatte immer etwas Angst, die harte Wirklichkeit könnte sie umwerfen. Aber wahrscheinlich hatte sie auf ihren Reisen und bei ihrer Arbeit mehr davon gesehen als ich. »Dein Vater hat dich sehr geliebt, von ganzem Herzen. Er war gut zu dir, hat dir ein wunderbares Leben ermöglicht und war immer für dich da.

Du hattest großes Glück. Also sprich nicht so von ihm. Er war ein großartiger Mensch.«

Sofort bekam ich ein schlechtes Gewissen, und da alte Gewohnheiten nur schwer abzulegen sind, reagierte ich, wie ich es schon immer getan hatte. »Warum haben Sie ihn denn dann nicht einfach geheiratet?«, fauchte ich. »Dann hätten Sie jetzt an jedem Finger einen goldenen Ring.«

Nach einem langen Schweigen, in dem ich reichlich Zeit gehabt hätte, mich zu entschuldigen – was ich aber nicht tat –, wandte Schwester Ignatius sich wieder ihrem Geklecksе zu. Sie tunkte den Pinsel in die grüne Farbe und strich die Borsten auf dem Papier glatt. Dann vollführte sie mit dem Handgelenk seltsame Zuckungen, wie ein Dirigent, nur statt mit einem Taktstock mit dem Pinsel, bis die grünen Kleckse irgendwann aussahen wie Blätter – oder so etwas Ähnliches.

»An der Stelle ist aber gar kein Baum.«

»Ja, und das Eichhörnchen ist auch weg. Da muss ich eben meine Fantasie benutzen. Ich versuche sowieso nicht, einen bestimmten Baum zu malen, sondern die Umgebung, in der mein armes kleines Eichhörnchen wohnt. Stell es dir als abstrakte Kunst vor, in der die Bildsprache sich von der Realität abwendet«, belehrte sie mich. »Nun, meine Darstellung ist nur teilweise abstrakt, das heißt, es handelt sich um ein Kunstwerk, das sich gewisse Freiheiten herausnimmt – zum Beispiel, indem es auf ganz augenfällige Weise mit veränderten Farben und Formen arbeitet, die in der Realität nicht zu finden sind.«

»Wie Ihr brauner Elefant mit dem riesigem Schwanz statt einem Rüssel.«

Sie ignorierte meine zynische Bemerkung. »In der totalen Abstraktion dagegen«, fuhr sie fort, »gibt es keinerlei Bezug mehr zu etwas für das ungeübte Auge Erkennbarem.«

Ich studierte ihr Werk etwas näher. »Ja, ich würde sagen, was Sie da fabriziert haben, gehört schon eher in die Kategorie der totalen Abstraktion. Man erkennt nichts. Ein heilloses Durcheinander. Genau wie mein Leben.«

Schwester Ignatius lachte leise. »Oh, das Drama der Siebzehnjährigen.«

»Sechzehn«, verbesserte ich sie. »Hey, gestern war ich übrigens bei Rosaleens Mum.«

»Ach ja? Und wie geht es ihr?«

»Na ja, sie hat mir das hier geschenkt.« Ich holte die gläserne Träne aus der Tasche und ließ sie auf meiner Handfläche hin und her rollen. Sie war kühl und glatt, irgendwie beruhigend. »Sie hat jede Menge solcher Dinger da drüben. Echt seltsam. Da steht ein Schuppen im Garten, eine Art Werkstatt, und dahinter ist eine Wiese mit ungefähr zehn Wäscheleinen, an denen mit Draht lauter solche Glassachen aufgehängt sind. Einige davon sind völlig verdreht und sehen fast gefährlich aus, aber die meisten sind einfach nur wunderschön, glitzern und reflektieren das Licht. Ich glaube, dass Rosaleens Mutter sie macht. Für Gartenarbeit hat sie jedenfalls bestimmt nichts übrig. Aber es ist trotzdem so eine Art Garten – ein Glasgarten«, fügte ich lachend hinzu.

Schwester Ignatius hörte auf zu malen, und ich legte die Träne auf ihre offene Hand. »Die hat sie dir also geschenkt?«, fragte sie.

»Nein. Na ja, jedenfalls nicht direkt. Ich hab sie in der Werkstatt gesehen. Sie hat gearbeitet, glaube ich, wahrscheinlich an dem ganzen Glaszeug, ganz bucklig, hat eine große Schutzbrille getragen, und ich fürchte, ich hab sie ziemlich erschreckt. Da hab ich das Tablett im Garten für sie stehen lassen. Ich hatte ihr nämlich Frühstück gemacht.«

»Das war aber nett von dir.«

»Nicht wirklich. Sie hätten mal sehen sollen, in welchem Zustand das Zeug war. Und Rosaleen wusste nichts von meinem Ausflug, deshalb musste ich das Tablett später wieder abholen. Ich hab fest damit gerechnet, dass das Essen noch da sein würde, aber dann stand das Tablett auf einmal auf der Mauer vor dem Haus, das Geschirr war sauber abgewaschen und kein Krümelchen mehr übrig. Und das hier lag auf dem leeren Teller.« Ich nahm die Glasträne wieder an mich und betrachtete sie. »Nett von ihr, oder nicht?«

»Tamara …« Schwester Ignatius streckte den Arm aus und hielt sich an der Staffelei fest, die nur leider so leicht war, dass sie überhaupt keinen Halt bot.

»Alles klar? Sie sehen ein bisschen …« Ich vollendete den Satz nicht, denn Schwester Ignatius wirkte plötzlich so schwach, dass ich lieber schnell die Arme um sie schlang. Auf einmal wurde mir klar, dass sie trotz ihrer jugendlichen Aura und ihres mädchenhaften Gekichers deutlich über siebzig war.

»Schon gut, schon gut«, wehrte sie ab und versuchte zu lachen. »Alles halb so wild, Tamara. Aber du musst bitte etwas langsamer sprechen und noch mal wiederholen, was du gerade gesagt hast. Das hier hast du also auf dem Tablett gefunden, als du es zurückholen wolltest?«

»Ja, auf der Gartenmauer vor dem Haus«, antwortete ich langsam.

»Aber das ist unmöglich. Hast du gesehen, wie sie es hingestellt hat?«

»Nein, ich hab das Tablett nur von meinem Fenster aus da stehen sehen. Sie muss es wohl hingebracht haben, als ich grade irgendwo anders im Haus beschäftigt war. Aber warum fragen Sie mich das alles? Sind Sie böse auf mich, weil ich dort war? Ich weiß ja, dass ich sie wahrscheinlich nicht hätte besuchen sollen, aber Rosaleen hat so ein Geheimnis daraus gemacht, und da bin ich neugierig geworden.«

»Tamara«, sagte Schwester Ignatius noch einmal und schloss die Augen. Als sie sie wieder aufschlug, sah sie noch müder aus als vorher. »Rosaleens Mutter, Helen, hat Multiple Sklerose, die im Lauf der Zeit leider immer schlimmer wird. Inzwischen ist sie an den Rollstuhl gefesselt, sodass Rosaleen alles für sie machen muss. Du siehst also, sie kann das Tablett unmöglich auf die Gartenmauer gestellt haben.« Sie schüttelte den Kopf. »Im Rollstuhl kommt sie da allein nicht hin.«

»Doch«, widersprach ich. »Wenn sie das Tablett auf den Schoß nimmt, kann sie den Rollstuhl bedienen …«

»Nein, Tamara«, unterbrach Schwester Ignatius mich. »Vor dem Haus sind Stufen.«

Unwillkürlich schaute ich in Richtung Bungalow, und obwohl ich ihn von hier nicht sehen konnte, erinnerte ich mich plötzlich an die Stufen. »Oh, stimmt. Seltsam. Wer wohnt denn sonst noch in dem Bungalow?«, fragte ich.

Schwester Ignatius schwieg, und ihre Augen wanderten umher, während sie offensichtlich angestrengt nachdachte. »Niemand, Tamara«, flüsterte sie. »Niemand.«

»Aber ich habe doch jemanden gesehen! Wer soll das dann gewesen sein, Schwester Ignatius?« Vor lauter Panik klang meine Frage viel heftiger, als ich beabsichtigte. »Wen habe ich da in der Werkstatt gesehen? Eine bucklige Frau mit einer Schutzbrille und langen Haaren. Und im Garten hängen überall diese Glassachen. Wer kann das gewesen sein?«

Aber Schwester Ignatius schüttelte nur immer wieder den Kopf.

»Rosaleen hat eine Schwester – sie hat mir von ihr erzählt. Sie ist Lehrerin in Cork. Vielleicht ist sie zu Besuch gekommen. Was meinen Sie?«, schlug ich vor.

Das Kopfschütteln hörte nicht auf. »Nein. Nein. Das kann nicht sein.«

Ich hatte eine zentimeterdicke Gänsehaut am ganzen Körper, und ein Schauder nach dem anderen lief mir über den Rücken. Der Ausdruck auf Schwester Ignatius' sonst immer so heiterem Gesicht beruhigte mich auch nicht, ganz im Gegenteil. Sie sah aus, als hätte sie einen Geist gesehen.

17

Besessen

Schließlich hörte ich auf, die arme Schwester Ignatius mit Fragen zu löchern. Sie war aschfahl im Gesicht.

»Setzen Sie sich doch lieber hin, Schwester Ignatius. Kommen Sie, hier, auf den Hocker. Alles in Ordnung, es ist heute ja auch ziemlich heiß.« Ich gab mir alle Mühe, ruhig zu bleiben, und half ihr, es sich auf dem Holzhocker bequem zu machen, den ich an den Baum gerückt hatte, damit sie wenigstens im Schatten sitzen konnte. »Ruhen wir uns erst mal ein bisschen aus, dann gehen wir zusammen zurück zum Haus.«

Sie antwortete nicht. Ich hatte einen Arm um ihre Taille gelegt und hielt ihre Hand fest, und sie ließ sich einfach von mir führen. Als sie saß, strich ich ihr die Haare aus dem Gesicht. Aber ihre Stirn fühlte sich nicht heiß an.

Auf einmal hörte ich jemand meinen Namen rufen, und als ich mich umschaute, entdeckte ich in einiger Entfernung Weseley entlangrennen. Ich schwenkte die Arme und machte ihn auf uns aufmerksam. Völlig außer Puste kam er kurz darauf bei uns an, musste aber eine ganze Weile nach Luft schnappen, ehe er sprechen konnte.

»Hallo, Schwester Ignatius«, stieß er schließlich hervor und winkte ihr zu, obwohl er direkt neben ihr stand. »Tamara«, keuchte er dann, an mich gewandt, »Tamara, ich hab alles gehört.«

»Was hast du gehört?«, fragte ich ungeduldig.

»Rosaleen.« Keuch. »In der Küche.« Keuch. »Mit meinem Dad.« Keuch. »Du hattest recht. Mit allem. Mit dem Zucker und dem Salz und«, keuch, keuch, »damit, dass sie früher zurückgekommen ist. Woher hast du das gewusst?«

»Das hab ich dir doch gesagt«, antwortete ich und sah schnell zu Schwester Ignatius hinüber. Aber sie starrte mit leerem Blick in die Ferne und sah aus, als könnte sie jeden Moment ohnmächtig werden. »Es stand in meinem Tagebuch.«

Ungläubig schüttelte er den Kopf, und ich ärgerte mich. »Hör mal, es ist mir egal, ob du es mir glaubst oder nicht, sag mir nur, was …«

»Aber *dir* glaube ich ja, Tamara. Ich kann nur nicht glauben, was da passiert. Verstehst du?«

»Ja, mir geht es genauso.«

»Okay, ich bin heute früh um zehn von der Arbeit bei Arthur abgehauen. Wir haben uns aufgeteilt, und ich sollte mich um die Walnussbäume im Süden des Grundstücks kümmern, weil die von einem Schädling befallen sind.« Er sah Schwester Ignatius an. »Deshalb versuchen wir den Boden bei einem PH-Wert von über sechs zu halten und alle befallenen Schösslinge wegzuschneiden …«

»Weseley, das reicht«, unterbrach ich ihn.

»Stimmt, sorry. Mir ging einfach nicht aus dem Kopf, was du gesagt hast, also bin ich zum Torhaus gegangen und habe mich draußen vor dem Küchenfenster im Garten versteckt. Und alles gehört. Zuerst hat Rosaleen von ihrer eigenen Mutter erzählt, dass sich ihr Gesundheitszustand rapide verschlechtert hat. Dann wollte sie ein paar Dinge von meinem Dad wissen, ein paar Ratschläge und so. Aber ich glaube, eigentlich wollte sie ihn nur aufhalten.«

Ich nickte. Das passte genau zu dem, was Schwester Ignatius mir erzählt hatte, und jetzt wusste ich wenigstens, dass Rosaleen mich wegen ihrer Mutter nicht angelogen hatte.

»Ich hab mich total über meinen Dad geärgert. Am liebsten hätte ich ihn angeschrien und ihm gesagt, er soll gefälligst endlich nach oben gehen. Aber als er dann aufbrechen und nach deiner Mum schauen wollte, fing Rosaleen an, ihm alles Mögliche über sie zu erzählen. Ich glaube, mein Dad hatte wirklich vor, sie zu besuchen, aber Rosaleen hat einfach nicht lockergelassen. Sie hat gesagt, dass ...« Er stockte.

»Komm schon, Weseley, raus damit.«

»Aber versprich mir, dass du nicht durchdrehst, bevor wir einen Plan machen können.«

»Okay, okay«, versprach ich hastig.

»Also gut.« Jetzt sprach er langsamer und musterte mich prüfend, während er weitererzählte. »Rosaleen hat behauptet, deine Mutter hätte schon öfter so reagiert wie jetzt. Sie würde zu Depressionen neigen und sich regelmäßig in solche tranceartigen Zustände flüchten ...«

»Das ist doch der totale Quatsch!«

»Tamara, hör mir doch erst mal zu. Und sie hat gesagt, dein Dad und sie hätten es dein ganzes Leben vor dir geheim gehalten, und du solltest auch jetzt nichts davon erfahren. Deine Mum würde Antidepressiva nehmen, und das Beste wäre, sie in ihrem Zimmer in Frieden zu lassen, bis die depressive Phase überstanden ist. Angeblich hätten sie das schon immer so gemacht.«

»Blödsinn!«, unterbrach ich ihn erneut. »Das ist eine Lüge! Eine verdammte Lüge! Meine Mutter war noch nie so, wie sie jetzt ist. Diese verlogene Zicke! Wie kann sie es wagen zu behaupten, dass Dad mir so etwas verschwiegen hätte? Ich würde es wissen, wenn Mum depressiv wäre! Schließlich habe ich mit ihr im gleichen Haus gewohnt. In so einem Zustand war sie noch nie! Noch nie!«

Ich lief nervös auf und ab, ich schrie vor Wut, ich kochte innerlich. Am liebsten hätte ich etwas zerschlagen. Ich fühlte mich so machtlos, ich sah keine Möglichkeit, wie ich die Dinge wieder in Ordnung bringen konnte. Selbstzweifel überwältigten mich. War es möglich, dass mir etwas an Mums früherem Verhalten entgangen war? War sie vielleicht tatsächlich schon öfter so gewesen, und ich konnte mich nur nicht mehr daran erinnern? War ich so eine schlechte, unsensible Tochter, dass man mir so leicht etwas vormachen konnte? Ich dachte an unsere Wochenendreisen – was hatte ich da vor lauter Begeisterung nicht mitgekriegt? Ich dachte daran, wie Mum oft so müde gelächelt hatte, wenn Dad etwas sagte, dass sie nie so überschwänglich gewesen war wie viele andere Mütter, dass sie fast nichts von sich erzählte. Nein, das hatte nichts zu bedeuten. Sie war einfach nicht emotional, sie weinte nie, sie war nicht sentimental, aber das bedeutete doch nicht, dass sie *depressiv* war. Nein, nein, nein, wie konnte Rosaleen es wagen, meinen Vater als Lügner hinzustellen, wo er sich jetzt nicht mal mehr verteidigen konnte. Das war nicht richtig. Alles war falsch.

Weseley versuchte, mich festzuhalten und zu beruhigen, aber ich schrie einfach weiter, daran erinnere ich mich genau. Und dann erinnere ich mich, wie Schwester Ignatius endlich wieder zu sich kam, aufstand und mit weit ausgebreiteten Armen und ihrem lieben, traurigen, alten Gesicht auf mich zukam. Tatsächlich wirkte sie auf einmal viel älter als noch vor ein paar Minuten, so bekümmert und voller Mitgefühl, dass ich sie kaum anschauen konnte.

»Tamara, hör mir bitte zu …«, sagte sie, aber ich wollte ihr nicht zuhören, sondern schob sie weg, drehte mich um und lief einfach davon. Ich weiß noch, dass ich rannte, so schnell ich konnte, immer weiter, ohne auf ihre Rufe zu achten. Ein paarmal fiel ich hin, spürte, dass Weseley dicht hinter mir war, aber bevor er mich packen konnte, rannte ich schreiend weiter, immer schneller, weil ich glaubte, er wäre mir dicht auf den Fersen. Wann er die Verfolgung aufgab und beschloss, mich einfach laufen zu lassen, weiß ich nicht, denn ich rannte blindlings weiter, trotz der Stiche in meiner Brust, obwohl ich kaum noch Luft bekam. Heiße Tränen strömten aus meinen Augenwinkeln. So rannte ich aus dem Wald und mitten auf die Straße. Ein Motor heulte auf, Reifen quietschten, ich hörte ein schrilles Hupen und erstarrte. Buchstäblich. Ich wartete darauf, dass die Stoßstange mich in die Seite treffen und über die Windschutzscheibe hinweg in die Luft schleudern würde. Aber nichts dergleichen geschah. Stattdessen spürte ich nur die Hitze des Motors, direkt an meinem Bein, ganz nah, zu nah, aber der dunkle Teil meiner selbst, mein Schatten, fand es längst nicht nah genug. Dann wurde die Autotür aufgerissen, und eine laute Stimme drang an mein Ohr. Ein Mann. Ich presste die Hände auf meine Ohren und schrie und weinte und konnte mich nicht beruhigen, während die Männerstimme immer wieder meinen Namen brüllte. Wütend, angriffslustig, vorwurfsvoll. Als wäre alles meine Schuld.

Aber dann wurde die Stimme allmählich weicher, Arme legten sich um mich, und auf einmal wurde ich sanft gewiegt, der Lärm verebbte, und mir wurde klar, dass ich mich in Marcus' Armen befand, dass der Bücherbus neben uns stand und dass ich völlig unkontrolliert in Marcus' Hemd schluchzte.

Schließlich sah ich zu ihm auf. Sein Gesicht war besorgt und ängstlich.

»Und wohin fahren wir jetzt? Paris? Australien?«, fragte er leise und lächelte.

»Nein«, schluchzte ich. »Ich will nach Hause. Ich will einfach nur nach Hause.«

Kurz darauf saßen wir im Bücherbus und waren unterwegs nach Killiney. Lange Zeit sagte ich kein Wort. Anfangs hatte Marcus alle möglichen Fragen gestellt, aber schließlich gab er es auf. Irgendwann jedoch versiegten meine Tränen, ich wischte mir die Augen zum letzten Mal mit meinem vollgeheulten Taschentuch, holte tief Luft und atmete ebenso tief wieder aus. Ich zitterte nur noch ein kleines bisschen, aber ich fühlte mich schwach und müde von meinem Gefühlsausbruch.

»Das klingt schon besser«, meinte Marcus, als wir an einer roten Ampel hielten, und sah mich an. »Und bist du jetzt bereit, mit mir zu reden?«

Ich räusperte mich und lächelte ihn vorsichtig an. »Hallo, Marcus. Am liebsten möchte ich mich jetzt so richtig volllaufen lassen.«

»Weißt du was, genau daran habe ich auch gedacht.« Mit einem verschmitzten Lächeln fuhr er los, als die Ampel grün wurde, und hielt kurz darauf vor einem Spirituosengeschäft. »Du gefällst mir«, sagte er, ehe er die Tür zuwarf und in den Laden rannte.

Eigentlich hätte ich es ihm da sagen müssen. Laut und deutlich. Wie alt ich war. Das hätte uns eine Menge Ärger erspart. Knapp drei Wochen bis zu meinem siebzehnten Geburtstag, und siebzehn war wahrscheinlich immer noch zu jung für ihn. Mir ist nicht ganz klar, was genau ich mir dabei dachte – ob ich überhaupt in der Lage war zu denken. Ich fühlte mich wie betäubt, hätte mich aber gern noch betäubter gefühlt, denn genau genommen wollte ich gar nichts mehr fühlen – nichts fühlen und nichts denken. Mein Leben war so außer Kontrolle, dass ich auch die Kontrolle über mich selbst verlieren wollte. Wenigstens für eine Weile.

Wir waren nur eine Stunde von Killiney entfernt. Eine Stunde ist nicht viel, aber für mich waren es Lichtjahre. Ich war aus meinem Zuhause gerissen worden, aus meinem vertrauten Nest, und hatte das Gefühl, dass meine ganze Identität dabei auf der Strecke geblieben war. Ich glaube, die meisten Leute wissen nicht, wie es ist, wenn man seine Heimat verliert. Klar, viele Menschen haben schon mal Heimweh gehabt oder sind umgezogen oder vermissen eine bestimmte Gegend. Aber wir waren gezwungen worden. Eine Bank, ein unpersönliches Finanzinstitut, das rein gar nichts mit Wärme, Erinnerungen oder Familie zu tun hat, war meinem Vater auf den Fersen gewesen und hatte ihm so zugesetzt, dass er sich das Leben genommen hatte. Damit nicht genug – danach hatte man uns auch noch die dort gewachsenen Erinnerungen, unsere Orientierung, den Grundstein unserer Familie weggenommen. Wir wurden aus unserer Lebenswelt gerissen und mussten bei Verwandten Zuflucht suchen, mit denen wir kaum etwas zu tun hatten, während unser Haus riesig und leer zurückblieb, das *Zu-verkaufen*-Schild an die Grundstücksmauer genagelt wie ein in die Höhe gereckter, höhnische Mittelfinger. Wir konnten es nur noch von außen anschauen, wie Fremde, eine Rückkehr war unmöglich.

»Hast du noch die Schlüssel?«, fragte Marcus, als wir uns auf den kurvigen Straßen der Gegend näherten.

Ich nickte. Schon wieder eine Lüge.

»Hey, nicht so schnell, Tamara«, sagte er, als er sah, dass ich schon die dritte Dose Bier kippte. »Lass mir auch was übrig«, fügte er lachend hinzu.

Ich trank die Dose leer und rülpste laut als Antwort.

»Sexy!«, lachte er und konzentrierte sich wieder auf die Straße.

Wenn man mich jetzt fragt, kann ich ehrlich zugeben, dass dies der erste Moment war, an dem ich bewusst einen Entschluss fasste. Natürlich könnte ich Marcus die Schuld dafür geben und behaupten, dass er mir die Idee in den Kopf gesetzt hat, aber in Wirklichkeit war ich es. Vielleicht wusste ich es von der Sekunde an, als ich auf die Straße rannte und er mich in die Arme nahm – vielleicht wusste ich da tatsächlich schon, dass wir in unserem Haus und dann auf dem Boden meines Zimmers landen würden. Vielleicht hatte ich es schon von dem Tag an geplant, als ich Marcus zum ersten Mal begegnet war. Vielleicht hatte ich die ganze Geschichte weit mehr unter Kontrolle, als ich dachte. Andererseits könnte mich auch das dritte Bier in meinem ohnehin schon aufgewühlten Zustand endgültig aus dem Gleichgewicht gebracht haben. Jedenfalls zeigte ich Marcus im Vorbeifahren alle möglichen Orte, erzählte ihm von den Leuten, die hier wohnten, und es war mir vollkommen egal, ob er antwortete oder nicht. Ich hielt einfach einen Vortrag, nur für mich, und meine Stimme schien von irgendwo anders herzukommen. Ich fühlte mich nicht wie ich. Es kümmerte mich auch nicht mehr, wer ich eigentlich war, ich hatte es aufgegeben, so zu tun, als wäre ich der Mensch, der ich sein wollte: so wie Zoey und Laura, so wie alle anderen in unserem Bekanntenkreis. Ich glaubte nicht mehr an die Illusion, dass man, wenn man so war wie alle anderen, mit dem Leben besser zurechtkommen konnte. Es funktionierte doch ganz offensichtlich nicht. Nicht bei Laura, nicht bei Zoey und bei mir schon gar nicht.

Vor meinem früheren Zuhause hielten wir an. Ich sagte Marcus, er sollte den Bus um die Ecke fahren und dort parken, denn wir wollten ja nicht, dass irgendein Nachbar auf die

Idee kam, sich ein Buch ausleihen zu wollen. Von der Straße aus sah man das Haus selbst nicht, sondern nur das große schwarze Tor mit den Kameras auf der meterdicken Mauer – eine Anlage, die garantiert jeden Einbrecher entmutigte. Dad hatte viel Zeit und Mühe in diese Konstruktion gesteckt, hatte immer wieder Pläne gezeichnet, mich und Mum nach unserer Meinung gefragt und uns das Ganze, als es fertig war, schließlich mit stolzgeschwellter Brust gezeigt. Als wir dann durch das Tor marschierten und er wissen wollte, was ich davon hielt, hatte ich ihm geantwortet, dass es mir vollkommen gleichgültig war. Ja, ich hatte viel Übung darin, ihn zu verletzen.

Ich glaube, diese Geschichte erzählte ich Marcus, während wir auf das Haus zugingen, aber ganz sicher bin ich mir nicht mehr.

»Ich hab die Fernbedienung für das Tor nicht mehr an meinem Schlüssel«, hörte ich mich sagen. »Also muss ich wohl über die Mauer klettern und das Tor von innen öffnen, vom Haus aus.«

Ich hatte mein eigenes System, ins Haus zu kommen. Meistens hatten Mum und Dad mir nämlich meinen Schlüssel abgenommen, wenn ich aus der Schule kam, damit ich abends nicht abhauen konnte, aber obwohl das Tor so hoch war, hatte ich mit der Zeit gelernt, ohne größere Schwierigkeiten drüberzuklettern. Ich hörte noch, wie Marcus mir einen anderen Weg vorschlug, achtete aber nicht auf ihn, sondern kletterte wie per Autopilot über das Tor und landete wie gewohnt weich auf der anderen Seite. Als ich die lange Auffahrt entlangging, die zum Haus führte, hörte ich Marcus applaudieren. Wahrscheinlich glaubte er, dass seine Anwesenheit wichtig für mich war, aber in Wirklichkeit dachte ich nur an mich selbst.

Unser Haus – Glas, Stein, Holz, hell, leicht, modern, luftig. Wie aus dem Katalog. Die Steinverkleidung passte sich dem Fels der Umgebung an, die Holzteile schufen eine Verbindung zu den Wäldern ringsum, das Glas ermöglichte einen freien Blick über das endlose Meer. Dad hatte versucht, ein perfektes Heim für uns zu erschaffen, das keiner von uns jemals würde verlassen wollen. Und das war ihm ohne Zweifel gelungen. Ich wusste, dass die Haustür verschlossen sein würde, und ging, immer noch auf Autopilot, zur Rückseite des Hauses.

Im Garten entdeckte ich sofort den völlig durchweichten Tennisball. Er war von unserem Tennisplatz herübergeflogen, der gleich daneben lag, und ich war immer zu faul gewesen, ihn aufzuheben und zurückzubringen. Es war an einem der ersten Frühlingstage gewesen, als wir endlich wieder den Platz draußen benutzen konnten. Dad spielte mit mir, aber ich war unglaublich schlecht, weil ich den ganzen Winter keinen Schläger angerührt hatte und völlig eingerostet war. Ständig verfehlte ich den Ball, schlug ihn über den Zaun und war es irgendwann leid, ihn immer wieder im Garten suchen zu müssen. Dad war sehr geduldig mit mir, schimpfte nicht und kritisierte mich kein einziges Mal, ja, er half mir sogar bei der Suche nach den von mir verschlagenen Bällen. Ein paarmal vermasselte er sogar absichtlich selbst etwas, aber das ärgerte mich nur noch mehr. Ich sah ihn noch vor mir in seinen kurzen weißen Tennisshorts, dem weißen Polohemd, den Sportsocken, die er am Bein immer viel zu hoch zog, was mir endlos peinlich war, selbst wenn ihn außer mir kein Mensch sah. Mein wunderbarer Dad …

Hier im Garten standen auch noch die gleichen Steinfiguren – ein rundliches Seniorenpärchen mit Gartenwerkzeug in den Händen –, mit denen mein Großvater, der Vater meines Dads, immer geredet hatte, bevor er gestorben war.

Die Frau hatte er Mildred getauft und den Mann Tristan, ohne ersichtlichen Grund, aber ich musste schon als Kind darüber lachen. Mildred und Tristan waren Teil unserer Familie geworden. Da Mum sie offenbar nicht hatte wegbringen lassen, waren sie nun die einzigen Bewohner unseres Hauses. In der Nähe der Wäscheleine lag eine rote Wäscheklammer, ein Überbleibsel unserer letzten Wäsche.

Ich kletterte aufs Dach des kleinen Schwimmbads – es war der letzte Anbau gewesen –, wo wie immer die verwitterte Holzleiter lag, die ich dort für meine mitternächtlichen Ausflüge deponiert hatte. Der Pool war mit einer blauen Leinwandplane abgedeckt, unsere sechs Pool-Lounger mit den rosa Kissen lagen diagonal beim Fenster und warteten auf mich und meine morgendliche Schwimmrunde. Auf einer Sonnenliege entdeckte ich den – inzwischen reichlich schlaffen – Schwimmring in Flamingoform, den ich aus Marbella mitgebracht hatte. Manuel, ein Junge, den ich letztes Jahr dort geküsst hatte, hatte ihn mir geschenkt, also hatte ich ihn natürlich mit nach Hause genommen. Nun benutzte ihn niemand mehr. Ein weggeworfener Kuss.

Auf dem Dach angekommen, kletterte ich mithilfe der Leiter zu meinem Zimmer hinauf. Meine Balkontür war nie verriegelt, weil sie zu hoch oben und für Einbrecher angeblich unerreichbar war. Als ich mich über die Brüstung auf den Balkon schwang, schwirrte mir der Kopf. Hier an der Küste war es wesentlich kühler, die Seeluft war frisch, denn der Wind wehte die Julihitze weg und trug den Geruch von Tang und Salz mit sich. Ich schaute über den Strand, nahm den Anblick in mich auf und erinnerte mich an meine sechzehn Sommer mit Mum und Dad, an die nächtlichen Treffen mit meinen Freunden. Ich weiß nicht, wie lange ich so dastand und die imaginäre Familie beobachtete, die ihre Namen in den Sand gekritzelt hatte, und das kleine Mädchen, das seinen Dad einbuddelte, bis nur noch sein Kopf zu sehen war. Da fiel mir plötzlich Marcus wieder ein, der am Tor auf mich wartete.

Als ich die Balkontür öffnete, ging die Alarmanlage los. Ich rannte hinein und hoffte, dass der Code nicht geändert worden war – wer würde denn schon auf die absurde Idee kommen, in ein Haus einzubrechen, das ihm einmal gehört hatte?

Der Code war der gleiche, doch meine Finger zitterten so, dass ich zwei Versuche brauchte, bis die Anlage endlich schwieg. Ich musste ein paarmal tief Luft holen, aber als meine Ohren sich wieder einigermaßen normal anfühlten, drückte ich auf den Toröffner. Dann ging ich nach unten und machte die Haustür auf. Während ich auf Marcus wartete, wanderte ich ein bisschen im Haus herum und strich mit den Fingern über die verbliebenen Einrichtungsgegenstände. Manches war ein bisschen staubig. Irgendwann hörte ich dann Marcus' Schritte in der Eingangshalle; er stieß einen beeindruckten Pfiff aus.

Aber ich achtete nicht auf ihn, sondern schlenderte in die Küche, wo ich meine Familie am Tisch sitzen sah, eilige Frühstücke am Tresen, üppige Weihnachtsdinner im Essbereich gleich nebenan, geräuschvolle Partys, Geburtstage, Silvesterfeten. Ich erinnerte mich an Auseinandersetzungen, zwischen Mum und Dad, zwischen Dad und mir. Ich erinnerte mich, wie wir getanzt hatten. Dad und ich, bei einer Party, und alle schauten zu. Ich erinnerte mich an Dads Partyanekdote, eine ausufernd lange Geschichte, die ich nie richtig verstand, aber schrecklich gerne hörte. Wenn Dad sie erzählte, lebte er richtig auf. Er genoss es, im Scheinwerferlicht zu stehen, in der Gesellschaft der Menschen, denen er vertraute. Mit vom Alkohol geröteten Wangen, die blauen Augen leicht benebelt, war er dennoch der perfekte, selbstbewusste Unterhalter, der seiner eigenen Pointe und dem Gelächter seines Publikums entgegenfieberte. Ich sah Mums Freundinnen beieinandersitzen und plaudern, elegante Frauen mit teuren Schuhen, schmalen Fesseln, gebräunter Haut und gesträhntem Haar.

Als ich mich abwandte, sah ich Dad durch die Korridore wandern, sah ihn mir zuzwinkern, während er mit seiner Zigarre in das einzige Zimmer ging, in dem Mum ihm das Rauchen erlaubte. Ich folgte ihm, beobachtete, wie er seine Freunde begrüßte und unter ihrem Beifall seinen besten Brandy öffnete, bevor die Männer sich zu einem Schwätzchen hinsetzten oder eine Partie Snooker begannen. Ich ließ meinen Blick über die Wände schweifen und erinnerte mich an die Fotos, die dort früher gehangen hatten. Dads Auszeichnungen und Diplome, seine Sportpokale, seine Familienfotos. Ein Bild von mir mit verheulten Augen an meinem ersten Schultag, ich auf Dads Schulter in Disney World, mit Rattenschwänzchen, einem Mickymaus-T-Shirt und einem albernen Grinsen, das meine Zahnlücke zur Geltung brachte. Dann betrat ich das nächste Zimmer. Dad und seine Freunde auf dem Skihang in Aspen. Ein Foto von Dad beim Golfspielen mit Padraig Harrington bei irgendeiner Wohltätigkeitsveranstaltung.

Weiter ging's ins Fernsehzimmer, wo ich Dad in seinem Lieblingssessel sitzen sah, Mum in der anderen Ecke, mit angezogenen Beinen, die Arme schützend um die Knie geschlungen, und sie lachten beide über eine Comedyshow. Wieder warf Dad mir einen Blick zu, zwinkerte, stand auf, und gemeinsam durchquerten wir die Eingangshalle, an Marcus vorbei, der mich verwundert anstarrte, aber dann verschwand Dad durch die geschlossene Bürotür. Dorthin konnte ich ihm nicht folgen.

Der Streit. Dieser furchtbare Streit, den wir kurz vor seinem Tod gehabt hatten. Ich hatte die Tür zugeknallt und war wütend die Treppe hinaufgestürmt. Dabei hätte ich ihm sagen müssen, dass ich ihn liebte. Ich hätte mich entschuldigen und ihn in den Arm nehmen müssen.

»Ich will dich nie wiedersehen. Ich hasse dich!«

»Tamara, komm zurück!« Seine Stimme. Seine wunderbare Stimme, die ich so gern noch einmal gehört hätte. Ach Daddy, ich bin hier, bitte, komm wieder heraus aus deinem Büro.

Dann der nächste Morgen. Wie ich ihn gefunden hatte, auf dem Boden. Aber so sollte es doch nicht sein! Mein Dad sollte ewig leben. Mich beschützen. Meine Freunde prüfend in Augenschein nehmen und mich irgendwann zum Altar führen. Er sollte Mum sanft überreden, wenn ich meinen Willen nicht bekam, er sollte mir zuzwinkern, wenn unsere Blicke sich trafen. Für den Rest meines Lebens sollte er mich voller Stolz anschauen. Und wenn er alt würde, dann sollte ich ihn beschützen, für ihn da sein, ihm alles zurückzahlen, was er für mich getan hatte.

Es war meine Schuld. Es war alles meine Schuld. Ich hatte versucht, ihn zu retten, aber ich hatte nicht gewusst, wie ich es anstellen sollte. Wenn ich es doch nur gelernt hätte, wenn ich in der Schule aufgepasst und mich bemüht hätte, ein einfühlsamer, ein besserer Mensch zu werden, vielleicht hätte ich ihm dann helfen können. Stattdessen kreisten meine Gedanken immer nur um mich selbst. Sicher, alle sagten mir, ich hätte nichts mehr für ihn tun können, es wäre zu spät gewesen, aber man weiß doch nie. Ich bin seine Tochter – vielleicht hätte ihm das geholfen.

Das Zimmer – sein Zimmer –, das immer nach ihm gerochen hatte. Nach seinem Aftershave, seinen Zigarren. Nach

Wein und Brandy, nach Büchern und Holz. Das Zimmer, in dem er sich das Leben genommen hatte, der Teppich mit dem Fleck, wo ich mich am Abend nach seiner Beerdigung übergeben hatte. Ich konnte da nicht hineingehen.

Auf einmal hörte ich Dosen klappern, eine Plastiktüte raschelte, und ich drehte mich schnell um. Da stand Marcus und sah mich erwartungsvoll an.

»Hübsches Haus.«

»Danke.«

»Alles klar bei dir?«

Ich nickte.

»Ist bestimmt komisch, wieder hier zu sein, oder nicht?«

Ich nickte wieder.

»Du bist heute nicht besonders redselig.«

»Ich hab dich auch nicht zum Reden mitgenommen.«

Unsere Blicke trafen sich, und ich sah in seinem Gesicht, dass er das Gleiche dachte wie ich.

Sag es ihm. Sag es ihm.

»Komm mit, ich zeige dir das schönste Zimmer im ganzen Haus«, schlug ich stattdessen lächelnd vor, nahm seine Hand und führte ihn nach oben.

In meinem Zimmer legte ich mich auf den Boden, mitten auf den weichen Plüschteppich, auf dem einmal mein großes Bett mit dem weißledernen Kopfende gestanden hatte. Mir war schwindlig vom Alkohol und auch von den Ereignissen des Tages. Ich wollte nur noch vergessen – Schwester Ignatius, Weseley, Rosaleen, Dr. Gedad, die geheimnisvolle alte Frau im Haus von Rosaleens Mutter, einfach alles. Ich wollte auch meine Mutter vergessen, ihren kraftlosen, zerbrechlichen Körper, und wie ich vergeblich versucht hatte, sie aus dem Bett zu zerren. Ich wollte Kilsaney vergessen und alle seine Einwohner. Ich wollte vergessen, dass wir aus diesem Haus vertrieben worden waren und dass Dad sich umgebracht hatte. Ich wollte die Zeit zurückdrehen zu der Nacht, bevor ich vom Balkon geklettert war und den furchtbaren Krach mit ihm gehabt hatte. Ich wollte, dass alles anders wurde.

Und dann änderte sich alles.

Alles.

Und wenn ich es irgendwann geschafft hatte, die Dominosteine aufrecht hinzustellen, dann begannen sie jetzt alle wieder umzustürzen.

18

Ruhe in Frieden

Vor zwei Jahren hätten wir für unser Haus in Killiney den stolzen Preis von acht Millionen Euro bekommen, aber nun stand es für die Hälfte der Summe zum Verkauf. Ich wusste, wie viel es wert war, weil Dad es regelmäßig hatte schätzen lassen. Jedes Mal, wenn die neuen Werte da waren, holte er eine Sechshundert-Euro-Flasche Château Latour aus dem Weinkeller seines Acht-Millionen-Euro-Hauses, um sie mit seiner Bilderbuchfrau und seiner hormonell total übersteuerten Tochter zu teilen.

Ich missgönne Dad seinen Reichtum keineswegs. So bin ich nicht, und zwar nicht nur, weil zwangsläufig auch Mum und ich von seinem Erfolg profitierten – wir mussten ja auch seinen Misserfolg ausbaden –, sondern weil er hart arbeitete, frühmorgens, spätabends, am Wochenende. Sein Beruf lag ihm am Herzen, und er spendete regelmäßig für wohltätige Zwecke. Ob er das im Smoking tat, vor zuckenden Blitzlichtern oder mit hochgereckter Hand bei einer Tombola, das war völlig irrelevant. Er schenkte Menschen, die es brauchen konnten, etwas von seinem Geld, und darauf kam es an. Was gab es daran auszusetzen, dass er ein teures Haus besaß? Man hat doch allen Grund, stolz zu sein, wenn man hart arbeitet und im Leben etwas erreicht. Doch mit jedem neuen Triumph hätte nicht nur sein männlicher Stolz wachsen sollen, sondern auch sein Herz. Der Erfolg machte mit ihm das Gleiche wie die Hexe im Märchen mit dem armen Hänsel: Er päppelte meinen Dad aus genau den falschen Gründen und machte ihn an genau den falschen Stellen fett. Natürlich hatte Dad seinen Erfolg redlich verdient, er hätte nur dringend einen Kurs in Bescheidenheit gebraucht. Mir hätte so was übrigens auch gutgetan. Wie toll ich mir vorkam in dem silbernen Aston Martin, mit dem Dad mich manchmal zur Schule brachte! Als wäre ich etwas ganz Besonderes. Wie toll, wie besonders bin ich denn jetzt, wo jemand das gepfändete Auto für einen Bruchteil des ursprünglichen Preises gekauft hat?

Den Preis des Hauses habe ich übrigens erwähnt, weil er zwar auf die Hälfte gesenkt worden war und nach dem Staub zu urteilen, der sich inzwischen angesammelt hatte, noch tiefer gehen würde, das Ganze aber immer noch teuer genug war, ein erstklassiges Geschäft für die Immobilienmakler. Deshalb war auch in dem Moment, als ich meine Balkontür aufgemacht und die Alarmanlage ausgelöst hatte, ein automatischer Anruf bei der Maklerin eingegangen, die in ihrem besorgniserregend ruhigen Büro aufsprang, zu ihrem Auto lief und losfuhr, um nach dem Rechten zu sehen. Natürlich hatte ich davon keine Ahnung, und weil mein Zimmer im zweiten Stock nach hinten raus lag und ich außerdem mit anderen Dingen beschäftigt war, hörte ich nicht, wie sich das elektrische Tor am Ende der langen Auffahrt öffnete, die Haustür aufgeschlossen wurde und jemand in die Eingangshalle trat.

Aber die Maklerin hörte uns.

Und deshalb tauchte als Nächstes die Polizei bei uns auf. Die schweren Schritte, die sich auf der Treppe näherten, waren laut genug, dass wir immerhin die Möglichkeit hatten, das, was wir zuvor auf dem Boden meines Schlafzimmers getan hatten, zu unterbrechen, aber die Zeit reichte nicht, um uns anzuziehen. So kauerte ich, als die Tür aufgerissen wurde, mitten in einem Chaos abgeworfener Klamotten hinter Marcus und starrte in ein Gesicht, das noch röter war als mein eigenes und Garda Fitzgibbon gehörte, einem übergewichtigen Mann aus Connemara, mit dem ich, wenn ich mit meinen Freunden am Strand gefeiert hatte, schon öfter Bekanntschaft gemacht hatte. Und jetzt war auch nicht unbedingt der günstigste Zeitpunkt für ein fröhliches Wiedersehen.

»Ich gebe dir genau eine Minute zum Anziehen, Miss Goodwin«, sagte er und schaute dann schnell weg.

Der zweiundzwanzigjährige Marcus, der seines Wissens von einer Volljährigen in ihr leer stehendes Haus gelockt worden war, fand die ganze Geschichte zwar etwas peinlich, aber in erster Linie amüsant. Er wusste nicht, dass das Mädchen, mit dem er gerade geschlafen hatte, erst in ein paar Wochen siebzehn werden würde und demzufolge nicht nur das Bier illegal war, sondern auch etwa die Hälfte dessen, was sich gerade auf dem Teppich abgespielt hatte. Während wir uns so rasch wir konnten anzogen, sah er mich immer wieder grinsend an. Aber ich war völlig panisch, mein Herz pochte so laut, dass ich keinen klaren Gedanken fassen konnte, und mir war so flau im Magen, dass ich befürchtete, mich jeden Moment vor versammelter Mannschaft übergeben zu müssen.

»Entspann dich, Tamara«, meinte Marcus großspurig. »Die können uns nichts vorwerfen. Es ist schließlich dein Haus.«

»Nein, ist es eben nicht, Marcus«, flüsterte ich, denn meine Stimme verweigerte mir den Dienst.

»Na, dann eben das deiner Eltern, wie auch immer …«, entgegnete er und schlüpfte mit einem Bein in seine Jeans.

»Es gehört der Bank«, unterbrach ich ihn, inzwischen angezogen auf dem Boden sitzend und völlig aus der Fassung. »Die hat es uns weggenommen.«

»Was?« Ein großer Dominostein purzelte um. Ich spürte, wie der Boden vibrierte, als wäre ein Wolkenkratzer eingestürzt.

»Es tut mir leid«, sagte ich und fing an zu weinen. Dann kamen endlich die Worte heraus, die ich schon die ganze Zeit hatte sagen wollen, nur auf die falsche Art und zum völlig falschen Zeitpunkt. »Ich bin erst sechzehn«, stieß ich panisch hervor.

Zum Glück war Garda Fitzgibbon, der an der Tür stand, nach dem ersten lauten Wort in Alarmbereitschaft und hörte den Rest des Gesprächs. Also würde zumindest er Marcus glauben, dass er von nichts gewusst hatte, auch wenn Marcus es vor Gericht selbst würde beweisen müssen. Außerdem griff Garda Fitzgibbon auch beherzt ein, als Marcus wutentbrannt auf mich losging – obwohl Marcus mich nicht schlagen wollte, sondern mich nur anbrüllte. Meinetwegen hätte er noch viel mehr brüllen und mir jedes erdenkliche Schimpfwort an den Kopf werfen können, ich wusste ja, dass ich es verdient hatte, denn ich hatte alles kaputtgemacht. Was immer es für ein Arrangement gewesen sein mochte, das er mit seinem Dad wegen der mobilen Bibliothek getroffen hatte, es war wahrscheinlich seine letzte Chance gewesen. Wir hatten nie darüber gesprochen, aber ich merke es immer, wenn jemand versucht, seine letzte Chance zu nutzen. Schließlich habe ich das jeden Tag im Spiegel gesehen.

Wir wurden aufs Revier gebracht und mussten eine Aussage machen, was ziemlich peinlich war. Eigentlich hatte ich gehofft, wenn ich endlich das erste Mal Sex hatte, würde ich die ganzen pikanten Details meinem Tagebuch anvertrauen können, aber stattdessen saß ich nun auf dem Polizeirevier. Tamara Goodwin. Tamara Fuck-up, die wie üblich alles in den Sand setzte.

Rosaleen und Arthur mussten nach Dublin kommen, um mich auf dem Revier abzuholen. Als Marcus' Dad die Geschichte erfuhr, schickte er sofort einen Wagen. Ich versuchte immer wieder, mich zu entschuldigen, weinte und klammerte mich an Marcus, aber er weigerte sich, mir zuzuhören. Er wollte mich nicht mal anschauen.

Arthur blieb im Auto sitzen, während Rosaleen mit den Polizisten sprach – das zweitpeinlichste Ereignis dieses peinlichen Tages. Allerdings schien Rosaleen sich mehr Sorgen wegen Marcus zu machen als meinetwegen. Die Polizisten erklärten ihr, die Höchststrafe für Sex mit einem »Kind« unter siebzehn betrage zwei Jahre. Als ich das hörte, fing ich wieder an zu heulen, und Rosaleen schien mindestens so aufgelöst wie ich. Ich weiß nicht, ob es daher kam, dass ich ihren guten Namen in den Schmutz gezogen hatte – noch mehr als mein Vater mit seinem Selbstmord –, oder ob sie Marcus wirklich mochte. Jedenfalls stellte sie Fragen über Fragen, bis Garda Fitzgibbon ihr schließlich sagte, dass Marcus tatsächlich nicht gewusst hatte, wie alt ich war, und dass man ihn, wenn er das auch vor Gericht glaubhaft machen konnte, laufen lassen würde. Anscheinend genügte ihr das, denn sie beruhigte sich etwas. Aber mir genügte es nicht. Wie lange würde das dauern? Wie viele Verhandlungen würde es vor Gericht geben? Wie viele Erniedrigungen? Ich hatte sein Leben ruiniert.

Rosaleen versuchte nicht einmal, mit mir zu reden, sie würdigte mich kaum eines Blickes. Barsch erklärte sie mir, dass Arthur draußen im Auto auf uns warte, dann verließ sie das Revier, und ich folgte ihr mit gesenktem Kopf. Im Auto herrschte eine entsetzlich angespannte Stimmung, als hätten die beiden sich auch noch gestritten. Ich schämte mich furchtbar und konnte Arthur nicht in die Augen sehen. Auch er sagte nichts, und so machten wir uns auf den Weg nach Kilsaney. Ich war irgendwie erleichtert, dass wir so weit fahren mussten – je größer die Entfernung zwischen mir und den Ereignissen in meiner alten Heimat war, desto besser. Was heute passiert war, hatte die Nabelschnur, die mich noch mit unserem Haus verband, endgültig durchschnitten. Vielleicht war das sogar unbewusst meine Absicht gewesen.

Auf der ganzen Heimfahrt weinte ich ununterbrochen, beschämt, enttäuscht, wütend. Und all diese Gefühle richteten sich gegen mich selbst. Selbst die Stimme des Radiosprechers bohrte sich schmerzhaft in mein Gehirn, aber auch das hatte ich mir selbst und meinem Alkoholkonsum zuzuschreiben. Nach etwa einer halben Stunde hielt Arthur vor einem Laden an.

»Was machst du denn?«, fragte Rosaleen.

»Könntest du bitte ein paar Flaschen Wasser und eine Packung Kopfschmerztabletten holen?«, fragte er leise.

»Was? Ich?«

Ein langes Schweigen trat ein.

»Alles in Ordnung mit dir, Arthur?«, fragte sie.

»Rose«, antwortete er nur.

Ich hatte noch nie gehört, dass er sie so nannte. Irgendwie kam es mir bekannt vor – ich hatte das schon irgendwo gesehen oder gehört –, aber momentan konnte ich nicht richtig nachdenken. Rosaleen schaute zu mir nach hinten, dann musterte sie wieder Arthur. Anscheinend hatte sie immer noch Angst, uns allein zu lassen. Mein Kopf schwirrte. Schließlich stieg sie doch aus und eilte im Laufschritt in den Laden.

»Alles klar bei dir?«, fragte Arthur, als sie weg war, und sah mich im Rückspiegel an.

»Ja, danke.« Aber mir stiegen sofort wieder Tränen in die Augen. »Es tut mir so leid, Arthur. Es ist mir alles furchtbar peinlich.«

»Es muss dir nicht peinlich sein, Kind«, sagte er sanft. »Wir machen alle Fehler, wenn wir jung sind. Aber das wird schon wieder.« Er schenkte mir ein kleines Lächeln. »Hauptsache, mit dir ist alles okay.« Dann schaute er mich an, und sein Blick kam mir vor wie der eines besorgten Vaters.

»Ja, mir geht's gut, danke.« Ich kramte nach meinen Taschentüchern. »Es war nicht … er hat mich nicht … ich wusste genau, was ich tue.« Ich räusperte mich verlegen. Als ich zum Laden blickte, sah ich Rosaleen am Ende einer langen Schlange stehen. Sie starrte besorgt zu uns herüber.

»Arthur, diese Depressionen, die Mum angeblich hat, liegen die in der Familie?«

»Was denn für Depressionen?«, fragte er und drehte sich zu mir um.

»Na, du weißt schon, Rosaleen hat doch heute früh Dr. Gedad erzählt, meine Mum hätte Depressionen.«

»Tamara.« Er sah mich an und warf dann einen Blick zum Laden und zu Rosaleen. Noch drei Leute standen vor ihr. »Erzähl mir doch bitte kurz, was da los war.«

»Ich habe mit Dr. Gedad einen Termin ausgemacht, dass er sich Mum heute Vormittag ansehen soll. Sie braucht Hilfe, Arthur. Mit ihr stimmt etwas nicht.«

Anscheinend traf ihn das sehr. »Aber sie geht doch jeden Tag spazieren. Sie kriegt genug frische Luft.«

»Was?« Ich schüttelte den Kopf. »Arthur, sie hat seit unserer Ankunft kein einziges Mal das Haus verlassen.«

Sein Unterkiefer spannte sich an. Wieder sah er prüfend zum Laden hinüber. »Was hat Dr. Gedad gesagt?«

»Er ist nicht mal zu Mum raufgegangen, weil Rosaleen ihn abgefangen und ihm erzählt hat, dass Mum schon seit Jahren an Depressionen leidet. Und dass Dad davon gewusst hat, mir aber nichts sagen wollte, und …« Ich fing wieder an zu weinen und konnte nicht fertig sprechen. »Lauter Lügen«, schluchzte ich. »Dad kann sich nicht mal mehr verteidigen, er kann mir nichts mehr erklären … aber es ist alles gelogen. Ich weiß, dass ich nicht gerade die Richtige bin, um anderen vorzuwerfen, dass sie lügen«, schniefte ich.

»Beruhige dich, Tamara. Rosaleen versucht nur, deine Mum zu versorgen, so gut sie es eben kann«, sagte er leise, fast flüsternd, als könnte Rosaleen uns im Laden hören. Inzwischen war nur noch ein Kunde vor ihr in der Schlange.

»Ich weiß, Arthur, aber was, wenn das nicht der richtige Weg ist? Weiter will ich ja gar nichts sagen. Ich weiß nicht, was vor Jahren zwischen ihnen passiert ist, aber wenn es etwas gibt – irgendetwas –, womit Mum Rosaleen gekränkt oder verärgert hat, meinst du, es könnte vielleicht sein …«

»Was könnte vielleicht sein?«

»Es könnte vielleicht sein, dass sie versucht … dass sie versucht, es ihr heimzuzahlen? Wenn Mum ihr etwas getan hat, wenn Mum sie vielleicht angelogen hat oder so …«

In diesem Moment ging die Autotür auf, und wir zuckten beide heftig zusammen.

»Herrje, man könnte meinen, ich bin ein Gespenst«, meinte Rosaleen verärgert und besorgt, während sie sich wieder auf ihren Platz setzte. »Hier.« Damit ließ sie eine Tüte auf Arthurs Schoß fallen.

Er sah sie an, ein langer kalter Blick, der mir Angst machte. Schnell wandte ich die Augen ab, und er reichte mir die Tüte nach hinten. Rosaleen machte ein überraschtes Gesicht.

»Hier, vielleicht hilft das«, sagte Arthur und ließ den Motor an.

Die nächste Stunde sagte keiner von uns ein Wort.

Als wir am Torhaus ankamen, hatte der Himmel sich bewölkt, und der Tag war trübe geworden. Die Luft hatte sich merklich abgekühlt, die Wolken verhießen Regen. Aber für meinen dumpfen Kopf war die frische Brise angenehm. Ehe ich ins Haus trat, holte ich ein paarmal tief Luft.

»Du kannst dir wahrscheinlich denken, dass du in nächster Zeit nirgendwo hingehen wirst«, sagte Rosaleen.

Ich nickte.

»Du kannst hier im Haus ein paar Dinge für mich erledigen«, fuhr sie fort.

»Natürlich«, sagte ich leise.

Arthur stand neben uns und hörte zu.

»Und wenn du mal rausgehen willst, dann bleib bitte auf dem Grundstück«, fügte er hinzu. Es schien ihm ziemlich schwerzufallen.

Rosaleen sah ihn an, erst überrascht, dann ärgerlich. Offensichtlich gefiel es ihr nicht, dass er sich einmischte. Aber er wich ihrem Blick gezielt aus. Sie hatte vorgehabt, mir Hausarrest zu geben, damit ich nichts anstellen konnte, doch mit seiner Bemerkung hatte Arthur dafür gesorgt, dass die Strafe nicht ganz so streng ausfiel.

»Danke«, sagte ich. Dann ging ich nach oben zu Mum.

Sie lag im Bett und schlief. Ich kroch neben sie, schlang die Arme um sie, drückte sie an mich und atmete tief den Geruch ihrer frisch gewaschenen Haare ein.

Unten braute sich ein Sturm zusammen, das hörte ich

an den Stimmen, die aus dem Wohnzimmer zu uns heraufdrangen. Zuerst redeten Arthur und Rosaleen ganz normal miteinander, aber dann wurde die Unterhaltung lauter und immer lauter. Ein paarmal versuchte Rosaleen, Arthur zu beschwichtigen, aber er brüllte weiter, ohne darauf einzugehen. Ich konnte nicht jedes Wort verstehen, ich versuchte es auch gar nicht, denn ich hatte mir fest vorgenommen, meine Nase nicht mehr in anderer Leute Angelegenheiten zu stecken. Ich wollte nur, dass Mum endlich wieder auf die Beine kam, und wenn Arthur dafür rumbrüllen musste, dann sollte er das meinetwegen tun. Ich kniff die Augen zusammen. Warum konnte ich die Uhr nicht um einen Tag zurückdrehen? Warum hatte das Tagebuch mich nicht gewarnt?

Der Streit eskalierte, und schließlich hielt ich es nicht mehr aus. Ich musste eine Weile allein sein, wir brauchten alle ein bisschen Freiraum. Es war mir schrecklich unangenehm, dass ich nun auch noch diese Szene heraufbeschworen hatte, denn bevor Mum und ich hier eingezogen waren, hatten Arthur und Rosaleen ein zurückgezogenes, zufriedenes Leben geführt. Meine Anwesenheit stellte ihre Beziehung offensichtlich auf eine Zerreißprobe, und der Riss wurde immer größer. Ich schlich nach unten, wartete auf eine Pause in der Auseinandersetzung, klopfte dann leise an die Küchentür und blieb draußen stehen, bis Arthur »Herein« rief.

»Bitte entschuldigt die Störung«, sagte ich leise. »Ich wollte euch nur sagen, dass ich rausgehe und einen Spaziergang mache, um wieder einen klaren Kopf zu kriegen. Aber ich bleibe in der Nähe. Ist das okay?«

Arthur nickte sofort, Rosaleen wandte mir den Rücken zu, und ich sah, dass sie die Fäuste geballt hatte. Rasch schloss ich die Tür hinter mir und überließ die beiden wieder sich selbst. Es würde noch ungefähr eine Stunde hell bleiben, also hatte ich genug Zeit. Eigentlich wollte ich zum Schloss, aber ich konnte hören, dass sich Weseley und seine Freunde dort versammelt hatten, und für ein Treffen mit ihnen war ich absolut nicht in Stimmung. Ich wollte allein sein. Also wandte ich mich in die entgegengesetzte Richtung, die Richtung, in der Schwester Ignatius wohnte. Ich hatte nicht vor, ihr einen Besuch abzustatten, aber um diese Zeit wollte ich auch nicht durch den Wald gehen. So blieb ich auf dem Weg und schritt mit gesenktem Kopf an dem verfallenen gotischen Tor vorbei.

Als die Kapelle in Sichtweite kam, merkte ich, dass ich die ganze Zeit die Luft angehalten hatte. Von hier konnte ich Schwester Ignatius' Haus sehen, und so fühlte ich mich sicher genug, die kleine Kirche zu betreten. Der Raum bot Platz für bestenfalls zehn Leute. Das Dach war halb eingestürzt, aber die Äste der Eichen wuchsen so über die Öffnung, als wollten sie es ersetzen. Wirklich originell – und idyllisch. Kein Wunder, dass Schwester Ignatius die Kapelle so liebte. Es gab keine Bänke, vermutlich wurde der Raum nur noch selten genutzt. Aber an der Steinwand über dem Altar hing ein einfaches, ziemlich großes Kruzifix. Bestimmt hatte Schwester Ignatius dafür gesorgt. Sonst stand in der Kapelle nur ein riesig großes – warme Sonne, endgültig tot – Marmorbecken, am Rand angeschlagen und an manchen Stellen gesprungen, aber solide und fest im Steinboden verankert. Es war verstaubt und bot einigen Spinnen Unterkunft, aber ich stellte mir vor, dass sich viele Generationen von Kilsaneys hier versammelt und ihre Kinder getauft hatten. Eine große Holztür führte nach draußen auf den kleinen Friedhof neben der Kirche, aber ich ging lieber durch den Haupteingang, durch den ich hereingekommen war, wieder hinaus, stellte mich dicht an den Zaun, der den Friedhof umgab, und versuchte, die Inschriften auf den Grabsteinen zu lesen. Es war nicht ganz leicht, und ich musste meine Augen mächtig anstrengen: Viele Steine waren mit Moos überwachsen, und der Zahn der Zeit hatte deutliche Spuren auf ihnen hinterlassen. In einer großen Krypta ruhte eine ganze Familie: Edward Kilsaney, seine Frau Victoria, ihre Söhne Peter, William und Arthur sowie eine Tochter, deren Namen mit einem B begann. Der Rest war von Wind und Wetter stark beschädigt. Vielleicht hatte sie Beatrice geheißen, vielleicht Beryl, Bianca oder Barbara. Ich versuchte, mir einen Namen für sie auszudenken. Daneben entzifferte ich eine Inschrift für Florie Kilsaney: »Für unsere Mutter, in tiefer Trauer nehmen wir Abschied.« Robert Kilsaney war nur ein Jahr alt gewesen, als er am 26. September 1832 starb, und seine Mutter Rosemary war ihm zehn Tage später gefolgt. Für Helen Fitzpatrick, die 1882 gestorben war, war eingraviert: »Ihr Ehemann und ihre Kinder gedenken ihrer in zärtlicher Liebe.« Oft standen auch nur Namen und Daten da, was umso rätselhafter wirkte: »Grace und Charles Kilsaney 1850–1862.« Sie waren beide am selben Tag geboren und am selben Tag, mit gerade mal zwölf Jahren, gestorben. So viele Fragen.

Und damit nicht genug: Jeder Grabstein, auf dem die Schrift noch auszumachen war, trug unterschiedliche Symbole. Auf einigen waren Torbogen zu sehen, auf anderen Tauben, Pfeile, Vögel, seltsame, fast unheimliche Tiere, deren symbolische Bedeutung ich nicht kannte, aber gern erfahren hätte. Ich nahm mir vor, Schwester Ignatius zu fragen, sobald ich das Gefühl hatte, ihr wieder unter die Augen treten zu können. Nachdenklich ließ ich den Blick noch einmal über die Grabsteine schweifen. Zum Glück war ich nicht mehr so ängstlich wie beim ersten Mal, als ich hier vorbeigekommen war. Vielleicht hatten mich die Ereignisse der letzten Zeit wenigstens ein bisschen erwachsener gemacht. Mitten auf dem Friedhof ragte ein großes Steinkreuz in den Himmel, mit verschiedenen Namen, eine Familie nach der anderen, je jünger das Datum, desto deutlicher lesbar. Die letzte Inschrift befand sich ganz unten am Sockel des Kreuzes, einem großen Steinblock, und als mein Blick darauf fiel, konnte ich gar nicht glauben, dass sie mir nicht schon früher aufgefallen war. Davor lag ein Blumenstrauß – ganz frisch –, zusammengebunden mit langen Grashalmen. Ich kletterte auf den Zaun, um die Inschrift besser lesen zu können. »Laurence Kilsaney 1967–1992 RIP.«

Laurence Kilsaney war also erst vor siebzehn Jahren gestorben. Bestimmt war er bei dem Brand im Schloss ums Leben gekommen. Mit fünfundzwanzig. Wie traurig. Obwohl ich weder Laurence noch seine Familie kannte, musste ich plötzlich weinen. Spontan pflückte ich ein paar Wiesenblumen, band sie mit meinem Haargummi zusammen und kletterte damit über den Zaun. Ich legte die Blumen auf das Grab und streckte die Hand aus, um den Grabstein anzufassen, aber gerade, als meine Finger den kalten Stein berührten, hörte ich hinter mir ein Geräusch, ein Klicken. Vor Schreck sträubten sich mir die Nackenhaare, und ich wirbelte herum, in der Erwartung, einen Fremden zu entdecken, so dicht hinter mir, dass ich seinen Atem spürte. Aber obwohl ich mich nach allen Seiten umschaute, bis mir fast schwindlig war, konnte ich niemanden entdecken. Nur Bäume, so weit das Auge reichte. Schließlich versuchte ich mir einzureden, dass ich einfach panisch war, weil ich auf einem alten Friedhof stand, umgeben von Generationen, die an Pest, Krieg, Krankheit, Feuer und – humaner vielleicht – auch an Altersschwäche zugrunde gegangen waren. Doch sosehr ich mich bemühte, mich davon zu überzeugen, war ich dennoch sicher, dass jemand ganz in meiner Nähe war. Ich hörte einen Zweig knacken und spähte angestrengt in die Richtung, aus der das Geräusch gekommen war.

»Schwester Ignatius, sind Sie das?«, rief ich. Doch als Antwort hörte ich nur das Echo meiner eigenen zittrigen Stimme. Dann sah ich, wie die Bäume sich bewegten, und hörte, wie das Rascheln sich entfernte, als würde sich jemand hastig einen Weg durchs Unterholz bahnen.

»Weseley?«, rief ich und hörte wieder nur ein Echo.

Wer immer es sein mochte, war in großer Eile verschwunden. Ich schluckte schwer, sprang auf, kletterte über den Zaun und lief weg, so schnell mich meine Füße trugen.

Immer wieder drehte ich mich um, um mich zu vergewissern, dass mir niemand folgte, und ich schüttelte mich, als wäre ich durch ein riesiges Spinnennetz gelaufen, dessen Fäden noch an mir klebten. Als ich das Torhaus erreichte, senkte sich schon langsam die Dämmerung herab. Rosaleen saß im Wohnzimmer und strickte, im Hintergrund lief leise der Fernseher. Ihr Gesicht wirkte eingefallen, vermutlich war sie erschöpft von dem Streit. Arthur rumorte lautstark in der Garage hinten im Garten herum. Aber mich interessierte nicht mehr, was sie dort aufbewahrten, ich hatte das Gefühl, dass das Geheimnis, dem ich nachgejagt war, den Spieß umgedreht hatte und nun mir auf den Fersen war. Und ich hatte Angst. Ich wünschte mir, die Zeit beschleunigen zu können, ich wollte, dass Mum aufhörte zu trauern, dass es ihr endlich besser ging und wir diesen Ort verlassen konnten, der von den Geistern der Vergangenheit heimgesucht wurde, einer Vergangenheit, die mich, obwohl ich doch gar nichts mit ihr zu tun hatte, immer weiter in ihren Bann zog.

19

Fegefeuer

Die nächsten zwei Wochen hatte ich also Haus- und Gartenarrest. Zum Frühstück, Lunch und Tee lief ich treppauf, treppab und erledigte alles, was Rosaleen mir als angemessene Strafarbeiten auferlegte: Ich saugte Staub im Wohnzimmer, polierte Messinggriffe, räumte die Bücher aus dem Regal und staubte sie ab, sah Rosaleen bei der Arbeit im Gemüse- und Kräutergarten zu und hörte mir ihre Erklärungen an. Ich glaube, ihr gefiel dieses Arrangement sehr gut, denn sie redete wie ein Wasserfall und erklärte jede Kleinigkeit so ausführlich, als wäre ich ein Kleinkind und würde alles zum ersten Mal hören. Manchmal hatte ich den Eindruck, dass sie wie ein Vampir von all den erschöpften Seelen um sie herum lebte – je kaputter wir waren, desto stärker wurde sie. Ich hatte nicht einmal mehr die Kraft, in meinem Tagebuch zu lesen, es war, als hätte ich einfach alles aufgegeben. Doch ich hatte das Gefühl, dass jeden Tag ein bisschen mehr Leben in Mums Zimmer herrschte und ein bisschen weniger in meinem. Als würde die Energie, die ich verlor, direkt zu ihr fließen. Ich hörte sie in ihrem Zimmer umherwandern wie eine Löwin im Käfig.

Ich rebellierte gegen das Tagebuch, denn ich gab ihm

die Schuld daran, dass ich überhaupt in diese Lage geraten war. Jede Entscheidung, die ich bisher getroffen hatte, war auf einen Eintrag im Tagebuch zurückzuführen, und dieses Leben wollte ich nicht mehr. Ich wollte selbst die Kontrolle über meinen Tagesablauf haben. Ich wollte im Bett liegen und die Welt an mir vorüberziehen lassen, genau wie früher.

Sehnsüchtig wartete ich darauf, dass Marcus anrufen würde. Doch er tat es nicht.

Schwester Ignatius kam jeden Tag vorbei, aber ich schämte mich so, dass ich mich weigerte, sie zu sehen. Ich war sicher, dass sie wusste, was passiert war. Genau genommen war ich sicher, dass das ganze Kaff darüber Bescheid wusste. Das sollte nun also mein Neuanfang sein? Aber ich wollte keine Moralpredigt von Schwester Ignatius hören. Ich wollte keine strengen Blicke von ihr. So verpasste ich das Honigschleudern, bei dem ich ihr zu helfen versprochen hatte, und ich verpasste den Markt. Trotzdem kam sie weiterhin, jeden Tag. Ich hätte ihr helfen sollen, aber stattdessen lag ich in meinem Zimmer, versteckte mich unter der Bettdecke, und wenn ich daran dachte, was geschehen war, wäre ich am liebsten im Erdboden versunken. Arthur unternahm ein paar halbherzige Versuche, mit Mum zu sprechen. Er wartete, bis Rosaleen draußen im Garten beschäftigt war, und klopfte dann leise an Mums Tür. Schon daran, dass er glaubte, sie würde irgendwann »Herein« rufen, merkte ich, dass er nichts kapiert hatte. Nach ein, zwei Minuten ging er einfach wieder.

Eines Nachts hatten Rosaleen und Arthur wieder einen Krach. Ich hörte, wie Arthur sagte: »Ich kann das nicht mehr.« Dann stürmte er hinauf in Mums Zimmer und blieb dort etwa fünfzehn Minuten, während Rosaleen vor der Tür stand und lauschte. Leider konnte ich nicht hören, was Arthur sagte.

Sonntags blieb ich den ganzen Tag im Bett. Ich hörte, wie die Nonnen vor meinem Fenster hupten, und wusste, dass sie mich zur Messe mitnehmen wollten, aber ich rührte mich nicht und schaute nicht mal aus dem Fenster. Ich wollte niemanden sehen. Allerdings überlegte ich immer wieder, ob ich Kontakt mit Marcus aufnehmen und ihm vielleicht schreiben sollte. Aber was sollte ich ihm sagen? Mehr als ein »Sorry« fiel mir nicht ein, und das reichte mir irgendwie nicht für einen Brief.

Eines Morgens fuhr ein Umzugswagen vor und brachte unsere Sachen, die wir im Lagerhaus von Barbaras Mann untergestellt hatten. Ich kroch aus dem Bett und sah zu, wie er langsam rückwärts zum Garagentor rangierte, spürte aber nicht die geringste Aufregung. Diese Sachen gehörten mir nicht mehr. Sie gehörten dem Mädchen, das früher in dem großen Haus am Meer gewohnt hatte. Und mit diesem Mädchen hatte ich nichts mehr zu tun. Aber wer war ich dann? Ich hatte keine Ahnung. Nach einer Weile ging ich zurück ins Bett und wachte erst wieder auf, als es an der Haustür klingelte. Schon wieder Schwester Ignatius. Am Anfang hatte ich mir ihre Hartnäckigkeit damit erklärt, dass sie so nett war. Dann damit, dass sie sich wahrscheinlich Sorgen um mich machte. Aber an diesem Tag wirkte sie ein bisschen hektisch. Aus meinem Zimmer konnte ich zuerst nur Gemurmel hören, aber dann hob sie die Stimme, und ich verstand Bruchstücke des Gesprächs.

»Wollen Sie wirklich, dass *murmelmurmel* da oben rumliegt und glaubt, sie hätte etwas falsch gemacht? Und der arme Junge *murmelmurmel* die ganze Geschichte!«

Wieder Gemurmel.

»Sagen Sie ihr doch bitte, sie soll mich besuchen.«

Erneut Gemurmel.

Dann fiel die Tür ins Schloss. Ich schaute aus dem Fenster, spähte über den Sims und sah Schwester Ignatius in Rock und geblümter Bluse den Gartenweg hinuntergehen und verschwinden. Mir brach ihr Anblick fast das Herz, aber auf seltsame Art gab er mir auch Auftrieb. Sie hatte Rosaleen gesagt, sie sollte dafür sorgen, dass ich mich nicht mit Schuldgefühlen quälte. Vielleicht hatte sie mir ja tatsächlich verziehen. Allein dieser Gedanke hob meine Stimmung und gab mir neue Hoffnung. Vielleicht reagierte ich ja übertrieben, vielleicht reichte es ja, wenn ich aus der Geschichte meine Lektion lernte und die Vergangenheit dann hinter mir ließ.

In dieser Nacht konnte ich überhaupt nicht schlafen. Schließlich holte ich das Tagebuch aus seinem Versteck unter der losen Bodendiele und wartete, dass die Wörter auf der Seite erschienen. Hoffentlich hatte ich es nicht zu lange ignoriert, hoffentlich war nicht inzwischen alles verschwunden. Doch dann erschien die Schrift endlich. Ich setzte mich auf und war auf einmal voll konzentriert.

Mittwoch, 22. Juli
Heute habe ich Marcus angerufen. Ich habe seinen Namen im Telefonbuch gefunden. Zum Glück gibt es nicht so viele Sandhursts in Meath. Wie sich herausstellte, ist sein Dad ein großer Staranwalt und hat in Dublin eine total bekannte Kanzlei. Da hätte ich ihn ja kaum schlimmer blamieren können. Ich hatte Angst, dass ich womöglich zuerst mit seinen Eltern reden müsste, aber es meldete sich eine Frau, die sehr offiziell klang und mich sofort mit Marcus weiterverband. Als er meine Stimme erkannt hat, wollte er gleich wieder auflegen, und ich musste ihn anflehen, mir wenigstens einen Moment zuzuhören. Leider fiel mir aber dann überhaupt

nichts Gescheites mehr zu sagen ein. Ich hab mich nur überschwänglich und so ausführlich entschuldigt, dass er mich schließlich unterbrochen und mir erklärt hat, dass die Anklage fallen gelassen worden ist. Ob ich das denn noch nicht gehört hätte?
Nein.
Ich fragte ihn, ob sein Dad das arrangiert hatte. Das hat ihn total gewundert, und er meinte, wenn ich nicht mal das inzwischen wüsste, hätte ich wohl noch mehr Probleme, als er bisher gedacht hatte. Dann hat er mir noch alles Gute gewünscht und aufgelegt.
Was in aller Welt hat er damit gemeint? Was hätte ich denn wissen müssen?

Am nächsten Tag rief ich also, wie es in meinem Tagebuch stand, Marcus an und fühlte mich etwas weniger nervös, weil ich wusste, dass weder seine Mum noch sein Dad an den Apparat gehen würde. Alles lief genauso ab, wie ich es gelesen hatte, nur dass ich ihn nicht fragte, ob sein Dad dafür gesorgt hatte, dass die Anklage fallen gelassen wurde, sondern stattdessen, wie es überhaupt dazu gekommen war. Ich hatte eine ganze Nacht Zeit gehabt, darüber nachzudenken, und eine bessere Frage war mir leider nicht eingefallen. Trotzdem bekam ich keine Antwort von ihm. Vielleicht legte er sogar noch schneller auf.

Donnerstag, 23. Juli
Ehe ich ins Bett ging, war ich noch eine Weile bei Mum. Sie lag auf dem Bett und hat eine Melodie vor sich hin gesummt. Keine Ahnung, was, aber sie hat dabei gelächelt. Ich hab vorsichtig die gläserne Träne aus meiner Tasche geholt und sie auf ihren Nachttisch gelegt.

Als Mum das kleine Kunstwerk bemerkt hat, war sofort Schluss mit Summen, und sie hat die Träne wortlos angestarrt.
»Hübsch, oder?«, hab ich gemeint.
Sie hat mich angesehen, mit verblüffend klarem Blick, sich dann aber schnell wieder abgewandt und wieder auf die Glasträne konzentriert. Irgendwie kam es mir so vor, als wäre das gläserne Ding ihr unangenehm, und ich wollte es lieber wieder an mich nehmen. Doch da hat sie blitzschnell die Hand ausgestreckt, sodass sie klatschend auf meine schlug. Es tat nicht weh, aber ich bekam einen Schreck, wich zurück und ließ die Träne bei ihr liegen.
In der Nacht träumte ich gerade, dass ich Marcus im Gefängnis besuchte, als ich plötzlich eine Hand auf meiner Schulter spürte. Im Traum war es ein Gefängniswärter, aber als ich aufwachte, blickte ich direkt in Mums Gesicht, das so dicht vor mir war, dass ihre Nase fast meine berührte. Um ein Haar hätte ich laut aufgeschrien. »Wo hast du es her?«, flüsterte sie mir ins Ohr. Zuerst wusste ich gar nicht, wovon sie redete, denn ich hab noch halb geschlafen und zuerst an das Tagebuch und dann an das Päckchen Zigaretten gedacht, das ich in meinem Kleiderschrank versteckt habe.
»Ich meine das Glasding, die Träne«, fügte sie mit dringlicher Stimme hinzu.
Ehrlich gesagt, überfiel mich in diesem Moment die Panik, denn ich war überzeugt, dass ich Ärger bekommen würde, weil ich mich verbotenerweise zum Haus von Rosaleens Mutter geschlichen habe. Wie gesagt, ich war noch im Halbschlaf und geschockt, weil Mum mitten in der Nacht in meinem Zimmer auftauchte – und

mit mir redete! Gelegentlich hörte man die Bettfedern in Arthurs und Rosaleens Bett knarren, und ich fühlte mich von einer sonderbaren Angst gelähmt. Und deshalb … na ja, deshalb hatte ich nicht den Mut, Mum die Wahrheit zu sagen. Stattdessen hab ich ihr erzählt, dass ich die Träne irgendwo im Haus gefunden habe und sie so hübsch fand, dass ich sie behalten wollte.

Als ich ihr das gesagt habe, wusste ich plötzlich, was sich, abgesehen von der Tatsache, dass sie mit mir redete, an ihr verändert hatte. Es war das Leuchten, das plötzlich wieder in ihre Augen zurückgekehrt war und sie wieder lebendig machte. So lange hab ich das schon vermisst. Aber als ich sie angelogen habe, ist das Leuchten sofort erloschen, und ihre Augen waren wieder glanzlos, leer, leblos. Was auch immer es gewesen sein mag, was das Feuer in ihnen entfacht hat – ich hatte es wieder gelöscht. Ohne ein weiteres Wort hat sie mein Zimmer verlassen und ist zurück in ihr eigenes gegangen.

Kurz darauf hab ich gehört, wie Rosaleens Tür aufging. Schritte auf dem Korridor. Leise wurde meine Zimmertür geöffnet. Rosaleens langes weißes Nachthemd schimmerte im Mondlicht. Ein paar Minuten hat sie mich regelrecht verhört, weil sie anscheinend die Tür gehört hat und wissen wollte, was los war. Ich hab alles abgestritten, und sie hat mich eine Weile stumm und argwöhnisch angestarrt. Vermutlich hat sie überlegt, ob ich ihr die Wahrheit erzähle oder nicht. Schließlich hat sie entschlossen genickt, ist aufgestanden, rausgegangen und hat die Tür hinter sich zugemacht. Kurz darauf hörte ich die Bettfedern quietschen, und dann war wieder alles still.

Danach konnte ich nicht mehr schlafen. Ständig ist mir die Frage im Kopf herumgegangen, ob es falsch oder richtig war, dass ich Mum angelogen habe. Als das Morgenlicht in mein Zimmer fiel, wusste ich, dass ich einen Fehler gemacht habe. Ich hätte ihr einfach die Wahrheit sagen sollen.
Ich schreibe morgen wieder.

Nachdem ich den Eintrag gelesen hatte, war zum Glück noch reichlich Zeit, mir zu überlegen, was ich Mum in der kommenden Nacht sagen wollte. Den Tag über war ich ziemlich nervös, beobachtete Mum, wie sie stumm in den Tag hineinlebte, und dachte daran, dass der Bann bald gebrochen sein würde. Ich versuchte, mich Wort für Wort an den Tagebucheintrag zu erinnern, schließlich wollte ich ja alles richtig machen. Ich hatte mir vorgenommen, genau die Dinge zu tun und zu sagen, die ich aufgeschrieben hatte, um die gleiche Reaktion zu erhalten. Mum sollte wirklich mitten in der Nacht in meinem Zimmer auftauchen, aber dann würde ich ihr die Wahrheit über die gläserne Träne sagen. Den ganzen Tag verbrachte ich in Wartestellung.

Nach dem Abendessen ging ich in Mums Zimmer hinauf. Sie lag auf dem Bett, starrte an die Decke und summte leise vor sich hin.

»Ich hab was für dich«, sagte ich, und meine Stimme war so heiser, dass ich mich selbst kaum hören konnte. Also begann ich noch einmal. »Ich hab was für dich.«

Sie summte unbeirrt weiter, während ich in meine Tasche griff, die Glasträne herausholte – weil ich sie so nah an meinem Körper aufbewahrt hatte, war sie ganz warm – und auf Mums Nachttisch legte. Sie verfolgte meine Bewegung mit den Augen, ohne den Kopf zu drehen. Als sie das kleine Glaskunstwerk entdeckte, hörte sie augenblicklich auf zu summen, und auch ihre Finger, die vorher eine Haarsträhne gezwirbelt hatten, erstarrten mitten in der Bewegung.

»Hübsch, oder?«, fragte ich.

Sie blickte mich an, und nun konnte ich genau den Moment beobachten, in dem der Funke in ihre Augen trat. Dann starrte sie wieder die Glasträne an. Um dem Tagebucheintrag treu zu bleiben, griff ich danach, obwohl ich keinerlei Impuls dazu verspürte, und schon klatschte ihre Hand auf meine, damit ich ihr das kleine Kunstwerk nicht wegnahm.

»Nein«, sagte sie mit fester Stimme.

»Okay«, antwortete ich lächelnd. »Okay.«

Später saß ich im Bett, konnte nicht einschlafen, weil ich wusste, dass Mum mich wecken würde, und las den Tagebucheintrag für den nächsten Tag. Ich hatte Zweifel, dass er akkurat war, denn die Ereignisse würden nun ja wahrscheinlich anders verlaufen.

Freitag, 24. Juli
Herzlichen Glückwunsch zu meinem Geburtstag!
Jetzt bin ich also siebzehn. Heute Morgen bin ich zur Abwechslung mal wieder normal aufgestanden, und Rosaleen war ganz überrascht, mich zu sehen. Ich glaube, als ich in die Küche gekommen bin, hat sie in der Speisekammer fast einen Herzschlag gekriegt. Wer weiß, was sie im Schilde führt – sie sah jedenfalls total schuldbewusst aus und hat hastig irgendwas in ihrer Schürzentasche verschwinden lassen. Könnte natürlich auch etwas für den Kuchen gewesen sein, aber ich weiß nicht recht …
Sie hat mich unbeholfen umarmt und mir einen Kuss gegeben. Dann ist sie mit dem üblichen Tablett los-

gezogen, um Mum das Frühstück zu bringen und mein Geschenk aus ihrem Schlafzimmer zu holen. Kurz darauf kam sie mit einem perfekt eingepackten Päckchen zurück, rosa Papier mit weiß-rosa Band. Darin war ein Korb mit Erdbeer-Schaumbad, Seife und Shampoo. Während ich auspackte, sah sie mir eifrig und mit angehaltenem Atem über die Schulter, so gespannt war sie. Natürlich hab ich ihr gesagt, dass ich das Geschenk toll finde, und ich hab mich auch echt gefreut. Aber die Situation war neu für mich. Zu meinem sechzehnten Geburtstag letztes Jahr hab ich eine Handtasche von Louis Vuitton und ein Paar Gina-Schuhe bekommen, dieses Jahr kriege ich Schaumbad und ein Shampoo-Set. Seltsamerweise bin ich dafür aber dankbarer, denn ich brauche die Sachen tatsächlich. Mein gutes Shampoo ist fast alle, und mit Louis Vuitton sind die Eichhörnchen in der Gegend nicht sonderlich zu beeindrucken.

Aber dann hat Rosaleen etwas sehr Merkwürdiges gesagt: »Man sollte es ja nicht glauben, aber ich hab die Sachen letzten Monat gesehen und im Stillen gedacht und sogar laut zu Arthur gesagt: ›Schau mal, das ist doch was für Tamara!‹ Seither habe ich es in der Garage versteckt und immer befürchtet, dass du es findest«, hat sie dann noch mit einem nervösen Kichern hinzugefügt.

Ich hab eine Gänsehaut gekriegt. Rosaleen ist viel cleverer, als ich ihr zugetraut hätte. Garantiert war nicht dieses Seifenkörbchen der Grund, weshalb sie nicht wollte, dass ich in die Garage gehe oder wir unsere Sachen dort unterstellen. Entweder ist sie cleverer, oder sie hält mich für blöd. Jetzt ist mein Wunsch, die Garage zu erforschen, natürlich noch dringlicher geworden.

Mum hat wieder den ganzen Tag geschlafen. Zoey und

Laura haben angerufen und mir gratuliert. Ich hab Rosaleen aufgetragen, sie soll ihnen sagen, dass ich nicht da bin.
Auch Schwester Ignatius ist mit einem Geschenk für mich vorbeigekommen.
Rosaleen hat ihr natürlich angeboten, es mir zu geben, aber Schwester Ignatius wollte es persönlich überreichen. Je länger ich ihr aus dem Weg gehe, desto schlimmer mache ich es. Immer mehr Dinge häufen sich an, für die ich mich entschuldigen muss. Ich glaube, Schwester Ignatius ist die beste Freundin, die ich jemals hatte, aber ich möchte mich zurzeit vor der ganzen Welt verstecken. Ich will einfach nicht, dass jemand mich sieht.
Nach dem Essen kam Rosaleen mit einem Schokoladenkuchen aus der Speisekammer und hat »Happy Birthday« für mich gesungen.
Also ist sie heute früh wohl wirklich deshalb so erschrocken, weil sie mit dem Kuchen beschäftigt war und mich nicht erwartet hat. Vermutlich ist es jetzt zu spät, ihre Schürzentasche zu untersuchen.
Ich schreibe morgen weiter.

Zugegebenermaßen hatte ich in den letzten Wochen nicht allzu viel an meinen Geburtstag gedacht, und wenn, dann mit einem unguten Gefühl – wegen Marcus. Wenn wir doch nur gewartet hätten. Wenn ich ihm doch nur die Wahrheit gesagt hätte. Ich hatte mir überhaupt keine Gedanken darüber gemacht, wie ich feiern wollte oder wie ich in meinem früheren Leben gefeiert hätte oder mit welchen Geschenken man mich vom Aufwachen bis zum Einschlafen überhäufen würde. Aber die Einträge von gestern und heute hatten mir ganz schön eingeheizt. Ich war richtig aufgeregt.

Es kam mir vor, als wäre ich die letzten Tage durch ein nebliges Tal geirrt, in dem ich nicht weiter als bis zu meiner Nasenspitze sehen konnte. Doch jetzt begann der Nebel sich zu lichten. Mein Kopf war die ganze Zeit so beschäftigt gewesen, dass er sich auf nichts richtig hatte konzentrieren können, aber nun war die Angelegenheit anscheinend erledigt, denn ich saß hellwach im Bett, mein Herz klopfte, und ich war so atemlos, als wäre ich meilenweit gerannt. Ich brannte darauf herauszufinden, was Rosaleen in der Speisekammer gemacht hatte – beziehungsweise was sie morgen früh dort machen würde.

Ich war mitten im Pläneschmieden, als ich hörte, wie Mums Zimmertür geöffnet wurde. Schnell legte ich mich hin und schloss die Augen. Offenbar war ihr bewusst, dass sie leise sein musste, denn sie machte die Tür sehr vorsichtig wieder zu. Dann saß sie auf meiner Bettkante, und ich wartete, dass ihre Hand sich auf meine Schulter legte. Da war sie auch schon. Und drückte meinen Arm.

Ich schlug die Augen auf, natürlich ohne die Panik, die ich im Tagebuch beschrieben hatte. Schließlich war ich ja auf Mums Besuch vorbereitet.

»Wo hast du das her?«, flüsterte sie, ihr Gesicht dicht an meinem.

Ich setzte mich auf.

»Von drüben, beim Bungalow«, antwortete ich ebenfalls flüsternd.

»Rosaleens Haus«, flüsterte sie und schaute aus dem Fenster. »Das Licht«, fuhr sie fort, und in diesem Moment bemerkte ich den hellen Schimmer auf der Wand gegenüber von meinem Fenster. Als würde der Mond durch die schwankenden Äste der Bäume scheinen, so kam und ging er, leuchtete und verschwand wieder. Aber es war nicht der

Mond, sondern ein Glitzern, wie von Glas, in dem sich das Licht in vielfarbigen Prismen brach. Es reflektierte auf Mums blassem Gesicht und schien sie in eine Art andächtige Trance zu versetzen. Neugierig schaute ich zum Bungalow hinüber. Dort hing tatsächlich ein Glasmobile im Fenster, von dem das Licht ausging, aufblitzte und erlosch wie der Strahl eines Leuchtturms.

»Da drüben gibt es noch viele Hunderte von dieser Sorte«, flüsterte ich. »Ich hätte eigentlich nicht hingehen dürfen, aber …« In diesem Moment hörten wir die Bettfedern in Rosaleens und Arthurs Schlafzimmer quietschen. »… aber Rosaleen hat immer so geheimnisvoll getan. Dabei wollte ich einfach nur mal ihrer Mutter Guten Tag sagen, nichts weiter. Vor zwei Wochen hab ich ihr ein Frühstückstablett rübergebracht, ohne Rosaleen etwas davon zu sagen. Dabei hab ich jemanden in dem Schuppen gesehen, hinten im Garten. Aber ich glaube nicht, dass das Rosaleens Mutter war.«

»Wer denn sonst?«

»Keine Ahnung. Eine Frau. Eine alte Frau mit langen verfilzten Haaren. Sie hat in dem Schuppen gearbeitet. Ich denke, sie macht die Mobiles.« Ich schaute auf die Glasträne in ihrer Hand. »Es gab Hunderte davon, alle an Wäscheleinen aufgehängt. Ich kann sie dir gerne zeigen. Als ich dann zurück bin, um das Tablett wieder abzuholen, da stand es schon draußen auf der Gartenmauer. Und das da lag auf einem Teller.«

Wir sahen beide stumm auf die Glasträne.

»Was hat das zu bedeuten?«, brach ich das Schweigen nach einer Weile.

»Weiß sie es?«, fragte Mum, ohne meine Frage zu beantworten.

Ich ging davon aus, dass sie Rosaleen meinte. »Nein. Was geht da vor?«

Mum kniff die Augen zusammen und legte die Hand darüber. Dann rieb sie sich heftig das Gesicht und fuhr sich mit den Fingern durch die Haare, wie jemand, der aufzuwachen versucht.

»Tut mir leid, aber ich fühle mich immer so benommen. Irgendwie kann ich einfach nicht richtig … nicht richtig aufwachen«, erklärte sie und rieb sich erneut die Augen. Dann strahlte sie plötzlich, sah mich zärtlich an und küsste mich auf die Stirn. »Ich liebe dich, mein Schätzchen. Es tut mir leid.«

»Was tut dir leid?«

Aber die Frage erreichte nur noch ihren Rücken, denn sie war bereits aufgestanden und verließ leise mein Zimmer. Ich schaute aus dem Fenster zu dem Licht, das sich drehte und tanzte, als würde es von innen angeblasen. Während ich mich noch darauf konzentrierte, bewegte sich plötzlich der Vorhang, und ich begriff, dass jemand mich – oder uns – beobachtet hatte.

Dann hörte ich, wie eine Tür aufging, Schritte näherten sich auf dem Korridor, und Rosaleen erschien, eine gespenstische Vision in Weiß.

»Was ist los?«, fragte sie.

»Nichts«, antwortete ich, den Vorgaben des Tagebuchs folgend.

»Ich hab eine Tür gehört.«

»Keine Ahnung.«

Sie starrte mich eine Weile wortlos an, dann ging sie wieder und ließ mich allein darüber nachgrübeln, ob es etwas gebracht hatte, Mum die Wahrheit zu sagen. Aber ich war sicher, dass es etwas Gutes bewirken würde, ich musste es nur herausfinden. Mit angehaltenem Atem holte ich das Tagebuch noch einmal heraus und sah nach, ob sich der Eintrag verändert hatte.

Aber als ich die erste Seite aufklappte, begannen sich die Blätter an den Ecken langsam nach innen zu rollen, verfärbten sich, wurden bräunlich und schwarz, als würden sie vor meinen Augen verbrennen, bis mir schließlich nur noch verkohlte, fleckige Seiten entgegenstarrten und die morgige Welt vor meinen Blicken verbargen.

20

Die Hausfrau, die Speisekammer und das Kakaopulver

Nach diesem Vorfall konnte ich nicht mehr richtig schlafen. Ich lag da, die Decke bis unters Kinn gezogen, starr vor Angst. Beim kleinsten Geräusch zuckte ich zusammen. Ich war ziemlich sicher, dass es die Frau aus dem Bungalow gewesen sein musste, die mir vorletzte Woche zum Friedhof gefolgt war. Aber vielleicht war sie ja gar nicht gefährlich, sondern nur ein wenig sonderbar. Nach ihren Haaren und ihrer Kleidung zu schließen, kam sie nicht oft unter Menschen. Und sie hatte mir die Glasträne geschenkt, also versuchte sie doch offensichtlich, Kontakt mit mir aufzunehmen. Aber die verbrannten Seiten im Tagebuch beunruhigten mich. War das ein böses Omen?

Wenn ich doch einmal einnickte, träumte ich von Feuer: Schlösser brannten, Bücher brannten, Glas schmolz im Feuer, tropfte, wurde in kunstvolle Formen gebracht. Mit wild klopfendem Herzen schreckte ich in der Dunkelheit auf und versuchte, wach zu bleiben. Immer wieder nahm ich das Tagebuch zur Hand und schaute nach, ob sich die verbrannten Seiten vielleicht wieder geglättet hatten und nun doch meine Handschrift mit den sauberen Kurven und Schnörkeln erschien. Aber nichts dergleichen geschah.

Ich war frühzeitig auf den Beinen, denn ich wollte Rosaleen in der Speisekammer unbedingt auf frischer Tat ertappen. Die Hausfrau in der Speisekammer dabei zu erwischen, wie sie das Kakaopulver für den Kuchen sucht, schien zwar nicht gerade aufregend, doch ich hatte begriffen, dass das Tagebuch mir mit seinen Einträgen immer irgendwelche Hinweise zu geben versuchte. So, wie ich damals der Fliege den Weg in die Freiheit hatte zeigen wollen. Inzwischen war ich fest davon überzeugt, dass es dumm gewesen wäre, dieses Wunder zu ignorieren, denn jedes Wort in diesem Buch war ein wertvolles Zeichen, jeder Satz ein Wegweiser für mich, wie ich mich aus meiner misslichen Lage befreien konnte.

In der Küche dröhnte das Radio, Arthur duschte gerade, und Rosaleen dachte natürlich, sie hätte den ganzen Morgen für sich. Als sie sich umdrehte, um in die Speisekammer zu gehen, verschwand ich schnell hinter der Korridortür. Durch den Türspalt konnte ich in die Speisekammer sehen.

Auf der Anrichte stand Mums Frühstückstablett. Rosaleen griff in eine Schachtel, die hinter einem anderen Behältnis verborgen war, und holte eine Pillendose heraus. Mein Herz hämmerte, und ich musste mir den Mund zuhalten, um nicht laut aufzuschreien. So beobachtete ich, wie sie zwei Kapseln herausrollen ließ, sie aufbrach, das Pulver über den Porridge streute und alles ordentlich verrührte. Ich kämpfte mit dem Drang, hervorzustürzen und sie zur Rede zu stellen. Nun hatte ich sie endlich ertappt! Die ganze Zeit schon hatte ich gewusst, dass sie etwas im Schilde führte! Doch ich durfte nichts übers Knie brechen, denn schließlich konnte es sich bei den Pillen auch um harmlose Kopfschmerztabletten handeln, und wenn ich jetzt eine Szene machte, konnte der Schuss leicht nach hinten losgehen. Aber es war auch möglich, dass dieses Zeug etwas war, was Mum nicht gesund, sondern im Gegenteil noch kränker machte. Vorsichtig beugte ich mich näher an den Türspalt – aber leider brachte ich dabei eine Holzdiele unter meinem Fuß zum Knarren. Augenblicklich ließ Rosaleen die Pillendose in ihrer Schürzentasche verschwinden, nahm das Tablett und drehte sich um, als wäre nichts geschehen. Rasch trat ich hinter der Tür hervor.

»Oh, guten Morgen«, rief sie mit einem strahlenden Lächeln. »Wie fühlst du dich denn, Geburtstagskind?« Vielleicht wurde ich ja allmählich schon paranoid, aber ich war ziemlich sicher, dass sie in meinem Gesicht nach Hinweisen forschte, ob ich ihre Aktion mit den Tabletten beobachtet hatte.

»Alt fühle ich mich«, scherzte ich und erwiderte ihr Lächeln, obwohl es mir ziemlich schwerfiel. Aber ich bemühte mich, die Fassung zu wahren.

»Ach, du bist doch nicht alt, mein Kind!«, lachte sie. »Ich erinnere mich noch gut an die Zeit, als ich so jung war wie du.« Sie sah zur Decke hinauf. »Du hast alles noch vor dir«, meinte sie versonnen und fügte dann hinzu: »Ich bringe das hier nur schnell zu deiner Mutter, dann mach ich dir ein ganz besonderes Geburtstagsfrühstück.«

»Danke, Rosaleen«, sagte ich freundlich und sah ihr nach, wie sie die Treppe hinaufeilte.

Als sie in Mums Zimmer verschwunden war, gerade als die Tür hinter ihr ins Schloss fiel, landete die Post auf der Matte an der Haustür. Ich zögerte und wartete darauf, dass Rosaleen auf ihrem Hexenbesen die Treppe sofort wieder heruntergesaust kam, um sich das Zeug zu schnappen, aber alles blieb still. Offenbar hatte sie den Postboten gar nicht gehört. Also hob ich die Post rasch auf – nur zwei weiße Umschläge, wahrscheinlich Rechnungen – und rannte damit in die Küche. Was sollte ich tun? Hektisch schaute ich mich nach einem Versteck um, denn jetzt konnte ich mir die Briefe nicht in Ruhe anschauen. Schon hörte ich Rosaleens Schritte auf der Treppe, und das Herz schlug mir bis zum Hals. In letzter Sekunde schob ich die Umschläge hinten in meine Trainingshose und zog meinen übergroßen Boyfriend-Pullover darüber. So stand ich mitten in der Küche und sah wahrscheinlich aus wie das personifizierte schlechte Gewissen.

Rosaleen verlangsamte ihr Tempo, als sie mich sah. Die Muskeln in ihrem Nacken traten hervor.

»Was machst du denn da?«, wollte sie wissen.

»Ach, nichts.«

»Das glaube ich dir nicht. Was hast du da in der Hand, Tamara?«, fragte sie heftig.

»Diese blöden Tangaslips«, stöhnte ich und zupfte an der Rückseite meiner Hose herum.

»Zeig mir deine Hände«, verlangte sie laut.

Ich nahm die Hände vom Rücken und wedelte frech vor ihrer Nase herum.

»Dreh dich um.« Ihre Stimme zitterte.

»Nein«, erwiderte ich trotzig.

In diesem Augenblick klingelte es an der Tür. Rosaleen rührte sich nicht vom Fleck. Ich ebenso wenig.

»Dreh dich um«, wiederholte sie.

»Nein«, wiederholte ich, lauter und fester.

Wieder die Klingel.

»Rose!«, rief Arthur von oben. Rosaleen antwortete nicht, und kurz darauf hörte man Arthurs schwere Stiefel auf der Treppe. »Dann geh ich eben«, verkündete er und schaute missmutig zu uns herüber, ehe er die Tür aufmachte.

»Hallo, Weseley.«

»Ich konnte den Van nicht weiter zurücksetzen, ist das okay? Ist er weit genug drin?«, fragte er. »Oh, hi, Tamara«, fügte er dann hinzu, als er mich hinter Arthur entdeckte.

Jetzt wurden Rosaleens Augen noch schmaler.

Ich grinste leise in mich hinein. Ja, ich hatte einen Freund, von dem sie nichts wusste.

Hoffentlich würde Weseley spüren, dass etwas nicht stimmte, und nicht einfach mit Arthur gleich wieder verschwinden. Doch mein Wunsch ging nicht in Erfüllung.

»Dann bis später«, sagte Arthur, die Haustür schloss sich hinter ihnen, und Rosaleen und ich blieben allein zurück.

»Tamara«, sagte Rosaleen etwas sanfter. »Was immer du da versteckst – und ich glaube, ich kann mir denken, was es ist –, gib es mir bitte zurück.«

»Ich verstecke nichts, Rosaleen. Du vielleicht?«

Sie zuckte zusammen.

In diesem Moment hörten wir einen Krach von oben, Teller klirrten und fielen krachend zu Boden, rasche Schritte überquerten die Dielen. Rosaleen und ich vergaßen unsere Auseinandersetzung und blickten beide zur Decke hinauf.

»Wo ist er?«, kreischte meine Mutter.

Ich sah Rosaleen an und rannte los.

»Nein, Kind!« Sie versuchte, mich festzuhalten.

»Lass mich los, Rosaleen, ich will zu meiner Mutter.«

»Aber es geht ihr nicht gut«, wandte sie ein, sichtlich nervös.

»Ja, und ich frage mich, warum es nicht besser wird!«, schrie ich ihr ins Gesicht, riss mich los und lief nach oben.

Mum hatte ihr Zimmer verlassen und irrte, wie üblich im Morgenmantel, mit angstverzerrtem Gesicht auf dem Korridor umher, als würde sie etwas suchen.

»Wo ist er?«, fragte sie, und ihr Blick huschte unruhig über mich hinweg.

»Wer?« fragte ich aufgeregt, aber als Mum Rosaleen unten an der Treppe stehen sah, schob sie mich beiseite.

»Wo ist er?«, herrschte sie Rosaleen von oben an.

Doch Rosaleen starrte nur mit vor Entsetzen weit aufgerissenen Augen zu ihr empor und rang stumm die Hände. Ich konnte die Umrisse der Pillendose in ihrer Schürzentasche erkennen. Verständnislos schaute ich von einer zur anderen, denn ich hatte keine Ahnung, was da vorging.

»Mum, er ist nicht hier«, sagte ich schließlich beruhigend und versuchte, Mums Hand zu nehmen. Aber sie schüttelte mich ab.

»Doch, er ist hier. Das fühle ich.«

»Nein, Mum, ganz sicher nicht.« Mir stiegen Tränen in die Augen. »Er hat uns verlassen.«

Sofort fuhr sie zu mir herum und flüsterte mir zu: »Er ist nicht weg, Tamara. Das haben die immer nur behauptet, aber es stimmt nicht. Ich kann ihn *spüren*.«

Inzwischen weinte ich richtig. »Mum, hör auf, bitte«, schluchzte ich. »Das ist bloß … das ist bloß … das ist bloß sein Geist, den du noch in deiner Nähe spürst und der immer da sein wird. Aber er selbst ist weg … wirklich. Bitte …«

»Ich möchte ihn sehen«, verlangte Mum, jetzt an Rosaleen gewandt.

»Jennifer«, antwortete Rosaleen und streckte ihr die Hände entgegen, obwohl sie viel zu weit weg war, um sie berühren zu können. »Entspann dich, Jennifer, geh wieder in dein Zimmer und leg dich hin.«

»Nein!«, rief Mum, und ihre Stimme zitterte. »Ich will ihn sehen! Ich weiß, dass er da ist. Du versteckst ihn vor mir!«

»Mum«, schluchzte ich, »sie hat ihn nicht versteckt. Dad ist tot, er ist wirklich tot.«

Jetzt schaute Mum mich an, und einen Augenblick sah sie

sehr traurig aus. Dann jedoch war sie plötzlich wieder wütend und rannte die Treppe hinunter. Rosaleen eilte zur Tür.

»Arthur!«, rief sie nach draußen.

Arthur, der mit Weseley in der Auffahrt stand und Werkzeug in den Land Rover lud, sah sich um.

Inzwischen war Mum in den Garten hinausgerannt. »Wo ist er? Wo ist er?«, schrie sie immer wieder.

»Jen, hör auf damit. Beruhige dich, alles ist gut«, versuchte Arthur, sie zu beschwichtigen.

Doch Mum ließ nicht locker. »Arthur«, beharrte sie, lief auf ihn zu und schlang die Arme um seinen Hals. »Wo ist er? Er ist hier, nicht wahr?«

Schockiert sah Arthur zu Rosaleen.

»Mum!«, mischte auch ich mich wieder ein. »Arthur, hilf ihr doch! Tu endlich was. Sie glaubt, Dad ist noch am Leben.«

Arthur sah sie an, als würde ihm das Herz brechen. Dann nahm er sie in die Arme und streichelte ihr beschwichtigend über den Rücken, während Mums schmaler Körper bebte und sie ihn immer wieder schluchzend das Gleiche fragte. Wo ist er? Warum?

»Ich weiß, Jen, ich weiß, es ist okay, Jen. Alles ist gut ...«

»Bitte helft ihr doch!«, rief ich noch einmal und schaute von Rosaleen zu Arthur, der Mum stützte. »Bringt sie irgendwohin. Holt jemanden, der ihr helfen kann.«

»Mein Dad ist zu Hause«, warf Weseley ein. »Ich kann ihn anrufen, dann kommt er vorbei.«

In mir krampfte sich etwas zusammen. Eine eiskalte Angst. Irgendeine Art von Instinkt. Auf einmal fiel mir das verbrannte Tagebuch ein, das Feuer in meinen Träumen. Ich musste dafür sorgen, dass Mum dieses Haus verließ.

»Fahr sie hin, bitte«, sagte ich zu Arthur.

Verwirrt starrte er mich an.

»Zu Dr. Gedad«, erklärte ich leise, damit Mum mich nicht hörte.

In diesem Moment sackte Mum in Arthurs Armen zusammen und glitt zu Boden, überwältigt von ihrem Kummer.

Arthur nickte mir mit ernster Miene zu. Dann sah er Rosaleen an.

»Ich bin gleich wieder da.«

»Aber du …«

»Ich fahre sie«, beharrte er fest.

»Ich komme mit«, rief Rosaleen hastig, riss sich die Schürze vom Leib und rannte ins Haus. »Ich hole Jennifers Mantel.«

»Weseley, du bleibst bei Tamara«, ordnete Arthur an.

Weseley nickte und stellte sich neben mich.

Kurz darauf saßen sie alle im Land Rover, Mum auf der Rückbank. Sie weinte und sah schrecklich verloren aus.

Weseley legte schützend den Arm um meine Schulter.

»Alles wird gut«, meinte er leise.

Bei unserer Ankunft hatte ich das Gefühl gehabt, dass Mum und ich wie zwei Schiffbrüchige hier angespült worden waren, zwei Menschen, die hustend und spuckend am Strand landeten, nachdem unser Schiff untergegangen war. Wir waren am Ende, wir besaßen nichts, gehörten nirgendwohin, hatten kein Ziel. Als würden wir in einem Warteraum ohne Türen festsitzen.

Inzwischen hatte ich begriffen, dass Schiffbrüchige zwar alles verloren, aber auch überlebt haben. Daran hatte ich vorher nie gedacht, bis ich mir mehr oder weniger gezwungenermaßen eine dieser Naturdokumentationen anschaute, die Arthur so toll findet. Sie handelte von den Inseln im Südpazifik, die so weit voneinander entfernt liegen, dass man, mal abgesehen von den Vögeln, nicht sicher ist, wie sich das Leben von einer Insel zur anderen ausgebreitet hat. Aber dann kamen diese Kokosnüsse übers Wasser angeschaukelt, und der Kommentator erklärte, dass auch sie ursprünglich angespült worden waren: scheinbar verlorene Dinge, die das Meer überlebt und es geschafft hatten, eine Küste zu erreichen. Und was taten sie dort? Sie schlugen Wurzeln im Sand, wuchsen zu Bäumen heran, und nach kurzer Zeit säumten sie den ganzen Strand. Manchmal entwickelt sich aus Strandgut eine ganze Menge. Wenn man strandet, hat man gute Chancen zu wachsen.

Obwohl Mum so ausgerastet war, obwohl sie plötzlich wieder glaubte, Dad wäre noch am Leben, und obwohl es ausgesehen hatte, als würde sie zusammenbrechen, hatte sich die Situation seltsamerweise angefühlt wie ein Neuanfang. So, als könnte es von nun an besser werden. Und während wir dem Auto mit den dreien nachschauten, in dem Rosaleen sich besorgt zu uns umwandte – sicher war sie hin- und hergerissen, weil sie weder uns noch Arthur und Mum allein lassen wollte –, konnte ich einfach nicht anders: Ich lächelte ihr zu und winkte.

21

K steht für ... Känguru

Sobald sie weg waren, rannte ich ins Haus zurück. An der Garderobe hing, unordentlich und zerknautscht, Rosaleens Schürze, die sie in aller Eile dort hingeworfen hatte. Ich riss sie herunter und wühlte in der Tasche.

»Tamara, was machst du denn da?«, fragte Weseley, der mir gefolgt war. »Möchtest du vielleicht eine Tasse Tee oder so? Irgendwas zur Beruhigung – was, zum Teufel, ist das denn?«

Er meinte die Pillendose, die ich aus der Schürzentasche gefischt hatte und ihm unter die Nase hielt.

»Ich hatte gehofft, das könntest du mir sagen«, antwortete ich und gab ihm die Pillen. »Ich hab Rosaleen dabei erwischt, wie sie das Zeug hier in Mums Frühstück gestreut hat.«

»Was? Mensch, Tamara«, meinte Weseley ungläubig. »Rosaleen hat deiner Mum Tabletten ins Essen getan?«

»Ja, ich hab gesehen, wie sie die Kapseln aufgebrochen, das Pulver in den Porridge gestreut und alles umgerührt hat. Aber sie weiß nicht, dass ich sie beobachtet habe.«

»Na ja, vielleicht hat ein Arzt deiner Mum die Pillen verschrieben.«

»Meinst du? Sehen wir mal nach, ja? Obwohl Rosaleen

gern behauptet, dass ich keine Ahnung vom Gesundheitszustand meiner eigenen Mutter habe, weiß ich doch, wie sie heißt. Und sie heißt …« – ich las den Namen auf der Dose vor – »… jedenfalls nicht Helen Reilly.«

»Helen Reilly – das ist Rosaleens Mutter! Lass mich die Dose mal anschauen.« Er nahm sie mir aus der Hand. »Das sind Schlaftabletten.«

»Woher weißt du das?«

»Es steht auf dem Etikett. Oxazepam. Ein bekanntes Schlafmittel. Und das hat Rosaleen deiner Mutter ins Essen gemischt?«

Ich schluckte, und mir traten Tränen in die Augen.

»Bist du ganz sicher, dass du dich nicht geirrt hast?«

»Ja, hundertprozentig. Und seit wir hier sind, hat Mum dauernd geschlafen. Praktisch nonstop.«

»Nimmt deine Mutter sonst vielleicht auch Schlafmittel? Kann es sein, dass Rosaleen ihr nur helfen wollte?«

»Weseley, meine Mum steht so unter Drogen, dass sie kaum noch ihren eigenen Namen kennt. Und das hilft ihr ganz sicher nicht. Es kommt mir beinahe so vor, als würde Rosaleen versuchen, Mums Zustand zu verschlimmern. Und inzwischen geht es ihr auch tatsächlich schlechter.«

»Wir müssen jemandem Bescheid sagen.«

Beim Wort »wir« überflutete mich eine riesige Welle der Erleichterung und Freude.

»Ich muss es meinem Dad sagen. Dann wird er etwas unternehmen, okay?«

»Okay.«

Ich war so froh, dass ich nicht mehr allein war. Während Weseley seinen Dad anrief, setzte ich mich auf die Treppe.

»Und?« Als er fertig war, sprang ich gleich wieder auf.

»Sie waren gerade alle drei bei ihm im Zimmer, deshalb

konnte er nichts dazu sagen. Aber er hat versprochen, sich darum zu kümmern. In der Zwischenzeit müssen wir dafür sorgen, dass niemand mehr irgendeinen Quatsch mit diesen Tabletten anrichten kann.«

»Gut.« Ich holte tief Luft. Es kommt, wie es kommen soll. »Hilfst du mir bitte, Arthurs Werkzeugkasten zu holen?«

»Wozu brauchst du den denn?«, fragte er verwundert.

»Um das Schloss an der Garage aufzubrechen.«

»Wie bitte?«

»Einfach nur …« Ich suchte nach den richtigen Worten. »Hilf mir einfach. Wir haben nicht viel Zeit, aber später kann ich dir alles in Ruhe erklären. Hilfst du mir? Bitte, bitte? Arthur und Rosaleen sind so selten weg. Jetzt ist meine einzige Chance.«

Einen Moment dachte er schweigend nach und drehte dabei die Pillendose in den Händen. »Okay«, sagte er schließlich.

Während Weseley zum Schuppen neben dem Haus lief, wanderte ich im Garten auf und ab. Hoffentlich würden Arthur und Rosaleen lange genug wegbleiben, damit ich mich gründlich umsehen konnte. Schließlich blieb ich stehen, um zum Bungalow hinüberzuspähen. Ich wollte wissen, ob das Glasobjekt, das letzte Nacht in mein Zimmer geleuchtet hatte, noch da war. Es war weg. Aber dann erregte etwas auf der Gartenmauer meine Aufmerksamkeit. Ein Paket. Ich ging näher heran.

»Weseley?«

Er hörte sofort den dringlichen Unterton in meiner Stimme, drehte sich um und sah in die Richtung, in die ich deutete.

»Was ist das?«, fragte er.

Mit raschen Schritten überquerte ich die Straße und inspizierte den Karton. Weseley folgte mir. Das Paket war in braunes Papier gewickelt, und vorne drauf stand mein Name. Und *Happy Birthday*.

Ich nahm es in die Hand und sah mich um, aber es stand niemand am Fenster, nichts rührte sich hinter den Netzgardinen. Kurz entschlossen riss ich das Papier auf, und ein brauner Schuhkarton kam zum Vorschein. Ich hob den Deckel hoch. In der Schachtel lag ein wunderschönes Glasmobile aus verschieden großen Tränen und Herzen, zusammengehalten von dünnem, durch winzige Löcher gefädeltem Draht. Ich hob es hoch und hielt es ins Licht. Es glitzerte wunderschön in der Sonne und drehte sich im Wind. Wieder blickte ich zum Haus, winkte und lächelte, um mich zu bedanken.

Aber niemand war da.

»Was, zum Teufel …?«, sagte Weseley und betrachtete das Mobile interessiert.

»Es ist ein Geschenk. Für mich.«

»Ich wusste gar nicht, dass du heute Geburtstag hast«, stellte er fest.

»Aber sie schon.«

»Wer? Rosaleens Mutter?«

»Nein.« Ich starrte wieder zum Bungalow. »Die Frau.«

Er schüttelte den Kopf. »Und ich dachte, *mein* Leben wäre seltsam. Was ist das denn für eine Frau? Ich hatte keine Ahnung, dass hier außer Mrs Reilly noch jemand wohnt, und meine Eltern wussten auch nichts davon.«

»Ich habe keine Ahnung, wer sie ist.«

»Lass uns doch reingehen und sie kennenlernen, dann kannst du dich auch gleich bedanken.«

»Meinst du?«

Er rollte mit den Augen. »Du hast ein Geschenk bekommen – das ist doch die perfekte Gelegenheit.«

Ich kaute auf der Lippe und starrte zum Haus.

»Es sei denn, du hast Angst.«

Leider hatte er damit nicht ganz unrecht.

»Nein, wir haben momentan wichtigere Dinge zu erledigen«, sagte ich entschieden, ging über die Straße zum Torhaus zurück und lief in den Garten, zur Garage.

»Weißt du, Schwester Ignatius ist ganz wild darauf, dich endlich mal wiederzusehen. Du bist einfach weggerannt und hast ihr einen ziemlichen Schrecken eingejagt. Uns beiden genau genommen.«

Ich starrte Weseley finster an, während er im Werkzeugkasten nach dem geeigneten Instrument suchte, mit dem wir das Schloss aufbrechen konnten.

»Ich hab gehört, was passiert ist. Alles so weit in Ordnung bei dir?«

»Ja, mir geht's gut. Aber ich möchte nicht darüber reden«, wehrte ich ab. »Danke«, fügte ich dann aber schnell und etwas freundlicher hinzu.

»Wie ich gehört habe, kriegt dein Freund wohl ziemlichen Ärger.«

»Ich hab doch gesagt, ich möchte nicht darüber reden«, fuhr ich ihn wieder an. »Und er ist nicht mein Freund.«

Er fing an zu lachen. »Na, endlich kannst du nachvollziehen, wie es mir immer geht.«

Trotz allem musste ich grinsen.

Weseley brauchte nicht lange, um das Schloss zu knacken. Im Nu waren wir in der Garage, wo sich mein früheres Leben chaotisch vor mir auftürmte – Sachen aus der Küche im gleichen Stapel wie Sachen aus dem Wohnzimmer, meine Möbel bei den Möbeln aus dem Hobbyraum, Gästezimmerkram unter Badezimmerkram und Handtüchern. Alles passte ungefähr so gut zusammen wie die Gedanken in meinem

Kopf. Ledersofas, Plasmafernseher, albern geformte Möbel, die mir jetzt nur billig und seelenlos vorkamen.

Mich interessierte viel mehr, was Arthur und Rosaleen hier versteckt hielten. Als Weseley die Planen am anderen Ende der Garage herunterzog, war ich allerdings ziemlich enttäuscht: noch mehr alte Möbel, angenagt vom Zahn der Zeit, zerfressen von Staubmilben, stinkend nach Mottenkugeln. Ich weiß nicht, was ich erwartet hatte – die eine oder andere Leiche vielleicht? Oder eine Gelddruckmaschine, Waffenkisten, einen geheimen Eingang zu Rosaleens Bathöhle? Auf alle Fälle etwas anderes als diesen mottenkugeldurchsetzten, müffelnden Möbelfriedhof.

Langsam ging ich zu meinen Sachen. Weseley folgte mir und stieß beim Wühlen in den Kisten immer wieder ein fasziniertes »Wow« oder »Oh« aus. Als kleine Verschnaufpause von unseren Ermittlungen setzten wir uns nach einer Weile auf unsere ehemalige Wohnzimmercouch und blätterten in meinem Fotoalbum. Weseley lachte herzhaft über die verschiedenen Stadien meiner Pubertät.

»Ist das hier dein Dad?«

»Ja«, antwortete ich lächelnd und schaute in das fröhliche, lebendige Gesicht meines Vaters. Das Foto war beim Tanzen auf der Hochzeit eines Freundes aufgenommen worden – mein Dad hatte immer richtig gern getanzt. Obwohl er überhaupt kein guter Tänzer war.

»Er ist so jung.«

»Ja.«

»Was ist passiert?«

Ich seufzte.

»Du musst nicht darüber reden, wenn du nicht magst.«

»Nein, es macht mir nichts aus.« Ich schluckte. »Er hat nur ... er hat so viele Schulden gemacht, dass er sie nicht mehr zurückzahlen konnte. Er war Bauunternehmer, sehr erfolgreich. Grundstücke überall auf der Welt. Wir wussten nicht, dass er bis zum Hals in Schwierigkeiten steckte. Er hatte gerade angefangen, seinen ganzen Besitz zu Geld zu machen, um seine Schulden zu bezahlen.«

»Und er hat euch nichts von seinen Problemen gesagt?«

Ich schüttelte den Kopf. »Nein, dafür war er zu stolz. Und er hätte das Gefühl gehabt, dass er uns enttäuscht hat.« Meine Augen füllten sich mit Tränen. »Dabei hätte es mir nichts ausgemacht, ganz bestimmt nicht«, beteuerte ich, obwohl ich das Gefühl nicht loswurde, dass ich es zu heftig abstritt. Ich konnte mir nämlich genau vorstellen, was passiert wäre, wenn Dad mir davon erzählt hätte, dass er dabei war, alles zu verkaufen. Es hätte mir sehr wohl etwas ausgemacht – ich hätte gejammert und geklagt. Ich hätte es nicht verstanden, ich hätte nur daran gedacht, wie peinlich mir alles war und was die anderen Leute jetzt von uns denken würden. Ich hätte den Sommer in Marbella vermisst und Silvester in Verbier. Ich hätte Dad angeblafft, ich hätte ihn beschimpft, die Tür hinter mir zugeknallt und wäre wütend in mein Zimmer gestürmt. Habgieriges kleines Biest, das ich war. Aber ich wünschte mir, dass Dad mir wenigstens die Chance gegeben hätte, Verständnis für seine Lage zu entwickeln. Ich wünschte, er hätte mich gezwungen, ihm zuzuhören, er hätte mit mir geredet, und wir hätten das Problem gemeinsam gelöst. Wenn wir alle wieder zusammen sein könnten, wäre es mir inzwischen gleichgültig, wo wir wohnen – in einem einzigen Zimmer meinetwegen, in der Schlossruine, wo auch immer.

»Ich würde alles dafür hergeben, um ihn zurückzukriegen«, schniefte ich. »Wir haben alles verloren und obendrein auch noch ihn. Und wozu? Wahrscheinlich war das Schlimmste für ihn, dass man uns das Haus weggenommen hat. Das hat ihm den Rest gegeben.« Ich betrachtete die Fotos von Dad beim Golfen mit Mum, wie er mit ernstem Gesicht dem Ball nachblickte. »Alles hätten sie ihm nehmen können, aber nicht das Haus.«

Ich blätterte um, und jetzt mussten wir beide lachen. Ich in Disney World, wie ich Mickymaus umarmte, grinsend, mit einer riesigen Zahnlücke.

»Bist du nicht ... keine Ahnung ... bist du nicht sauer auf deinen Vater? Wenn mein Dad so was tun würde, ich weiß nicht ...« Weseley schüttelte den Kopf. Anscheinend konnte er es sich nicht vorstellen.

»Ich war ja auch wütend«, antwortete ich. »Sogar schrecklich wütend, und das ziemlich lange. Aber in den letzten Wochen habe ich angefangen, darüber nachzudenken, was er durchgemacht haben muss. Selbst wenn es mir ganz dreckig geht, würde ich nie auf die Idee kommen, mich umzubringen. Er muss unglaublich unter Druck gestanden und sich absolut elend gefühlt haben. Er hat keinen Ausweg mehr gesehen, er hat sich so hilflos gefühlt, dass er einfach nicht mehr hier sein wollte. Und ... na ja, als er tot war, konnte man uns nicht noch mehr wegnehmen. So hat er Mum und mich beschützt.«

»Glaubst du, er hat es für euch getan?«

»Ich glaube, er hatte viele Gründe. Lauter falsche Gründe, aber für ihn haben sie sich wohl richtig angefühlt.«

»Ich finde, du bist sehr tapfer«, sagte Weseley, und ich schaute zu ihm auf und versuchte, nicht zu weinen.

»Ich fühle mich überhaupt nicht tapfer.«

»Bist du aber«, sagte er und sah mir tief in die Augen.

»Ich habe schrecklich viele und schrecklich peinliche Fehler gemacht«, flüsterte ich.

»Das ist in Ordnung. Wir machen alle Fehler«, meinte er und lächelte ein wenig traurig.

»Na ja, ich glaube nicht, dass ich so viele mache wie du«, meinte ich flapsig, in dem Versuch, witzig zu sein und die Stimmung aufzulockern. »Du machst ja anscheinend fast jeden Abend unterschiedliche Fehler mit unterschiedlichen Menschen.«

Er lachte. »Okay, dann schauen wir doch mal, was Rosaleen hier drunter versteckt.«

Aber ich konnte mich nicht von den Fotoalben losreißen, begann ein neues, fand darin meine Babybilder und verlor mich in einer anderen Welt, einer verlorenen Zeit. Im Hintergrund hörte ich, wie Weseley die Dinge kommentierte, die er aufspürte, aber ich achtete nicht auf ihn, sondern betrachtete fasziniert die Bilder von meinem Vater, von meiner Mutter, und staunte, wie glücklich und wunderschön beide aussahen. Dann kam ein Foto von meiner Taufe. Nur Mum und ich, so winzig in ihren Armen, dass man über der weißen Decke nur einen kleinen rosaroten Kopf erkennen konnte.

»O Mann, Tamara, schau dir das mal an!«

Aber ich ignorierte ihn weiter, das Bild war viel interessanter: Mum stand am Taufstein, hielt mich fest im Arm, und auf ihren Lippen lag ein strahlendes Lächeln. Der Fotograf – vermutlich Dad – hatte den Finger ein Stück vor die Linse gehalten, sodass man das Gesicht des Pfarrers nicht sehen konnte. Wie ich Dad kannte, hatte er das absichtlich gemacht. Ich berührte seinen großen, vom Blitzlicht ganz weißen Finger und lachte.

»Tamara, schau dir doch mal das ganze Zeug hier an!«

Auf dem Foto war außer dem halben Pfarrer, meiner Mum und mir noch eine weitere Person, ganz außen am rechten Bildrand. Dank des mangelhaften Talents des Fotografen war sie größtenteils abgeschnitten, aber ihre Hand ruhte auf meinem Kopf. Eine Frauenhand, das sah ich an dem Ring, den sie am Finger trug. Wahrscheinlich Rosaleen. Meine Patentante, die sich anscheinend nie so benehmen konnte wie die Patinnen meiner Freunde – ich bekam von ihr nie wie alle anderen am Geburtstag und anderen Festtagen einen Umschlag mit einer Karte und Geld. Nein, meine Patin wollte Zeit mit mir verbringen. Kotz.

»Tamara.« Jetzt packte Weseley mich am Arm, und ich sprang vor Schreck in die Höhe. »Schau dir das mal an«, sagte er. Als er meine Hand ergriff, durchfuhr ein Prickeln meinen Arm.

Schnell stopfte ich das Taufbild in die Tasche und folgte ihm.

Doch die seltsamen Gefühle für ihn verflogen rasch, während ich mich in dem Teil der Garage umschaute, den Weseley gerade von den schützenden Laken befreit hatte.

»Was soll denn damit sein?«, fragte ich. Warum fand er das Zeug denn so aufregend? Alte Möbel, so unmodern wie es nur ging. Bücher, Schürhaken, Geschirr, verhängte Gemälde, Stoffe, Teppiche, Kaminumrandungen, Kleinkram.

»Was damit sein soll?« Mit großen Augen hüpfte er zwischen den Sachen herum, hob etwas vom Boden auf, enthüllte noch ein paar Ölgemälde von fies aussehenden Kindern mit Kragen bis zu den Ohrläppchen und fetten, unattraktiven Frauen mit großen Brüsten, breiten Handgelenken und dünnen Lippen. »Schau doch, Tamara. Fällt dir denn nichts auf?«

Er schubste eine Teppichrolle um und trat mit dem Fuß dagegen, sodass sie sich auf dem staubigen Fußboden aufrollte.

»Weseley, bring doch nicht alles durcheinander«, blaffte ich ihn an. »Wir haben nicht mehr viel Zeit, sie sind bestimmt bald zurück.«

»Tamara, jetzt mach doch mal die Augen auf. Schau dir die Initialen an.«

Ich studierte den Teppich, ein fadenscheiniges Teil, das früher vielleicht eher ein Wandbehang als ein Teppich gewesen und überall mit dem Buchstaben K verziert war.

»Und dann noch das hier.« Weseley öffnete eine Kiste mit Geschirr. Auf den Tellern ein K, auf den Tassen ein K, ein K auf Messern und Gabeln. Ein um ein Schwert geschlungener Drache, der aus einem Flammenmeer stieg. Dann fiel mir ein, dass das gleiche Emblem auch auf dem Kamingitter im Wohnzimmer des Torhauses prangte.

»K«, sagte ich vor mich hin. »Ich versteh nicht. Ich ...« Kopfschüttelnd sah ich mich in der Garage um, die mir zunächst wie eine Rumpelkammer vorgekommen war und jetzt eine Schatzkammer geworden zu sein schien.

»K steht für ...«, sagte Weseley ganz langsam, als wäre ich ein Kind, und sah mich mit angehaltenem Atem an.

»Känguru«, stotterte ich, immer noch begriffsstutzig. »Ich weiß es nicht, Weseley. Ich bin total verwirrt, ich ...«

»K steht für Kilsaney«, beantwortete er seine eigene Frage, und ich bekam auf einmal eine Gänsehaut.

»Was? Aber das kann doch nicht sein«, entgegnete ich. »Woher sollten Arthur und Rosaleen dieses ganze Zeug haben?«

»Tja, entweder haben sie es gestohlen ...«

»Genau!« Auf einmal ergab alles einen Sinn. Sie waren Diebe – na ja, Arthur vielleicht nicht, aber bei Rosaleen konnte ich es mir sogar sehr gut vorstellen.

»Oder sie lagern die Sachen für die Kilsaneys«, unterbrach Weseley meine Grübelei. »Oder ...« Er grinste mich an und wackelte mit den Augenbrauen.

»Oder was?«

»Oder sie *sind* Kilsaneys.«

Ich schnaubte wegwerfend. Unmöglich. Aber dann lenkte mich etwas Rotes unter einer anderen Teppichrolle ab, die Weseley ebenfalls umgeworfen hatte. »Das Fotoalbum!«, rief ich, denn ich hatte das rote Buch erkannt, das ich in der Woche nach unserer Ankunft im Regal gefunden hatte. »Ich wusste doch, dass ich es mir nicht eingebildet hatte.«

Wir holten es heraus, setzten uns hin und sahen uns die Bilder an, obwohl der Augenblick, in dem Arthur und Rosaleen zurückkommen würden, immer näher rückte. Es waren Kinderbilder, schwarz-weiß, teilweise schon ziemlich vergilbt.

»Erkennst du jemanden?«, fragte Weseley gespannt.

Als ich den Kopf schüttelte, blätterte er schneller.

»Warte mal«, unterbrach ich ihn. Jetzt hatte doch ein Bild meine Aufmerksamkeit geweckt. »Geh noch mal zurück.«

Es war ein Foto von zwei Kindern, ein kleines Mädchen und ein etwas älterer Junge, umgeben von Bäumen. Sie standen sich gegenüber, hielten sich an den Händen, und ihre Stirnen berührten sich. Ich musste sofort an Arthurs und Mums groteske Begrüßungszeremonie denken.

»Das sind Arthur und meine Mum«, erklärte ich. »Da ist Mum höchstens fünf Jahre oder so.«

»Und schau dir Arthur an! Der war schon als Kind nicht gerade hübsch«, witzelte Weseley, während er das Bild mit zusammengekniffenen Augen etwas eingehender betrachtete.

»Ach, sei nicht so fies«, lachte ich. »Aber ich hab noch nie ein Kinderbild von Mum gesehen.«

Auf der nächsten Seite war ein Bild, auf dem Mum, Arthur, Rosaleen und noch ein anderer Junge zu sehen waren.

Unwillkürlich schnappte ich nach Luft.

»Deine Mum und Rosaleen haben sich also schon als Kinder gekannt«, stellte Weseley fest. »Wusstest du das?«

»Nein.« Vor Aufregung konnte ich kaum atmen, in meinem Kopf drehte sich alles. »Ich hatte keine Ahnung. Das hat mir nie jemand gesagt.«

»Wer ist der andere Junge?«

»Keine Ahnung.«

»Hat deine Mum noch einen Bruder? Er sieht älter aus.«

»Nein, sie hat keinen Bruder außer Arthur. Jedenfalls hat sie nie einen erwähnt ...«

Vorsichtig steckte Weseley die Hand unter die Plastikfolie und zog das Foto heraus.

»Weseley!«

»Wir sind schon so weit gekommen – willst du die Wahrheit nun wissen oder nicht?«

Ich schluckte und nickte.

Weseley drehte das Foto um.

Auf der Rückseite stand: »Artie, Jen, Rose, Laurie. 1979.«

»Dann heißt der ältere Junge anscheinend Laurie«, stellte Weseley fest. »Kommt dir der Name bekannt vor? Tamara, du machst ein Gesicht, als hättest du einen Geist gesehen.«

Und so ähnlich war es auch. Auf dem Grabstein, an dem ich die Blumen niedergelegt hatte, stand »Laurence Kilsaney RIP«.

Auf der Rückfahrt von Dublin hatte Arthur »Rose« zu Rosaleen gesagt.

Im Stamm des Apfelbaums gab es die Inschrift »Laurie und Rose«.

»Das ist der Mann, der bei dem Feuer im Schloss ums Leben gekommen ist. Laurence Kilsaney. Sein Name steht auf einem Grab, das ich auf dem Kilsaney-Friedhof entdeckt habe.«

»Oh.«

Ich starrte auf das Foto der vier Kinder, auf ihre lächelnden, unschuldigen Gesichter. Das Leben lag noch vor ihnen, mit all seinen Möglichkeiten. Mum und Arthur hielten sich an den Händen, Laurence hatte den Arm locker um Rosaleens Schulter gelegt, seine Hand baumelte vor ihrer Brust – überhaupt wirkte seine Haltung sehr selbstbewusst, vielleicht sogar ein wenig eingebildet, wie er da stand, ein Bein lässig vors andere gekreuzt, und mit vorgerecktem Kinn in die Kamera grinste, als hätte er dem Fotografen gerade etwas Freches zugerufen.

»Mum, Arthur und Rosaleen hatten also etwas mit der Kilsaney-Familie zu tun, zumindest mit einem von ihnen«, sprach ich meinen Gedanken laut aus. »Ich wusste nicht mal, dass Mum hier gewohnt hat.«

»Vielleicht hat sie nicht hier gewohnt, sondern nur ihre Ferien verbracht«, warf Weseley ein, während er weiterblätterte. Auf allen Fotos waren diese vier jungen Menschen zu sehen, in verschiedenen Altersstufen, immer dicht beisammen. Manchmal allein, manchmal als Pärchen, aber meistens alle zusammen. Mum war eindeutig die Jüngste, Rosaleen und Arthur im Alter näher zusammen und Laurence der Älteste, immer mit einem breiten Grinsen und einem schelmischen Funkeln in den Augen. Dagegen wirkte Rosaleen schon als junges Mädchen irgendwie »älter« – in ihren Augen schien immer eine gewisse Härte zu schlummern, ihr Lächeln war nie so breit und ungezwungen wie bei den anderen.

»Schau, hier sind sie alle vor dem Torhaus«, rief Weseley und deutete auf ein Bild von den vieren auf der Gartenmauer. An der Umgebung hatte sich nicht viel verändert, nur die Bäume im Garten waren inzwischen deutlich größer und voller geworden. Aber das Tor, die Mauer, das Haus – alles genau wie heute.

»Da ist Mum im Wohnzimmer. So sieht der Kamin heute noch aus.« Ich studierte das Bild intensiv. »Und das Bücherregal ist auch schon da. Schau dir das Schlafzimmer an«, sagte ich atemlos. »In dem wohne ich jetzt. Aber ich verstehe das immer noch nicht ganz. Mum muss tatsächlich hier gewohnt haben, sie ist hier aufgewachsen.«

»Und davon wusstest du nichts?«

»Nein«, antwortete ich kopfschüttelnd und spürte plötzlich, dass ich Kopfschmerzen bekam. Mein Gehirn konnte keine neuen Informationen mehr aufnehmen, es brauchte endlich Antworten. »Ich meine, ich wusste, dass sie auf dem Land gelebt hat, aber … ich kann mich erinnern, dass mein Granddad immer hier war, wenn wir ganz früher, als ich noch klein war, Arthur und Rosaleen besucht haben. Meine Grandma ist gestorben, als Mum noch ein Kind war. Ich dachte, er wäre auch zu Besuch bei Arthur und Rosaleen, aber … meine Güte, was hat das zu bedeuten? Warum haben sie mich alle angelogen?«

»Aber sie haben dich nicht wirklich belogen, oder?«, versuchte Weseley, mich zu beschwichtigen. »Sie haben dir nur nicht gesagt, dass sie hier gewohnt haben. Das ist nicht gerade das aufregendste Geheimnis der Welt.«

»Und sie haben mir nicht erzählt, dass sie Rosaleen praktisch schon ihr Leben lang kennen, dass Mum im Torhaus gewohnt und die Kilsaneys gekannt hat. Keine große Sache, klar, aber wenn man es geheim hält, wird es doch gleich viel wichtiger. Warum haben sie denn ein Geheimnis daraus gemacht? Was haben sie mir sonst noch alles verschwiegen?«

Weseley begann wieder zu blättern, als könnte er die Antworten in dem Album finden. »Hey, wenn dein Granddad im Torhaus gewohnt hat, dann war er hier der Gärtner und Grundstücksverwalter. Also Arthurs Vorgänger.«

Auf einmal schoss mir ein überraschendes Bild durch den Kopf. Ich war noch klein, mein Granddad kniete auf dem

Boden und buddelte im Schlamm. Ich erinnerte mich an den Dreck unter seinen Fingernägeln und an einen Wurm, der in der Erde herumzappelte, und ich erinnerte mich, wie Granddad ihn packte und vor meiner Nase herumschwenkte. Ich heulte, er lachte, und dann nahm er mich in den Arm. Er roch immer nach Erde und nach Gras. Seine Fingernägel waren immer schmutzig.

»Ich frage mich, ob es auch ein Foto von der Frau gibt«, sagte ich und blätterte weiter.

»Von welcher Frau?«

»Von der Frau im Bungalow, die die Glassachen macht.«

Wir studierten die folgenden Seiten, und mein Herz pochte so laut in meiner Brust, dass ich Angst hatte umzukippen. Noch ein Foto von Rosaleen und Laurence tauchte auf. »Rose und Laurie, 1987.«

»Ich glaube, Rosaleen war in Laurence verliebt«, sagte ich und strich behutsam mit dem Finger über die beiden Gesichter.

»Oh-oh«, meinte Weseley und schlug die nächste Seite auf. »Aber Laurence hat Rosaleen anscheinend nicht zurückgeliebt.«

Als ich das nächste Foto sah, riss ich die Augen auf. Auf dem Bild war Mum, als Teenager, wunderschön mit ihren langen blonden Haaren, dem strahlenden Lächeln, den makellosen Zähnen. Neben ihr war Laurence: Er hatte den Arm um sie gelegt und küsste sie auf die Wange – unter dem Baum mit den vielen geschnitzten Inschriften.

Ich drehte das Foto um, und da stand: »Jen und Laurie, 1989.«

»Vielleicht waren sie ja nur Freunde …«, sagte Weseley langsam.

»Schau sie dir doch an, Weseley.«

Mehr brauchte ich nicht zu sagen, der Rest war deutlich sichtbar, direkt vor unseren Augen. Die beiden waren ineinander verliebt.

Ich dachte daran, was Mum mir an dem Tag gesagt hatte, als ich aus dem Rosengarten zurückkam und gerade Schwester Ignatius kennengelernt hatte. Ich hatte geglaubt, sie würde verschwommen sprechen und wollte mir sagen, ich wäre hübscher als eine Rose. Aber was, wenn sie genau das gemeint hatte, was ich zuerst verstanden hatte, nämlich »Du bist hübscher als Rose«?

Und ein Stück von den beiden entfernt, ganz am Rand des Fotos, saß Rosaleen auf einer karierten Decke, neben sich einen Picknickkorb, und starrte mit kaltem Blick in die Kamera.

22

Dunkelkammer

Ich hatte keine Ahnung, wie viel Zeit uns noch bis zur Rückkehr von Mum, Rosaleen und Arthur blieb – falls Mum überhaupt mit den beiden wiederkam –, aber inzwischen hatte ich alle Sorgen vor dem Entdecktwerden in den Wind geschlagen. Ich hatte genug von der ganzen Geheimnistuerei, ich war es müde, auf Zehenspitzen herumzuschleichen und in irgendwelchen dunklen Ecken nach Hinweisen zu suchen, wenn ich mich unbeobachtet glaubte. Weseley stärkte mir tatkräftig den Rücken und begleitete mich über die Straße zum Bungalow. Noch nie in meinem ganzen Leben war ich jemandem wie Weseley begegnet, der so viel riskierte, um mir zu helfen, und mich so vorbehaltlos unterstützte. Plötzlich fiel mir Schwester Ignatius ein, und gleich tat mir wieder das Herz weh, weil ich sie im Stich gelassen hatte. Ich musste sie bald besuchen. Sie hatte mir geschworen, dass sie mir immer die Wahrheit sagen würde. Und sie wusste etwas, ganz eindeutig. Leider begriff ich erst jetzt, dass sie mich damals praktisch aufgefordert hatte, ihr Fragen zu stellen. Schade, dass mir das nicht schon früher klar geworden war.

Weseley führte mich den Seitenweg entlang, ich folgte ihm mit zittrigen Knien und hoffte, dass ich vor lauter Aufregung nicht doch noch schlappmachen würde. Das Wetter war umgeschlagen, der Wind hatte deutlich aufgefrischt. Es war gerade erst Mittag, aber der Himmel war dunkel geworden, bedeckt mit dicken grauen Wolken – wie buschige Augenbrauen, unter denen er mich besorgt beobachtete.

»Was ist das für ein Geräusch?«, fragte Weseley, als wir das Ende des Wegs erreichten.

»Das sind die Mobiles«, flüsterte ich. »Die klimpern im Wind.«

Tatsächlich war das Geräusch beunruhigend, denn es klang nicht mehr wie das freundliche Gebimmel eines Glockenspiels, sondern eher, als drohte das Glas zu zerspringen, wenn die kleinen Einzelteile der Mobiles vom Wind gegeneinandergeschleudert wurden. Und da es so viele waren, hörte sich das Ganze richtig bedrohlich an.

»Ich möchte mir das mal aus der Nähe anschauen«, sagte Weseley, als wir den Garten betraten. »Du wirst das schaffen, Tamara, ganz sicher. Sag der Frau einfach, dass du dich bedanken möchtest, und je nachdem, wie sie reagiert, kannst du dann weitersehen. Vielleicht erzählt sie dir sogar von sich aus mehr.«

Trotzdem war ich nervös, als ich ihm nachblickte, wie er sich über die Wiese von mir entfernte, am Schuppen vorbei, und schließlich zwischen den Mobiles verschwand.

Ich wandte mich zum Haus um und spähte durchs Küchenfenster. Die Küche war leer. Also klopfte ich leise an die Hintertür und wartete. Keine Antwort. Obwohl ich mich ermahnte, nicht hysterisch zu werden, zitterten meine Hände, als ich versuchte, die Klinke herunterzudrücken. Die Tür war unverschlossen. Vorsichtig zog ich sie einen Spalt weit auf und lugte hinein. Ein schmaler Flur, der ein Stück weiter nach rechts abbog. Drei Türen konnte ich erkennen, alle verschlossen, eine rechts, zwei links. Die erste auf der linken Seite führte in die Küche, und ich wusste ja schon, dass dort niemand war. Auf Zehenspitzen betrat ich das Haus, ließ die Tür aber offen, um mich nicht so gefangen zu fühlen – oder wie eine Einbrecherin –, doch der Wind war so stark, dass sie krachend hinter mir ins Schloss fiel. Ich zuckte zusammen, redete mir aber gut zu, dass es albern war, Angst zu haben – weder Rosaleens Mutter noch die Gestalt, die ich im Schuppen beobachtet hatte, waren darauf aus, mir etwas anzutun. Als sich auf mein Klopfen an der Tür rechts von mir nichts rührte, machte ich sie vorsichtig auf. Sie führte in ein Schlafzimmer, offensichtlich das einer alten Frau. Es roch feucht, nach Talkumpuder und Desinfektionsmittel. An der Wand war ein altes dunkles Holzbett mit einer geblümten Tagesdecke. Darunter, auf dem taubenblauen Teppichboden, der allem Anschein nach schon unzählige Male gereinigt und aufgefrischt worden war, standen ordentlich aufgereiht die Hausschuhe. Außerdem gab es einen Kleiderschrank, der wahrscheinlich die gesamte Garderobe der hier wohnenden Frau enthielt. Gleich neben der Tür entdeckte ich noch eine kleine Frisierkommode mit einem angelaufenen Spiegel, einer Haarbürste, einigen Medikamenten, einem Rosenkranz und einer Bibel, auch hier alles säuberlich in Reih und Glied. Gegenüber vom Bett war das Fenster, aus dem man in den Garten sah. Sonst war der Raum leer.

Behutsam schloss ich die Tür und ging weiter den Flur entlang. Der Boden war mit einer Plastikmatte bedeckt, als müsste er geschont werden, was beim Drübergehen ein seltsames Kratzgeräusch hervorrief, und ich wunderte mich, dass niemand auf mich aufmerksam wurde. Es sei denn, die Frau war wieder im Schuppen. Aber dann würde sie bestimmt Weseley sehen. Einen Moment erstarrte ich und wäre um ein

Haar zurück nach draußen gelaufen, aber jetzt war ich schon so weit gekommen, ich konnte nicht mehr zurück. Schließlich erreichte ich die Stelle, wo der Flur nach rechts abknickte. Ganz hinten gab es noch eine Tür zum Fernsehzimmer, das ich ja schon durchs Fenster gesehen hatte. Da der Fernseher so laut lief, dass ich das Ticken der Uhr von *Countdown* hören konnte, saß dort vermutlich Rosaleens Mutter, und so neugierig ich auch auf sie war, hatte ich heute nicht das Bedürfnis, mich ihr vorzustellen. Ich hatte Dringenderes zu erledigen. Richtung Haustür war eine kleine Diele und links von mir ein weiteres Zimmer, vermutlich das zweite Schlafzimmer.

Ich klopfte so leise, dass ich es beim ersten Mal nicht mal selbst hörte – meine Fingerknöchel streiften das dunkle Holz nur leicht wie eine Feder. Doch beim zweiten Mal setzte ich etwas mehr Kraft ein und wartete dann ziemlich lange auf eine Reaktion. Aber nichts rührte sich.

Ich drehte den Türknauf. Auch diese Tür war unverschlossen und ging sofort auf.

In meiner hyperaktiven Fantasie hatte ich mir alles Mögliche ausgemalt, was hinter Rosaleens Geheimnissen stecken könnte, aber in der Realität hatten meine Entdeckungen mich jedes Mal enttäuscht. Was wir in der Garage gefunden hatten, war zwar interessant gewesen, und die Geheimniskrämerei um Arthurs und Mums langjährige Freundschaft mit Rosaleen tat mir zwar weh, aber es entsprach bei Weitem nicht den dramatischen Szenarien, die ich mir ausgemalt hatte. Rosaleens Besuche im Bungalow hatten sich durch ihre kranke Mutter erklärt, die vermeintlichen Leichen in der Garage waren einfach nur die aus dem Schloss geräumten alten Sachen. Klar, das war aufregend, aber wenn ich es mit der Anspannung verglich, die Rosaleen oft verbreitete, auch etwas ernüchternd. Es wollte alles nicht so recht damit zusammenpassen, wie wichtig es ihr zu sein schien, ihre Geheimnisse zu bewahren.

Doch diesmal wurde ich nicht enttäuscht.

Diesmal wäre mir ein Siebzigerjahreteppichboden, dunkle Holzverkleidung, ein feuchter Geruch und ein schlecht eingerichtetes Schlafzimmer viel lieber gewesen. Denn was ich sah, schockierte mich so, dass ich wie versteinert stehen blieb und mit offenem Mund nach Luft schnappte.

Alle Wände waren vom Boden bis zur Decke mit Bildern gepflastert, mit Fotos von mir. Ich als Baby, ich bei der Erstkommunion, ich etwa dreijährig bei einem Besuch im Torhaus, ich mit vier, mit fünf, mit sechs Jahren. Ich bei meinen Schulaufführungen, bei meinen Geburtstagspartys und anderen Festen, als Blumenkind bei der Hochzeit einer Freundin von Mum, als Hexe verkleidet an Halloween. Eine Zeichnung, die ich in der ersten Klasse angefertigt hatte. Es gab sogar ein Foto von letzter Woche, auf dem ich auf der Mauer vor dem Torhaus saß, mit den Beinen baumelte und in die Sonne blinzelte. Außerdem ein Foto von mir und Marcus, als er das erste Mal zum Haus gekommen war, und an einem anderen Tag, wie wir in den Bus stiegen. Ein Foto von dem Morgen, als Mum, Barbara und ich im Torhaus eingetroffen waren. Ich mit schätzungsweise acht Jahren, auf der Straße zum Schloss, offenbar gelangweilt. Bestimmt unterhielt sich meine Mutter gerade bei Eiersandwiches und starkem Tee endlos mit Arthur und Rosaleen. Ein Foto von mir vor zwei Wochen, wie ich die Blumen auf Laurence Kilsaneys Grab legte. Wie ich zum Schloss spazierte. Fotos von mir mit Schwester Ignatius, wie ich mit ihr umherwanderte, beim Reden, beim Faulenzen im Gras, eins von mir im Schloss, an dem Morgen, als ich den Tagebucheintrag entdeckt hatte, mit geschlossenen Augen auf der Treppe, das Gesicht der Sonne zugewandt. Also war mein Gefühl, dass ich beobachtet wurde, doch richtig gewesen. Ich hatte es ja sogar aufgeschrieben. Die Fotos waren wie eine lückenlose Geschichte meines Lebens, Szenen, die ich längst vergessen hatte und von denen ich teilweise nicht gewusst hatte, dass sie auf Zelluloid gebannt worden waren.

In der Ecke des Zimmers stand ein schmales Bett, zerwühlt, unordentlich. Daneben ein kleines Schränkchen, vollgestellt mit lauter Pillenfläschchen. Doch ehe ich mich wieder zum Gehen wandte, fiel mir noch ein bekanntes Bild ins Auge. Rasch ging ich zur gegenüberliegenden Wand, holte unterwegs das inzwischen ziemlich zerknitterte Tauffoto aus meiner Tasche und hielt es neben das andere. Sie waren fast identisch, obwohl das an der Wand schärfer war. Hier verdeckte kein Finger die halbe Linse, und das Gesicht des Pfarrers war deutlich zu erkennen, daneben Mum mit mir auf dem Arm. Auf meinem rosa Kopf die Hand mit dem Ring. Außerdem war auch der Bildausschnitt viel größer als auf dem Foto, das ich in dem Album gefunden hatte. Es war auf den Ring gezoomt, sodass dieser ganz klar im Mittelpunkt zu sehen war, ebenso wie die Person, der er gehörte.

Schwester Ignatius.

Darunter war ein weiteres Bild von meiner Taufe: Meine Mutter, wie sie mich über das Becken hielt und der Pfarrer mir Wasser auf den Kopf träufelte. Jetzt erkannte ich auch das Becken – es war das in der Kapelle, in dem jetzt Staub und Spinnen die Herrschaft übernommen hatten. Neben diesem Foto hing noch eines von meiner Mutter, diesmal mit erhitztem Gesicht, im Bett, nasse Haarsträhnen in der Stirn, und in den Armen ein neugeborenes Baby – mich. Dann ein Foto, auf dem Schwester Ignatius mich hielt, ebenfalls als Neugeborenes.

Außerdem bin ich mehr als »nur eine Nonne«, wie du dich ausdrückst. Ich habe auch noch eine Ausbildung als Hebamme. Das hatte sie mir erst vor ein paar Tagen erzählt.

»O mein Gott«, stieß ich zitternd hervor, und auf einmal spürte ich, wie meine Knie tatsächlich unter mir nachgaben. Ich streckte die Hand aus, aber es gab nichts, woran ich mich festhalten konnte, nur die ganzen Fotos von mir selbst an der Wand, nach denen meine Finger unwillkürlich griffen und das nächstbeste mit zu Boden rissen. Aber ich wurde nicht ohnmächtig, ich hatte einfach nicht mehr die Kraft zu stehen. Und ich wollte nur noch weg von hier. So saß ich auf dem Boden, legte den Kopf zwischen die Knie, atmete langsam aus und ein und versuchte, mich zu erholen.

»Du hattest Glück«, hörte ich plötzlich eine Stimme hinter mir. »Normalerweise ist die Tür verschlossen. Nicht mal ich hab das hier jemals gesehen. Er ist fleißig gewesen.«

Als ich aufblickte, sah ich Rosaleen in der Tür stehen, lässig an den Rahmen gelehnt, die Arme hinter dem Rücken. Und scheinbar vollkommen ruhig.

»Rosaleen«, stieß ich hervor. »Was soll das alles hier?«

Sie lachte leise. »Ach Kind, das weißt du doch längst. Tu nicht so, als hättest du nicht genügend herumgeschnüffelt.« Mit kalten Augen musterte sie mich.

Ich zuckte nervös mit den Achseln, und mir war klar, dass man mir mein schlechtes Gewissen nur allzu deutlich ansah.

Im nächsten Moment warf Rosaleen mir mit einer schnellen Bewegung etwas zu.

Es waren die Umschläge, die ich heute Morgen eingesteckt und dann in der Küche liegen gelassen hatte, als ich die Tabletten in Rosaleens Schürzentasche fand. Doch dann landete noch etwas mit einem dumpfen Schlag neben mir auf dem Teppichboden, und diesmal wusste ich sofort, was es war. Ich streckte die Hand nach dem Tagebuch aus und fummelte an dem Schloss herum, denn ich wollte sehen, ob die verbrannten Seiten noch da waren. Vielleicht hatte ich es ja geschafft, den Gang der Ereignisse zu verändern. Aber meine Frage wurde beantwortet, ehe ich selbst Zeit hatte, es herauszufinden.

»Damit, dass du die Seiten verbrannt hast, hast du mir den ganzen Spaß verdorben«, sagte Rosaleen mit einem sonderbar schiefen Grinsen. »Arthur und deine Mutter sind drüben im Haus. Wahrscheinlich hätte ich sie nicht allein lassen sollen …« Sie schaute aus dem Fenster und kaute nachdenklich auf der Unterlippe. Auf einmal erschien sie mir so verletzlich – meine liebe Tante, die sich bemühte, die Last der Welt allein auf ihren schmalen Schultern zu tragen. Fast hätte ich ihr die Hand hingestreckt, aber als sie sich mir wieder zuwandte, waren ihre Augen kalt. »Aber ich musste leider, denn ich wusste ja, dass du hier sein würdest. Nachher habe ich noch einen Termin bei Garda Murphy. Du weißt wahrscheinlich nicht, warum – oder?«

Ich schluckte schwer und schüttelte langsam den Kopf.

»Du bist eine schlechte Lügnerin«, stellte sie leise fest. »Genau wie deine Mutter.«

»Wag es nicht, so über meine Mutter zu sprechen!« Meine Stimme bebte.

»Ich wollte ihr nur helfen, Tamara«, sagte sie. »Sie konnte nicht schlafen, sie hat sich gequält. Die ganze Zeit hat sie die Vergangenheit in ihrem Kopf herumgewälzt und jedes Mal tausend Fragen gestellt, wenn ich ihr das Essen gebracht habe …« Jetzt redete sie nicht mehr mit mir, sondern mit sich selbst, beinahe dringlich, so, als versuche sie, sich von etwas zu überzeugen. »Ich hab es nur für sie getan. Nicht für mich.

Und sie hat auch kaum was gegessen, also hat sie auch nicht viel davon abgekriegt. Ja, ich hab's für sie getan.«

Mit gerunzelter Stirn hörte ich ihr zu, unsicher, ob es nicht besser war, sie zu unterbrechen. Während sie noch ganz in Gedanken versunken schien, griff ich nach den Briefen. Auf dem ersten stand die Adresse:

Arthur Kilsaney
Torhaus
Schloss Kilsaney
Kilsaney,
Meath

Der nächste Umschlag war gleich adressiert, aber sowohl an Arthur als auch an Rosaleen.

»Aber …« Verwundert schaute ich von einem Umschlag zum anderen. »Aber … ich …«

»Aber, aber, aber«, äffte Rosaleen mich nach, und ich bekam wieder eine Gänsehaut.

»Arthurs Nachname ist doch Byrne. Genau wie der von Mum«, sagte ich, und meine Stimme klang sogar in meinen eigenen Ohren furchtbar schrill.

Rosaleens Augen wurden groß, und sie lächelte. »So, so. Dann war das Kätzchen ja doch nicht ganz so neugierig, wie ich dachte.«

Ich nahm all meine Energie zusammen und schaffte es, aufzustehen. Rosaleen straffte die Schultern, hielt aber weiterhin einen Arm hinter dem Rücken versteckt.

Ratlos schaute ich auf die Briefe. Ich begriff einfach nicht, was das alles sollte.

»Mum ist keine Kilsaney. Sie heißt Byrne.«

»Stimmt. Sie ist keine Kilsaney und war auch nie eine Kilsaney. Aber sie wäre immer gern eine Kilsaney gewesen.« Sie musterte mich durchdringend. »Ihr ging es nur um den Namen. Sie wollte immer das, was ihr nicht gehörte, diese kleine Hexe«, stieß sie hervor. »Sie war ein bisschen wie du, ist immer genau dort aufgetaucht, wo man sie nicht haben wollte.«

Mir blieb der Mund offen stehen. »Rosaleen«, sagte ich leise. »Was … was ist denn los mit dir?«

»Was mit mir los ist? Gar nichts ist mit mir los. Ich hab nur die ganzen letzten Wochen gekocht und geputzt, hab mich um alle gekümmert, alles zusammengehalten, wie üblich, und das für zwei undankbare kleine …« – ihre Augen wurden weit, und dann riss sie den Mund auf und brüllte so laut, dass ich mir die Ohren zuhalten musste – »… LÜGNERINNEN!«

»Rosaleen«, rief ich entsetzt. »Hör auf! Was ist denn in dich gefahren?« Inzwischen hatte ich angefangen zu weinen. »Ich weiß wirklich nicht, was du meinst!«

»O doch, mein Kind«, zischte sie.

»Ich bin kein Kind, ich bin kein Kind, ich bin kein Kind!«, schrie ich, und die Worte, die ich im Kopf dauernd wiederholt hatte, kamen mit jedem Atemzug ein Stückchen lauter heraus.

»Natürlich bist du ein Kind! Und du hättest MEIN KIND sein sollen!«, kreischte sie. »Sie hat dich mir weggenommen! Du hättest mir gehören sollen. Genau wie er. Er hat mir gehört! Sie hat ihn mir weggenommen!« Dann sackte sie plötzlich in sich zusammen, als wäre ihre ganze Energie verpufft.

Ich schwieg und dachte angestrengt nach. Laurence Kilsaney konnte sie nicht meinen, denn er war ja gestorben, bevor ich auf die Welt gekommen war, nein, es musste jemand anders sein …

»Mein Dad«, flüsterte ich. »Du warst in meinen Dad verliebt.«

Sie blickte zu mir auf, und in ihrem Gesicht war ein solcher Schmerz, dass ich beinahe wieder Mitgefühl mit ihr bekam.

»Deshalb ist Dad nie mitgefahren, wenn Mum euch hier besucht hat. Deshalb ist er immer in Dublin geblieben. Zwischen euch ist irgendwann früher etwas passiert.«

Auf einmal entspannte sich Rosaleens Gesicht, und sie begann zu lachen, leise zuerst, doch dann warf sie den Kopf zurück, und nun lachte sie aus vollem Hals.

»George Goodwin? Du machst Witze! George Goodwin war schon immer ein Loser, seit dem Augenblick, als er in seiner kleinen Angeberkutsche hier aufgetaucht ist, zusammen mit seinem ebenso aufgeblasenen Vater. Die wollten das Haus kaufen. ›Würde ein tolles Hotel abgeben, ein super Wellness-Center‹«, äffte sie ihn nach, und auf einmal sah ich meinen Dad vor mir, ich konnte mir genau den Tonfall vorstellen, in dem er das gesagt hatte, als er in seinem Nadelstreifenanzug mit Granddad Timothy hier vorgefahren war. Für die Leute, die ihr Schloss und ihr Land erhalten wollten, musste er so etwas wie der Wolf im Schafspelz gewesen sein, der zwar freundlich tat, aber im Grunde nur auf den roten Knopf drücken und die Bulldozer anrücken lassen wollte, um die alte Ruine dem Erdboden gleichzumachen. »Er musste alles haben, natürlich auch deine Mutter, und es war ihm egal, dass sie schon ein Kind hatte. Aber dass er deine Mutter und dich hier weggeholt hat, war das Beste, was er je getan hat. Nein, eigentlich war das Beste, dass er sein Leben freiwillig beendet hat, damit diese elenden Schlipsträger sich nicht auch noch dieses Grundstück unter den Nagel reißen konnten. Das war das Beste und das einzig Sinnvolle, was George Goodwin jemals fertiggebracht hat. Und das wusste er auch. Ich wette, er wusste es in dem Moment, als er den ersten Schluck Whisk...«

»HALT DEN MUND!«, unterbrach ich sie. »HÖR AUF!« Ich stürzte mich auf sie, wollte sie schlagen, ohrfeigen, ihr den Mund zuhalten, irgendwas, damit sie diese widerlichen Lügen nicht mehr erzählen konnte, diese gemeinen, dreckigen Lügen. Aber sie war schneller als ich. Und ihre Arme, die jeden Tag Teig kneteten und ausrollten, die das Biogemüsebeet umgruben und dreimal pro Tag schwer beladene Tabletts die Treppe hinauf- und wieder hinunterschleppten, waren außerordentlich gut trainiert. Sie schubste mich nur einmal, aber mir verschlug es den Atem, als hätte sie mir den Brustkorb zerschmettert. Hilflos taumelte ich zurück, schlug mit dem Kopf gegen die Ecke des Schränkchens, stürzte zu Boden und blieb nach Luft schnappend liegen. Tränen liefen mir übers Gesicht, ich konnte nicht richtig sehen und schmeckte Blut im Mund. Woher kam das? Ich hatte mir doch den Kopf gestoßen. Verzweifelt versuchte ich, aufzustehen, war aber so desorientiert, dass ich nicht mal mehr wusste, wo die Tür war.

Nach einiger Zeit – ich weiß nicht, wie lang – konnte ich Rosaleen wieder einigermaßen sehen, zwar immer noch ein verschwommenes Nebelbild, aber hinter ihr war eindeutig der Ausgang. Mein Kopf schwirrte, ich setzte mich trotzdem auf. Als ich meine Beule betastete, hatte ich Blut an den Fingern.

»Na, na«, sagte Rosaleen sanft. »Warum hast du das denn gemacht, Kind? Warum hast du mich so weit gebracht? Jetzt müssen wir uns überlegen, was wir den anderen sagen«, fuhr sie fort. »So können wir dich nicht zurückgehen lassen, auf gar keinen Fall. Nicht, nachdem du all das hier gesehen hast. Nein, nein. Ich muss nachdenken. Ich muss erst mal nachdenken.«

Ich wollte etwas sagen, brachte aber nur ein unzusammenhängendes Gemurmel zustande. Meine Gedanken rasten. Wie konnte Rosaleen behaupten, mein Dad hätte mich und meine Mum von hier weggeholt und dass ich zu diesem Zeitpunkt schon auf der Welt gewesen war? Das war doch unmöglich. Es ergab überhaupt keinen Sinn. Meine Eltern hatten sich bei einem Bankett kennengelernt, bei einem schicken Dinner mit einer Menge Leuten, und als Dad meine Mum entdeckte, wusste er sofort, dass er sie haben musste. Das hatte er mir selbst erzählt, immer wieder. Es war Liebe auf den ersten Blick gewesen. Und eine Weile später hatten sie dann mich bekommen. Vielleicht hatte ich irgendwas nicht richtig verstanden, aber vielleicht hatte Rosaleen diese Geschichte auch nur erfunden. Ich hatte solche Kopfschmerzen, ich war so müde, und meine Augenlider waren so schwer, dass ich sie schließen musste. Auf einmal wurde mir bewusst, dass Rosaleen mit jemandem redete. Aber nicht mit mir. Sie sah auf den Flur hinaus und machte einen etwas ängstlichen Eindruck.

»Oh«, sagte sie gerade und hatte auf einmal wieder ihr übliches dünnes, schüchternes Stimmchen. »Ich hab dich gar nicht kommen hören. Ich dachte, du bist in der Werkstatt.«

Die Frau, die die Glassachen machte! Wenn ich um Hilfe rief, würde sie mich vielleicht retten. Aber dann hörte ich eine Männerstimme. Es war nicht Arthur. Und auch nicht Weseley – oh, wo war Weseley überhaupt geblieben? War er verletzt? Er war auf die Glaswiese gegangen. Das ganze Glas dort war gefährlich. Fast jede Nacht hatte ich Albträume, in denen das Glas vorkam. In denen die Mobiles im Wind zerschellten und die Scherben mir in die Haut schnitten, mich kratzten und stachen, während ich die Wiese auf und ab rannte und zu fliehen versuchte. Immer hatte die Frau mich dabei beobachtet. Doch wo war diese Frau jetzt?

»Warum gehst du nicht schon mal in die Küche, und ich mache dir eine Tasse Tee?«, schlug Rosaleen in einschmeichelndem Ton vor. »Wäre das nicht schön? Was meinst du? Wie lange stehst du denn da schon? Sie hat sich auf mich gestürzt, ich musste mich verteidigen. Aber ich bringe sie gleich ins Haus zurück.«

Die Männerstimme antwortete etwas, und ich hörte das Geräusch von Schritten auf der sonderbaren Plastikmatte. Ein Schritt, dann ein Schleifen, ein Schritt, ein Schleifen.

Mühsam richtete ich mich wieder zum Sitzen auf, hielt mich am Bett fest und versuchte, mich daran hochzuziehen. Rosaleen war so mit dem Mann beschäftigt, dass sie nicht auf mich achtete. Ich verstand nicht, was sie sagten, aber Rosaleens Stimme wurde immer härter und verlor ihre nervöse Süßlichkeit. Es war wieder die Rosaleen von vorhin. Eine Besessene.

»Besitzergreifend.« Bei unserem Gespräch damals hatte Schwester Ignatius sich meine Charakterisierung Rosaleens lange durch den Kopf gehen lassen. »Das ist eine interessante Wortwahl.«

»Lässt du mich deswegen nie in das Zimmer? Sollte ich es auf diese Weise herausfinden? Das ist nicht in Ordnung, finde ich.«

Wieder die Männerstimme, gefolgt erneut von einem Stampfen und einem Nachschleppen.

»Und was ist das?« Endlich zog sie den Arm hinter ihrem Rücken hervor und zückte das Glasmobile, das ich geschenkt bekommen hatte. Ich wollte ihr zurufen, dass es mir gehörte, aber gegen das Chaos auf dem Korridor kam ich nicht an.

»Das gehörte nicht zu unserer Abmachung, Laurie. Ich hab

dich immer gern mit dem Glas herumspielen lassen, weil es dir so viel Freude macht, ich dachte, das Feuer und das Glas würden dich vielleicht heilen nach … na ja, nach all dem, was du durchgemacht hast, aber diesmal bist du eindeutig zu weit gegangen. Du hast alles kaputtgemacht, alles. Jetzt müssen wir umdenken, daran führt kein Weg vorbei.«

Laurie. Laurence Kilsaney RIP.

Mich fröstelte. Bestimmt bildete Rosaleen sich diesen Mann nur ein. Vielleicht sah sie Gespenster. Aber nein, das konnte nicht sein, ich hörte die Stimme ja auch.

Der wütende Wortwechsel ging weiter, und auf einmal schleuderte Rosaleen das Glasmobile mit einer blitzschnellen Bewegung auf den Korridor hinaus. Ich hörte einen Schrei, sah, wie Rosaleen sich auf den Mann stürzen wollte, aber in diesem Moment traf sie ein Schlag von einem Krückstock, und sie taumelte rückwärts gegen die Wand. Voller Angst sah sie den Mann an, und auch ich machte mich in meiner Ecke möglichst klein, zog die Knie eng an mich und rollte mich schützend zusammen. Ich wollte weg, nur weg, aber ich konnte mich einfach nicht von der Stelle rühren.

»Rose?«, hörte ich in diesem Moment eine Frau rufen.

»Ja, Mammy«, antwortete Rosaleen mit zitternder Stimme und rappelte sich mühsam auf. »Ich komme, Mammy.« Mit einem letzten Blick auf den Mann rannte sie den Korridor hinunter zum Fernsehzimmer.

Und dann erschien der Mann vor mir in der Tür. Ich hatte mich auf einiges gefasst gemacht, konnte aber nicht verhindern, dass mir ein leiser Schrei entfuhr, als ich ihn erblickte. Unter langen, strähnigen Haaren starrte mir ein völlig entstelltes Gesicht entgegen. Eine Seite sah aus, als wäre sie geschmolzen, als hätte jemand daran herumgezerrt und anschließend die Haut nicht richtig wieder drübergelegt.

Hastig hob der Mann die Hand zum Haaransatz und versuchte, sein Gesicht zu verstecken, doch es war keine Hand, die bei der Bewegung unter dem langen Ärmel zum Vorschein kam, sondern nur ein Stumpf. Offensichtlich war die ganze linke Körperseite Opfer der Flammen geworden, denn auch die linke Schulter war nach unten verrutscht, wie Wachs, das an einer Kerze herunterläuft. Eines seiner großen blauen Augen war eingebettet in weiche, glatte Haut, das andere schien aus seiner Höhle zu quellen, sodass man den weißen Augapfel und das Gewebe darunter erkennen konnte. Langsam kam er auf mich zu, und ich begann zu weinen.

In diesem Augenblick hörte ich die Hintertür aufgehen, und ein Windstoß fegte herein. Wieder näherten sich Schritte über die Plastikplane, und der Mann, den Rosaleen Laurie genannt hatte, wandte sich ängstlich um.

»Lassen Sie sie in Ruhe!«, rief eine Stimme, und Laurie hob die Hände, erschrocken, traurig, bestürzt. Weseley stürmte herein, und als er mich entdeckte, wurde sein Gesicht noch wütender. Wahrscheinlich sah ich ziemlich mitgenommen aus, denn er stürzte sich ohne Zögern auf Laurie, schubste ihn gegen die Wand und legte ihm die Hände um den Hals.

»Was haben Sie mit ihr gemacht?«, knurrte er.

»Lass ihn«, hörte ich mich heiser flüstern. Meine Stimme wollte mir nicht gehorchen.

»Tamara, mach, dass du hier rauskommst«, befahl Weseley. Sein Gesicht war puterrot, im Nacken traten vor Anstrengung die Sehnen hervor.

Ich weiß nicht, wie, aber auf einmal kam ich wieder auf die Beine, packte das Tagebuch, zwang mich, das Zimmer zu durchqueren, und schaffte es sogar, eine Hand beschwichtigend auf die von Weseley zu legen. Tatsächlich ließ er Laurie los, ergriff stattdessen meinen Arm und zog mich aus dem

Zimmer. Dann drehte er sich noch einmal um und schubste Laurie in den Raum zurück, schloss die Tür ab und steckte den Schlüssel in die Tasche, ohne auf die Rufe des Eingeschlossenen zu achten.

23

Brotkrumen

Gerade als ich das Ende des Seitenwegs am Haus erreichte und um die Ecke biegen wollte, fing Rosaleen mich ab. Offensichtlich hatte sie das Haus durch die Vordertür verlassen. Sie erwischte meinen Arm, und ihre Nägel gruben sich tief in meine Haut. Ich schrie laut auf vor Schmerz, konnte mich aber wieder losmachen.

»Komm, schnell!«, rief Weseley, drehte sich um, und ich rannte ihm nach.

Doch ich war noch nicht weit gekommen, da wurde ich nach hinten gerissen, und ein heftiger Schmerz fuhr mir in den Hals – Rosaleen hatte mich an den Haaren gepackt und versuchte, mich zurückzuzerren. Verzweifelt holte ich aus und versetzte ihr mit dem Ellbogen einen solchen Schlag in den Magen, dass sie mich sofort wieder freigab, und obwohl sie mir so übel mitgespielt hatte, bekam ich ein schlechtes Gewissen. Ich blieb stehen, um mich zu vergewissern, dass ich sie nicht allzu schlimm verletzt hatte. Sie krümmte sich und schnappte nach Luft.

»Komm endlich, Tamara!«, rief Weseley.

Aber ich konnte nicht. Dieser Kampf war doch lächerlich. Ich verstand nicht, weshalb wir stritten und was Rosaleen so wütend auf mich machte. Ich musste nachschauen, ob mit ihr alles in Ordnung war. Doch als ich mich ihr näherte, blickte sie auf, hob den rechten Arm und versetzte mir eine schallende Ohrfeige, von der mir noch lange danach das Gesicht brannte. Jetzt hatte Weseley genug, packte mich wieder am Arm, und ich hatte keine andere Wahl als mitzukommen.

Wir liefen durch den Garten, an der Werkstatt vorbei, und erst als wir auf der Wiese waren, merkte ich, wie stark der Wind inzwischen geworden war. Meine Haare wehten mir ins Gesicht, in Mund und Augen. Ich konnte nichts dagegen unternehmen, denn Weseley hielt meine Hand fest, und die andere brauchte ich, um einigermaßen in Balance zu bleiben. Dicht nebeneinander rannten wir über die Wiese, über der die Mobiles im Wind hin und her schwangen, vor und zurück, in unberechenbarem Rhythmus, sodass es auch mit unbehinderter Sicht schwer abzuschätzen war, in welchem Moment wir unbeschadet an Spitzen und scharfen Kanten vorbeilaufen konnten.

Aber ich hielt Weseleys Hand eng umklammert, und ich weiß noch, dass ich im Kopf dauernd wiederholte: »Lass nicht los, lass nicht los.« Immer wieder wandte er sich um, als wollte er sich vergewissern, dass ich noch da war – obwohl er meine Hand so fest im Griff hatte, dass er mir fast die Finger zerquetschte. Ich sah die Angst in seinem Gesicht, die Panik in seinen Augen, doch er ließ mich nicht im Stich, und ich war plötzlich unendlich dankbar, so einen Freund gefunden zu haben. Dann mussten wir stehen bleiben, denn wir hatten die Mauer am Ende des Gartens erreicht. Weseley sah sich nach einer Möglichkeit um, wie wir drüberklettern konnten, ich hielt Ausschau nach Rosaleen. Die Kratzer auf meinen Armen und meinem Gesicht brannten höllisch im kalten

Wind. Es dauerte nicht lange, da tauchte Rosaleen neben dem Schuppen auf, und ich sah, wie sie den Garten mit den Augen nach uns absuchte. Unsere Blicke trafen sich. Dann rannte sie los, direkt auf uns zu.

Inzwischen hatte Weseley ein paar herumstehende Kisten und Backsteine aufeinandergestapelt, sodass er mit den Händen die Mauerkante erreichen konnte.

»Schnell, Tamara, ich heb dich rauf.«

Ich legte das Tagebuch ab, er fasste mich um die Taille und stemmte mich hoch. Dann hievte ich mich mit aller Kraft nach oben, und obwohl meine nackten Ellbogen und meine Knie gnadenlos über den Stein schrappten, hatte ich es endlich geschafft. Weseley reichte mir das Tagebuch, und ich sprang auf der anderen Seite der Mauer ins Gras hinunter. Ein heftiger Schmerz schoss mir in beide Knöchel und die Beine hinauf, aber Weseley war dicht hinter mir, packte wieder meine Hand und zog mich weiter.

So überquerten wir die Straße und erreichten das Torhaus. Keuchend rief ich nach Arthur und meiner Mum, doch es kam keine Antwort. Schweigend starrte das Haus uns an. Nur das Ticken der Großvateruhr in der Eingangshalle war zu hören, sonst herrschte Totenstille. Wir liefen treppauf, treppab, rissen Türen auf, schauten in jeden Winkel. Vorher hatte ich Angst gehabt, aber nun ergriff mich die nackte Panik. Das Tagebuch im Arm, setzte ich mich auf mein Bett, um nachzudenken. Ich wusste einfach nicht mehr weiter. Und dann, während ich das Tagebuch eng an mich drückte und mir wieder die Tränen kamen, wurde mir auf einmal etwas klar.

Ich schlug das Tagebuch auf. Langsam, aber sicher begannen sich die verbrannten Seiten vor meinen Augen zu glätten, entfalteten sich, breiteten sich aus, und Worte erschienen, jedoch nicht mehr sauber geschwungen und in geraden Linien, sondern eckiges, chaotisches Gekritzel, in blinder Angst aufs Papier gebracht.

»Weseley!«, rief ich.

»Ja!«, antwortete er von unten.

»Wir müssen los!«

»Wohin denn?«, fragte er. »Wir sollten die Polizei rufen, findest du nicht auch? Wer war dieser Mann? Mein Gott, hast du sein Gesicht gesehen?« Ich hörte das Adrenalin in jedem seiner Worte.

Rasch stand ich auf. Zu rasch. Das Blut sackte mir in die Beine, und mir wurde schwindlig. Vor meinen Augen erschienen schwarze Flecken. Aber ich versuchte trotzdem weiterzugehen, in der Hoffnung, dass alles gleich wieder in Ordnung war. So kam ich noch bis in den Korridor, stützte mich an der Wand ab und atmete möglichst ruhig und regelmäßig. In meiner Stirn pochte der Puls in einem irren Tempo, meine Haut fühlte sich heiß und trotzdem klamm an.

»Tamara, was ist los?« Weiter hörte ich nichts mehr.

Ich fühlte nur noch, wie mir das Buch aus der Hand glitt und mit einem dumpfen Krachen auf dem Boden landete. Danach wurde es dunkel um mich.

Als ich aufwachte, sah ich vor mir ein Gemälde: Maria mit einem himmelblauen Schleier, die auf mich herablächelte, mir die geöffneten Hände entgegenstreckte, als wolle sie mir ein unsichtbares Geschenk überreichen und mir versprechen, dass alles gut werden würde. Nach und nach kam die Erinnerung zurück, und mir fiel wieder ein, was im Bungalow passiert war. Mit einem Ruck setzte ich mich auf. Mein Kopf fühlte sich an wie in einer Schraubzwinge.

»Autsch!«, ächzte ich.

»Psst, Tamara, du musst dich hinlegen. Schön langsam«,

sagte Schwester Ignatius leise, nahm meine Hand und drückte mich an der Schulter sanft wieder auf mein Kissen.

»Mein Kopf«, krächzte ich, während ich mich zurücksinken ließ und den Anblick ihres Gesichts in mich aufnahm.

»Du hast eine ziemlich schlimme Beule abgekriegt«, sagte sie, nahm einen Lappen, tunkte ihn in eine Schale und tupfte damit die Haut über meinem Auge ab.

Es brannte wie Feuer, und ich verkrampfte mich sofort wieder.

»Weseley?«, fragte ich, plötzlich voller Angst, und schob Schwester Ignatius' Hand weg. »Wo ist er?«

»Bei Schwester Conceptua. Es geht ihm gut. Er hat dich den ganzen Weg hierhergeschleppt«, erklärte sie lächelnd.

»Tamara«, hörte ich in diesem Moment eine andere Stimme, und dann kam Mum hereingestürzt und kniete sich neben mein Bett. Sie sah ganz anders aus. Unter anderem war sie richtig angezogen. Außerdem hatte sie die Haare zu einem Pferdeschwanz zurückgebunden. Ihr Gesicht war schmaler geworden, und ihre Augen ... sie waren zwar ein bisschen rot und geschwollen, als hätte sie geweint, aber sie hatten wieder Leben in sich. »Wie geht es dir?«, wollte sie wissen.

Ich konnte nicht fassen, dass sie einfach so herumlief und nicht mehr schlapp im Bett lag, deshalb starrte ich sie zunächst nur stumm an, beobachtete sie und wartete darauf, dass sie wieder in Trance verfiel. Aber stattdessen beugte sie sich über mich und küsste mich auf die Stirn, so fest, dass es fast wehtat. Dann fuhr sie mir vorsichtig mit der Hand durch die Haare und küsste mich noch einmal. »Es tut mir so leid«, sagte sie leise.

»Autsch.« Ich zuckte zusammen, als sie meine Beule berührte.

»Oh, Liebes, entschuldige.« Sofort nahm sie die Hand weg

und wich ein Stück zurück, um die Beule genauer in Augenschein zu nehmen. Ihr Blick wurde besorgt. »Weseley hat gesagt, er hat dich in einem Zimmer gefunden, bei einem Mann mit entstelltem Gesicht, voller Narben …«

»Aber er kann nichts für die Beule.« Ohne genau zu wissen, warum, verteidigte ich den Mann sofort. »Rosaleen hat mich im Bungalow überrascht. Sie war total wütend und hat mir lauter Lügen über dich und Dad erzählt. Da bin ich auf sie losgegangen, weil ich wollte, dass sie damit aufhört, aber sie hat mich weggeschubst …« Ich legte vorsichtig meine Hand auf die Wunde. »Sieht es schlimm aus?«

»Ich glaube nicht, dass eine Narbe zurückbleibt. Aber erzähl mir doch mal von diesem Mann.« Mums Stimme zitterte.

»Rosaleen und er haben sich gestritten. Sie hat ihn Laurie genannt«, erinnerte ich mich plötzlich.

Schwester Ignatius hielt sich an der Couch fest, als würde der Boden unter ihr schwanken. Mum sah sie an, ihr Kiefer verkrampfte sich. »Dann stimmt es also«, sagte sie leise zu mir. »Dann hat Arthur also die Wahrheit gesagt.«

»Aber das ist unmöglich«, flüsterte Schwester Ignatius. »Wir haben ihn begraben, Jennifer. Er ist bei dem Brand im Schloss ums Leben gekommen.«

»Nein, Schwester Ignatius, er ist nicht tot. Ich hab ihn gesehen. Ich war in seinem Zimmer. Er hat überall Bilder aufgehängt, die ganzen Wände sind voller Fotos.«

»Er hat immer schrecklich gern fotografiert«, meinte Mum gedankenverloren.

»Und auf den Fotos bin ich«, fügte ich hinzu und sah von einem zum andern. »Wer ist denn dieser Mann? Sagt doch was!«

»Fotos? Davon hat Weseley gar nichts gesagt«, meinte Schwester Ignatius. Sie zitterte, ihr Gesicht war ganz blass.

»Weseley hat sie auch nicht bemerkt, aber ich hab sie gesehen. Es war wie eine Fotodokumentation über mein Leben.« Die Worte drohten mir im Hals stecken zu bleiben, aber ich überwand mich und redete weiter. »Mein Geburtstag, meine Taufe.« Ich sah Schwester Ignatius an, und plötzlich wurde ich wütend. »Sie waren übrigens auch dabei.«

»Oh.« Sie hielt sich ihre runzlige, knochige Hand vor den Mund. »Ach, Tamara.«

»Warum haben Sie mir nichts davon erzählt? Warum habt ihr mich beide angelogen?«

»Ich wollte es dir ja erzählen«, verteidigte sich Schwester Ignatius. »Ich hab dir gesagt, dass ich dich nie anlügen würde, dass du mich alles fragen kannst. Aber du hast es nie getan. Ich hab gewartet und gewartet, aber ich fand, dass es für mich nicht angemessen gewesen wäre, die Initiative zu ergreifen. Vielleicht hätte ich es aber doch tun sollen.«

»Ja, wir hätten nicht riskieren dürfen, dass du es so rausfindest«, sagte Mum, und auch ihre Stimme bebte.

»Aber keine von euch hatte den Mumm, das zu tun, was Rosaleen getan hat. *Sie* hat mir nämlich was erzählt.« Ich schob Mums Hand weg und wandte das Gesicht ab. »Sie hat mir irgendeine lächerliche Geschichte aufgetischt, dass Dad mit Granddad hier vorgefahren ist und gleich alles kaufen und in ein Wellness-Hotel umfunktionieren wollte. Sie meinte, so hat er Mum kennengelernt. *Und* mich.« Ich schaute zu Mum und wartete. Jetzt würde sie mir bestimmt erklären, dass Rosaleen sich das alles aus den Fingern gesogen hatte.

Aber sie schwieg beharrlich.

»Sag mir bitte, dass das nicht wahr ist«, stieß ich mühsam hervor, die Augen voller Tränen, und obwohl ich mich so bemühte, stark zu sein, gelang es mir nicht. Es war einfach zu viel. Schwester Ignatius bekreuzigte sich. Man sah ihr an, dass sie zutiefst erschüttert war.

»Sag mir, dass er mein Vater war.«

Jetzt brach Mum in Tränen aus. Nach einer Weile jedoch holte sie tief Luft, fasste sich und nahm sichtlich ihre ganze Kraft zusammen. Als sie weitersprach, war ihre Stimme fest und tiefer als vorher. »Okay, hör mir zu, Tamara. Du musst mir glauben, dass wir es dir nur deshalb nicht gesagt haben, weil wir damals glaubten, es wäre besser so, und George …« Sie stockte. »George hat dich von ganzem Herzen geliebt. Er hat dich geliebt wie sein eigenes Kind …«

Jetzt war es heraus. Ich traute meinen Ohren nicht. Was ich da hörte, war einfach unglaublich.

»Er wollte nicht, dass ich es dir sage. Ständig haben wir uns deswegen gestritten. Aber das ist meine Schuld. Es ist alles meine Schuld. Es tut mir so leid, Tamara, es tut mir ehrlich leid.« Die Tränen liefen ihr in Strömen über die Wangen, aber ich wollte kein Mitleid mit ihr haben. Ich wollte ihr nur zeigen, wie sehr sie mich verletzt hatte. Aber ich konnte nicht. Ich schaffte es nicht, nichts zu empfinden. Meine Welt war vollkommen aus den Fugen, ich wusste nicht mehr, wo ich hingehörte.

Schwester Ignatius stand auf und legte sanft die Hand auf Mums Kopf, während Mum sich bemühte, ihre Tränen zu trocknen. Aber ich konnte sie nicht anschauen, und so folgten meine Augen ganz automatisch Schwester Ignatius, die nun langsam zur anderen Seite des Zimmers hinüberging. Dort öffnete sie einen Schrank, holte etwas heraus und kam wieder zu mir.

»Hier. Das wollte ich dir schon seit Langem geben«, sagte sie, und auch ihre Augen waren voller Tränen. Sie überreichte mir ein hübsch eingepacktes Päckchen.

»Schwester Ignatius, ich bin wirklich nicht in der Stimmung für Geburtstagsgeschenke. Immerhin hat meine Mum mir gerade gesagt, dass sie mich mein ganzes Leben lang angelogen hat«, entgegnete ich giftig. Mum verzog das Gesicht, nickte langsam und nahm den Vorwurf wortlos zur Kenntnis. Am liebsten hätte ich noch nachgelegt, denn jetzt war doch eine gute Gelegenheit, ihr all das an den Kopf zu werfen, was mich jemals an ihr genervt hatte – wie ich es auch immer getan hatte, wenn ich mit Dad Streit hatte. Aber ich riss mich zusammen. Ich dachte an die Konsequenzen. Das Tagebuch hatte mir also doch etwas beigebracht.

»Mach es auf«, sagte Schwester Ignatius ernst.

Ich riss das Papier auf, und eine Schachtel kam zum Vorschein. In der Schachtel war ein zusammengerolltes Dokument. Ich sah Schwester Ignatius fragend an, aber sie gab keine Erklärungen ab, sondern kniete schweigend neben mir, die Hände gefaltet, den Kopf geneigt wie zum Gebet.

Ich rollte das Dokument auf. Es war eine Taufurkunde.

Diese Taufurkunde bezeugt, dass
Tamara Kilsaney,
geboren am 24. Juli 1991 in Kilsaney Castle, County Meath,
am heutigen Tag,
dem 1. Januar 1992,
voller Liebe
von ihrer Mutter Jennifer Byrne
und ihrem Vater Laurence Kilsaney
der Gemeinde vorgestellt und
durch die Taufe
in den Kreis ihrer Mitmenschen aufgenommen wurde.

Sprachlos starrte ich auf das Papier. In der vagen Hoffnung, dass meine Augen mich getäuscht hatten, las ich es immer wieder von vorn. Denn ich wusste nicht, wo ich mit meinen Fragen beginnen sollte.

»Tja, dann fange ich mal an«, sagte ich schließlich. »Erstens ist das Datum falsch.« Ich versuchte, selbstbewusst zu klingen, aber es hörte sich nur erbärmlich an, und ich wusste es. Mit Sarkasmus kam ich hier nicht weiter.

»Es tut mir leid, Tamara«, sagte Schwester Ignatius.

»Deshalb haben Sie immer gesagt, ich wäre siebzehn.« Ich dachte zurück an unsere Gespräche, und mir wurde einiges klar. »Aber wenn das hier richtig ist, dann werde ich heute achtzehn ... Marcus!« Ich sah zu Schwester Ignatius. »Und Sie hätten ihn tatsächlich ins Gefängnis gehen lassen?«

»Wovon sprecht ihr da eigentlich?«, wollte Mum wissen und sah irritiert von einem zum anderen. »Wer ist denn dieser Marcus?«

»Das geht dich nichts an«, fauchte ich. »Vielleicht erzähle ich es dir in zwanzig Jahren.«

»Bitte, Tamara«, sagte sie flehend.

»Er wäre um ein Haar ins Gefängnis gekommen«, wandte ich mich erneut an Schwester Ignatius.

Doch sie schüttelte heftig den Kopf. »Nein, das hätte ich niemals zugelassen. Ich habe Rosaleen mehrmals gebeten, sie soll es dir sagen. Wenn nicht dir, dann wenigstens der Polizei. Aber sie meinte, es würde schon gut gehen. Da habe ich mich schließlich doch eingemischt, bin nach Dublin zu Garda Fitzgibbon gefahren und habe ihm dieses Dokument persönlich übergeben. Es gab auch noch eine Anzeige wegen Einbruch, aber in Anbetracht der Umstände hat man dann alles fallen lassen.«

»Was hat man fallen lassen? Was ist denn passiert?«, fragte meine Mum wieder und sah Schwester Ignatius besorgt an.

Gott, Tamara, wenn du das nicht inzwischen weißt, dann hast du noch mehr Probleme, als ich bisher dachte.

So hatte es im Tagebuch gestanden, und jetzt wunderte es mich nicht mehr. Marcus hätte ja denken müssen, ich wüsste nicht, wie alt ich war! Für einen Moment war ich so erleichtert, dass meine Wut verpuffte. Aber dann fing ich wieder an zu kochen. Mein Kopf dröhnte, und ich tastete mit der Hand nach meiner Wunde. Sie hatten mich mit Lügen abgespeist und lediglich eine Spur von Brotkrümeln für mich ausgelegt, der ich ganz allein hatte folgen müssen, um die Wahrheit herauszufinden.

»Also, verstehe ich das richtig? Rosaleen hat nicht gelogen, und Laurie ist tatsächlich mein Vater. Dieser Freak … mit den ganzen Fotos?«, rief ich entrüstet. »Warum hat mir das keiner gesagt? Warum habt ihr mich angelogen? Warum habt ihr mich alle in dem Glauben gelassen, dass ich meinen Vater verloren habe?«

»Aber Tamara, George *war* doch dein Vater! Er hat dich über alles geliebt. Er hat dich großgezogen. Er –«

»ER IST TOT!«, unterbrach ich sie. »Und alle haben mich glauben lassen, ich hätte meinen Dad verloren. Er hat mich angelogen. Ihr habt mich allesamt angelogen. Das ist wirklich unglaublich!« Ich war aufgesprungen, mein Kopf schwirrte.

»Deine Mutter dachte, Laurie wäre tot, Tamara. Du warst damals erst ein Jahr alt. Sie hatte die Chance, ein neues Leben zu beginnen. George hat deine Mutter geliebt, und er hat dich geliebt. Sie wollte noch einmal von vorn anfangen. Sie wollte dir diesen Schmerz ersparen.«

»Und dadurch wird der ganze Rest okay?«, fragte ich, jetzt direkt an Mum gewandt.

»Nein, nein, ich war nie damit einverstanden«, antwortete Schwester Ignatius weiter an ihrer Stelle. »Aber sie hat es verdient, glücklich zu sein. Sie war am Boden zerstört, als Laurie gestorben ist.«

»Aber er ist nicht tot!«, rief ich. »Er lebt im Bungalow und kriegt jeden Tag einen Berg Sandwiches und Apfelkuchen gebracht. Rosaleen hat die ganze Zeit gewusst, dass er lebt.«

Das war zu viel für Mum, und sie brach zusammen. Schwester Ignatius hielt sie fest im Arm, und ihrem Gesicht sah man deutlich an, wie bekümmert sie war. Ich geriet ins Stocken. Auf einmal wurde mir klar, dass nicht nur ich angelogen worden war. Auch Mum hatte gerade erst erfahren, dass der Mann, den sie einmal geliebt hatte, noch lebte. Was für ein krankes Spiel hatten sie da alle miteinander gespielt?

»Mum, es tut mir leid«, sagte ich leise.

»Ach, Schätzchen«, seufzte sie, »vielleicht hab ich es ja verdient. Dafür, dass ich dir das alles angetan habe.«

»Nein. Nein, das hast du nicht verdient. Aber er verdient dich auch nicht. Wie schräg muss man denn drauf sein, um so zu tun, als wäre man tot?«

»Ich denke, er hat versucht, deine Mum zu schützen«, meinte Schwester Ignatius. »Er wollte euch beiden ein besseres Leben ermöglichen, ein Leben, das er euch nicht geben konnte.«

»Arthur hat gesagt, er wäre schwer entstellt«, sagte Mum und sah mich an. »Wie … wie sieht er denn aus? War er freundlich zu dir?«

»Arthur?« Ich horchte auf. »Arthur Kilsaney? Ist er Lauries Bruder?«

Mum nickte, und wieder rollte eine Träne über ihre Wange.

»Ihr setzt immer noch eins drauf«, sagte ich, aber auf einmal war ich nicht mehr wütend – meine Energie war verbraucht.

»Arthur wollte nicht mitmachen«, sagte Mum. Sie klang ebenfalls erschöpft. »Jetzt verstehe ich auch, warum er so vehement dagegen war. Er wollte einfach nur immer dein Onkel bleiben. Wir haben dir nie ausdrücklich gesagt, dass er mein Bruder ist. Irgendwann bist du einfach davon ausgegangen, und dann …« Sie gestikulierte hilflos, als wäre ihr plötzlich die Absurdität der Situation bewusst geworden.

In diesem Moment trat Weseley ins Zimmer. »Okay, die Polizei ist unterwegs. Alles klar bei dir?«, fragte er und sah mich an. »Hat er dich schlimm verletzt?«

»Nein, nein, er hat mir gar nichts getan.« Ich rieb mir die Augen. »Er wollte mich nur vor Rosaleen beschützen.«

»Aber ich dachte …«

»Nein.« Ich schüttelte den Kopf.

»Aber ich hab ihn in sein Zimmer eingeschlossen«, sagte Weseley schuldbewusst und holte den Schlüssel aus der Tasche. »Weil ich dachte, dass er dir etwas tun wollte.«

»Nein, nein.« Laurie tat mir leid. Er hatte mich verteidigt, er hatte Kontakt zu mir aufgenommen und mir Geschenke gemacht. Er hatte an meinen Geburtstag gedacht. Meinen achtzehnten Geburtstag. Klar, dass er den nicht vergessen hatte. Und wie hatte ich es ihm gedankt? Ich hatte nicht verhindert, dass Weseley ihn in diesem Zimmer eingesperrt hatte.

»Wo ist Arthur?«, fragte Schwester Ignatius plötzlich.

»Er wollte zum Bungalow, zu Rosaleen.«

Und da fiel bei mir endlich der Groschen. Das Tagebuch! »Nein!« Ich sprang vom Bett.

»Schätzchen, du solltest dich wirklich ausruhen«, rief Mum und versuchte, mich zum Hinlegen zu bewegen, aber ich ließ mich nicht mehr umstimmen.

»Er darf da nicht bleiben«, erklärte ich panisch. »Wie konnte ich bloß die ganze Zeit hier rumliegen? Weseley, ruf bitte die Feuerwehr, schnell!«

»Warum?«

»Schätzchen, jetzt entspann dich doch erst mal«, sagte Mum besorgt. »Leg dich hin und …«

»Nein, hört mir bitte zu. Weseley, es steht im Tagebuch. Ich muss es verhindern. Ruf die Feuerwehr.«

»Tamara, das ist bloß ein Buch, es hatte nur …«

»… jeden Tag recht mit seiner Vorhersage«, ergänzte ich.

Weseley nickte.

»Was ist das denn?«, fragte Mum in diesem Moment und trat ans Fenster.

Über den Baumwipfeln stiegen Rauchschwaden zum Himmel auf.

»Rosaleen«, sagte Schwester Ignatius auf einmal so giftig, dass mir ganz kalt wurde. »Ruf die Feuerwehr, schnell«, sagte sie zu Weseley.

»Und gib mir den Schlüssel«, rief ich. Weseley gab ihn mir, und ich rannte damit aus dem Zimmer. »Ich muss ihn da rausholen. Ich will ihn nicht noch mal verlieren.«

Ich hörte, wie sie mir nachriefen, aber ich ließ mich nicht beirren und rannte einfach weiter. Ich konnte jetzt nicht stehen bleiben. Quer durch den Wald lief ich, immer dem Brandgeruch nach, der mich direkt zum Bungalow führte. Ich hatte den Vater verloren, der mich aufgezogen hatte. Und ich wollte nicht noch einen Vater verlieren.

24

Träume von toten Menschen

Als ich den Bungalow erreichte, parkte bereits ein Streifenwagen davor. Auf dem Rasen standen Rosaleen und ihre Mutter. Ein ziemlich ungeduldiger Polizist redete auf sie ein und bestürmte sie mit Fragen, ob denn wirklich niemand mehr im Haus war. Aber Rosaleen jammerte nur laut, schlug die Hände vors Gesicht, drehte sich plötzlich wieder zum Haus um, als müsste sie eine Entscheidung treffen, der sie nicht gewachsen war. Neben dem Polizisten entdeckte ich Arthur, der ebenfalls mit Rosaleen zu reden versuchte, sie anblaffte, an den Schultern rüttelte und offenbar dringend etwas von ihr wissen wollte.

»Er ist in der Werkstatt!«, hörte ich sie kreischen, als ich näher kam.

»Nein, da ist er nicht, ich hab nachgesehen!«, brüllte Arthur.

»Aber da muss er sein«, beharrte sie. »Er muss! Er schließt immer seine Zimmertür ab, wenn er in die Werkstatt geht.«

»Wen meinen Sie denn überhaupt?«, fragte der Polizist zum wiederholten Mal. »Wer ist im Haus?«

»Er ist nicht da«, entgegnete Arthur heiser. »Herrgott noch mal, Rosaleen, was hast du angestellt?«

»O mein Gott!«, zeterte Rosaleen weiter, ohne darauf einzugehen. Ihre Mutter weinte leise.

In der Ferne heulten Sirenen.

Aber ich ignorierte sie alle, rannte unbemerkt an ihnen vorbei, den Seitenweg hinunter und durch die Hintertür in den Bungalow. Überall war Rauch, füllte den Korridor, so schwarz und dick, dass ich kaum Luft bekam. Würgend und japsend fiel ich auf die Knie, meine Augen brannten, aber wenn ich sie rieb, wurde es nur noch schlimmer. Zum Glück hatte ich daran gedacht, meine Jacke draußen unter den Wasserhahn zu halten, und nun presste ich sie vor Mund und Nase, was das Atmen etwas erleichterte. Mit zusammengekniffenen Augen tastete ich mich an der Wand entlang. Der Plastikbelag unter meinen Füßen war gefährlich heiß, und ich blieb mit den Gummisohlen meiner Turnschuhe immer wieder kleben, aber ich versuchte, möglichst nah am Rand zu gehen, wo der Boden gefliest war, und arbeitete mich so langsam zu Lauries Zimmertür vor. Vorsichtig legte ich die Hand auf die Klinke, aber das Metall war so heiß, dass ich mich verbrannte und erschrocken zurückzuckte. Gekrümmt vor Schmerzen, hustend und würgend, mit tränenden Augen stand ich da und hielt meine verbrannte Hand. Durch die offene Tür am Ende des Korridors konnte wenigstens ein Teil des Qualms abziehen, und zum Glück war diese Tür nicht allzu weit entfernt. Wenn es gar nicht mehr ging, hatte ich wenigstens eine Fluchtmöglichkeit.

Nach einigen Fehlversuchen gelang es mir, den Schlüssel ins Schloss zu manövrieren. In der Hoffnung, dass es nicht geschmolzen war, drehte ich den Schlüssel und trat dann einen Schritt zurück, sodass ich die Klinke mit dem Fuß herunterdrücken konnte. Die Tür schwang auf. In einem dicken Rauchschwaden trat ich ein und schubste die Tür schnell wieder zu. Die Fotos hatten sich an den Ecken aufgerollt, aber ich konnte kein Feuer sehen, nur Rauch, dicker schwerer Qualm, der beim Atmen in den Lungen schmerzte. Als ich zu rufen versuchte, musste ich husten, hoffte aber, dass Laurie mich hörte und zur Kenntnis nahm, dass ich da war.

Ich tastete mich am Bett entlang, und auf einmal fühlte ich seinen Körper, sein Gesicht. Sein schönes Gesicht, so voller Narben, zerstört wie das Schloss, dessen Geschichte mich vom ersten Moment an angezogen hatte. Seine Augen waren geschlossen, ich ertastete die Lider. Ich schüttelte ihn sanft, um ihn zu wecken, aber er zeigte keine Reaktion. Wahrscheinlich war er bewusstlos. Hinter mir spürte ich die Hitze und ahnte das Feuer. Es würde uns hier einschließen, hier in diesem Fotozimmer. Verzweifelt zerrte ich an den Netzgardinen, und tatsächlich drang ein bisschen Licht in das graue, verrauchte Zimmer. Ich tastete nach dem Fenstergriff, aber das Fenster war verriegelt, und ich konnte nirgends einen Schlüssel entdecken. Kurz entschlossen hob ich einen Stuhl hoch und schleuderte ihn gegen die Scheibe, doch sie hielt dem Angriff stand. Ich versuchte, Laurie vom Bett zu ziehen, ihn zum Aufstehen zu zwingen, aber er war zu schwer. Allmählich wurde ich müde, meine Kräfte ließen nach, mir war schwindlig, und so legte ich mich schließlich neben ihn und versuchte wieder, ihn zu wecken. Als alles erfolglos blieb, nahm ich einfach seine Hand und schmiegte mich an ihn. Ich hatte nicht vor, ihn jemals wieder zu verlassen.

Anscheinend schlief ich ein oder verlor das Bewusstsein, denn auf einmal träumte ich vom Schloss, von einem Bankett: ein langer Tisch, beladen mit Fasan und Spanferkel, von Fett und Fleischsoße triefend, Entenbraten, Gemüse aller Art, Wein und Champagner. Dann war Schwester Ignatius bei mir, und sie rief mir zu, ich sollte schieben, aber ich wusste nicht, was. Ich konnte sie nicht sehen, ich hörte nur ihre Stimme. Dann verschwand die Dunkelheit, der Raum füllte sich mit einem wunderschönen Licht, und Schwester Ignatius hielt mich im Arm. Kurz darauf befand ich mich wieder auf der Glaswiese, rannte und rannte, verfolgt von Rosaleen, die mir dicht auf den Fersen war. Genau wie vorhin hielt ich auch jetzt Weseleys Hand, aber es war gar nicht Weseley, nein, es war Laurie. Nicht so, wie ich ihn heute kennengelernt hatte, sondern der Laurie von den alten Fotos, schön, jung, schelmisch. Er drehte sich um und lächelte mich an, sein Mund öffnete und schloss sich, ich sah seine makellosen weißen Zähne und erkannte plötzlich, wie sehr wir uns ähnelten. Mir fiel ein, dass ich mich immer gewundert hatte, wie wenig Ähnlichkeit ich mit Mum oder Dad hatte, und nun leuchtete mir auf einmal alles ein. Lauries Nase, sein Mund, seine Wangen, seine Augen – alles wie bei mir. Er hielt meine Hand und versprach mir, dass alles gut werden würde. Wir rannten nebeneinander her, lachten und machten uns keine Sorgen wegen Rosaleen, denn sie konnte uns nicht mehr einholen. Gemeinsam liefen wir der ganzen Welt davon. Dann sah ich meinen Vater, am Ende der Wiese, der klatschte und uns anfeuerte, als wäre ich wieder ein Kind, beim Wettlauf im Rugby-Club. Auf einmal war Laurie verschwunden, und einen Moment war Mum bei mir. Wir waren an den Beinen zusammengebunden für das Dreibeinrennen, genau wie damals, als ich klein war. Mum wirkte nervös und machte ein ängstliches Gesicht, aber dann war sie auch schon verschwunden, und an ihrer Stelle war Laurie wieder da. Wir rannten, stolperten, und da war mein Dad, lachte und jubelte, winkte uns vorwärts, erwartete uns mit offenen Armen, bereit, uns aufzufangen, wenn wir die Ziellinie überquerten.

Dann explodierten die Glasmobiles überall um uns herum, zerbarsten in Millionen winziger Scherben, und ich verlor Lauries Hand. Ich hörte Dad meinen Namen rufen und öffnete vorsichtig die Augen. Das Zimmer war voller Glas, auf unseren Körpern, auf dem Boden. Ich sah eine Klaue, eine riesige gelbe Klaue durch das Fenster verschwinden, und der Qualm zog hinaus. Aber das Feuer wütete weiter, fraß die Fotos, brauste erbarmungslos über sie hinweg, verschlang alles um uns herum. Uns sparte es sich auf bis zuletzt. Wir waren als Nächste an der Reihe. Doch da sah ich Arthur. Und Schwester Ignatius. Ich sah das Gesicht meiner Mutter, lebendig, konzentriert, voller Angst. Sie war draußen, ging umher, redete, und trotz aller Panik fühlte ich mich unendlich erleichtert. Dann plötzlich wurde ich hochgehoben und nach draußen getragen. Ich hustete und spuckte, ich bekam keine Luft, lag auf der Wiese und konnte nicht atmen. Ehe ich die Augen schloss, sah ich noch einmal meine Mutter, spürte ihren Kuss auf meiner Stirn, und dann beobachtete ich noch, wie sie Laurie umarmte, weinend und schluchzend, wie ihre Tränen auf sein Gesicht fielen, als könnten sie ganz allein das Feuer zwischen ihnen löschen.

Zum ersten Mal, seit ich meinen Vater auf dem Boden in seinem Arbeitszimmer gefunden hatte, wich alle Anspannung aus meinem Körper.

25

Das kleine Mädchen

Es war einmal ein kleines Mädchen, das lebte mit seiner Familie in einem kleinen Haus. Sie war das jüngste Kind und hatte eine sehr kluge große Schwester und einen großen Bruder, der so gut aussah, dass sich wildfremde Leute auf der Straße nach ihm umdrehten und ihn in ein Gespräch zu verwickeln versuchten. Das kleine Mädchen war das, was man landläufig einen Unfall nennt. Für ihre Eltern, die mit dem Kinderkriegen eigentlich längst abgeschlossen hatten, war sie nicht nur ungeplant, sondern unerwünscht gewesen, und das wusste sie auch. Seit dem letzten Baby waren zweiundzwanzig Jahre vergangen, und mit siebenundvierzig Jahren war ihre Mutter nicht auf die Ankunft eines weiteren Kindes vorbereitet. Ihre Kinder waren erwachsen und aus dem Haus; ihre Tochter Helen arbeitete als Lehrerin in Cork, und ihr Sohn Brian war nach Boston gezogen und hatte dort eine gute Stelle als Computerfachmann. Beide kamen nur selten nach Hause. Für Brian war es zu teuer, und in den Ferien fuhr die Mutter lieber selbst nach Cork. Für das kleine Mädchen waren diese beiden großen Geschwister wie Fremde, denn sie sahen sich fast nie und kannten sich kaum. Die Kinder der beiden waren älter als das kleine Mädchen. Die kleine Nachzüglerin war zu spät gekommen, sie hatte die Zeit verpasst, in der die anderen ihre Verbindung zueinander aufgebaut hatten.

Der Vater des kleinen Mädchens war der Jagdgehilfe des Anwesens von Kilsaney Castle, das direkt gegenüber von ihrem Haus lag. Ihre Mutter arbeitete dort als Köchin. Das kleine Mädchen war stolz auf die Stellung ihrer Familie, über der immer der Abglanz des Schlosses lag, und für die Kinder in der Schule gehörte sie fast dazu. Sie genoss es, in Dinge eingeweiht zu sein, von denen sonst niemand etwas wusste. An Weihnachten gab es herrliche Geschenke, sie durften die Reste der köstlichen Gerichte verzehren, sie durften die Stoffe und Tapeten verbrauchen, die bei Renovierungen oder Entrümpelungen übrig blieben. Natürlich war das Anwesen für die Öffentlichkeit nicht zugänglich, aber das kleine Mädchen durfte innerhalb der Mauern spielen. Das war eine große Ehre, und sie bemühte sich, wo sie konnte, der Familie im Schloss einen Gefallen zu tun – sie half bei der Hausarbeit und machte sich auch als Nachrichtenübermittlerin ihrer Mutter nützlich, indem sie zu ihrem Vater Joe und zu Paddy, dem Verwalter und Gärtner, lief, um sie zu informieren, was man an diesem Tag an Wildbret und Gemüse brauchen würde.

Sie liebte die Tage, an denen sie das Schloss betreten durfte. Wenn sie krank war und nicht zur Schule, aber auch nicht allein zu Hause bleiben konnte, durfte ihre Mutter sie mit zur Arbeit bringen, weil Mr und Mrs Kilsaney wussten, dass es für das kleine Mädchen keine andere Bleibe gab und dass niemand außer ihrer Köchin sie so gut bekochte – und das, obwohl das Geld Jahr für Jahr knapper wurde. Dann saß das kleine Mädchen still in einem Eckchen der großen Küche und schaute zu, wie ihre Mutter den lieben langen Tag am heißen Herd über dampfenden Töpfen schuftete. Die Kleine war nie ungezogen, aber sie beobachtete alles ganz genau. Wie ihre Mutter kochte – und auch, was im Haus sonst noch alles vor sich ging.

Sie beobachtete, wie Mr Kilsaney sich, wenn eine Entscheidung anstand, ins Eichenzimmer zurückzog und, die Hände auf dem Rücken verschränkt, die Porträts seiner Ahnen anstarrte, die würdevoll aus ihren riesigen Ölgemälden mit den kunstvollen Goldrahmen auf ihn herabblickten. Irgendwann verließ er das Zimmer dann hoch erhobenen Hauptes, energiegeladen wie ein Soldat, der sich gerade einen Vortrag seines Feldwebels angehört hat.

Das kleine Mädchen beobachtete auch, wie vernarrt Mrs Kilsaney in ihre neun Hunde war, wie sie ihnen hektisch durchs ganze Haus nachrannte, sie einzufangen versuchte und in dem ganzen Durcheinander kaum etwas anderes zur Kenntnis nahm. Ihre gesamte Aufmerksamkeit wurde von den Hunden in Anspruch genommen, vor allem von einem stets zu Streichen aufgelegten Spaniel namens Messy, der sich nicht trainieren ließ und so gut wie nie gehorchte. Mrs Kilsaney hatte keine Augen für ihre beiden kleinen Söhne, die durch die Korridore tobten, um ihre Mutter auf sich aufmerksam zu machen, und es entging ihr auch, dass ihr Ehemann eine ausgeprägte Vorliebe für das nicht sonderlich attraktive Dienstmädchen Magdalene entwickelte, das beim Lächeln einen schwarzen Zahn entblößte und sehr viel Zeit mit Staubwischen im Schlafzimmer der Kilsaneys verbrachte, wenn Mrs Kilsaney gerade mit den Hunden unterwegs war.

Dem kleinen Mädchen fiel irgendwann auf, dass Mrs Kilsaney eine heftige Abneigung gegen verwelkte Blumen hatte und im Vorübergehen fast zwanghaft jede Vase inspizierte. Wenn die Nonne alle drei Tage mit frischen Blumen aus ihrem Garten eintraf, strahlte sie vor Freude. Aber sobald die

Tür sich wieder hinter der Frau geschlossen hatte, begann Mrs Kilsaney, unzufrieden an ihnen herumzupicken und alles abzuzupfen, was nicht perfekt war. Das kleine Mädchen liebte Mrs Kilsaney, liebte ihre Tweedkostüme und ihre braunen Reitstiefel, die sie auch trug, wenn sie gar nicht ausritt. Trotzdem beschloss das kleine Mädchen, dass sie später einmal, in ihrem eigenen Haus, möglichst alles mitkriegen wollte, was vorging. Sie verehrte ihre Herrin, aber sie hielt sie für töricht.

Auch von dem unverhohlenen Geturtel des Ehemanns mit dem hässlichen Zimmermädchen war sie nicht angetan – wie er sie mit dem Staubwedel am Hintern kitzelte und sich so kindisch benahm, als wäre er bestenfalls so alt wie das kleine Mädchen. Er dachte, das kleine Mädchen würde davon nichts mitbekommen und wäre sowieso zu jung, um es zu verstehen.

Sie beobachtete alles. Und sie schwor sich, dass ihr später einmal, wenn sie groß war, nichts von dem entgehen würde, was in ihrem Haus passierte.

Am liebsten jedoch beobachtete sie die beiden Jungen. Sie waren immer zu Streichen aufgelegt, rannten durch die großen Räume des Schlosses, richteten Chaos und Verheerung an, brachten das Dienstmädchen zum Schreien und sorgten für Krach und Radau. Am meisten interessierte sie der Ältere der beiden. Von ihm ging immer die Initiative aus, er hatte die Ideen. Sein jüngerer Bruder war sensibler und machte oft nur deshalb mit, weil er Schlimmeres verhindern wollte. Der Ältere hieß Laurence, aber alle nannten ihn Laurie. Er bemerkte das kleine Mädchen überhaupt nicht, aber sie war immer da, irgendwo am Rande des Geschehens, stets anwesend, ohne eingeladen zu sein. Aber in ihrer Fantasie nahm sie an den Spielen der beiden teil.

Nur der Jüngere – Arthur, den man Artie rief – bemerkte sie. Zwar forderte auch er das kleine Mädchen nie auf, mitzuspielen – er tat nie etwas aus eigenem Antrieb, sondern folgte einfach den Anweisungen seines Bruders –, aber wenn Laurie mal wieder irgendeine Dummheit machte, dann sah Artie sie vielsagend an oder machte einen kleinen Witz für sie. Ihr wäre es lieber gewesen, wenn er das nicht getan hätte. Ihr größter Wunsch war es, dass Laurie sie bemerkte, und je länger er sie ignorierte, desto größer wurde ihre Sehnsucht. Manchmal, wenn sie ihm allein irgendwo begegnete, trat sie ihm absichtlich in den Weg. Wenn er doch wenigstens einmal stehen bleiben und sie anschauen würde! Es hätte ihr auch nichts ausgemacht, wenn er sie angeschrien hätte. Aber er tat nie etwas dergleichen, nein, er machte einfach einen Bogen um sie herum. Wenn Laurie beim Versteckenspielen nach Artie suchte, half sie ihm und deutete heimlich auf die Stelle, wo Artie sich verkrochen hatte. Aber nicht einmal dann nahm er Notiz von ihr, sondern suchte an den falschen Stellen, bis er Artie irgendwann zurief, er würde aufgeben. Laurie wollte einfach nichts mit dem kleinen Mädchen zu tun haben.

Das kleine Mädchen fehlte oft in der Schule, um Zeit im Schloss verbringen zu können. Am besten fand sie die Sommerferien, denn da hatte sie die Tage zur freien Verfügung und musste nicht so tun, als hätte sie Husten oder Bauchweh. In einem dieser Sommer, als das kleine Mädchen sieben und die beiden Jungen acht beziehungsweise neun Jahre alt waren, spielte sie alleine draußen im Garten, als ihre Mutter sie ins Schloss rief. Die Kilsaneys waren mit ihren Verwandten in Balbriggan auf der Fuchsjagd. Mrs Kilsaney hatte die Köchin auf ihr Zimmer geholt, um ihr beim Aussuchen ihrer Kleidung zu helfen – sie hatten sich für ein bodenlanges olivfarbenes Seidenkleid entschieden, kombiniert mit einer Perlenkette und einem Pelzmantel. Den Tag über war nun die Mutter des kleinen Mädchens dafür zuständig, dass im Schloss alles nach Plan lief. Als das kleine Mädchen ankam, sah sie schon an den Gesichtern der beiden Jungen, dass sie Ärger hatten.

»Das Wetter ist wunderschön, also geht gefälligst raus zum Spielen, dann kriegt ihr frische Luft und steht mir nicht dauernd im Weg rum«, sagte ihre Mutter gerade. »Rosaleen kommt mit euch.«

»Aber ich will nicht mit ihr spielen«, maulte Laurie, ohne das kleine Mädchen eines Blickes zu würdigen. Doch zumindest wusste sie jetzt, dass er ihre Existenz zur Kenntnis genommen hatte.

»Benehmt euch, Jungs. Sagt Rosaleen Guten Tag.«

Als die Jungen den Mund nicht aufbekamen, wies die Mutter des kleinen Mädchens sie noch einmal zurecht.

»Hallo, Rosaleen«, murmelten sie schließlich widerwillig. Laurie schaute zu Boden, Artie lächelte das Mädchen schüchtern an.

Davor hatte das kleine Mädchen keinen Namen gehabt. Aber als sie ihren Namen aus Lauries Mund hörte, war es für sie, als wäre sie gerade getauft worden.

»Und jetzt ab mit euch«, sagte ihre Mutter, und die Jungen liefen davon. Rosaleen folgte ihnen.

Als sie im Wald waren, blieben sie stehen, und Laurie untersuchte ein Ameisennest.

»Ich bin übrigens Artie«, stellte der Jüngere sich vor.

»Du sollst nicht mit ihr sprechen«, fuhr sein Bruder ihn an, hob einen Stock vom Boden auf und schwang ihn durch die Luft, als würde er kämpfen.

Dann begann er, mit dem Stock in dem Ameisenbau herumzustochern, ohne auf die beiden anderen Kinder zu achten. Plötzlich hörten sie Stimmen, und auch Laurie spitzte die Ohren. Er hob die Hand, und sie spähten durch die Bäume, wo sie Paddy, den Verwalter, entdeckten. Er kniete auf dem Boden und machte sich an einem Busch zu schaffen. Neben ihm stand eine Schubkarre, und darin saß ein kleines, vielleicht zweijähriges Mädchen mit hellblonden Haaren.

»Wer ist das denn?«, fragte Laurie, und der Klang seiner Stimme schickte ein Alarmsignal direkt an Rosaleens Herz. Aber sie war so aufgeregt über ihr erstes Gespräch, dass sie trotz des Aufruhrs in ihrer Brust einfach antwortete und sich große Mühe gab, dass ihre Stimme nicht zitterte. Denn es sollte alles perfekt für ihn sein.

»Das ist Jennifer Byrne«, erklärte sie, ebenso steif und überkorrekt wie Mrs Kilsaney. »Paddys Tochter.«

»Komm, wir fragen sie, ob sie mitspielen möchte«, schlug Laurie vor.

»Sie ist doch noch ein Baby«, protestierte Rosaleen.

»Aber sie ist lustig«, meinte Laurie, während er zusah, wie Jennifer sich in der Schubkarre rekelte.

Von diesem Tag an waren sie immer zu viert. Laurie, Artie, Rosaleen und Jennifer spielten jeden Tag zusammen. Jennifer, weil sie eingeladen worden war, Rosaleen, weil ihre Mutter die Jungs dazu gezwungen hatte. Das konnte Rosaleen nie vergessen. Selbst als Laurie sie im Gebüsch küsste und sie ein paar Wochen miteinander gingen, wusste sie immer, dass eigentlich die kleine Jennifer sein Liebling war. Von Anfang an hatte sie ihn in ihren Bann gezogen. Was immer es sein mochte, was ihn an den Dingen, die sie sagte, und der Art, wie sie sich bewegte, so faszinierte – Laurie war bezaubert von Jennifer und wollte immer in ihrer Nähe sein.

Jahr für Jahr wurde Jennifer schöner, ohne sich ihrer Schönheit je bewusst zu sein. Ihre vollen Brüste, die schmale Taille, die Hüften, die eines Sommers plötzlich da waren – sie schien nichts davon zu bemerken. Da sie mit drei Jahren ihre Mutter verloren hatte, war sie ein ziemlicher Wildfang, kletterte auf jeden erreichbaren Baum, rannte mit Artie und Laurie um die Wette, streifte völlig sorglos die Kleider ab und sprang kopfüber mit ihnen in den See. Sie versuchte immer, Rosaleen miteinzubeziehen, und konnte nicht verstehen, warum diese sich so zurückhaltend verhielt. Rosaleen ihrerseits wartete ab. Sie wusste, dass die Wirkung der Wildfangnummer mit der Zeit nachlassen würde. Irgendwann würden die Jungen das Interesse an so etwas verlieren. Eines Tages würden sie eine richtige Frau wollen, und die würde Rosaleen sein. Sie konnte sich nicht nur so perfekt benehmen wie Mrs Kilsaney, sie konnte auch das Schloss führen, Essen kochen, die Hunde erziehen und dafür sorgen, dass die Nonne nur noch perfekte Blumen brachte. Sie träumte davon, dass Laurie eines Tages ihr gehören würde, dass sie zusammen im Schloss wohnen würden, wo sie sich um die Hunde und die Blumen kümmerte, während Laurie im Eichenzimmer stand und sich von den Ahnenbildern inspirieren ließ.

Als die Jungen aufs Internat gingen, kamen gelegentlich Briefe nach Hause, von Laurie aber immer nur an Jennifer. Artie schrieb beiden Mädchen, und Rosaleen tat Jennifer gegenüber so, als würde auch sie Briefe von Laurie bekommen, die aber zu persönlich seien, um sie ihr vorzulesen. Jennifer schien das nie zu stören, und dass sie so viel Vertrauen in ihre Freundschaft hatte, machte Rosaleen nur umso eifersüchtiger. Als die Jungen aufs College kamen, hatte sich die Multiple Sklerose von Rosaleens Mutter deutlich verschlimmert, ihr alternder Vater war krank, und sie brauchten dringend Geld. Rosaleens Geschwister waren zu weit entfernt, um zu helfen, und so waren Rosaleens Eltern ganz auf ihr Nachzüglerkind angewiesen – obwohl sie nie gewollt hatten, dass die Jüngste für sie sorgen musste. Rosaleen war gezwungen, die Schule zu verlassen und die Stelle ihrer Mutter im Schloss zu übernehmen. Jennifer dagegen blieb ein Glückskind und reiste sogar gelegentlich nach Dublin, um die beiden Jungen zu besuchen.

Das waren für Rosaleen immer die schlimmsten Tage. Ohne die anderen drei war ihr Leben furchtbar langweilig, und sie konnte sich nur mit dem Gedanken über Wasser halten, dass Laurie endlich zurückkam. Sie baute Fantasieschlösser, träumte von der Vergangenheit und malte sich in den schönsten Farben die Zukunft aus, während die anderen sich in der Stadt vergnügten und spannende Dinge erlebten – Laurie war an der Kunsthochschule und schickte hin und wieder seine gläsernen Objekte nach Hause, Artie studierte Gartenbau. Und Jennifer konnte sich vor Model-Angeboten kaum retten. In den Ferien, wenn alle wieder zu Hause waren, hätte Rosaleens Leben kaum glücklicher sein können – abgesehen davon, dass sie sich immer noch danach sehnte, Laurie würde sie so ansehen, wie er Jennifer ansah.

Sie hatte nicht gewusst, dass die beiden schon seit einiger Zeit ein Paar waren, und konnte nur vermuten, dass es irgendwann in Dublin angefangen hatte, während sie, Rosaleen, zu Hause gesessen, Fasane gerupft und Fisch ausgenommen hatte. Sie fragte sich, ob die beiden es ihr jemals von sich aus erzählt hätten, aber so erfuhr sie es auf eine Weise, die zutiefst peinlich für sie war – als sie eines Tages Laurie bat, mit ihr zum Apfelbaum zu gehen, wo sie ihm die Inschrift »Rose liebt Laurie« zeigte und ihm gestand, was sie für ihn empfand. Sie war so sicher gewesen, dass ihre Beichte ihn zutiefst rühren und er sie endlich so sehen würde, wie sie wirklich war – was sie leistete, dass sie das Schloss ohne ihn in Schuss hielt, wie tüchtig sie war. Seit Monaten, seit Jahren hatte sie von diesem Tag geträumt.

Aber es funktionierte nicht. Alles kam anders, als sie es sich all die Jahre erträumt hatte, wenn sie allein in der Schlossküche gesessen und ihrer Fantasie freien Lauf gelassen hatte. Rosaleens Leben wurde dunkel und kalt. Als ihr Vater kurz darauf starb, nahmen sich die Jungen vom College frei, um an der Beerdigung teilzunehmen, und Rosaleens Schwester wollte ihre Mutter zu sich nach Cork holen. Aber ohne ihre Mutter hätte Rosaleen gar nichts mehr gehabt. Also erklärte sie sich bereit, die Pflege ihrer Mutter zu übernehmen. Jennifer bot ihr immer wieder ihre Unterstützung und auch ihre Freundschaft an, was Rosaleen annahm, obwohl sie nie aufhörte, ihre Rivalin zu hassen. Sie hasste alles, was Jennifer sagte, sie hasste alles, was Jennifer tat, sie hasste Jennifer dafür, dass Laurie sie liebte.

Im Herbst 1990 wurde Jennifer schwanger, und nun war Rosaleens Leben endgültig ein Scherbenhaufen. Die Kilsaneys nahmen Jennifer mit offenen Armen in ihre Familie auf. Begeistert zeigte Mrs Kilsaney ihr die Kleiderschränke, das Hochzeitskleid – alles, was doch eigentlich Rosaleen hätte bekommen sollen. Jede Woche wurden Jennifer und ihr Vater zum Essen eingeladen, und Rosaleen kochte für sie. Die Demütigung war so groß, niemand konnte sie wiedergutmachen.

Das Kind kam zwei Wochen zu früh zur Welt, und sie schafften es nicht mehr ins Krankenhaus. Rosaleen rannte durch die finstere Nacht zu der Nonne, die auch als Hebamme arbeitete. So bekam das junge Paar ein kleines Mädchen, das sie Tamara nannten – nach Jennifers Mutter, die gestorben war, als Jen noch ein Kind gewesen war. Obwohl Jennifer und Laurie noch nicht verheiratet waren, wohnten sie bereits zusammen im Schloss. Rosaleen und Arthur waren die Paten der Kleinen, die in der Schlosskapelle getauft wurde.

Aber das Leben war nicht einfach. Die Kilsaneys hatten Schwierigkeiten, das Schloss instand zu halten, es kam kein Geld herein, und allmählich wurde die Lage ernst. Die ganzen Räume zu heizen und zu unterhalten, das war einfach zu viel. Rosaleen hielt sich über die Probleme stets auf dem Laufenden – wie das sprichwörtliche Mäuschen hörte sie alles mit.

Die Familie zog in Erwägung, das Schloss für Publikumsverkehr zu öffnen. Das würde heißen, jeden Samstag wildfremden Menschen zu erlauben, durch ihr Heim zu trampeln und Fotos zu machen von den antiken Schreibtischen aus dem 18. Jahrhundert, vom Eichenzimmer mit den Ahnenporträts, von der Kapelle, von den uralten Briefen, die sich Lords und Ladys, Politiker und Rebellen in unruhigen Zeiten geschrieben hatten.

»Nein«, jammerte Mrs Kilsaney jedes Mal, wenn die Idee auf den Tisch kam, »ich will mich doch nicht begaffen lassen wie ein Tier im Zoo. Außerdem – was soll das bringen? Von den paar Pfund, die wir damit einnehmen, können wir nicht mal das Dach in Ordnung bringen, geschweige denn Paddys Lohn und die Heizkosten bezahlen.«

Doch sie fanden eine Lösung. An einem wunderschönen Sommertag tauchten die Bauunternehmer Timothy und George Goodwin in ihrem Bentley in Kilsaney auf und trauten ihren Augen nicht, als sie das Anwesen mit seinen Wiesen und Teichen, den Rehen und den Fasanen erblickten. Es war wie in einem Themenpark. Wo sie auch hinschauten, vor ihren Augen erschienen Dollarzeichen. Timothy Goodwin, ein eleganter, aber etwas ungehobelter Mann in einem dreiteiligen Anzug und mit einem dicken Scheckheft in der Innentasche, verliebte sich in den Besitz. Sein Sohn George Goodwin dagegen verliebte sich in Jennifer Byrne. Rosaleen war noch nie so glücklich gewesen. Während sie bei dem Bankett im großen Speisesaal bediente, konnte sie nicht umhin zu bemerken, dass George Goodwin nur Augen für Jennifer hatte. Mit Laurie wechselte er kaum ein Wort, beschäftigte sich aber ausführlich mit der kleinen Tamara. Alle am Tisch bekamen es mit, natürlich auch Laurie. Jennifer war nett zu George, aber verliebt war sie nach wie vor in Laurie.

Immer wieder kamen die Goodwins zu Besuch, um etwas auszumessen oder um Bauunternehmern, Architekten, Ingenieuren und Sachverständigen das Gelände zu zeigen. Allerdings tauchte George wesentlich öfter auf als sein Vater und übernahm im Lauf der Zeit das ganze Projekt. Nun sah Rosaleen eine reelle Chance, Laurie zurückzugewinnen.

Eines Abends belauschte sie, wie George mit Jennifer flirtete und versprach, Sonne, Mond und alle Sterne für sie vom Himmel herunterzuholen. Auch er war Jennifers Charme erlegen, mit dem sie die Menschen und vor allem die Männer umgarnte – sie verströmte diese Aura und merkte nicht einmal, wie viele Leben sie damit ganz nebenbei zerstörte. Doch Jennifer wies George Goodwins Avancen zurück. Sie sagte ihm, dass sie ihn sehr nett und liebenswürdig fand – aber weiter nichts.

Für Rosaleen stellte sich die Situation allerdings ganz anders dar.

Laurie fand sie in der Spülküche, wie sie sich die Augen ausweinte. Zuerst weigerte sie sich, ihm zu sagen, was los war, denn sie wollte ihn nicht verletzen. Es ginge sie nichts an. Jennifer sei ihre Freundin. Aber er entlockte ihr Stück für Stück, was sie gesehen hatte. Sie fühlte sich schlecht, weil sie in seinen Augen sah, wie weh es ihm tat. So schlecht fühlte sie sich, dass sie es beinahe auf der Stelle wieder zurücknahm, aber dann ergriff er ihre Hand und drückte sie, nahm sie in den Arm und sagte ihr, was für eine gute Freundin sie ihm immer gewesen war und dass er das oft nicht genügend gewürdigt hatte. Wie konnte sie jetzt noch etwas zurücknehmen?

Die Auseinandersetzung zwischen Laurie und Jennifer war lang und heftig. Rosaleen ließ die beiden die Sache unter sich ausfechten, und die Worte, die sie sich gegenseitig an den Kopf warfen, richteten mehr Schaden an, als Rosaleen es jemals gekonnt hätte. Laurie verriet Jennifer nicht, dass Rosaleen ihm von dem Gespräch mit George erzählt hatte, und Rosaleen war froh darüber. In dieser Nacht schlief Jennifer im Torhaus, denn Laurie wollte sie nicht in seiner Nähe haben. Rosaleen ließ gerne zu, dass sie sich an ihrer Schulter ausweinte, und gab ihr laue Ratschläge.

Als sie später – zufrieden mit dem Streit, den sie so geschickt angezettelt hatte – im Schloss die Küche aufräumte, brachte Jennifer ihr einen Brief mit der Bitte, ihn Laurie zu geben. Rosaleen versprach es, las den Brief aber heimlich, und obwohl sie kaum jemals weinte, kamen ihr die Tränen. Sie beschloss, den Brief zu verbrennen. Doch in dem Moment, als er Feuer fing, kam das Kind herein – das kleine Mädchen, das seinem Vater so schockierend ähnlich sah. Erschrocken versuchte Rosaleen, das Papier wieder zu löschen, und warf es dann kurzerhand in den Mülleimer. Dann nahm sie das Mädchen auf den Arm, trug es zurück ins Bett und ging schließlich nach Hause.

In dieser Nacht brach im Schloss das große Feuer aus. Rosaleen wusste nicht, ob der Brief im Mülleimer schuld daran war. Obwohl man feststellte, dass der Brand in der Küche angefangen hatte, machte ihr nie jemand Vorwürfe. Laurie rettete das Kind, doch als er dann noch einmal zurückging, um ein paar Wertsachen zu holen, wurde er selbst Opfer der Flammen – und kam, so dachte Jennifer, im Feuer ums Leben. Laurie seinerseits glaubte, dass George Goodwin ihr Herz gewonnen hatte und ihr außerdem ein schönes Leben garantieren konnte, und wollte um keinen Preis, dass sie ihn aus Pflichtgefühl oder gar aus Mitleid zurücknahm. Zwar war es seine eigene Entscheidung, aber ein paar bohrende Fragen von Rosaleen besiegelten seinen Entschluss. Er hatte Jennifer und Tamara nichts mehr zu bieten, das Schloss war nur noch eine Ruine, das Land verkauft, und er selbst war durch die Verbrennungen zur Unkenntlichkeit verstümmelt: hässlich, als wäre er verwest, das linke Bein und der linke Arm so gut wie unbrauchbar.

Artie war nicht einverstanden, aber es gelang ihm nicht, seinem Bruder den Plan, Jennifer zu belügen, auszureden. Von diesem Tag an wechselten die beiden Brüder kein Wort mehr miteinander, obwohl sie direkt gegenüber voneinander wohnten.

Jennifer trauerte monatelang, weigerte sich, das Haus zu verlassen, weigerte sich, ohne Laurie weiterzuleben. Aber irgendwann gab sie nach, nicht zuletzt, weil ständig ein attraktiver, erfolgreicher junger Mann an ihre Tür klopfte und ihr immer wieder von Neuem anbot, sie mitzunehmen und ihr und ihrer Tochter von nun an ein sorgenfreies Leben zu garantieren. Und wieder war es Rosaleen, die den Gang der Dinge entscheidend beeinflusste. Sie hatte alles so gut arrangiert. Natürlich hatte sie den Brand nicht absichtlich gelegt, sie hatte nicht gewollt, dass Laurie verletzt würde. Aber es war nun einmal passiert, und die Dinge entwickelten sich immer mehr zu ihrem Vorteil. Artie zog zu Paddy, und sie arbeiteten zusammen auf dem Grundstück. Laurie wohnte inzwischen im Bungalow, wo Rosaleen sich problemlos um ihn und um ihre Mutter kümmern konnte. Jeden Tag dankte er ihr für ihre Mühe, auch wenn er ihr immer noch nicht das geben konnte, was sie sich von ihm wünschte. Er liebte sie nicht, aber er war auf sie angewiesen. Ohne sie konnte er nicht überleben. Allmählich begriff sie, dass sie nie das mit ihm haben würde, was sie sich ersehnte. Sie würde nie eine Kilsaney werden.

Als Paddy starb und Arthur nun allein im Torhaus lebte, wandte Rosaleen sich ihm zu – oder, besser ausgedrückt, sie erwiderte die Aufmerksamkeit, die er ihr geschenkt hatte, seit sie ein kleines Mädchen gewesen war. So wurde Rosaleen nun doch eine Kilsaney, obwohl weder sie noch Arthur ihren Titel je benutzten. Laurie war Teil ihres Lebens und brauchte sie. Mit den anderen Dorfbewohnern hatte Rosaleen nie viel zu tun gehabt, sie ging auch nicht gern in den Ort, weil sie fand, dass die meisten Leute dort dummes Zeug redeten. Sie zeigte sich fast nur zur Messe und um ihr Gemüse zu verkaufen. Ihre Einkäufe erledigte sie in der nächsten Stadt, wo niemand sie kannte und niemand sie zur Rede stellen konnte.

Das war vor siebzehn Jahren gewesen, und das Leben war vielleicht nicht perfekt, doch zumindest einigermaßen zufriedenstellend verlaufen – bis George Goodwin, der Kilsaney bis zum bitteren Ende beschützt und verteidigt hatte, Rosaleens Pläne durchkreuzte und dieses schreckliche Kind, das seinem Vater so ähnlich sah und das eigentlich Rosaleen hätte gehören sollen, in ihr Leben zurückkehrte und alles wieder durcheinanderbrachte. Alles wäre in Ordnung gewesen, wenn Jennifer aufgehört hätte, Fragen zu stellen, wenn sie einfach über die Sache hinweggekommen und zusammen mit ihrer Tamara wieder nach Dublin verschwunden wäre. Aber sie war in die Zeit zurückgefallen, als sie um Laurie getrauert hatte, und legte wieder genau das gleiche Verhalten an den Tag. Verwirrt, wie sie war, fing sie an, um den falschen Mann zu trauern. Rosaleens Hoffnung, dass es sich nur um ein kurzes Zwischenspiel handeln würde, erfüllte sich nicht. Nein, es kam ganz anders.

Mit einem weiteren Verlust konnte sie sich nicht abfinden. Sie liebte Laurie mehr als alles andere in ihrem Leben, aber die Lüge, zu der er sie gezwungen hatte, hatte so viele andere Menschen ins Unglück gestürzt. Das war ihr inzwischen klar geworden. Und sie war müde. Sie war es müde, um ihre Ehe mit Arthur zu kämpfen, der Lauries Entschluss und Rosaleens Bereitschaft mitzumachen nie gebilligt hatte, mit diesem sanften, freundlichen Mann, dem es jeden Tag das Herz zerriss, Jennifer und Tamara hintergehen zu müssen. Sie war es müde, dieses Geheimnis zu bewahren, müde, ständig hin und her laufen zu müssen, sie war es müde, niemandem im Dorf in die Augen sehen zu können, aus Angst, dass sie vielleicht herausfanden, was sie getan hatte, dass sie errieten, was im Bungalow und in der Werkstatt vor sich ging, wo Tag und Nacht der Schornstein rauchte. Sie wollte nur noch ihre Ruhe haben. Sie wollte, dass dieser Bungalow, der sich für sie immer wie ein Gefängnis angefühlt hatte und für Laurie und ihre Mutter praktisch eines geworden war, einfach vom Erdboden verschwand. Sie wollte alle befreien. Bevor sie das Streichholz anzündete, vergewisserte sie sich, dass ihre Mutter in Sicherheit war.

Warum, Rosaleen, warum? Das fragten die Menschen vor dem brennenden Bungalow immer wieder. *Warum?* Sie wussten es immer noch nicht. Nach allem, was Rosaleen durchgemacht hatte, nach dieser jahrelangen stummen Folter. Aber das war es doch. Das war schon immer der Grund gewesen. Schon als kleines Mädchen hatte sie Laurie zu sehr geliebt, und sie liebte ihn immer noch zu sehr, auch jetzt, als erwachsene Frau.

26

Was wir heute gelernt haben

Freitag, 7. August
Mum und Laurie haben geredet, bis die Sonne aufging. Keine Ahnung, was sie sich alles zu sagen hatten, aber der Ton war definitiv besser als in den letzten Wochen. Schwester Ignatius hat ihnen geholfen, über alles zu sprechen. Es ist wie immer, wenn etwas Schlechtes oder Schreckliches passiert – wenn man es überstanden hat, ist man so erleichtert, dass man am liebsten gleich vergessen möchte, wie furchtbar es war und wie elend man sich gefühlt hat. Man möchte noch mal von vorn anfangen. Oder sich nur noch an die guten Teile erinnern. Oder man sagt sich, dass es einem wenigstens geholfen hat, einen neuen Teil von sich selbst zu entdecken.
In dieser Familie ist nicht alles gut. Geschweige denn perfekt. Aber das war es auch nie, und immerhin ist der Elefant jetzt aus dem Zimmer verschwunden. Endlich ist er wieder frei, rennt wild auf der Straße herum, und wir versuchen alle, ihn zu zähmen. Wie wenn man Karten mischt – man bringt sie durcheinander, zerstört die alte Ordnung, damit man sie verteilen kann, und irgend-

wann findet der Stapel in eine neue Ordnung zurück. So war das auch bei uns. Unsere Karten wurden vor langer Zeit gemischt und ausgeteilt. Jetzt ordnen wir sie und versuchen, uns einen Reim darauf zu machen.
Ich kann mir schlecht vorstellen, wie Mum oder ich jemals Laurie, Rosaleen und Arthur verzeihen sollen, dass sie uns dieses Geheimnis verschwiegen und so lange eine Lüge vor uns aufrechterhalten haben. Wir können nur versuchen zu verstehen, dass Laurie so gehandelt hat, weil er das Beste für uns wollte, ganz gleich, wie unsinnig das war. Er sagt, dass er es getan hat, weil er uns liebt und weil er gedacht hat, auf diese Art könnte er uns ein besseres Leben ermöglichen. Trotzdem ist es unverzeihlich. Selbst wenn man sich vor Augen führt, was Rosaleen ihm alles eingeredet und wie heftig sie seine Meinung beeinflusst hat. Sie hat ihm und Mum so viele Lügen aufgetischt, dass sie am Ende gar nicht mehr wussten, was sie denken sollten. Trotzdem ist es unverzeihlich. Aber wir müssen versuchen, es zu verstehen. Vielleicht kann ich es verzeihen, wenn ich es richtig verstanden habe. Vielleicht kann ich Mum und Dad verzeihen, wenn ich wirklich verstehe, warum sie mir nicht gesagt haben, wer mein richtiger Vater ist. Allerdings ist das für mich noch viel zu weit weg. Aber ich kann Laurie dafür danken, dass ich seinetwegen so einen wunderbaren Vater hatte. George Goodwin war ein guter Mann, ein toller Vater, der bis zum Schluss an uns gedacht hat – egal, wie fehlgeleitet er bei seiner letzten Entscheidung auch war. Er hat sich seinem eigenen Vater bis zu dessen Tod in den Weg gestellt und Kilsaney beschützt. Er wusste, dass es das Einzige war, was mein biologischer Vater mir hätte hinterlassen können, wenn die Dinge

so gelaufen wären, wie sie hätten laufen sollen – wenn es nämlich das Feuer im Schloss nicht gegeben hätte. Und es ist ja auch Mums Heim. Sie ist hier aufgewachsen, hier sind ihre Erinnerungen, das alles wollte er um keinen Preis der Bank überlassen. Ich hätte lieber meinen Vater zurück als Kilsaney, aber ich weiß, wie sehr er uns geliebt hat und was er zu tun versucht hat. Meine beiden Väter haben so viel für uns aufgegeben. Deshalb kann ich ihnen nur danken und mich glücklich schätzen, dass zwei Menschen mich so sehr lieben. Vielleicht ist das für andere völlig unverständlich, aber es ist mein Leben, und so habe ich gelernt, damit umzugehen.
Arthur besucht Rosaleen jeden Tag im Krankenhaus. Sie kann sich wirklich glücklich schätzen, ihn zu haben, aber das war ihr nie bewusst. Vielleicht kapiert sie es jetzt, wo alle anderen ihr den Rücken gekehrt haben. Und Arthur hält zu ihr, obwohl er weiß, was sie getan hat, und er versucht, die Frau wiederzubekommen, die er liebt. Ich finde seine Loyalität unfassbar, aber ich war ja auch noch nie richtig verliebt. Anscheinend stellt die Liebe ziemlich verrückte Sachen mit den Menschen an. Arthur möchte nur, dass es ihr bald besser geht, aber unter uns gesagt – ich glaube nicht, dass sie jemals wieder aus der Klinik rauskommt. Das, was mit Rosaleen nicht stimmt, ist so tief verwurzelt, dass es schon in ihrem letzten Leben angefangen hat, weit in ihr nächstes Leben hineinreicht und bereits alles andere, was dort wachsen will, verdrängt.
Arthur und Laurence haben wieder Kontakt zueinander. Zwar wird Arthur seinem Bruder niemals vergeben, dass er ihn gezwungen hat, bei diesem ganzen Theater mitzumachen. Aber ich denke, er wird ihm schneller ver-

zeihen als sich selbst. Jeden einzelnen Tag hat er sich dafür fertiggemacht, dass er sich nicht stärker eingesetzt hat, dass er den Plan nicht vereitelt, sondern die Lügen geduldet hat, dass er zugesehen hat, wie ich größer wurde, während mein Vater in einem Zimmer im Haus gegenüber sein trauriges Leben fristete, dass er zugesehen hat, wie meine Mutter trauerte, obwohl ihre große Liebe so nah und am Leben war. Er sagt, viele Dinge haben ihn daran gehindert, aber das Wichtigste war, dass er mitgekriegt hat, wie sehr meine Mum George geliebt hat und was für ein großartiger Vater er war. Vermutlich ist es im Nachhinein immer leichter, den Ausweg zu sehen. Solange man mittendrin steckt und in lauter im Kreis verlaufenden Sackgassen umherirrt, ist es schwer, mit irgendetwas klarzukommen. Dieses Gefühl kenne ich gut.

Und ich? Na ja, ich bin ein bisschen wacklig auf den Beinen, aber seltsamerweise fühle ich mich jetzt stärker als vorher. Als Zoey und Laura mich gebeten haben, doch bitte ein Foto von meiner verbrannten Hand bei Facebook einzustellen, habe ich den Kontakt zu ihnen endgültig abgebrochen. Aber ich habe vor, demnächst Fiona mal einzuladen – meine Klassenkameradin, die mir bei der Beerdigung das Buch von dem unsichtbaren Mädchen gegeben hat. Sobald die Dinge sich wieder etwas beruhigt haben, will ich sie anrufen.

Das also ist die Geschichte. Die ganze Geschichte. Wie ich schon zu Anfang gesagt habe – ich erwarte nicht von euch, dass ihr sie einfach so glaubt, aber es ist die Wahrheit, jedes einzelne Wort. Alle Familien haben ihre Geheimnisse, und die meisten Menschen erfahren sie nie, obwohl sie wissen, dass es Leerstellen gibt, wo eigentlich Antworten sein sollten, und Lücken, wo jemand sitzen müsste und früher auch mal jemand war. Obwohl sie merken, dass ein Name einmal und dann nie wieder erwähnt wird. Wir alle haben unsere Geheimnisse. Wenigstens sind unsere jetzt ans Tageslicht gekommen oder befinden sich jedenfalls auf dem Weg dorthin. Ständig frage ich mich, wie viel ich ohne das Tagebuch über mein Leben erfahren hätte. Manchmal denke ich, dass ich früher oder später sowieso alles herausgefunden hätte, aber meistens bin ich überzeugt, dass es Sinn und Zweck des Tagebuchs war, mich auf die richtige Spur zu bringen – denn dass ich es gefunden habe, hatte ganz eindeutig eine tiefere Bedeutung. Es hat mich dorthin geführt, wo ich jetzt bin. Es hat mir geholfen, die Geheimnisse zu entdecken, und es hat ganz nebenbei einen besseren Menschen aus mir gemacht. Ich weiß, das klingt jetzt total kitschig, aber das Tagebuch hat mir geholfen zu begreifen, dass es ein Morgen gibt. Früher habe ich mich voll und ganz auf das Hier und Jetzt konzentriert. Ich habe Dinge gesagt und getan, bei denen ich nur daran gedacht habe, wie ich das, was ich wollte, so schnell wie möglich bekommen konnte. Ich habe keinen Gedanken darauf verschwendet, wo der Rest der Dominosteine hinkippt. Erst das Tagebuch hat mir gezeigt, dass alles irgendwie zusammenhängt. Dass ich in meinem Leben und in dem der Menschen um mich herum etwas bewirken kann. Ich muss immer wieder daran denken, wie ich mich in Marcus' Bücherbus zu diesem Buch hingezogen fühlte – fast so, als hätte es an jenem Tag eigens auf mich gewartet. Ich glaube, die meisten Menschen gehen in einen Buchladen und haben keine Ahnung, was sie eigentlich kaufen wollen. Aber die

Bücher stehen in den Regalen und bringen die Menschen fast wie durch Zauberkraft dazu, sie in die Hand zu nehmen. Die richtige Person für das richtige Buch. Es ist, als wüssten die Bücher schon, in welches Leben sie eingreifen müssen, wo sie etwas bewirken, wie sie eine Lektion erteilen und genau im richtigen Moment ein Lächeln auf ein Gesicht zaubern können. Heute sehe ich Bücher vollkommen anders als früher.
In der Grundschule hat unsere Lehrerin uns einmal die Aufgabe gegeben, jeden Abend einen kleinen Aufsatz mit der Überschrift »Was ich heute gelernt habe« zu schreiben. In meiner momentanen Lage habe ich das Gefühl, es wäre leichter aufzulisten, was ich nicht *gelernt habe. Denn ich habe so unglaublich viel gelernt, ich bin innerlich so sehr gewachsen. Und das Lernen hört nie auf.*
Eigentlich dachte ich ja, diese ganze Geschichte – herauszufinden, wer ich bin – wäre der Sinn des Tagebuchs. Ich dachte, nach dem Feuer würde es wieder ein ganz normales leeres Notizbuch werden, das ich in die mobile Bibliothek zurückbringen und ins Sachbuchregal stellen würde, damit irgendwann später mal ein anderer Mensch davon profitiert. Aber ich kann mich nicht von ihm trennen. Ich bringe es einfach nicht übers Herz. Es erzählt mir immer weiter von morgen, und ich lebe dieses Morgen, und manchmal versuche ich, es ein bisschen besser zu machen.

Ich klappte das Buch zu, verließ das Schloss und ging zum Obstgarten, denn unter dem Apfelbaum mit den vielen Inschriften wartete Weseley auf mich.

»Oh-oh«, sagte er und musterte das Tagebuch, das ich unter dem Arm trug. »Was gibt es denn nun schon wieder?«

»Nichts Schlimmes«, antwortete ich und setzte mich neben ihn auf die mitgebrachte Decke.

»Das glaube ich dir nicht. Was steht da drin?«

»Nur etwas über dich und mich«, lachte ich.

»Was denn?«

Ich zog vielsagend die Augenbrauen hoch.

»O nein!«, rief er und warf theatralisch die Arme in die Luft. »Dann hab ich dich also nicht nur unter Einsatz meines Lebens aus dem brennenden Haus gerettet, sondern muss dich jetzt auch noch küssen?«

Ich zuckte die Achseln. »Wenn du meinst.«

»Und wo passiert es? Hier etwa?«

Ich nickte.

»Okay. Na gut.« Mit ernstem Gesicht schaute er mich an.

»Na gut«, antwortete ich. Und räusperte mich. Machte mich bereit.

»Steht da, dass ich dich küsse oder dass du mich küsst?«

»Du mich, ganz eindeutig.«

»Okay.«

Einen Moment sah er mich stumm an, dann beugte er sich zu mir und küsste mich zärtlich auf die Lippen. Doch mitten in diesem herrlichsten, wundervollsten Kuss, den ich jemals bekommen hatte, schlug er die Augen auf und trat einen Schritt zurück.

»Du hast das bloß erfunden, oder?«, fragte er.

»Wie meinst du das?«, antwortete ich lachend.

»Tamara Goodwin, du hast das nur erfunden!«, grinste er. »Gib mir das Buch!« Schon hatte er es mir aus der Hand gerissen und schwenkte es, als wollte er mir damit auf den Kopf schlagen.

»Wir müssen selbst für unser Morgen sorgen, Weseley«, neckte ich ihn. Dann ließ ich mich auf die Decke zurücksinken und blickte hinauf in den Apfelbaum, der schon so viel gesehen hatte.

Wieder beugte Weseley sich über mich, und unsere Gesichter waren so dicht zusammen, dass unsere Nasenspitzen sich fast berührten.

»Was steht denn wirklich da drin?«, fragte er leise.

»Dass ich glaube, alles wird gut. Und dass ich morgen weiterschreibe.«

»Das sagst du doch immer.«

»Und es stimmt auch immer.«

»Bist du bereit?«, fragte er und sah mir in die Augen.

»Ich denke schon«, flüsterte ich.

»Gut.« Er setzte sich auf und zog mich mit sich. »Ich hab dir nämlich was mitgebracht.«

Mit einer schnellen Handbewegung zog er einen durchsichtigen Plastikbeutel hinter seinem Rücken hervor, streckte ihn mir entgegen und hielt ihn auf. Ein bisschen widerwillig ließ ich das Tagebuch hineinrutschen, aber als es drin war, wusste ich, dass es die richtige Entscheidung war.

Mit großer Geste gab er mir das eingetütete Tagebuch zurück.

»Tu du es.«

Ich blickte wieder in die Äste des Apfelbaums empor, zu den Inschriften mit dem Namen meiner Mum, mit Lauries, Arthurs, Rosaleens Namen und den Namen so vieler anderer, die unter diesem Baum hoffnungsvoll in die Zukunft, auf ihr Morgen geblickt hatten. Dann kniete ich nieder, legte das Tagebuch in das Loch, das Weseley gegraben hatte, und wir schütteten es gemeinsam mit Erde wieder zu.

Ich habe nicht gelogen, als ich gesagt habe, ich kann mich nicht von dem Tagebuch trennen. Ich kann es wirklich nicht. Jedenfalls nicht ganz. Vielleicht werde ich es eines Tages, wenn ich wieder mal in Schwierigkeiten gerate, ausgraben und nachschauen, was es mir zu sagen hat. Aber bis dahin muss ich meinen Weg selbst finden.

Danke, dass ihr meine Geschichte gelesen habt. Ich schreibe morgen weiter.

Dank

David, Mimmie, Dad, Georgina, Nicky, Rocco und Jay (und Star, Doggy und Sniff) – ich habe das Gefühl, ohne euch könnte ich morgens nicht aufwachen, geschweige denn ein Buch schreiben. Danke, dass ihr auf dem ganzen langen, aufregenden Weg meine Hand gehalten habt. »Soll ich dich tragen …?«

Für all das Gestern und Heute und für das Morgen, das ich kaum erwarten kann – danke.

Den Kellys (jemand wird garantiert irgendwann ein Buch über euch schreiben), den Aherns, den Keoghans und all meinen Vollzeitfreunden und Teilzeittherapeuten – danke.

Marianne Gunn O'Connor – danke.

Vicki Satlow, Pat Lynch, Liam Murphy, Anita Kissane, Gerard O'Herlihy, Doo Services – danke.

Lynne Drew, Claire Bord – meine Bücher wären nicht das, was sie sind, ohne eure Kommentare, Hilfe und Ratschläge – danke, danke.

Amanda Ridout – am »Alles-ist-möglich«-Tisch ist ein leerer Platz, und man wird dich vermissen. Für all deine Ermutigung und deinen Glauben an mich – danke.

Der ganzen Truppe bei HarperCollins – dafür, dass ihr an so vielen fantastisch neuen und aufregenden Ideen arbeitet. Ich habe ein Riesenglück, dass ich zum Team gehöre. Danke.

Fiona McIntosh, Moira Reilly und Tony Purdue – ich liebe unsere Touren! Danke.

Auch Killeen Castle möchte ich meinen Tribut zollen. Obwohl dieses Buch natürlich nicht von Killeen handelt, habe ich eine Kulisse für die Geschichte gesucht und bin dabei plötzlich auf diesen bemerkenswerten Ort gestoßen. In meinem Kopf machte es klick, und auf einmal entstand eine ganze Welt für Tamara und ihre Familie. Danke an die Menschen im Killeen Castle, dafür, dass sie, ohne es zu wissen, eine Welt für mein Buch erschlossen haben.

Den Buchhändlern – für ihre unglaubliche Unterstützung. Mit dieser Geschichte bringe ich meinen Glauben an die Magie der Bücher zum Ausdruck. Ich habe das Gefühl, dass Bücher eine Art Zielgerät besitzen, das ihnen ermöglicht, die richtigen Leser anzuziehen. Bücher wählen sich ihre Leser aus, nicht andersherum. Und ich glaube, Buchhändler erfüllen die Vermittlerrolle. Danke.